La collection
ROMANICHELS POCHE
est dirigée par
André Vanasse

Self

Du même auteur

The Facts behind the Helsinki Roccamatios, Knopf Canada, 1993. Traduction française : *Paul en Finlande*, Boréal, 1994.
Self, Knopf Canada, 1994. Traduction française : *Self*, XYZ éditeur, 1998.
Life of Pi, Knopf Canada, 2001. Traduction française : *L'histoire de Pi*, XYZ éditeur, 2003.

Yann Martel

Self

roman
Traduit de l'anglais
par Hélène Rioux

Catalogage avant publication de Bibliothèque et Archives nationales du Québec et Bibliothèque et Archives Canada

Martel, Yann

    [Self. Français]

    Self : roman

    (Romanichels poche)
    Traduction de : Self.
    ISBN 978-2-89261-490-9

    I. Rioux, Hélène. II. Titre. III. Titre : Self. Français. IV. Collection.

PS8576.A765S414 2007   C813'.54   C2007-940488-X
PS9576.A765S414 2007

La publication de cet ouvrage a été rendue possible grâce à l'aide financière du ministère du Patrimoine canadien par l'entremise du Programme d'aide au développement de l'industrie de l'édition (PADIÉ), du Conseil des Arts du Canada (CAC), du ministère de la Culture et des Communications du Québec (MCCQ) et de la Société de développement des entreprises culturelles (SODEC).

Édition originale Alfred A. Knopf (Canada), 1996

© 2007
XYZ éditeur
1781, rue Saint-Hubert
Montréal (Québec)
H2L 3Z1
Téléphone : 514.525.21.70
Télécopieur : 514.525.75.37
Courriel : info@xyzedit.qc.ca
Site Internet : www.xyzedit.qc.ca

et

Yann Martel

Dépôt légal : 1er trimestre 2007
Bibliothèque et Archives Canada
Bibliothèque et Archives nationales du Québec
ISBN 978-2-89261-490-9

Distribution en librairie :

Au Canada :
Dimedia inc.
539, boulevard Lebeau
Ville Saint-Laurent (Québec)
H4N 1S2
Téléphone : 514.336.39.41
Télécopieur : 514.331.39.16
Courriel : general@dimedia.qc.ca

En Europe :
D.E.Q.
30, rue Gay-Lussac
75005 Paris, France
Téléphone : 1.43.54.49.02
Télécopieur : 1.43.54.39.15
Courriel : liquebec@noos.fr

Droits internationaux : André Vanasse, 514.525.21.70, poste 25
andre.vanasse@xyzedit.qc.ca

Conception typographique et montage : Édiscript enr.
Maquette de la couverture : Zirval Design
Photographie de l'auteur : Danielle Schaub
Illustration de la couverture : Egon Schiele, *Portrait de Friederike Maria Beer*, huile sur toile, 190 cm x 120,5 cm, 1914

Pour leur soutien durant la création de cette œuvre, je tiens à remercier les personnes et les organismes suivants : le Conseil des arts et des lettres du Québec et le Conseil des Arts du Canada pour les bourses ; Valérie Fieldman et Éric Théocharidès pour leur hospitalité ; Harvey Sachs, qui m'a révélé la splendeur de la Toscane ; Rolf Meindl, qui m'a offert son aide à l'ordinateur et son canapé pour dormir ; Hélène Rioux, qui a été d'une patience angélique ; et Alison Wearing… pour tout le reste.

Y. M.

Le passage en hongrois est tiré du *Château de Barbe-Bleue*, de Béla Bartók.

La traduction comporte quelques modifications, apportées par l'auteur au texte original.

à l'une, survivante
à l'autre, disparue

Chapitre un

Je me réveillai et ma mère était là. Je vis ses mains descendre vers moi et elle me souleva. J'étais légèrement constipé, semble-t-il. Elle m'installa sur mon pot sur la table de la salle à manger et prit place en face de moi. Elle se mit à roucouler et à me prodiguer des encouragements, ses doigts frottant mon dos de haut en bas.

Mais je n'étais pas réceptif. Je me rappelle distinctement l'avoir trouvée plutôt fatigante.

Elle s'arrêta. Elle posa les coudes sur la table, la tête dans ses mains. Une période de silence fertile suivit; je la regardais et elle me regardait. Mon humeur restait en suspens. La colère était là, tapie. Le désir de réconciliation également. L'humour rôdait. La rancune suintait. Ça pouvait aller dans tous les sens. Rien n'était décidé.

Je me redressai soudain d'un mouvement puissant, tel le Colosse de Rhodes, je me penchai légèrement en avant et, d'un seul élan, je m'exécutai. Ma mère était aux anges. Elle sourit et s'exclama :

« *Gros caca !* »*

Je me tournai. Quelle vision ! Quelle odeur ! C'était un magnifique étron, mal formé au début, semblable à de la roche agglomérée qui n'a pas eu le temps de se cimenter,

---

*   Les passages en italique suivis d'un astérisque sont en français dans le texte original.

et brun foncé, presque noir, pour ensuite se transformer
en une chose d'une texture dense et d'une riche nuance
marron, avec des circonvolutions fascinantes. La chose
débutait tout au fond du pot, mais, après un ou deux
anneaux, elle se dressait tel un cobra hypnotisé pour venir
se poser contre mon mollet où, je me le rappelle, elle était
très très chaude. C'est mon premier souvenir de la température. L'étron se terminait en une pointe humide, parfaitement formée. Je regardai ma mère. Elle souriait toujours. Après un tel effort, j'avais le visage rouge et luisant
de sueur, et j'exultais. Plaisir donné, plaisir reçu, sentis-je.
Je mis les bras autour de son cou.

Mon autre plus ancien souvenir est vague, rien de plus
qu'une sensation lointaine ; j'arrive parfois à la saisir mais,
le plus souvent, elle m'échappe. Étant donné qu'il est si
flou, c'est peut-être le premier.
   Je pris conscience d'une voix à l'intérieur de ma tête.
Qu'est-ce que c'est ? me demandai-je. Qui es-tu, voix ?
Quand te tairas-tu ? Je me souviens d'un sentiment
d'effroi. Ce n'est que plus tard que j'ai compris que la voix
était ma propre pensée. J'ai compris également que ce
moment d'angoisse avait marqué ma première intuition
d'être un monologue perpétuel piégé à l'intérieur de moi-
même.

Ensuite, les souvenirs sont plus clairs, plus cohérents. Je
me souviens, par exemple, d'un cataclysme dans le jardin.
À l'époque, je pensais que le soleil et la lune étaient des
éléments opposés, se niant l'un l'autre. La lune était le
soleil éteint, comme une ampoule, la lune était le soleil
endormi, les fossettes qui creusaient sa surface étaient les
pores d'une immense paupière, la lune était du charbon
solaire, le pâle résidu du feu diurne — et, quoi qu'il en
soit, l'un excluait l'autre. Je me trouvais dans le jardin à

une heure très tardive. C'était l'été, et le soleil se couchait. Je le regardais, clignant des yeux, grimaçant, me brûlant les pupilles, souriant, imaginant la chaleur et le feu, des villes qui grésillaient à l'horizon. Puis je me tournai et elle était là qui flottait dans le ciel, grise et malveillante. Je m'enfuis. La première personne incarnant l'autorité que je rencontrai fut mon père. Je l'alertai et l'entraînai dehors dans le jardin. Mais son esprit d'adulte ne comprit pas comment cette apparition bouleversait ma compréhension de l'astrophysique.

« C'est la lune. Et alors ? » Je me cachais derrière lui pour me protéger de la radioactivité. « Viens, il est tard. Temps de faire dodo. »*

Il me prit par la main et me fit entrer dans la maison. Je jetai un dernier regard à la lune. Mon Dieu, c'était une sphère en liberté ! Elle se mouvait au hasard dans l'univers, comme le soleil. Un jour, ils entreraient sûrement en collision !

Ma première expérience esthétique tourna autour d'une petite bouteille de bain moussant à la pomme verte, en plastique vert et transparent. Si, pour mes parents, ce n'était qu'un échantillon gratuit accepté avec désinvolture au supermarché, cette bouteille représentait pour moi un joyau que je découvris pendant que ma mère me donnait mon bain. J'étais devenu l'esclave de son vert infini, de son onctuosité, de son odeur divine. Le plaisir qu'elle me procurait me laissait abasourdi.

Lorsque, une semaine plus tard, quelqu'un, inconsciemment, l'utilisa et que je vis mon trésor éventré — le souvenir de ce moment est encore vivant : ma mère m'essuyait le derrière et je regardais distraitement la baignoire —, je poussai un hurlement et piquai la pire colère de ma petite enfance.

Les autres événements des débuts de ma vie qui sont tenus pour importants — que je sois né en 1963, en Espagne, de parents étudiants —, je ne les ai appris que plus tard, par ouï-dire. Pour moi, les souvenirs commencent dans mon propre pays, dans sa capitale, pour être plus exact.

Tout en exerçant ce genre de surveillance en principe inhérente au statut de parent, ni mon père ni ma mère ne faisaient sans nécessité irruption dans mon univers. Que mon espace soit réel ou imaginaire, la baignoire ou la mer d'Aral, ma chambre ou la jungle amazonienne, ils le respectaient. Je ne peux imaginer avoir eu de meilleurs parents. Il m'arrivait de me retourner et de les voir qui me regardaient, et, dans leur regard, je pouvais lire un amour total, un dévouement inébranlable envers mon bien-être et mon bonheur. Cet amour faisait mes délices. Il n'existait pas de falaise du haut de laquelle je ne pouvais sauter, de mer où je ne pouvais plonger, pas d'espace intersidéral où je ne pouvais me propulser — sans que le filet de mes parents soit là pour me rattraper. Ils étaient à la fois autour et au centre de ma vie. Ils étaient mes serviteurs aimants, autoritaires.

Au supermarché, je pouvais gambader à mon aise, heureux et insouciant, jouer avec les boîtes de céréales, secouer les grosses bouteilles de rince-bouche, regarder tous ces gens amusants, tant et aussi longtemps que ma mère était en vue. Mais si — le «si» capital —, si par hasard ma mère se glissait subitement dans une autre allée pendant que je continuais à contempler de la viande emballée, me demandant de quoi la vache pouvait bien avoir l'air maintenant, si ma mère se précipitait vers les fruits pendant que j'examinais encore les pots de cornichons, si, en d'autres mots, je la perdais, les choses prenaient une tout autre tournure. Mon corps se raidissait, je sentais mon estomac devenir léger et palpitant. Mes yeux se remplissaient de larmes. Je me mettais à courir frénétiquement, inconscient des gens et des choses qui m'entouraient, tout mon être concentré sur la recherche de ma mère. Quand elle réapparaissait dans mon champ de vision, comme, heureusement, c'est toujours arrivé, l'univers se rétablissait instantanément. La peur, cette émotion aussi horrible qu'un boa constrictor, s'envolait sans laisser de trace. J'éprouvais alors une chaude bouffée d'amour, d'adoration, de vénération, de tendresse pour ma douce maman, tandis qu'en moi quelque chose rugissait de haine à cause de cette sensation d'abandon qu'elle m'avait fait vivre. Évidemment, ma mère n'avait jamais conscience de ces fluctuations existentielles, le *Sturm und Drang*, qui agitaient son rejeton. Elle déambulait dans le supermarché, sereinement indifférente à l'endroit exact où je me trouvais, sûre qu'elle était de me retrouver à ses côtés lorsqu'elle parviendrait à la caisse. Là où étaient placées les tablettes de chocolat.

Je ne me rappelle pas avoir remarqué, lorsque j'étais petit, une quelconque différence entre mes parents, que j'aurais pu attribuer au sexe. Je savais bien qu'ils n'étaient pas une seule et même chose, mais leurs distinctions ne s'exprimaient pas dans des rôles fixes. Tous deux me prodiguaient leur affection, et me punissaient aussi, si besoin était. Pendant nos premières années à Ottawa, c'est mon père qui travaillait dehors, au ministère des Affaires extérieures, ce qui m'impressionnait beaucoup, tandis que ma mère travaillait à la maison, sur son mémoire de maîtrise en linguistique et en philosophie. J'ignorais ce que mon père faisait aux Affaires extérieures pendant la journée, et cela demeurait loin de moi. Ma mère, pour sa part, affrontait quotidiennement des piles de bouquins épais, même en espagnol, et sans arrêt elle couvrait des feuilles et des feuilles de papier de son écriture précise. J'étais un témoin de son labeur. Son mémoire portait sur le philosophe espagnol José Ortega y Gasset. Un jour, elle empoigna un marteau, le tint devant moi et me dit que la nature d'un marteau, son *être* (le mot de ma mère), était définie par sa fonction. C'est-à-dire qu'un marteau est un marteau parce qu'il martèle. C'était là, m'expliqua-t-elle, un des concepts essentiels d'Ortega y Gasset, un des principes fondamentaux de sa philosophie, et Heidegger le lui avait volé. Rien de plus évident, moi-même j'aurais pu te le dire, pensai-je, mais je fus pourtant dûment impressionné. Manifestement, ma mère se penchait sur des sujets profonds et difficiles. Je pris le marteau, sortis de la maison et m'en servis pour bosseler le bord de notre allée, renforçant ainsi l'identité du marteau.

Alors, pendant que ma mère restait chez nous à méditer sur les marteaux, mon père était peut-être assis à son bureau, plongé dans des réflexions sur les tournevis. Quoi qu'il en soit, cette situation, cette dichotomie étaient temporaires : quelques années plus tard, ma mère alla elle aussi travailler aux Affaires extérieures.

Dans d'autres domaines, mes parents étaient également difficiles à distinguer l'un de l'autre. Pour ce que j'en sais, ils partageaient les tâches domestiques, mais je ne suis pas un témoin digne de confiance, car je m'enfuyais dès qu'ils se mettaient à faire le ménage, de peur que ma contribution ne soit sollicitée. Mes deux parents faisaient médiocrement la cuisine. Pour dire la vérité, ma mère réussissait quelques plats, et elle avait davantage d'imagination que mon père, qui m'a servi des œufs trop cuits pendant toute mon enfance. Par contre, il faisait de délicieux tacos et une superbe *tortilla de papas*, l'omelette aux pommes de terre. Pendant les dernières années, c'est lui, je crois, qui cuisinait la plupart du temps. En poste à México et à Cuba, ils furent ravis (et moi de même quand j'étais là) d'avoir une cuisinière à domicile.

Pour ce qui est des punitions, c'est seulement lorsque j'avais commis les plus abominables méfaits qu'on levait la main sur moi, et cela avec douceur, puisque je recevais davantage de petites tapes que de véritables fessées. Je criais quand même au meurtre parce que je savais qu'il s'agissait du châtiment suprême exigeant des hurlements suprêmes. Je crois n'avoir reçu que trois fessées dans ma vie. En dehors de cela, mes parents ne m'ont jamais frappé. Tout au plus, lorsqu'il était exceptionnellement en colère et qu'il me réprimandait, mon père me prenait un bras juste au-dessus du coude pour s'assurer d'avoir toute mon attention, et parfois il le serrait et ça me faisait un peu mal. Ma mère s'est rarement vraiment fâchée contre moi, mais quand cela arrivait, quand ses yeux devenaient une fente étroite qui me fixait et qu'elle sifflait à travers ses lèvres serrées, j'éprouvais une véritable terreur. Je savais alors que j'avais dépassé les bornes, comme la fois où je rasai complètement le chien de la mère de Luna avec une tondeuse ou que j'incendiai la haie d'un voisin. Je souffrais alors à l'intérieur de moi et j'aurais fait n'importe quoi pour arranger les choses. Heureusement, je n'ai provoqué une telle colère qu'à de rares occasions.

Mes parents s'entendaient à merveille. En fait, je n'ai jamais rencontré de couple plus harmonieux, deux personnes qui se complétaient si bien. Elle s'exprimait très bien. Il était un poète publié. Elle avait un esprit discipliné capable de travailler avec une grande intensité, un esprit toujours ouvert sur le monde. Il avait perdu son père à l'âge de dix ans et il était un homme plutôt fragile et d'humeur changeante, porté à la mélancolie, tout en ayant gardé la capacité de s'émerveiller. Elle avait une nature optimiste et elle aimait les arts, qui nourrissaient son âme et sa pensée. Ses émotions n'étaient jamais fausses. Lui et moi avons découvert des écrivains ensemble — le merveilleux Dino Buzatti, par exemple —, et nous avions tous deux un faible pour le golf, un sport que nous avons à peine pratiqué. Il existe une vieille photo en noir et blanc de nous deux sur une plage de France : ses bras m'entourent et nos quatre mains tiennent un club de golf qu'il m'enseigne à manipuler. L'appareil me fige au moment où je regarde l'objectif, un sourire éclairant mon visage, un œil presque caché par les longues mèches de mes cheveux que balaye le vent. C'est elle qui fut nommée ambassadrice du Canada à Cuba. Elle était plus prudente, plus apte à trouver des compromis fructueux, pragmatiques. Il faisait parfois preuve d'audace, d'une volonté de saisir le taureau par les cornes.

Je me souviens d'avoir imaginé, enfant, que je devais choisir entre mes parents. Ils étaient cloués sur des croix, on les torturait, et je devais décider lequel des deux aurait la vie sauve. Ou était-ce moi que l'on torturait pour m'obliger à choisir ? Si jamais je suis arrivé à faire un choix, je ne me rappelle plus qui j'ai choisi.

À la dernière minute, mon père, alors traducteur et éditeur, décida d'accompagner ma mère à México où elle se rendait pour assister à une assemblée régionale des chefs de mission canadiens. Moins de quinze minutes après avoir quitté La Havane, l'avion était une boule de feu s'écrasant dans le golfe du Mexique. Voilà comment le tragique survient, voilà comment on prend conscience des tournants de la vie. Mais je vais trop vite. Je dois d'abord m'occuper des carottes, des machines à laver et de plusieurs autres choses.

Bien qu'il existe des exceptions notables, il arrive souvent que l'on ne puisse se rappeler la première fois qu'on a fait quelque chose, ni même aucune fois en particulier, mais qu'on se souvienne seulement de la répétition. C'est mon cas à propos de la cuisson des carottes. Je passai des après-midi entières à regarder des carottes bouillir. La maison que nous louions à Ottawa était aménagée de telle sorte que, de la chaise sur laquelle j'étais juché près de la cuisinière, je pouvais me tourner et voir ma mère travailler à son bureau (ou plutôt, la maison que nous louions à Ottawa était aménagée de telle sorte que, de la chaise où elle était assise à son bureau, ma mère pouvait se tourner et me voir en train de regarder dans la casserole). Une fois les carottes presque réduites en bouillie, ce que je déterminais à l'aide d'une longue fourchette à fondue, je l'appelais et elle venait à la cuisine. Elle vidait la casserole dans l'évier, la remplissait d'eau fraîche et la remettait sur la cuisinière. Puis elle retournait travailler, sans oublier de me donner un baiser sur la joue en passant. J'étais assez vieux et plus qu'assez prudent — il n'y eut jamais aucun accident — pour assumer la tâche excitante de choisir, dans un grand sac en plastique, les spécimens durs, épais et orangés que j'allais jeter dans l'eau afin que le spectacle puisse recommencer. Pendant ces après-midi, mon imagination bouillonnait et faisait des bulles comme cette eau exubérante. J'explorais, j'établissais des rapports profonds. Ma mère me dit plus tard que c'était la transformation du dur en mou qui me fascinait. En effet, l'idée de transformation avait été, depuis mon plus jeune âge, au centre de ma vie. Je suppose que pour moi, fils de diplomates, c'était naturel. J'ai changé d'école, de langue, de pays et de continent un certain nombre de fois au cours de mon enfance. À chacun des changements, j'avais la possibilité de me recréer, de présenter une nouvelle façade, d'enterrer les erreurs et les déformations passées. Une fois, je fis bouillir le marteau en cachette, me demandant si sa nature fondamentale, son *être* (le mot de ma mère), pouvait se transformer. Lorsque je me mis à perdre mes dents de lait et qu'on m'expliqua qu'elles seraient remplacées par des dents plus grosses, plus durables, je considérai cela comme la première preuve tangible de la métamorphose humaine. J'avais déjà réuni des preuves de la métamorphose du jour et de la nuit, du climat, des saisons, de la nourriture et des excréments, même de la vie et de la mort, pour n'en nommer que quelques-unes, mais ces dents étaient quelque chose de plus proche, quelque chose de clair et d'incontestable. J'envisageai la vie comme une suite de moments métamorphiques, se suivant l'un l'autre, à l'infini.

J'abandonnai la cuisson des carottes lorsque je découvris la lessive. Jamais je ne fus plus près d'appartenir à une religion qu'en contemplant ce tohu-bohu : le brassage des vêtements en train d'être lavés mécaniquement ; cette contemplation fut aussi mon initiation aux musées. Je suivais chacune des étapes de l'absolution du linge, ces stations du chemin de la croix, de la crasse jusqu'au salut, cette file d'attente au Musée d'art moderne. Tout commençait quand ma mère trompait la fermeture de sécurité de la machine en introduisant une pièce de monnaie dans la fente située à l'arrière de l'appareil — le prix d'entrée pour l'exposition, l'obole déposée dans le tronc des pauvres. Je courais jusqu'à mon banc sur le dessus de la sécheuse. Le linge était poussé dans la machine comme toutes ces âmes mauvaises étaient poussées en enfer. Le détersif en poudre se posait comme de la neige, à certains endroits aussi épais que sur une plaine, à d'autres aussi clairsemé que sur une falaise, et ce fut mon premier regard sur un tableau représentant un paysage. L'eau chaude montait lentement, une douce immersion dans la grâce — quelque chose que je ressentais intimement, puisque c'était exactement de cette façon que je prenais mon bain, assis, frissonnant dans la baignoire vide pendant que lentement montait l'eau chaude, submergeant un picot de chair de poule après l'autre, le supplice du froid rendant plus grand encore le réconfort de la chaleur. L'eau cessait de monter, il y avait un moment de pause nous permettant de nous recueillir, un cliquetis, et ensuite la grand-messe commençait pour de bon. Je prenais un plaisir évangélique au va-et-vient du linge en train de se faire sermonner. C'était une mer battue par la tempête sur laquelle mon petit navire, mon âme, affrontait les vagues écumantes. C'était l'océan où, tel un Jonas recraché, je folâtrais aux côtés d'un banc de chaussettes. C'était aussi une peinture, d'un expressionnisme abstrait dans sa forme la plus pure, la plus éphémère. Pendant des cycles entiers, je regardais ce Jackson Pollock plus doux, aux coups de pinceau plus amples, travailler fiévreusement dans son atelier. Le vert se frayait un chemin à travers des taches de rouge. Des éruptions de blanc recouvraient des touches de violet. Cinq couleurs entrelacées dansaient ensemble avant de s'effacer devant le bleu. Le spectacle était ouvert et généreux, véritablement œcuménique. Une fois le cycle du lavage terminé, l'eau bénite se retirait dans les pores du tambour de la machine. J'apercevais une sculpture caverneuse, l'enfer vide. L'essorage commençait. Je sentais l'eau s'écouler peu à peu, suinter hors de moi. Soudain, une tempête tropicale me tombait dessus. Quelle était cette tentation ? Ensuite, une autre tempête ! Mais je réchappais à celle-là aussi. Un dernier cliquetis et tout était terminé. J'appelais ma mère. Les chemises, les jupes, les blouses, les sous-vêtements, les pantalons, les chaussettes et moi sortions de la machine renouvelés, remis de nos péchés, humides de vitalité, miroitant comme le Christ se dressant le troisième jour. Et la pièce de monnaie à l'arrière du couvercle était à moi !

Les enfants se regardent-ils dans le miroir ? Se regardent-ils vraiment, dans un autre but que celui de vérifier si leurs cheveux rebelles sont suffisamment en ordre pour satisfaire aux exigences de leurs parents? Moi, je ne me regardais pas. Quel intérêt pouvait bien avoir un miroir pour moi? Il me reflétait, moi, un enfant, et alors? Je n'étais pas le moindrement conscient de mon image. Le monde était un terrain de jeux bien trop vaste pour que je perde mon temps à n'en contempler que des fragments reflétés, sauf peut-être quand je faisais des grimaces, deux doigts étirant les paupières inférieures, un autre retroussant le nez.

L'enfance, comme la sagesse, est une émotion. Les sentiments sont ce qui s'enregistre profondément à propos de nos premières années. Ce que l'œil capte, les aspects visuels de ces sentiments, est secondaire. C'est ainsi que je ne garde aucun souvenir des miroirs, aucun souvenir des vêtements, de la peau, des membres, du corps, de mon être physique d'enfant. Comme si, paradoxalement, je n'étais alors rien d'autre qu'un grand œil avide, un œil émotionnel, regardant ailleurs, toujours ailleurs, inconscient de moi-même.

Il serait impossible de parler de mon enfance sans mentionner la télévision (la religion n'a jamais joué un rôle important dans ma vie et je peux aussi bien en parler ici, tout au début. La notion de Dieu m'est apparue pour la première fois dans une chanson, une *comptine**, que me chantaient mes parents:

Il était un petit navire
Qui n'avait jamais navigué
Ohé ohé!

Il entreprit un long voyage
Sur la mer Méditerranée
Ohé ohé!

Au bout de cinq à six semaines
Les vivres vinrent à manquer
Ohé ohé !

On tira à la courte paille
Pour savoir qui serait mangé
Ohé ohé !

Le sort tomba sur le plus jeune
C'est donc lui qui serait mangé
Ohé ohé !

Ô Sainte Mère, Ô ma patronne
Empêche-les de me manger
Ohé ohé !*

Ainsi se terminait la chanson. Quand enfin je la compris, quand je l'écoutai vraiment, ce ne fut pas le joyeux chœur des marins cannibales qui me déconcerta, mais la supplication inexplicable, en suspens, de la fin. À qui était-elle adressée ? Qui était cette sainte patronne ? Le jeune matelot était-il sauvé ou savouré ? Avant que la religion en vienne à ne plus rien signifier pour moi, c'est cela qu'elle voulut dire : une possibilité de salut à un instant crucial. Lorsque le cours de mon expérience me montra qu'il n'existe ni sauveur ni grâce particulière, aucune rémission au delà de l'humain, que la douleur doit être endurée et qu'elle ne s'estompe, si jamais elle s'estompe, qu'avec le temps, alors Dieu ne devint pour moi rien d'autre qu'un chien dyslexique, qui n'aboie ni ne mord. Je suis un athée naturel) ; je pense qu'il serait impossible de parler de ma *génération* sans mentionner la télévision.

Je fis connaissance avec le fauve peu de temps après notre déménagement au Costa Rica. Je crois que je venais d'avoir cinq ans. L'appareil n'appartenait pas à mes parents, mais leur avait été prêté par l'ambassade. C'était un meuble en soi : massif, lourd, fabriqué en bois, tonitruant, inévitable. Il occupait tout un tiers de la bibliothèque, un espace qui avait été auparavant mon coin favori. La première fois que je le vis, il était éveillé. Je venais d'entrer dans la pièce, sans savoir que l'usurpateur était là, et le malotru, flairant ma présence, se tourna vers moi. Je restai figé, à regarder fixement son gros visage plat et animé. Je faillis m'enfuir, mais, venant d'installer la chose, mes parents étaient assis devant, côte à côte, passifs et sans peur. Ils me regardèrent, sourirent et prononcèrent des mots qui ne furent pas entendus. Je pris le téléviseur pour une autre espèce de quadrupède. Un immense chien tapi, avec des oreilles pointues et une queue mince et très longue. (Je comprenais encore que le mouvement, l'animation entraînaient la vie. Je traitais l'aspirateur — un cousin éloigné de l'éléphant — et la machine à laver — une parente du raton laveur — avec le plus grand respect. J'étais secrètement offensé par la façon froide et brusque dont ma mère se conduisait avec eux. Après son départ, je les cajolais, les embrassais et leur chuchotais des paroles pour leur exprimer mon estime.) Mais tout en aimant la plupart des animaux, ce ne fut qu'avec le temps et après bien des doutes que j'arrivai à éprouver quelque sympathie pour le fauve télévision. Il y avait quelque chose dans sa taille et son comportement qui me rebutait. Je sentais que la télévision, contrairement à la machine à laver, était égoïste et insensible. À deux exceptions près — et ces fois-là, je fus comme hypnotisé —, il me faudrait attendre des années avant de me sentir proche de la télévision. Je préférais de beaucoup me bercer dans la berçante à écouter de la musique et à rêvasser. Je faisais cela des heures d'affilée, un lapin entre mes mains.

LA PREMIÈRE FOIS QUE, DANS MON ENFANCE, LA TÉLÉVISION M'HYPNOTISA :

I) Je ne puis me rappeler quand me vint l'idée de l'amour, quand je pris pour la première fois conscience de sa force dans les affaires humaines. Je reçus évidemment de l'amour avant de commencer à le rendre, et je le rendis avant de savoir qu'il avait un nom. Mais à quel moment ces émotions que j'éprouvais — *Oh! te voilà! Je suis heureux, si tu souris, je souris; je veux te toucher; je veux être avec toi, ne me laisse pas* — se dépouillèrent de leur voile d'anonymat pour pénétrer dans le dictionnaire de mon esprit, je ne m'en souviens pas. Ce dont je me souviens, c'est que c'est la télévision qui formalisa mes notions de l'amour, qui réunit en une théorie cohérente mes idées disparates sur ce sujet.

Cela se passa environ un mois ou deux après que j'eus fait connaissance avec la télévision. La regarder était encore une décision que je prenais après réflexion. «Je vais regarder le téléviseur», disais-je, utilisant toujours le mot «téléviseur». Je ramassais ma couverture préférée (une serviette, en réalité), je plaçais la berçante dans la bonne position, et je tirais lentement sur le bouton en plastique qui résistait jusqu'au moment où il me sautait dessus en faisant entendre un clic sonore qui me surprenait toujours. Le son venait instantanément, puisqu'il voyage plus vite que la lumière; puis, en une succession sur le verre de l'écran, un point de lumière, une ligne de lumière, un frémissement de lumière et, enfin, un rectangle de réalité sans couleur qui allait en s'élargissant. Je m'asseyais, je me berçais et je faisais ce que j'avais dit que j'allais faire : regarder le téléviseur, regarder des êtres humains s'occuper d'autres êtres humains, à l'intérieur et à l'extérieur, dans une langue (l'espagnol) que je n'avais pas encore assimilée. Cela m'ennuyait profondément. Lorsque je pris conscience que je pouvais changer l'état d'esprit de la bête juste en tournant le gros bouton difficile à manipuler, regarder le téléviseur devint plus intéressant, un peu plus, mais même là, je ne crois pas l'avoir fait plus de deux ennuyeuses heures d'enfant — c'est-à-dire dix minutes. C'est seulement une année plus tard, quand je découvris le monde plastique, élastique, des dessins animés, et une fois que j'eus maîtrisé suffisamment l'espagnol, que je commençai à regarder régulièrement la télévision.

Mais au moment dont je parle, la première fois que, dans mon enfance, la télévision m'hypnotisa, alors que je la regardais encore mû par un sentiment d'obligation technologique, une minute suffit. Moins encore. J'allumai l'appareil, regardai quelques secondes, fus marqué pour la vie, l'éteignis.

J'étais seul, calme et de bonne humeur, réceptif aux idées nouvelles. La première chose que je vis fut une image fixe : le simple dessin anatomique de la coupe transversale d'un œil. Vinrent ensuite les images fluides de centaines de poissons, un banc de poissons argentés qui nageaient à l'écran. Ils étaient comme les briques vivantes d'un mur magique, montrant tour à tour leurs côtés longs, bloquant alors ma vue, puis leurs côtés étroits, me permettant de voir à travers eux.

J'étais abasourdi. Les yeux... les larmes... le goût salé... de mer... les poissons.

J'allai dans le jardin et m'assis sous un arbre, mes sens gonflés, ma tête affolée par les pensées qui découlent d'une subite compréhension des choses.

Le liquide clair dans nos yeux est de l'eau salée et il y a par conséquent des poissons dans nos yeux, l'eau de mer étant l'habitat naturel de ces animaux. Comme le bleu et le vert sont les couleurs de la plus riche eau de mer, les yeux bleus et les yeux verts sont les plus poissonneux. Les yeux foncés sont en quelque sorte moins féconds, et les yeux albinos n'abritent malheureusement presque aucun poisson. Mais la quantité de poissons dans un œil ne veut rien dire. Un seul poisson-perroquet peut être aussi beau, aussi puissant que tout un banc de thons. Que la science n'ait jamais observé de poisson oculaire ne réfute en rien ma théorie ; au contraire, cela met en relief l'hypothèse fondamentale, qui est celle-ci : l'amour est la nourriture des poissons de l'œil, et seul l'amour les fera émerger. Ainsi, regarder quelqu'un de près, dans les yeux, avec un intérêt froid et empirique, c'est comme cogner avec le doigt sur la vitre d'un aquarium, avec pour seul résultat de faire fuir les poissons. Dans une veine similaire, lorsque je me mis à scruter mon reflet dans le miroir au cours des bouleversements de mon adolescence, le fait que je ne voyais rien dans mes yeux, pas même le plus petit guppy, le plus petit têtard, est révélateur de la tristesse et du manque de confiance en moi que j'éprouvais à l'époque.

Cette théorie m'a accompagné tout au long de ma vie, comme un petit ami perché sur mon épaule, comme un dieu miniature. Je l'expose longuement ici, mais sous cet arbre dans le jardin, quand j'avais cinq ans, après cet instant de grâce devant la télévision, je n'en sentis que les éléments rudimentaires. La théorie se développa au fur et à mesure que j'acquis des idées et des connaissances. Par exemple, une blague que j'entendis malgré moi un jour que je passais à toute vitesse près d'un groupe d'adolescents — je ne compris pas la blague, j'avais peur des garçons, mais je sais qu'il y avait un lien entre les filles et l'odeur du poisson — me fit comprendre que l'aspect poissonneux de l'amour dépasse les yeux. Au fil des ans, la théorie devint immensément complexe, elle devint en réalité un système, avec d'innombrables ramifications, cette sorte d'arcane scientifique que seuls les enfants et Albert Einstein sont en mesure de comprendre pleinement.

Je ne crois plus au poisson de l'œil en *fait*, mais j'y crois encore de façon métaphorique. Dans la passion d'une étreinte, lorsque le souffle, le vent, est à son plus fort, et que la peau est à son plus salé, je crois presque encore que je pourrais arrêter le cours des choses et entendre, sentir, le roulement de la mer. Je suis presque encore convaincu que, lorsque mon amour et moi nous nous embrassons, nous serons bénis par la vue d'anges de mer et d'hippocampes montant à la surface de nos yeux, ces poissons constituant la preuve la plus sûre de notre amour. En dépit de tout, je crois toujours profondément que l'amour est quelque chose d'océanique.

Mon époque lapin fut étroitement liée à cet état étrange qu'on appelle le sommeil. Je m'allongeais dans mon lit, je regardais le plafond, je pensais : « C'est ridicule. Je suis couché ici, tout à fait réveillé, en train d'attendre. Mais qu'est-ce que j'attends ? » Je regardais à gauche et à droite. « Il n'y a personne d'autre que moi, ici. Il n'y a rien à faire. Je devrais me lever. »

Mais je ne me levais pas. Je me sentais indiciblement bien dans cette position horizontale, moelleuse, bien au chaud sous mes couvertures, dans les ténèbres bien éclairées. Je continuais à attendre, passivement impatient, à attendre. Puis je jetais un regard désinvolte à ma main et je voyais qu'elle était une patte couverte de fourrure blanche. « Juste ciel ! Je dors ! » comprenais-je alors, et, ce faisant, je m'éveillais. Je me rappelle avec une lucidité absolue cette transformation nocturne au Costa Rica. Non pas le processus — la réduction de ma taille, l'étirement de mes oreilles et de mes jambes, même si en fermant les yeux et en me concentrant, je parviens presque à sentir pousser ma fourrure épaisse et soyeuse —, non pas le processus, mais le résultat : un lapin de taille moyenne, brun et blanc, sauf l'extrémité de mes oreilles, qui était noire. Je bondissais aussitôt hors du lit. Je sautais très haut sur mes puissantes pattes de derrière, je bondissais de mon lit au coffre et du coffre à mon lit. Je me levais et je faisais une, deux, trois culbutes d'affilée. Je dansais, martelant le plancher couvert de moquette avec une frénésie jubilatoire. Je pouvais tout faire, car, bien que petit et mince, mon corps m'était (et m'a toujours été) fidèle. Il m'obéissait. Seul le frigo me causait des frustrations lorsque j'essayais de l'ouvrir pour prendre une carotte et, même là, ce n'était pas parce que je manquais de force, mais parce que je n'étais pas assez grand. (J'eus le même problème la fois où je glissai une carotte sous mon matelas avant de me coucher. Je la plaçai trop loin pour que ma petite patte de lapin puisse l'atteindre, et ensuite je l'oubliai. On la retrouva trois ans plus tard, complètement verte.)

Nous avions des lapins apprivoisés dans le jardin, de vrais lapins permanents que mes parents avaient achetés pour mon plus grand plaisir. Mais je ne m'aventurai jamais dehors pour jouer avec eux quand j'étais moi-même un lapin. J'allai une fois jusqu'aux portes vitrées au fond du salon pour jeter un coup d'œil dans le jardin, et Sel, Poivre, Bottine et Papillon s'avancèrent jusqu'aux portes ; nous restâmes, nos pattes d'en avant contre la vitre, à nous dévisager. Mais je compris alors, en regardant leurs yeux noirs, que ces lapins étaient pour moi des étrangers, et les enfants ne recherchent pas la compagnie des étrangers. Je fus content qu'il y ait une vitre entre nous.

Mon souvenir le plus précis de cette époque où j'étais un lapin est celui d'un geste que je faisais pour gratter mes oreilles. Non, pas gratter. Il s'agissait davantage d'étirer, d'étirer mes oreilles. Je les dressais, très droites, je penchais la tête, puis je passais mes pattes d'en avant sur elles, les aplatissant sur ma tête, d'abord l'oreille droite, puis la gauche, puis les deux à la fois. C'était un mouvement rapide et rond que je répétais plusieurs fois. Après, je sentais mes oreilles alertes et elles picotaient. J'étais capable de les faire bouger et de les pointer vers les sons les plus faibles, les plus éloignés — le bruissement d'un rideau dans la salle à manger, le craquement arthritique d'une lame du parquet dans le salon, une respiration soudaine de mon père endormi et, mon Dieu, même le clignotement des étoiles ! Rien ne peut nous faire prendre davantage conscience de la pulsation rugissante de la vie que les sons infimes, presque inaudibles.

Je commençai officiellement mes études au Jiminy Cricket Kindergarten. On y parlait l'anglais, mais mes parents n'avaient pas le choix. C'était alors le seul jardin d'enfants de qualité à San José.

« *Tu seras bilingue. Même trilingue, qu'ils me dirent. Très canadien.* »*

C'est ainsi que, par un simple caprice géographique, j'allais à l'école en anglais, jouais dehors en espagnol et racontais tout cela en français à la maison. Chaque langue me venait naturellement et chacune avait ses interlocuteurs naturels. Je ne pensais pas plus à m'adresser à mes parents en anglais qu'à compter dans ma tête en français. L'anglais devint la langue de mon expression exacte, mais elle exprimait des pensées qui, d'une certaine façon, sont toujours demeurées latines.

La première manifestation de la violence dans ma vie se produisit au Jiminy Cricket. Un garçon inadapté m'attaqua sans raison. Il me tira les cheveux et me mordit au cou. J'étais alors trop jeune pour être lâche, et nous nous empoignâmes férocement. L'institutrice nous sépara et je me souviens vaguement de nous deux, suspendus dans l'air au bout de ses bras, nous balançant comme des pendules. On nous fit faire une sieste forcée. J'urinai pendant mon sommeil, l'institutrice appela l'ambassade, et mon père vint me chercher.

Les trois années qui suivirent, en plus de rester dans la même école, le garçon qui m'avait attaqué se retrouva dans la même classe que moi. Nous passâmes le reste de l'année au Jiminy Cricket, et la première et la deuxième année à l'académie Abraham Lincoln. Mais il ne s'approcha jamais plus aussi près de moi. Avec ses cheveux blonds qui étaient longs et emmêlés une semaine, taillés en brosse la semaine suivante, et ses yeux bruns au regard fixe, c'était un enfant renfrogné, replié sur lui-même, sans amis. Mais derrière les barreaux de sa cage imaginaire, il me regardait, il m'a regardé intensément tout le temps, pendant trois ans, particulièrement quand j'étais avec Noah. Nos regards se croisaient parfois, mais même aujourd'hui je ne suis pas certain que je pourrais lire dans ces yeux-là. Il était le premier à les baisser, après une ou deux secondes, mais seulement, je le sais, pour recommencer à me regarder dès que je m'étais détourné. Il était peut-être amoureux de moi.

Mes parents étaient des féministes de la première heure et ils n'employaient pas le mot « opposé » en parlant des sexes. En vérité, pourquoi faudrait-il les considérer comme opposés ? Le terme est agressif, il définit par la négation, dit très peu. Les sexes sont complémentaires, disaient mes parents — un mot encore plus compliqué qu'ils m'expliquèrent par une analogie. Le mâle et la femelle étaient comme la pluie et la terre. Sauf que, tandis qu'ils me parlaient du sexe, de détails biologiques impersonnels, je comprenais qu'ils me parlaient de l'amour, qu'ils m'expliquaient ce que je savais déjà. Je fus alors frappé en constatant l'étonnante mécanique de l'univers. Imaginez : quelque part au loin, totalement distinct, d'une origine indépendante, existait un organe sexuel adapté au mien, adapté à moi. Je me mis à chercher mon organe sexuel complémentaire, mon véritable amour.

Il n'y a pas de plus grand mystère que le mystère de l'amour. Pourquoi certaines personnes font-elles affluer les poissons dans nos yeux, alors que d'autres les laissent complètement vides ? L'amour est-il l'unique nourriture ne pouvant nourrir que nos poissons ? Ou s'agit-il de l'aliment qui se trouve à proximité lorsque nos poissons ont faim ? J'ignore totalement pourquoi je tombai amoureux de Noah Rabinovitch. C'est arrivé il y a trop longtemps. La mémoire est parfois un spectateur qui observe de loin et qui peut nommer les émotions sans les traduire, comme c'est le cas ici. Chose sûre, d'une certaine façon, Noah était mon complément. Lorsque j'étais seul, j'étais heureux et entier, mais lorsque nous étions ensemble, j'étais encore plus entier. Les choses devenaient plus brillantes, la perspective, plus large et plus profonde. Mais je pouvais dire la même chose, à un degré légèrement moindre, d'autres personnes, et même d'animaux et d'objets. Il y avait quelque chose de plus. Mais je ne sais pas quoi. Je crois me rappeler que j'aimais la façon de marcher de Noah. Il marchait, donc je l'aimais.

Un jour, comme ma mère venait me chercher au jardin d'enfants, je l'informai que j'avais trouvé ma future épouse et je pointai fièrement Noah du doigt. Il était nouveau au Jiminy Cricket. Son père était un diplomate israélien, et ils venaient d'arriver au Costa Rica, au milieu de l'année. Noah s'approcha de ma mère, tendit la main et dit qu'il était enchanté de rencontrer sa future belle-mère. (Noah était d'une politesse exaspérante.) Mais il eut alors l'effronterie d'ajouter que *je* serais *sa* femme, et nous reprîmes l'assommante discussion que nous avions eue toute la matinée, que je croyais terminée. Pour une raison quelconque, ni lui ni moi ne voulions être l'épouse.

Ma mère nous interrompit en me demandant pourquoi je pensais que Noah serait ma femme. Dans certaines circonstances, on est incapable de lâcher tout de go : « Parce que je l'aime ! » « *Because I love him !* » «¡ *Porque le amo !* » Je fus plus concret : Noah possédait l'organe sexuel complémentaire au mien. « Ah ! oui ? » répliqua-t-elle. En voyant le sourire incontrôlable qui éclaira son visage, j'eus pour la première fois l'intuition que quelque chose m'avait échappé. Elle prit ma main, dit au revoir à Noah en anglais, et nous nous dirigeâmes vers la voiture. Je me rappelle clairement m'être retourné pendant que nous nous éloignions et avoir chevroté, d'une voix infiniment triste : « Salut, Noah », car, d'une façon vague, je comprenais que je venais de perdre mon mari. Avant d'ouvrir la portière de l'auto, ma mère se pencha, me fit un câlin non désiré et m'embrassa. En chemin, elle me donna des explications rudimentaires sur ma personne sexuelle. Les choses étaient bien plus limitées que mon esprit ouvert ne les avait imaginées. Il n'y avait, en réalité, que deux sexes, et non des quantités infinies. Et ces petits derrières et ces petits doigts que j'avais vus dans les divers exercices de je-te-montre-le-mien-si-tu-me-montres-le-tien auxquels j'avais participé étaient les sexes complémentaires en question, les deux seuls, un petit derrière pour un petit doigt. J'étais stupéfait. Cette histoire de complémentarité concernait seulement un vulgaire point de *biologie*, une fantaisie anatomique ? Le menu destiné aux poissons oculaires ne contenait que deux plats ? Et on avait décidé d'avance lequel on pouvait choisir, le petit derrière ou le petit doigt, le bifteck ou le poulet ? Qu'est-ce que c'est que ce restaurant, maman ? Jusque-là, je n'avais en effet remarqué que des petits derrières et des petits doigts, mais je pensais que cela reflétait simplement la taille réduite de mon échantillonnage. (Dans le même ordre d'idées, même si la plupart de mes camarades au Jiminy Cricket étaient de race blanche, en me basant sur la couleur de la peau de certains d'entre eux, en plus des choses vues à la télévision et dans des magazines, j'avais la conviction qu'il existait des personnes noires, brunes, jaunes, rouges, bleues, orangées, et peut-être même rayées.) Mais non, insista ma mère, il n'y avait que deux sexes. Et, ce qui était encore plus ahurissant, c'est que les petits derrières appartenaient exclusivement aux filles, et les petits doigts, exclusivement aux garçons. Les filles, *par définition*, étaient des femelles avec de petits derrières, et elles seules pouvaient être des épouses. Les garçons, *par définition*, étaient des mâles avec de petits doigts, et eux seuls pouvaient être des maris. Je devais me rappeler ces permutations, car il n'en existait pas d'autres. Non, les épouses ne pouvaient être des garçons. Non, un mari ne pouvait épouser un autre mari. Non, non, non.

Le temps d'une brève balade en voiture, je devins indubitablement un garçon, je découvris une de mes caractéristiques définitives, et l'univers, qui jusqu'alors était une myriade, se divisa en deux camps. J'étais accablé de douleur.

«*Est-ce que je peux toujours aimer Noah?*» je demandai, *éclatant en sanglots.*

«*Bien sûr*», répondit ma mère doucement, me passant la main dans les cheveux. «*Aime-le autant que tu veux. Il est important d'avoir des amis.*»*

Des *amis*, maman? J'avais eu la permission d'aimer, et pourtant je sentais — sans pouvoir vraiment expliquer comment — qu'on venait de piéger les océans dans des aquariums. Je pensai qu'elle se trompait sûrement. Je continuai à la harceler, convaincu qu'il y avait un malentendu. Mais j'étais si démesurément confus que je ne pouvais aborder le sujet que par le petit bout de la lorgnette, cet insignifiant point de biologie.

«*Femelle et mâle? C'est tout? Même sur les autres planètes?*»

«*Nous sommes seulement sur cette planète-ci, mon amour, la planète Terre.*»

« *Pourquoi elle s'appelle Taire ? Ça veut dire quoi, Taire ?* »

« *Ça veut dire "ici" en grec et en latin.* »

« *Et nous sommes seulement sur cette planète-ci ?* » je dis, regardant par la fenêtre, comme si le bord de la planète était juste passé le champ.

« *C'est très grand, tu verras.* »

« *Il n'y a personne sur aucune des étoiles ?* »

« *Pas que nous sachions.* »

« *Et il n'y a personne sur la Lune ?* »

« *Non.* »

« *Seulement ici ?* »

« *Seulement ici.* »

« *La Taire ?* »

« *La Terre.* »

« *Femelle et mâle ?* »

« *Mâle et femelle.* »

« *Alors, elle est femelle ou mâle, cette voiture ?* »

« *Euh… façon de parler, elle — non, non. Mâle et femelle s'appliquent seulement aux êtres vivants. Cette voiture est une simple machine. Elle n'a pas de sexe.* »

« *Ahhh !* »

Un moment de réflexion.

« *Alors, il est femelle ou mâle, cet arbre ?* »

« *Non. Seulement les êtres vivants — et qui bougent.* »

« *Mais il bouge, l'arbre. Et tous les autres. Regarde.* »

« *Oui, mais c'est le vent, ça. Ils doivent bouger d'eux-mêmes. Vivants, et qui bougent d'eux-mêmes.* »

« *Il est quoi, le vent ? Femelle ou mâle ?* »

« *Non, non, non. Le vent n'est pas un être vivant.* »

« *Mais il bouge !* »

« *Oui, je sais. Mais il est invisible. Pour être mâle ou femelle, une chose doit être vivante, bouger d'elle-même, et être visible.* »

« *Alors c'est pour ça, les microscopes ? Pour voir le sexe des petites choses ?* »

« *Tiens, regarde, une vache.* »

« *Elle est femelle ou mâle, cette vache ?* »

Ma mère regarda. « *C'est une vache femelle.* »[*]

Elle sourit. Elle croyait être tombée juste.

Plusieurs cours de biologie plus tard, lorsque j'appris que, en réalité, les plantes ont une sexualité, une fois que j'eus compris pleinement les termes « pistil », « étamine » et « pollen », je découvris avec ravissement la sexualité lente et chargée de la nature. Pas étonnant que le printemps soit une période si sensuelle. Les arbres n'étaient pas des choses dures et irritables, mais des êtres discrètement orgasmiques gémissant à un niveau trop profond pour nos oreilles grossières. Et les fleurs étaient des orgasmes vifs et explosifs, comme lorsqu'on fait l'amour sous la douche.

En ce qui concerne Noah Rabinovitch et l'étrange mutilation pratiquée par les juifs, il faudrait encore du temps avant que je comprenne que son prépuce coupé servait de complément à autre chose qu'à mon pénis.

Le lendemain, à la récréation, nous nous cachâmes dans un coin et je lui proposai aussitôt, joyeusement, de devenir sa femme.

« D'accord », répondit-il avec la même désinvolture que si je venais de lui offrir une bille plutôt que ma vie. « Tiens, regarde ce que j'ai », ajouta-t-il en sortant de sa poche un yoyo Coca-Cola flambant neuf. « On va jouer avec. » Et il s'éloigna, suivi de son épouse déçue et mécontente.

Mes rapports avec Noah étaient néanmoins profondément satisfaisants. Vus de l'extérieur, nous avions l'air des meilleurs *amis* du monde (le mot de ma mère) et nous nous comportions comme tels, mais, à l'intérieur, j'éprouvais cette sensation extraordinaire, brûlante, la base même de l'amour : la complicité.

Noah disparut de ma vie aussi soudainement qu'il y était apparu. Le premier ministre Levi Eshkol mourut d'un infarctus le 26 février 1969. Golda Meir le remplaça. Dans la longue chaîne de changements qui s'ensuivit, un événement lointain, douloureux, fut le rappel, durant l'été de 1970, à la fin de ma première année, du diplomate Etan Rabinovitch à Jérusalem après qu'il eut occupé à peine un an et demi son nouveau poste.

Je passai comme une veuve ma dernière année au Costa Rica. Je n'avais plus que le fauve télévision pour me tenir compagnie. Je la regardais avidement, exprimant mon dégoût en m'asseyant très loin d'elle. Il y avait aussi le garçon qui m'avait attaqué, ce sauvage à la périphérie de mon terrain de jeux.

Si, dans mon enfance, je m'intéressais au sexe des autres, je ne me rappelle pas avoir manifesté beaucoup de curiosité à propos de mon propre pénis. C'était l'organe avec lequel j'urinais, une partie accidentelle de mon identité, *c'est tout**. Par un imperceptible effet d'osmose culturelle, je devinai qu'il s'agissait d'une partie « privée », sans toutefois que cela devienne pour autant une source d'intérêt, et encore moins de honte ou de gêne. C'était privé de la même façon qu'une chambre peut l'être : les gens sont invités à s'asseoir et à bavarder au salon et ce n'est qu'après avoir atteint un niveau suffisant d'intimité qu'on peut leur faire visiter la maison et leur montrer la chambre. À l'époque de la puberté, mon intérêt allait changer de façon spectaculaire et mon pénis deviendrait l'objet d'une attention zélée, la source d'un plaisir si puissant que je pouvais le qualifier d'extraterrestre, mais, même là, je n'ai jamais cru que ce petit membre — car c'est bien ce que c'est — puisse inspirer l'architecture, les organigrammes ou quoi que ce soit d'autre.

J'ai une photo en noir et blanc de moi lorsque j'étais très jeune, à l'âge d'à peu près trois ans. Je suis dehors par une journée chaude et ensoleillée, je suis nu, debout au sommet d'un quelconque escalier de bois. Je tiens contre moi ma doudou adorée, en lambeaux. Le photographe, mon père, est au-dessous de moi et je le regarde d'un air grave. Je n'ai pas encore d'inhibition due à la pudeur — d'après la façon dont je me tiens alors, on voit que, pour moi, chaque pouce carré de mon corps est également présentable. Mon sexe paraît très gros pour ma taille. Les organes sexuels ont peut-être leur propre taux de croissance et commencent plus tôt à se développer. Il est pourtant minuscule : un scrotum comme une demi-noix de Grenoble auquel est rattaché un pénis qui n'est rien de plus qu'un petit cylindre de peau. Mais ce qui m'étonne vraiment, c'est la manière dont ils flottent tous deux à la surface de mon corps. Sur ma couche de graisse de bébé, ils ont l'air d'être sans rapport avec mon corps et sans importance. Ils sont là, mais ils pourraient aussi bien être ailleurs, comme un gros grain de beauté — et pourraient apparemment être excisés comme un gros grain de beauté s'ils devenaient malins. Il n'y a aucun indice montrant à quelle profondeur ils sont enracinés en moi, comment ils forment, d'une certaine façon, la moitié de moi, et comment le point où ils se joignent à mon corps est un pivot.

Peu de temps après cette capitale balade en voiture avec ma mère, je lui montrai un gros ver de terre bien juteux que j'avais capturé dans le jardin.

« Il est femelle ou mâle, ce ver de terre ? »*

Ma mère, une femme imperturbable, une femme qui faisait toujours preuve de grâce sous la pression, eut à peine un haut-le-corps. Elle ramassa soigneusement les documents sur lesquels elle travaillait et les retira de sous mon ver qui pendait ; elle le regarda, puis elle me regarda.

« En fait, les deux. Le ver de terre est à la fois mâle et femelle. C'est une exception à la règle. »*

À la fois mâle et femelle ! J'examinai de près cette suprême créature brune pendant qu'elle se contorsionnait mollement entre mes doigts. Mâle et femelle ! C'était extraordinaire.

« *Où sont ses organes sexuels ?* »

« *Je ne suis pas sûre. Ils sont très petits. Tu ne peux pas les voir.* »

« *Eh bien, son nom est Jésus-Christ et elle est ma meilleure amie !* »

« *Et aucun des deux ne reste dans la maison. Ils seront plus heureux dans le jardin.* »*

Je m'éloignai avec ce miracle de l'univers. Chaque fois que les mots me revenaient — « À la fois mâle et femelle ! » —, j'étais de nouveau ébahi. Si Dieu existait —? —, Il, Elle, devait sûrement avoir la tête chauve et arrondie d'un ver de terre. Je levai les yeux vers le ciel. Je le distinguais parfaitement : un énorme et beau ver de terre entourant la Terre, bougeant gracieusement autour et au travers des nuages blancs. Je jouai quelques minutes avec Jésus-Christ puis, avec un couteau bien aiguisé, je le découpai en toutes petites rondelles pour essayer de trouver ses organes sexuels. À la fois femelle et mâle. Incroyable.

Ce penchant que j'avais dans mon enfance pour la torture me laisse aujourd'hui perplexe. Car bien avant le beau ver supplicié, j'avais martyrisé un escargot. Notre maison au Costa Rica avait un jardin clôturé qui grouillait de vie. Un jour que j'explorais mon territoire, je tombai, derrière un rideau de feuilles, sur le plus gros escargot que j'avais jamais vu. Il était en train de grimper sur le mur. Je le délogeai avec mon doigt et il dégringola sur le sol. Je le ramassai. Quelques secondes plus tard, la créature chamboulée émergea de sa coquille, sortant ses yeux pour évaluer la situation. Quels yeux extraordinaires ! Des tentacules blancs et translucides terminés par des points oculaires noirs, semblables à d'autres que j'avais vus auparavant, mais jamais de cette taille. Je fus séduit par ces yeux. Qu'il puisse exister des poissons assez petits pour y nager en liberté me stupéfia. J'allai chercher une paire de ciseaux. Mais j'eus beau essayer et essayer encore, le point noir rentrait dans la chair gris verdâtre et je n'arrivais pas à le trancher et à libérer l'eau de mer. Mais le petit animal était alors aussi sorti que possible de sa coquille, se tortillant lentement d'un côté et de l'autre, tentant manifestement de déterminer ce qui le retenait aussi fixement. Dans une de ses contorsions, il entra en contact avec une lame des ciseaux. Il s'y agrippa et se mit à ramper sur la lame, sa chair collante débordant sur les côtés, son bizarre bec-de-lièvre en avant. Après un ou deux centimètres, je refermai les ciseaux, piégeant la créature entre les yeux et tranchant sa tête en deux. Elle eut un sursaut spasmodique et rentra dans sa coquille. Un liquide commença à s'en écouler. Je secouai la coquille ; je considérai la possibilité de l'écraser, mais j'y renonçai. Torturer le mou était une chose ; torturer le dur était une autre paire de manches.

J'ai brûlé des fourmis avec une loupe. J'ai fait mourir de faim deux petites tortues. J'ai asphyxié des lézards dans des pots de verre. J'ai fait exploser des araignées avec des pétards. J'ai versé du sel sur des limaces. J'ai tenté de noyer des grenouilles et, n'y parvenant pas, je les ai lancées contre le mur d'un hangar à bateaux, puis je les ai regardées flotter à l'envers dans l'eau. J'ai tué un gros crapaud en le lapidant avec des tuiles brisées (la créature n'a pas bronché, elle s'est seulement affaissée et a cessé de vivre. Je ne veux pas faire d'anthropomorphisme, mais je me demande vraiment à quoi ce crapaud pensait, et en quels termes. Ni colère ni amertume, même si l'aspect d'un batracien évoque ce genre de sentiments, mais certainement cette émotion universelle de l'organique : «Je vais mourir, je ne veux pas mourir. Je vais mourir, je ne veux pas mourir. Je vais mourir, je ne veux pas mourir. Je vais… ») J'ai commis ces atrocités dans la solitude, sans joie, délibérément. Chaque cruauté, chaque ultime spasme de vie résonnaient en moi comme une goutte d'eau qui tombe dans une grotte silencieuse.

SIX ACTES MATINAUX DE DÉLINQUANCE AUXQUELS JE PARTICIPAI :

I) Sur le seuil d'une maison, je pris une bouteille de lait qu'on venait de livrer, j'enlevai soigneusement, avec la pointe d'un couteau, le bouchon cartonné, bus une gorgée, puis urinai dans la bouteille, juste assez pour ramener le liquide au niveau précédent. Remis le bouchon, replaçai la bouteille sur le seuil. Sept ou huit fois, jusqu'à ce jour où Eckhardt laissa tomber une bouteille et que, terrifiés, nous nous enfuîmes.

2) Mis du dentifrice dans la serrure de voitures. Plusieurs fois.

3) Dégonflai des pneus. Plusieurs fois.

4) Versai du sucre dans le réservoir d'une voiture. Une fois.

5) Creusai un trou à la base d'un magnifique cactus haut comme une maison, introduisis un pétard dans le trou, l'allumai, le cactus tomba comme un arbre, ses bras se détachant pour révéler une étrange chair moite. Une fois.

6) Mis le feu à une longue haie taillée en L. Une fois.

Enfant, je touchai le fond de l'abîme émotionnel au cours d'une promenade sur une plage au Guatemala. J'avais alors sept ans, peut-être huit. C'était une plage désolée du tiers-monde, le long de laquelle s'entassaient des bâtisses laides et basses. À ma droite, les déchets de plastique rejetés par la mer. À ma gauche, les déchets de plastique rejetés par l'humanité. Un ciel lourd et gris. Pas un chat

en vue. J'aurais pu être en train de me noyer, il n'y avait
personne pour me sauver. Je continuais à marcher, me
sentant déjà vulnérable. Droit devant, un objet indé-
terminé gisait sur la plage. Il se précisa peu à peu. C'était
une grande tortue de mer, mesurant plus d'un mètre,
couchée sur le dos, morte — oh! très morte! Elle avait la
tête renversée, son cou parcheminé était exposé, sa gueule
bien taillée et sans lèvres était ouverte, ses yeux noirs
regardaient fixement devant eux. Qui pouvait faire ça à
une créature d'une telle beauté? Qui pouvait délibérément la retourner sur le dos pour la laisser ainsi agoniser
lentement? C'était un acte gratuit, car il ne s'agissait pas
de faire de la soupe. Pendant que ces questions fondaient
sur moi, j'entendis un jappement dans mon dos. Je me
retournai. Un petit chien à trois pattes accourait vers moi.
Il avait perdu sa patte avant gauche, son moignon était
sale et noueux. L'animal aboya, mais il fit prudemment
un cercle autour de moi, ne reniflant que la tortue,
confiant parce qu'il savait que la mort ne donne ni coups
de poing ni coups de pied. Je sentis quelque chose en moi
faire naufrage, s'écrouler, une sensation que je n'avais
jamais éprouvée auparavant. Ce fut à ce moment précis,
bien avant d'apprendre les mots, que je sentis pour la
première fois me traverser, comme une rafale glaciale des
plaines, le néant, la nullité, la vacuité, le vide — la vie, la
conscience, comme étant quelque chose d'aussi superflu
qu'une télévision laissée allumée dans une pièce vide.
J'avais l'impression que si je faisais le geste d'essuyer
devant mes yeux, une traînée noire apparaîtrait dans l'air,
et, dans ma main, la surface déchirée, retroussée de la
réalité, l'image ridée d'un chien infirme en train de flairer
une tortue morte. Je ne pouvais quitter des yeux le ventre
de la tortue. Ce n'était pas son apparente dureté qui me
frappait, ni sa couleur (noir et jaune banane), ni les motifs
(de curieux rectangles au tracé délicat que je reconnaîtrais

des années plus tard sur les murs de pierre incas du Pérou), non, c'était sa légère courbure vers l'intérieur. Je sentais fortement que cette courbure s'adaptait exactement à celle de la Terre. En esprit, je pouvais voir la Terre ronde et, à cette Terre ronde, la bosse d'une tortue s'agrippait. Et c'était bien, c'était dans l'ordre des choses. L'inversion ici, le bébé courbure tournant le dos à la maman courbure, devant le grand vide de l'univers, était une barbarie.

Mais n'y avait-il pas un élément de nécessité dans ce meurtre? C'est cette question qui fit se lézarder le mur de mon bonheur, de ma sécurité. Je sentais que ce que j'avais devant les yeux, c'était le nihilisme, l'anéantissement délibéré de l'être pour affirmer l'être devant le non-être. Pour attaquer, même en vain, cette stérile abondance de vie.

La dernière pensée émergea: « Cette tortue… heureusement qu'elle était renversée avant mon arrivée, car je n'aurais jamais été capable de faire ça tout seul. » Je fis volte-face et rentrai à notre hôtel; le chien me suivit un peu avant de disparaître. Deux jours plus tard, je pleurai pendant des heures dans mon lit avant de m'endormir. Et je pleurai encore quelques mois plus tard.

Nous déménageâmes à Paris. On repeignait notre appartement et nous vivions à l'hôtel en attendant de nous y installer. Le deuxième jour, nous reçûmes la visite d'amis d'amis à nous, un peintre français et sa femme canadienne. Il s'agissait d'un simple geste de politesse de la part de Philippe et de Sharon, mais ce fut un tel coup de foudre entre mes parents et eux que, spontanément, de tout cœur, ils nous invitèrent à rester chez eux, ce que mes parents acceptèrent avec ravissement.

Deux jours plus tard, en début de soirée, on sonna à la porte. C'était un homme. L'incarnation même de la misère : tendu, fatigué, gêné, manifestement affolé. Il se présenta, non pas en français, mais dans un anglais hésitant, une langue que Philippe ne comprenait que très peu. Ils avaient en commun des amis allemands qui lui avaient donné le nom de Philippe et son adresse à Paris. L'homme tendit le papier sur lequel les renseignements étaient écrits. D'une voix bégayante, avec la difficulté qu'on éprouve lorsqu'on n'a pas l'habitude de quémander, il demanda de l'aide, ce que Philippe lui accorda sans hésiter. Il invita l'homme à entrer. Il lui offrit un siège et un verre de vin, et l'homme commença à s'expliquer. Il révéla qu'il était tchèque, qu'il était avocat, que son frère venait d'être tué dans des circonstances que je ne saisis pas, que lui et sa famille avaient fui la Tchécoslovaquie en catastrophe, abandonnant derrière eux leurs biens, leur vie, tout, qu'ils étaient à présent perdus et désorientés, que… qu'ils étaient à présent perdus et désorientés, répéta-t-il. Et il resta assis là, perdu et désorienté. Et tremblant.

Tout ce qui pouvait être fait de l'extérieur pour tenter de rendre l'intérieur heureux fut fait. Pendant que Philippe, mon père et le Tchèque, Pavel, allaient chercher la femme et la fille de ce dernier, qui attendaient dans un café, on dressa la table, on prépara à manger, on déboucha des bouteilles de vin rouge et on sortit des draps.

Je suppose qu'en réalité elle entra dans la maison épuisée et malheureuse, collée à sa mère, vêtue d'une robe blanche un peu sale, ornée de broderies d'un rouge et d'un violet éclatants, les cheveux coiffés en une tresse française effilochée. Mais, pour moi, ce fut l'apparition d'une beauté soudaine, extravagante. Je n'ai ni vu ni entendu Eva s'excuser et remercier dans son français approximatif, ni Pavel lui faire écho dans son anglais, ni Sharon et Philippe leur assurer que les excuses et les remerciements étaient superflus. Je n'avais d'attention que pour Marisa, qui regardait autour d'elle et prenait conscience de la chaleur. J'ignore si je faisais partie de cette chaleur, mais elle me regarda, puis regarda autour d'elle, puis me regarda de nouveau, et sourit. Ma poitrine se serra.

Le soleil émanait d'elle. Elle avait une épaisse chevelure blonde et crépue, un teint couleur de miel, des yeux très sombres et un visage si clair, si ouvert, que des années plus tard, alors que Tito et moi faisions du trekking dans l'Himalaya et que le vent changea et que tout à coup, dans une explosion de clarté qui me coupa le souffle, nous aperçûmes le mont Nanga Parbat dans sa totalité massive, microscopiquement précise, le seul mot qui me vint aux lèvres fut son nom depuis longtemps oublié. Elle avait mon âge, huit ans, et elle ne parlait, d'après ce que je pouvais comprendre, aucune langue connue de l'humanité, sauf l'espéranto de nos prénoms. Nous nous regardions, mutuellement étonnés d'entendre le charabia que l'autre parlait. Mais elle sourit de nouveau.

Après une toilette rapide, tous, Français, Canadiens et Tchèques, nous prîmes place autour de la table.

Pavel et Eva commençaient à se détendre. Mes parents, Sharon et Philippe et eux entreprirent une de ces interminables conversations dont les adultes ont le secret. J'ai tout oublié de ce blablabla sur l'art, la politique et la vie. Comment aurais-je pu m'en soucier quand Marisa se tenait à côté de moi ? Une fois qu'elle eut engouffré toute la nourriture que son corps pouvait absorber, elle se cala dans sa chaise. Elle observa ses parents pendant quelques secondes, puis me lança un regard de côté qui me figea. Nous commençâmes — chacun dans une langue différente — à communiquer, mais je ne sais pas trop de quoi nous parlions. Elle me chuchota des choses dans son adorable chinois européen de l'Est, et je lui répondis en chuchotant à mon tour dans un français que je croyais terriblement précis et ennuyeux, mais elle semblait assez contente, car elle répondait aussitôt à chacune de mes phrases, me laissant à peine terminer. Le seul mot qu'elle disait et que je comprenais, le mot le plus puissant de sa langue, c'était mon nom, qu'elle prononça à quatre ou cinq reprises, ce qui, chaque fois, me laissa médusé pendant quelques secondes.

Même si nous chuchotions, tandis que les adultes parlaient de façon parfois très énergique, c'est le contraire que j'entendais : leur conversation était une rumeur lointaine, proche du silence, et les propos inintelligibles de Marisa me parvenaient clairs et sonores.

Pavel poussa un cri étranglé, ce qui mit brutalement fin à notre intimité. Il avait le visage congestionné, il se mordait un index et il regardait fixement la table. Ses yeux étaient pleins de larmes. Le visage de Marisa perdit sa gaieté. D'une voix un peu plus perçante que la normale, elle posa une question à son père. Il s'ensuivit un bref échange en tchèque entre le père, la mère et la fille. Marisa paraissait sur le point d'éclater en sanglots. Je sentis que je l'avais perdue.

Après cette démonstration d'émotions d'adultes, l'heure du dodo sonna pour nous, les enfants. Le destin prit alors un de ces tournants qui changent une vie pour toujours. Bien que généreuse en espaces ouverts, la maison de Philippe et de Sharon n'était pas particulièrement spacieuse, et l'hébergement de six adultes et de deux enfants constituait un défi de taille. Il fut promptement décidé que Marisa et moi dormirions dans le même lit.

Et c'est ainsi, tout simplement, avec la désinvolture d'une pensée après coup — grâce au vin peut-être —, que la passion fit irruption dans ma vie.

Je fus prêt bien avant Marisa. En l'espace d'une minute, mes dents et mes cheveux étaient brossés, mes vêtements étaient etc., et j'étais couché dans le lit, fébrilement patient. Entre-temps, on lui fit prendre son bain et on la sécha. Je ne me rappelle pas à quoi je pensais, mais, comme les adultes sur le point de faire l'amour, j'étais sans doute profondément satisfait de l'instant présent, me contentant de ces pensées fugaces et circulaires caractéristiques de l'attente.

L'air sérieux et calme, elle apparut à l'entrée de la chambre, une beauté en chemise de nuit blanche au milieu d'une explosion de bouclettes. Du pied du lit, elle avança à quatre pattes, comme un lion, jusqu'à la place prévue pour elle, et elle pénétra dans le repaire de nos draps, à côté d'une gazelle excitée qui attendait — moi. Ses cheveux débordaient de son oreiller. La foule des parents vint nous embrasser et nous souhaiter bonne nuit. D'habitude, je ne pouvais m'endormir sans cette cérémonie, mais, cette nuit-là, j'aurais voulu qu'elle se déroule aussi vite que la passe d'un témoin dans une course de relais. Elle s'éternisa pourtant telle une scène dans un drame nô.

« To ale byly tri dlouhé dny, vid milácku. Ale uz to bude v porádku. Nový zacátek v nové zemi. Budes mít nové kamarády. Tak se na nás usmej. No vidís, ze to jde. Vzdyt vís, jak moc te mámc rádi. Moc a moc. Zítra pujdeme na australskou ambasádu a uvidíme, jak brzy budeme moci jet za tetou Vavou do Melbourne. Konecne uvidís opravdové klokany, to bude neco úplne jiného nez v zoologické v

« *Dors bien, chéri.* »

« *Oui, oui.* »

« *Demain, nous irons voir la cathédrale Notre-Dame.* »

« *Oui, oui.* »

« *Ne dérange pas Marisa.* »*

Praze. To se ti bude líbit,
vid ? Tak ted uz spinkej
milácku, dobrou noc. Uz
tady más dokonce kama-
ráda. Je príma, vid ? Zítra se
pujdeme podívat na Eife-
lovku, kdyz to vyjde. Treba
by mohl jít s námi, co rí-
kás ? Tak dobrou. »

Qu'est-ce que ça voulait dire, *ne dérange pas Marisa** ?
Je plissai les yeux. Si mes parents étaient morts à cette
seconde, j'aurais été ravi.

Enfin, l'interrupteur cliqueta, le loquet de la porte
claqua, et ils partirent.

Je respirai son odeur. Elle sentait merveilleusement
bon, et je le pris non comme un artifice — quelque savon,
quelque shampooing — mais comme une émanation
naturelle. Le parfum de la beauté. C'est incroyable
comme les odeurs peuvent nous ramener dans le passé.
J'ai l'impression que si je sentais ce shampooing de nouveau aujourd'hui, je pourrais pratiquement matérialiser
Marisa devant moi.

Nous étions allongés côte à côte, couverts de nos
pyjamas de la tête aux pieds, nous regardions le plafond,
les ténèbres rendues limpides par le clair de lune entrant
par la fenêtre, elle était calme, et moi, moi ? *moi !*...
électrisé jusqu'à la moelle. Et calme aussi, baignant
seulement dans l'émotion par laquelle je me laissais
emporter, délicieusement passif. Être aussi proche de
Marisa, à quelques centimètres de quelques mèches aven-
tureuses de ses cheveux, je n'en demandais pas plus. Si je
m'étais endormi à ce moment-là, je me serais quand
même souvenu toute ma vie de cette nuit-là.

Elle fit entendre un petit froissement, ajustant sa
chemise de nuit. Elle se tourna vers moi et parla.

« Ich bin nicht müde. Und du ? » « Je n'ai pas sommeil. Et toi ? »

De l'allemand ? Je ne parlais pas un mot de cette langue, mais, au Costa Rica, à deux maisons de chez nous, j'avais eu un ami, Eckhardt, dont les parents étaient des immigrants allemands.

Je lui répondis dans la langue qui, parce qu'elle était la troisième et la dernière apprise, m'était la plus étrangère et donc certainement la plus proche du tchèque.

« Ocho años. Casi ocho y medio. » « Huit ans. Presque huit ans et demi. »

« Hier gefällt es mir überhaupt nicht. » « Ça ne me plaît pas du tout, ici. »

« Tengo calor. Pero estoy bien. Estoy contento. » « J'ai un peu chaud. Mais je me sens bien. Je suis heureux. »

« Ich will zurück nach Prag. Die Leute hier sind schrecklich. » « Je veux retourner à Prague. Les gens ici sont désagréables. »

« ¿ Te gustan los helados ? » « Tu aimes les glaces ? »

« Mit meiner Tante Vavou wahrscheinlich. Aber die Känguruhs interessieren mich gar nicht. Ich will zu meinen Freunden. » « Avec ma tante Vava, probablement. Mais les kangourous ne m'intéressent pas. Je veux mes amis. »

« Tienen buenos helados aquí. Berthillon. Tomamos helado ayer. Vainilla con miel y nueces ; mi favorito. » « Ils ont des bonnes glaces, ici. Berthillon. On en a mangé, hier. Ma préférée, c'est à la vanille avec du miel et des noix. »

« Ich bin ja gar nicht froh. Und der arme Onkel Tomas. » « Je ne suis pas heureuse. Et pauvre oncle Tomas. »

« ¿ A lo mejor tomamos mañana ? » « On pourrait peut-être en manger demain ? »

Je prononçai ces derniers mots nerveusement, stupéfait de ma propre audace. Je demanderais à mon père de lui donner un cornet double, avec une boule à la vanille et au miel et une autre au chocolat blanc. Elle était allongée sur le côté, la tête dans sa paume. Quelques mèches de cheveux tombaient sur son visage. Elle les repoussa de la main.

« Ach, die Hitze. Es ist hier viel zu warm. Wir können mal unsere Schlafanzüge ausziehen. »

« Oh ! il fait tellement chaud sous ces couvertures ! Enlevons nos pyjamas. »

Elle s'assit et, abasourdi, je la vis commencer à relever sa chemise de nuit et à la faire passer par-dessus sa tête. Ses cheveux retombèrent en cascade dans son dos.

« Mir geht's jetzt besser. Zieh doch den Schlafanzug aus. »

« C'est mieux comme ça. Enlève le tien. »

Elle tendit la main vers le haut de mon pyjama. Je me redressai et elle m'aida à le retirer. Nous restâmes assis quelques instants, à nous regarder. Je suppose qu'elle avait une poitrine très semblable à la mienne : plate avec deux mamelons pâles et ronds. Sauf que la sienne avait une touche de doré. Elle sourit.

Nous nous allongeâmes et elle me fit me placer de façon que je lui tourne le dos. Elle m'entoura de son bras. Elle me tenait simplement et ouvertement, nos corps étroitement emboîtés l'un dans l'autre, notre peau se touchant, la sienne, très chaude, ma tête reposant dans sa douce chevelure rebelle. J'avais les yeux ouverts, mais j'avais davantage conscience de l'odeur et du toucher que de la vue. Je me sentais étourdi.

« Kehr dich mal um. »

« Tourne-toi. »

Ses mains exprimaient clairement ce qu'elle voulait dire. Je me tournai lentement, lentement, comme la planète Terre se tourne vers le jour. Lorsqu'elle parlait, lorsqu'elle respirait, je pouvais le sentir sur mon visage. Nous continuâmes à nous chuchoter de charmantes futilités hispano-teutoniques.

Après une pause, elle ferma les yeux, franchit un espace de huit centimètres et m'embrassa sur les lèvres.

Cela ne m'est arrivé que deux fois dans ma vie : je pouvais à peine la voir tellement j'avais de poissons dans les yeux. À cet instant, je voulais que le temps s'arrête, je voulais que la nuit ne finisse jamais, je voulais que le soleil soit vidé.

« Gracias, Marisa. »   « Merci, Marisa. »

J'étais si parfaitement heureux, j'avais les yeux si grands ouverts et brillants, que je m'endormis. Au matin, je me réveillai convaincu que l'amour est une insomnie qui nous tire du sommeil de la vie. Auparavant, je dormais, mais je ne dormirais jamais plus. Je jurai de rester éveillé comme ça le reste de ma vie, pleinement éveillé, comme une bouteille d'un litre en verre transparent remplie d'un litre d'eau.

Ma mère entra et je lui posai aussitôt la question.

« Est-ce qu'ils vont rester à Paris ? »

*« Non, ils veulent s'établir en Australie. »**

La réponse se répercuta dans ma tête. *Non, ils veulent s'établir en Australie. Non, ils veulent s'établir en Australie. Non, non, non.** J'étais au bout du lit, presque complètement habillé. Elle m'apportait une chemise propre.

Est-ce que l'on me comprendra si je dis que parfois l'engourdissement peut faire mal ? Qu'on ne veut pas sentir parce que ce sera la douleur qu'on sentira, alors on essaie de ne pas sentir, de rester là, immobile, paralysé, dans la douleur ?

Ce jour-là, nous, les trois nations, visitâmes Notre-Dame, un lieu vaste et froid, sauf quand Marisa et moi nous nous tînmes debout sur les bouches d'air chaud. Je restais près d'elle. Elle me faisait le même effet que la cathédrale : des courants d'air chaud parmi des courants d'air glacé. « Elle est ici, mais pas pour longtemps, elle est ici, mais pas pour longtemps, elle est ici, mais pas pour longtemps. »

Nous retournâmes passer une nuit à l'hôtel, puis nous emménageâmes dans notre nouvel appartement. Je vis Marisa plusieurs fois par la suite, mais jamais dans les mêmes circonstances. Elle devenait heureuse, se réconciliait avec le destin, pensait à l'Australie, disait déjà ses premiers mots en anglais — *boat*, *bed*, *dictionary*. La dernière fois que je la vis, au moment des adieux, elle vint vers moi et m'embrassa publiquement sur la joue gauche, sur la joue droite, sur la joue gauche, puis, une fois, sur la bouche. Je sentis que ma vie était finie.

C'était une nouvelle institutrice à ma nouvelle école, l'École anglaise de Paris. C'était mon premier jour. Un garçon assis au fond de la classe lui rendait la tâche difficile. Il se montrait très insolent. Lorsque la tension entre elle et lui atteignit son paroxysme, elle perdit le contrôle et frappa le premier gamin qui était à la portée de sa main — lequel garçon se trouva être moi. Est-ce que j'avais fait un commentaire ? Une plaisanterie ? Quelque chose qui aurait pu servir de prétexte illusoire ? Si c'est le cas, cette gifle en effaça aussitôt tout souvenir. Je ne pleurai pas — l'orgueil —, je baissai seulement les yeux, le visage en feu. Mais dès que je descendis de l'autobus et que je fus accueilli par mes parents, des heures plus tard, j'éclatai en gros sanglots étranglés. Mes camarades nous entourèrent et, de leurs voix perçantes, tous à la fois, ils racontèrent ce qui s'était passé. En vérité, l'institutrice n'avait pas voulu me gifler et, avant même de recevoir, le lendemain matin, la visite de deux jeunes diplomates canadiens rouges de colère qui entendaient savoir pourquoi leur fils bien-aimé avait été abusé physiquement — une chose qu'eux-mêmes, soulignèrent-ils avec véhémence, n'avaient jamais *jamais* faite —, et, qui plus est, avait été injustement abusé, donc, avant même de recevoir cette visite, la directrice avait reçu celle de la jeune femme (avec son fiancé) qui, immédiatement après la classe, était allée pleurer aux toilettes, qui avait passé une nuit blanche, une jeune femme dont les yeux étaient encore rouges et qui était manifestement bourrelée de remords à propos de cet incident. Le reste de l'année, elle se montra plus que gentille avec moi et j'obtins une note finale de 94, mais je ne me rappelle plus dans quelle matière. Cette gifle fut l'un de mes rares contacts avec la violence dans ma tendre enfance. Les autres sont venus par le biais de l'art.

J'aimerais passer rapidement sur cet épisode. C'est une erreur de mon enfance, dont le regret continue de me hanter. Je ferais n'importe quoi pour l'effacer ! Je le considère comme l'une des fourches de la rivière de mes premières années, un de ces moments qui marquent le début d'une manière d'être. Les détails m'agacent et m'ennuient, je les ai tant de fois repassés dans ma tête, pourtant je dois les raconter. Ce qui m'apparaît évident, c'est que l'épisode de Marisa ne m'avait rien appris.

Dix ans, même école, même classe, un peu plus petite que moi, un sourire comme... pas de métaphore, allons droit au but : j'étais amoureux de Mary Ann. Mes yeux tombaient sur elle — et quelle différence une seule personne peut faire ! Je pouvais regarder toutes les autres personnes de ma vie, mes parents, mes camarades, mes professeurs, des étrangers dans la rue, et rien ne se passait, rien que des bouteilles se déplaçant dans une fabrique de bouteilles. Mais jamais je ne me lassais de regarder Mary Ann. Il y avait quelque chose en elle qui dépassait mon entendement. Je la contemplais d'une façon circulaire, de ses cheveux à son front à ses yeux à son nez à son sourire à tout son visage, puis je revenais aux détails, un cercle après l'autre. Nous étions des amis, Mary Ann et moi. Nous jouions tout le temps ensemble et, dans l'autobus, je m'asseyais à côté ou près d'elle, régulièrement. Et elle vint chez moi au moins une fois. C'est gravé dans ma mémoire.

Kelly, la jeune sœur de Mary Ann, était avec nous. Nous jouions au sous-marin dans les meubles modulaires de ma chambre. Kelly, qui actionnait les silos lance-missiles, était au-dessous, au pupitre, tandis que, sur le lit au-dessus de sa tête, hors de sa vue, nous étions étendus, Mary Ann et moi, les commandants du sous-marin. Nous parlions, nous chuchotions, nous donnions des ordres, nous riions, nous nous regardions dans les yeux — et c'était là dans l'air, ça ne demandait qu'à être pris, je n'avais qu'à me pencher en avant et à le faire. Je me laissai plutôt retomber en arrière, comme si j'étais épuisé, et je donnai à Kelly le dernier ordre : « Fais surface. » Le charme était rompu.

Un jour, je serai vieux et, si on me provoque, si on m'aiguillonne, je me mettrai à raconter cet incident trivial : il était une fois un garçon de dix ans qui n'a pas réussi à embrasser une fille de dix ans. J'en éprouverai de l'amertume.

Cet incident se passa après l'épisode du sous-marin, dans l'autobus scolaire qui nous ramenait chez nous. Mary Ann était assise avec Diane sur le siège qui était devant le mien. Elles s'étaient caché la tête sous leurs manteaux et se chuchotaient des secrets. Mais je pouvais les entendre. Par le petit espace qu'il y avait entre leurs sièges, je pouvais les entendre. Mary Ann demanda à Diane qui elle aimait, quel garçon, il y eut des ricanements et une réponse dont je me fichais éperdument. Puis, Diane demanda à Mary Ann qui elle aimait, quel garçon, et immédiatement, sans hésitation, il y eut une réponse, un Paul, un Henry quelconque, une réponse que j'avais si peu envie d'entendre que j'en devins momentanément sourd. Je me calai dans mon siège, je regardai dehors par la fenêtre et réussis à ne pas pleurer avant d'être chez moi dans la salle de bains.

Cet été-là, je séjournai deux semaines au Canada, chez ma grand-mère paternelle. Elle vivait dans un petit village au bord du Saint-Laurent, et je passai le plus clair de mon temps sur un quai, à pêcher. Cela amusait le citadin que j'étais de capturer des poissons dans ce fleuve sauvage — trente-cinq kilomètres de large au niveau du village de ma grand-mère —, et cela voulait dire que je pouvais rester seul, car elle ne m'accompagnait jamais ; seul avec le vent, l'eau et le soleil. Mais il fallait faire quelque chose de mes prises. Je pêchais des loches, et ma grand-mère n'aimait pas le goût de ces poissons. Le jardin, disait-elle. C'est ainsi que, pendant ces deux semaines du début de l'été, tous les jours, je pêchais seul sur le quai, puis je retournais à la petite maison de ma grand-mère pour fertiliser son jardin avec du poisson frais. Je creusais de petites tranchées, et j'y déposais mes loches, une à une, la tête de l'une touchant la queue de l'autre. Je les enterrais rapidement, avant qu'elles puissent basculer hors de leur position. Certaines réussissaient néanmoins à remonter à la surface, et je devais creuser une tranchée plus profonde et piétiner la terre sur elles afin de la rendre plus compacte. Je n'aurais pas supporté cette absurdité, sauf que la télévision et le reste de mon éducation m'avaient enseigné les nombreuses façons de tuer un homme ou une femme, mais pas une loche. Pendant que je les enterrais, je ne cessais de me répéter, jusqu'à en devenir étourdi : « Il n'y a pas d'amour, il n'y a pas d'amour, il n'y a pas d'amour. » Rageusement, dans la terre froide et noire, je voulais enterrer les poissons de mes yeux.

J'étais en visite chez Jonathan. Comme c'était une maison avec un jardin, ce devait être quelque part en banlieue de Paris. Nous trouvâmes un préservatif. Il était mou et pâle et il sentait mauvais. La sœur de Jonathan, Louise, s'approchait. Il cacha le condom. Elle portait son maillot de bain et des verres fumés. Sans nous dire un mot, se contentant de nous lancer un regard exaspéré, elle s'allongea sur la chaise longue. Jonathan la regarda, puis me regarda d'un air entendu. *Ça venait d'elle.* Je la regardai fixement, rempli de respect. Elle se tourna vers nous. « Fichez le camp », siffla-t-elle. Nous nous éloignâmes.

« Elle s'est engueulée avec son petit ami », m'expliqua Jonathan. Il avait la chance d'avoir une sœur. Il ne cessait de l'espionner. Nous montâmes à l'étage et, de la fenêtre arrière, nous la regardâmes, espérant qu'elle ferait quelque chose, sans savoir quoi. Elle était étendue, complètement immobile, presque totalement bronzée (on était en plein été), sauf pour les deux cercles et le triangle de son bikini bleu. Nous l'observâmes longtemps, par intervalles, et elle ne semblait jamais bouger. Puis, alors que je regardais, mais pas Jonathan, je vis deux scintillantes rivières de larmes apparaître sous ses verres fumés et couler le long de ses joues, et je ne voulus plus la regarder. J'eus soudain la gorge serrée. Je pensai à Mary Ann. Jonathan était en train de prendre sa carabine à plombs pour me la montrer. « Nous allons tirer sur des choses », dit-il. « Hier, j'ai abattu un pigeon », dit-il. Mais je n'avais pas envie de regarder sa carabine ni de tirer sur quoi que ce soit. Je proposai de regarder la télévision.

Cette douleur, la douleur de l'amour non partagé, je l'éprouvai à des intervalles si réguliers au cours de mon enfance et de mon adolescence que ça m'est égal d'écrire sur ce sujet. C'était une douleur terrible et constante, et il était impossible de la détourner. On ne pouvait que la subir. Lorsque mes parents préparaient des spaghettis, je remarquais toujours la nouille laissée derrière dans la passoire, abandonnée, oubliée, tandis que ses compagnes étaient enlacées dans les bras les unes des autres, chaudes et fumantes, dans le grand plat au centre de la table. Lorsque l'amour était douleur, je me sentais comme cette nouille. Je ne mangeais jamais de pâtes avant d'aller voir la passoire dans l'évier. Je regardais cette nouille désespérée, enroulée sur elle-même à la recherche de réconfort, et je lui apportais de l'amour en la mangeant tendrement.

Je ne veux pas discuter du sujet de l'amour non partagé. Si l'amour est la mer, alors voyageons un peu à l'intérieur des terres.

LA DEUXIÈME FOIS QUE, DANS MON ENFANCE, LA TÉLÉVISION M'HYPNOTISA :

2) Je savais que quelque chose d'interdit était sur le point de se produire parce qu'un petit rectangle blanc s'imprimait au coin inférieur droit de l'écran de la télévision, ce qui, à l'époque, indiquait que l'émission s'adressait à « un public adulte ». En l'absence de mes parents et de ma gardienne — ils étaient sortis pour la soirée, elle lisait dans une autre pièce —, je n'hésitai guère. Je baissai le volume pour rendre moins bruyante l'immoralité de mon acte. Une image émergea des ténèbres.

Une arène vide.

Des gens qui y entraient.

Des lumières qui s'allumaient.

Tout d'abord, j'y prêtai à peine attention, car c'était le rectangle blanc en soi qui me captivait. Je le fixais comme Ève avait dû fixer la pomme. Puis le film débuta pour de bon. Cela se passait dans un futur où les guerres n'existaient plus, car il n'y avait plus de pays mais seulement des multinationales, et où les frustrations collectives ne pouvaient s'exprimer que dans une arène qui servait à un sport d'équipe violent joué sur des patins à roulettes et des motos sur une piste circulaire. La caméra montrait tout : les coups et la douleur, les accidents et les corps. Nous nous attardions sur le visage hébété et luisant de sueur d'un joueur agonisant, puis nous faisions un zoom sur les spectateurs assoiffés de sang qui se jetaient contre la barrière de plastique en hurlant : « Encore ! Encore ! Encore ! » Je regardais, en état de choc. Je remarquai de nouveau le rectangle blanc. Je songeai à plonger en avant et à éteindre la télévision, mais je ne le fis pas. Je continuai à regarder. Je me souviens de ce film à cause de la façon dont mes émotions oscillaient entre la répulsion et l'attirance en un mouvement de balancier. Je pouvais sentir comment la fascination repoussait les limites de l'horreur.

SUR L'USAGE DES MOTS « NÈGRE »
ET « PUTAIN » :

Mon école à Paris était surtout fréquentée par des enfants de diplomates et de directeurs commerciaux étrangers. Il y avait donc un fort contingent de noirs foncés, de noirs moyens, de noirs pâles, de bruns foncés, de bruns chocolat au lait, de bruns pâles, de jaunes et d'olivâtres au milieu des blancs couverts de taches de rousseur, des blancs anglais dont on distinguait les veines à travers la peau transparente, des blancs australiens basanés et des blancs ordinaires ennuyeux. Nous avions même un incolore, un albinos, et un infirme irlandais. J'étais fasciné par la couleur d'une grosse fille du nom de Gora. Elle était indienne ou trinidadienne. Elle avait la peau d'un doux brun miroitant qui semblait avoir de la profondeur. J'imaginais tremper un doigt dans sa peau et le voir englouti dans sa couleur brune. À la maison, j'avais l'habitude de prendre du lait et d'y ajouter soigneusement du chocolat en poudre en essayant de parvenir à la couleur exacte de Gora, mais je n'ai jamais réussi à le faire parce qu'il existe une qualité de rouge jaunâtre que Nestlé ne possède tout simplement pas. « Nègre » était la seule insulte raciste que moi et les autres connaissions à l'école, et nous l'utilisions de façon très équitable ; tous ceux qui n'étaient pas noirs pouvaient se faire traiter de nègres. Notre nègre le plus régulier était le frère de Béatrice, un blanc britannique au teint blafard du nom d'Anthony. Il était légèrement retardé, et nous l'appelions si souvent « nègre » que nous avions presque oublié son vrai prénom. Puis, un jour, M. Templey surprit Tristan en train de le traiter de ça, et il l'engueula copieusement. C'est là que, pour la première fois, j'entendis parler de Martin Luther King, des États sudistes et du Mouvement pour les droits civils. « Nègre » tomba en désuétude et nous commen- çâmes à traiter Anthony de « crétin ». Si le racisme ne fonctionnait pas, c'est aussi parce que c'était une notion qu'on ne pouvait pas appliquer à tous les cas. Gora était prétentieuse et c'est avec plaisir que je lui dis un jour qu'elle avait la peau couleur de merde, mais Tony, le fils de l'ambassadeur nigérien, était formidable. Il était vrai- ment très amusant et il possédait des pétards qui explo- saient comme de la dynamite. C'était aussi un chef. Ses paroles et ses actes avaient du poids.

Nous nous demandions comment s'épelait le mot « putain ». Était-ce *putin* ou *putain* ? Je crois qu'aucun d'entre nous n'en connaissait l'origine ou la signification exacte. Le mot constituait un mélange explosif de mystérieux, d'interdit, d'obscène. Nous nous délections de ce mot. C'était un mot de pouvoir. Celui qui lançait un « putain de merde » ou « c'est une putain de belle journée » se faisait reconnaître comme une personne avec laquelle il fallait compter. Seuls le vandalisme et le vol avaient plus de cachet. C'est également un mot que, d'après mon souvenir, nous n'utilisions pas contre les filles, ni avec elles ni à leur propos. Tandis que la vulgarité était amusante entre gars, avec les filles, elle semblait laide et inutilement corrosive. Les filles arrivaient à se montrer mesquines et déplaisantes — Béatrice, par exemple — sans être grossières, une prouesse élégante. «Putain» était un mot de gars.

Nous nous mîmes, Jonathan, Ali et moi, à explorer les garages et les hangars de l'école. C'était comme explorer une lointaine planète de la galaxie. Nous tombâmes sur un Solex. Les Solex sont d'antiques merveilles de l'ingénierie française. Il s'agit de bicyclettes motorisées — peintes en noir, toujours —, avec de petits moteurs grassouillets perchés de façon incongrue sur leurs roues avant. Nous dévissâmes le bouchon du réservoir d'essence et y versâmes du bran de scie. Nous explorâmes ce garage-là plusieurs jours d'affilée. Il était grand et plein d'engins mécaniques. La dernière fois, nous trouvâmes une mobylette, ce qui nous enchanta, car un réservoir de mobylette est beaucoup plus gros que celui d'un Solex. Nous étions sur le point de remplir ce réservoir à ras bord de sciure lorsque, de derrière une grosse tondeuse à gazon, dans un moment d'horreur à faire arrêter le cœur de battre, apparut l'un des ouvriers français de l'école. Il était resté caché, à nous attendre. Affolés, nous prîmes aussitôt nos jambes à notre cou. Il nous suivit d'un pas lourd. Mais il nous connaissait, nous le voyions tous les jours, il était donc insensé d'essayer de lui échapper, même si nous courions plus vite que lui. Jonathan et moi, nous nous arrêtâmes et restâmes debout contre le mur. Nous étions tremblants de peur. Il avait d'énormes mains brunes dont la peau ressemblait à du cuir. Il s'approcha de nous et agita son index, un doigt qui, d'un seul coup, aurait écrabouillé nos petits crânes d'anglophones.

« *C'est méchant, faire ça, c'est pas gentil* », *dit-il, sans crier tout simplement.* »*

Puis il fit volte-face et s'en alla. Ce fut tout. Et ce fut efficace. Nous nous regardâmes, Jonathan et moi, sidérés. Ce n'était pas gentil, c'était *méchant**. Quand nous aperçûmes Ali qui nous attendait plus loin, nous lui en voulûmes, comme si la pire raclée de sa vie lui avait été injustement épargnée.

Lorsque je revis l'ouvrier de l'école le lendemain, j'allai lui présenter mes excuses. Il sourit et me passa la main sur la tête et la nuque. Elle était rude et très chaude.

C'était au camp de ski pendant la période des fêtes. Après une journée de ski, nous étions allés nager. Nous étions aux douches, nous étions tous exténués et nous nous attardions sous l'eau brûlante. Jean-Luc, le chef de notre groupe, se tourna vers moi et, sans dire un mot, il se mit à me laver et à me frotter le dos. C'était peut-être autre chose que de la camaraderie qui le motivait, je ne le sais pas ; il se montrait toujours gentil avec moi. Je ne fus pas peu fier d'être, moi et personne d'autre, le privilégié qui faisait l'objet de son attention. Je savais que tout le monde nous regardait avec envie. Et c'était bon, ce vigoureux massage du dos, c'était très bon — il y avait aussi ce simple plaisir. Il se passa alors quelque chose de curieux : d'abord, un garçon, puis un autre, puis nous tous. En l'espace d'un instant, nous formions un cercle de garçons qui se lavaient et se frottaient mutuellement le dos. Même si nous n'en avons jamais reparlé, cette douche constitua l'un des points forts de nos vacances aux sports d'hiver. Cela se termina par des rires dont je me souviens encore aujourd'hui. Des cris de joie perçants. Des visages tordus par l'effort de rire.

Nous quittâmes Paris pour Ottawa après un séjour de presque quatre ans. Tandis que je montais les marches de l'avion et que je me tournais pour regarder les gens sur la terrasse ouverte de l'aéroport, j'ignorais encore que ce n'était pas seulement l'Europe qui agitait la main pour me dire au revoir, c'était aussi mon enfance. J'avais douze ans.

C'est difficile de décrire la métamorphose qui commence au moment de la puberté. Tant de fils différents la tissent. Tout d'abord, la puberté fut pour moi un phéno-mène physique. De nouveaux poils, une croissance physique teintée de gaucherie, une maladie de peau, la découverte d'un plaisir secret. Je ne me rendais compte que de façon obscure qu'il s'agissait aussi d'un phénomène mental. Je remarquais à peine qu'un nouvel univers se glissait devant mes yeux. Un univers où l'angoisse la plus paralysante pouvait côtoyer la plus grande allégresse. Un univers qui comportait l'idée de choix, de choix véritable, personnel. Un univers où la connaissance et la confusion croissaient de façon exponentielle. Un univers où des notions comme le succès et l'échec, la volonté et l'indo-lence, l'apparence et la réalité, la liberté et la respon-sabilité, le public et le privé, le moral et l'immoral, le mental et le physique remplaçaient la notion plus simple de plaisir qui m'avait guidé auparavant. Au cœur de ces changements, il y avait une souffrance nouvelle, celle du besoin sexuel, et une solitude nouvelle — profonde, paraissant insondable, une torture à l'état pur. Pour moi, la puberté était un chemin sans panneaux de signalisation, balisé d'aucune illumination soudaine. Je crus être le même que toujours, absolument le même, jusqu'au jour où je m'aperçus que je n'aimais plus autant jouer avec mes jouets, ou être tout le temps avec mes parents.

Je me demande, par exemple, quand j'ai pour la dernière fois pris ma douche avec mon père. Quand, précisément, nous avons été pour cette dernière fois tour à tour sous la pomme de la douche ? Quand nous nous sommes passé le savon et le shampooing ? Quand nous sommes sortis ensemble de la baignoire pour nous sécher ? Tout cela sans y penser. La nudité prit un autre sens, et cette progression se fit lentement et imperceptiblement — mais il dut y avoir cette dernière douche, cette frontière que je ne franchirais plus.

Mon regard changea de direction. Les questions ne jaillissaient plus de moi comme les flèches jaillissent d'un arc : Pourquoi le ciel est-il bleu ? Qui a écrit la Bible ? Pourquoi les éléphants ont-ils un long nez ? Il y avait aussi les mystères internes. Je commençai à me regarder dans les miroirs. Je m'occupais d'abord de l'inévitable aspect extérieur : les pores obstrués de mon nez, les boutons sur mon front, les boucles et les vagues de mes cheveux. Puis je me regardais vraiment ; c'est-à-dire que je regardais mes yeux, ces dépositaires de l'âme. Derrière ces petits trous noirs... qui ? Tant de changements. En était-il de même pour tout le monde ?

Je découvris mon corps. Jusqu'alors, mon moi physique et mon moi mental avaient cohabité dans une telle harmonie que je ne les avais jamais considérés comme des entités séparées, ou séparables. Tous deux étaient aussi intégrés qu'ils le sont dans *Le penseur* de Rodin ou dans le *Miracle Mile* couru par Roger Bannister et John Landy. Mais voilà que le vaisseau de mon esprit commençait à montrer des signes de rébellion, à révéler qu'il pouvait créer de lui-même des souffrances et des plaisirs inattendus. Il en résultait un moi plus compliqué, à multiples facettes, avec davantage de bouches à nourrir, davantage de besoins à satisfaire.

La solitude devint un plaisir. Certains moments de l'adolescence ne peuvent être décrits par des mots. On est tranquille, disons qu'on contemple un champ, ou encore une rangée de livres dans une bibliothèque, lorsque les choses apparaissent tout à coup nettes et précises, et il y a un tintement. Ce n'est pas le terme exact. Ce que je veux dire, c'est qu'à cause de notre jeunesse et de notre invincible vitalité, on a, par ruse, amené la vie à négliger de nous surveiller, on a grimpé dessus par-derrière, on est arrivé près de son cœur, qu'on entend battre. On n'entend pas une pulsation rugissante, mais quelque chose de très serein, un doux frémissement venant du champ, de la rangée de livres, quelque chose de si calme que c'est plus visuel qu'auditif, un chatoiement à l'état pur. Cette pulsation n'entraîne pas de mots jusqu'à notre esprit, mais on sent une expansion ; des portes s'ouvrent dans notre tête sur d'immenses pièces vides, et notre esprit s'écrie : «Juste ciel ! Cet endroit est plus grand que je ne le pensais !» Ainsi, alors que le mobilier est le même qu'un moment auparavant, la maison de notre esprit est soudain quatre fois plus vaste. C'est ce que j'entends par tintement, par chatoiement, par pulsation : une vague prise de conscience, pendant l'adolescence, que la vitalité dépasse la compréhension.

Je surveillais la croissance de mes poils corporels. Ces marques de maturité apparurent pour commencer au bas de mes jambes, comme des anneaux de virilité sur mon corps d'enfant. On aurait dit que les hormones qui déclenchaient cette croissance devaient combattre la gravité, car c'est seulement après que ces pousses noires eurent gravi une certaine distance sur mes jambes qu'elles apparurent sur mon pubis. Les poils surgirent ensuite sur ma poitrine, trois ou quatre poils au centre de mon sternum. Puis le duvet blond que j'avais aux aisselles fut supplanté. Ce n'est qu'après cela que mes joues se joignirent à la fête. Pour finir, l'élixir hormonal toucha le sommet de ma tête. Pendant toute mon enfance, j'avais eu une chevelure épaisse mais assez facile à coiffer. J'ai souvenir de mon père démêlant mes cheveux avec un peigne, par petits coups qui finissaient par venir à bout des nœuds, un « ouille ! » pour chaque secousse. Les secousses ne faisaient pas vraiment mal ; c'était seulement une autre façon d'embêter mon père. Mais avec la puberté, mes cheveux commencèrent, lentement et graduellement, à friser, à onduler, à s'entortiller. Je me retrouvai avec une tignasse rebelle.

Je pris plaisir à voir se développer ma pilosité. Les poils étaient beaux, ils me convenaient. C'étaient les poils sur ma poitrine qui me ravissaient le plus. Je voulais qu'ils poussent si épais, si drus, que je puisse les peigner. Je me souviens d'une publicité que j'avais vue dans un magazine de bandes dessinées, à côté du bon de commande pour les hippocampes, à propos d'un savon censé favoriser la croissance des cheveux. Je rêvais d'en commander, mais je ne l'ai jamais fait parce que je ne savais pas comment payer par la poste et que j'avais peur que mes parents le découvrent. Je finis par avoir la poitrine velue, mais jamais autant que je l'avais désiré. Mais mon ventre, au moins, me donna satisfaction.

À l'âge de quatorze ans, je commençai à me raser. C'était davantage préventif que nécessaire ; sur mon visage, les poils n'ont jamais poussé de façon spectaculaire. La barbe flottante de Charles Darwin ou de Karl Marx n'était pas pour moi, ni la magnifique moustache de Friedrich Nietzsche le fou. Ma lèvre supérieure et mes joues produisaient plusieurs arbres, mais pas de forêt, et je n'avais besoin de changer de hache qu'après quelques mois. Mais j'aimais me raser — ce rituel viril consistant à m'éclabousser le visage d'eau chaude, à faire mousser de la crème à raser jusqu'à ce qu'elle devienne une mer blanche et écumeuse, puis à la racler par petits coups nets et brefs avec un rasoir tenu avec précaution. C'était une forme de recueillement, et cela avait sur moi un effet apaisant. Je me rasais de une à quatre fois par semaine, selon mon humeur.

Acné. Le mot appartient à l'adolescence. Comme l'angoisse de la virginité, c'est une chose dont la plupart des adultes se souviennent à peine.

Je m'en souviens.

L'acné fut le cercle le plus bas de l'enfer que je visitai pendant mon adolescence. Ces gros boutons qui se desquamaient n'étaient, au début, rien de plus que des curiosités extérieures — une petite moisissure à la surface d'un fromage frais. Mais ils persistaient, puis ils se multipliaient comme des hydres jusqu'à finalement m'envahir à l'intérieur, comme la gangrène envahit le corps d'un jeune soldat, comme la peste bubonique se propage dans une ville au soleil. L'horreur de l'acné, c'est qu'elle détruisait l'image que j'avais de moi-même. C'était une pourriture de laideur qui attaquait un garçon qui s'était jusqu'alors cru beau.

La maladie semblait privilégier certains endroits. Mes joues étaient presque épargnées, mais pas mon front. La pourriture paraissait avoir une prédilection pour ma tempe droite plutôt que pour la gauche. Mon nez souffrait. Mon menton. Le bord de ma lèvre supérieure. La région sous ma mâchoire était un véritable champ de bataille. Pour ajouter à l'humiliation, j'avais la peau terriblement grasse, recouverte d'une pellicule luisante. Pendant toute mon adolescence, je me lavais, frottais, nettoyais à fond le visage deux ou trois fois par jour avec un savon à la pierre ponce hautement abrasif. Hors d'ici, huile ! Arrière, peau morte ! Éloigne-toi, acné ! Je m'épongeais avec une serviette. Pendant une petite heure, jusqu'à ce que l'huile recommence à suinter de ma peau, je sentais mon visage sec, expressif, présentable. Ce produit nettoyant — la version commercialisée pour les adultes sert à enlever l'huile à moteur et autres choses analogues sur les mains — est excellent, et je le recommande à quiconque a envie, comme moi je l'avais, d'effacer son visage.

Des dermatologues — lorsque je finis par permettre que mon état soit reconnu et discuté — furent consultés, et j'appliquai religieusement leurs crèmes hors de prix et avalai leurs pilules hors de prix, sans effet. Je me traitai moi-même. Les pores obstrués étaient rapidement expédiés, je pressais leurs bouchons noirs pour les débusquer. Je savourais les gros boutons jaunes, car il était facile d'y remédier ; les doigts entourés de papier hygiénique pour m'assurer une meilleure prise, je poussais et pressais chacun des offenseurs jusqu'à ce qu'ils éclatent avec un son de déchirure presque inaudible en faisant gicler le pus. Le pus, le liquide clair et le sang étaient essuyés ; il ne restait plus qu'un minuscule cratère à la bordure rougeâtre, rien d'autre. Il disparaîtrait bientôt (jamais assez tôt !). Mais ce n'était pas aussi simple avec tous mes boutons. Plusieurs n'étaient pas jaunes, mais rouges, et leur lave de putréfaction n'était pas prête pour l'éruption. Ils mijotaient sur mon visage, enragés, grumeleux, me défigurant. Je les pressais quand même dans l'espoir d'accélérer le processus volcanique, ce qui ne réussissait qu'à les rendre encore plus enragés, plus rouges.

Il n'était pas rare que cette maladie me fasse pleurer. Je me renseignais sur l'*acne vulgaris*, mais les propos sur les déséquilibres hormonaux et les cofacteurs diététiques ne m'apaisaient pas. L'humiliation et la laideur étaient trop grandes pour que la biologie suffise à les expliquer.

Mais il y avait aussi de la splendeur. À cette époque où un grand nombre de mes camarades de classe perdaient tout intérêt pour leurs études, moi, je m'éveillai aux miennes. J'eus la chance d'avoir plusieurs bons professeurs au lycée qui enflammèrent ma curiosité intellectuelle. Parce que j'avais un bon professeur de géographie, je m'intéressai à la géographie. Ce fut de même pour le latin, l'histoire, la biologie et les mathématiques. Je me mis à dévorer les livres. Je m'épanouis dans l'ordre régimentaire de l'éducation organisée. En tranches de quarante-cinq minutes, sans effort, je consommais des siècles de connaissances accumulées dans le domaine des sciences et des sciences humaines. La Mésopotamie lutta pour devenir fertile, l'Empire romain se développa et scintilla, l'âge des ténèbres souffla la bougie, le Moyen Âge vacilla, la Renaissance flamboya, la révolution industrielle gronda, le monde se battit deux fois, les Allemands tuèrent six millions de juifs, les Nations unies furent créées, on marcha sur la Lune, et en avant, encore plus loin.., tout était là, dans mes notes. Les puits artésiens, les plaques tectoniques, l'invasion de la Gaule tripartite par César, le traité de Westminster, le cycle de Krebs, Vasco de Gama, les équations du second degré, le Domesday Book, Huckleberry Finn, Édouard le Confesseur, Tycho Brahé, la période néolithique, je connaissais tous leurs secrets.

Ces années comportaient deux saisons : l'été et la période sacrée de l'année scolaire, de septembre à juin. Tout s'adaptait à ce cycle. Jésus-Christ avait pris soin de naître et de se faire crucifier pendant les vacances. La reine Victoria avait choisi un autre jour de congé comme anniversaire de naissance. Alexandre le Grand avait sûrement dû semer la panique en Asie seulement la fin de semaine. Rien ne venait perturber la grande marche de l'année scolaire — sinon les rendez-vous occasionnels chez le dentiste ou chez le médecin, alors que, du taxi, je contemplais sans comprendre tous ces gens dans les rues. Que faisaient-ils donc tous dehors ? Comment pouvaient-ils supporter de flâner comme ça ? Je me hâtais de retourner à mes affaires : disséquer les grenouilles et Shakespeare, étudier les docteurs Banting et Zhivago. Je voyais ma vie comme un escalier droit qui montait, et les

études me servaient de rampe. Après les paliers académiques normaux — le bac, la maîtrise, le doctorat ;
Toronto, Oxford, Harvard —, j'entreprendrais mon
ascension vers le sommet : devenir premier ministre du
Canada.

Si je n'avais pas encore décidé quelle circonscription
électorale j'allais représenter sentimentalement, ma
préférée était le Yukon de Jack London, mais c'était si
loin ; j'aimais le mot « Algoma », et c'était l'ancienne
circonscription de Pearson —, mon adresse était
cependant certaine : 24, chemin Sussex, Ottawa. En
attendant d'y emménager, j'affûtais mes talents en
politique en lisant tout ce qui s'y rapportait, habituellement des biographies et des autobiographies, mais aussi le
Hansard, les comptes rendus de comités parlementaires,
les rapports des commissions royales d'enquête, et ainsi
de suite.

La période des questions, à laquelle j'assistais chaque
fois que je le pouvais, constitua le point culminant de
mon apprentissage. Je me délectais de ce théâtre du
pouvoir, ce capiteux mélange de prises de position et de
principes. Je ne m'asseyais jamais dans la galerie publique,
à une extrémité de la Chambre des communes, au-dessus
du président de la Chambre et des journalistes parlementaires ; la vue n'était pas excellente et c'était bruyant à
cause des groupes qui entraient et sortaient. J'obtenais
plutôt des laissez-passer de mon député, j'empruntais à
mon père une cravate et un veston, et je prenais place
dans l'une des galeries des députés, situées sur les côtés de
la Chambre — un côté réservé au parti au pouvoir,
l'autre, à l'opposition loyale de Sa Majesté et aux autres
partis. Comme le député de ma circonscription était un
progressiste-conservateur, je m'asseyais toujours au-
dessus des bancs du gouvernement libéral, face à l'opposition conservatrice. Je connaissais donc davantage les

performances de ceux qui n'avaient pas le pouvoir que celles de ceux qui l'avaient. Si le premier ministre Trudeau manifestait quelque arrogance, je ne la voyais que du derrière de sa tête, mais j'avais en pleine face les convulsions d'indignation, les hurlements, les coups de poing sur les bureaux, les sarcasmes, le chahut et les railleries — qui étaient à peine acceptables selon le décorum parlementaire (et quelquefois ne l'étaient pas) — que cette arrogance provoquait. J'aimais ces hommes sans pouvoir, qu'ils soient de l'opposition officielle, du Nouveau Parti démocratique ou du Crédit social. J'étais aussi rapide que le président en personne pour identifier un tel qui se levait pour obtenir l'attention en tant que « l'honorable député de Winnipeg-Centre-Nord », ou « de Esquimalt-Saanich-The Islands » ou « de Brome-Missisquoi ».

Au cours de ces heures où j'étais perché dans la galerie des députés pendant la période des questions, ce qui me frappa le plus fortement à propos de l'opposition — qui avait la légitimité mais non le pouvoir, ou seulement le pouvoir des mots —, ce qui est resté jusqu'à ce jour gravé dans ma mémoire, c'est que, même quand l'émotion à la Chambre était à son comble, malgré le vacarme des hurlements, les cris de fureur et de ressentiment, les poings brandis — et parfois, ce n'était pas de la comédie, parfois, la suffisance des hommes détenant depuis longtemps le pouvoir suffisait à empêcher quelqu'un de s'exprimer de façon articulée ; j'ai un jour vu un livre voler dans les airs, lancé par un député au visage empourpré, congestionné par sa propre impuissance —, quels que soient donc les décibels ou l'état proche de l'insurrection, sauf pour les paroles prononcées par le député qui avait l'attention officielle de la Chambre, ce trop-plein se retrouverait plus tard dans le Hansard sous ces mots :

Quelques hon. députés : Oh ! Oh !

Ces compressions sténographiques de l'émotion me frappaient chaque fois que je tombais dessus. Elles faisaient surgir dans mon esprit toute la rage et la vexation des hommes privés de leurs droits civiques. Je me suis modelé sur ces députés de l'opposition. Leur colère devint la mienne. Je jurai que tout serait différent lorsque j'aurais le pouvoir.

Comme vous le voyez, lorsqu'on est un bon étudiant et un futur premier ministre, on peut parfois être heureux malgré notre acné et notre gaucherie d'adolescent.

DIX QUI FRAPPÈRENT MON IMAGINATION :

1) Sir Edmund Hillary, pour ne nommer qu'un des alpinistes qui méritèrent mon respect par leur dévotion envers la beauté inutile, malgré le prix à payer en doigts, en orteils, en yeux, et même en vies, un apiculteur néozélandais qui fut le premier à atteindre le sommet du etc.

2) Neil Armstrong, qui etc.

3) La Seconde Guerre mondiale et sa nichée de héros et de vilains, figurant tous sur des photos en noir et blanc et dans des films en couleurs, pour fasciner tous les garçons de mon etc.

4) John Dillinger, gangster plein de panache qui fit l'objet de mon engouement, lui qui, sentant sa perte et se mettant à fuir en courant loin de la femme en rouge qui l'avait accompagné et trahi, fut quand même abattu en sortant d'un cinéma par des agents de la etc.

5) J. F. K., qui vécut dans mon esprit le jour où il fut etc.

6) Linus Pauling, le seul homme à avoir remporté deux prix Nobel etc.

7) Bobby Fischer, vainqueur à Reykjavik, qui, bien que gauche, inarticulé et d'une intelligence douteuse, avait néanmoins une sorte de génie qui etc.

8) Yukio Mishima, qui termina sa vie de la façon la plus spectaculaire qui soit (le *seppuku*, suicide traditionnel

du samouraï, consistant à s'éventrer), après s'être emparé d'une base militaire avec son armée privée et avoir harangué les soldats à propos de la décadence du Japon, ayant achevé le matin même son dernier etc.

9) Sacco et Vanzetti, qui, malgré les appels à la clémence venus du monde entier, furent etc.

10) Miguel Hidalgo, dont l'appel passionné à l'indépendance du Mexique en 1810 est considéré comme le point de départ de la lutte de son pays pour se libérer de l'Espagne. Cet appel est maintenant connu comme *El Grito* — le Cri —, et Hidalgo est toujours représenté dans les peintures et les sculptures avec le poing fermé, un regard enflammé et la bouche grande ouverte. C'est cette vision qui m'avait frappé — qui me frappe encore —, celle d'un homme au milieu de son pays, loin de toute mer, qui en a assez, plus qu'assez, et qui rejette la tête en arrière pour laisser échapper un cri si long, si fort que ce cri traverse toutes les plaines et toutes les vallées de son pays, et que, dans toutes les villes et tous les villages, les gens entendent ce cri étrange et tournent la tête pour l'écouter. Miguel Hidalgo fut arrêté par les autorités et sommairement etc.

Il y a un autre fil que ceux du changement physique, de l'acné et du premier ministre, tous emmêlés. Cela avait peut-être commencé avant, mais je n'en avais pas conscience. Pour moi, cela débuta le premier jour où je suis allé à l'école en Amérique du Nord.

Je ne sais pas trop si c'était à la mode à l'époque, au milieu des années soixante-dix, ou s'il s'agissait d'une préférence personnelle de mes parents, mais, à cet âge, j'avais les cheveux assez longs, presque aux épaules. Si j'avais été un pionnier, j'aurais pu parader avec une queue de cheval. Je n'avais pas d'opinion à propos de mes cheveux longs ; mes camarades de classe en France non plus. Je me rappelle qu'à quelques reprises seulement, de dos, j'avais été pris pour une fille par des commerçants parisiens.

Mais, en Amérique du Nord, je l'ai découvert rapidement et brutalement, si les filles pouvaient porter les cheveux longs ou courts, et la plupart les portaient longs, les garçons, eux, les garçons, dis-je, pouvaient seulement les porter courts. Le premier jour d'école, pendant les toutes premières minutes, au moment où je m'asseyais, le bouffon de la classe vint vers moi et me demanda si j'étais un garçon ou une fille. Je répondis tout net que j'étais un garçon, mais il ne saisit pas ma réponse, n'y accorda même pas d'importance, car il ne me posait pas vraiment une question, il faisait plutôt un commentaire, ce qui eut le don de provoquer gloussements et hennissements dans la classe. Le professeur nous rappela à l'ordre. En s'éloignant, le garçon cracha un mot. « Pédé ! » À la récréation, je l'entendis de nouveau, puis un autre mot, « tapette ». Lorsque j'appris la signification de ces épithètes en Amérique du Nord, je fus sidéré par l'hostilité qu'il y avait derrière.

Si l'un de mes amis à Paris m'avait avoué être amoureux d'un Simon ou d'un Pierre, j'aurais comparé avec lui mes notes sur mon amour pour Mary Ann. Dans le domaine de l'amour, le sexe n'avait pour moi pas plus d'importance que les parfums quand il s'agit de crème glacée. Je suppose que l'absence d'éducation religieuse constitua l'un des facteurs ayant permis à cette croyance de survivre. Peut-être avais-je aussi une ouverture d'esprit naturelle sur ce sujet. Quoi qu'il en soit, c'est tout à fait sans le savoir que j'avais négligé cette polarité fondamentale de la société nord-américaine.

Dans les années qui suivirent, je commençai à porter mes cheveux de plus en plus courts. Je ne les fis pas couper d'un seul coup, ce qui aurait pu sauver instantanément ma virilité émergente aux yeux des autres, parce que j'étais trop jeune et trop timide pour avoir cette audace et — la vie n'est-elle pas une suite de choix difficiles ? — parce que mes cheveux longs de fille m'aidaient à camoufler mon acné. Malgré le coût social, sans hésitation, je préférai l'homosexualité à l'acné.

À partir de ce premier jour d'école, la peur et la tristesse firent partie de mon existence. Cela s'accompagna d'un sentiment de confusion. La confusion ne concernait pas cette division sectaire du désir ; il m'était plutôt facile de composer avec ça. Avec une monstrueuse froideur, j'aurais pu penser : « Les nazis n'aimaient pas les juifs, le KKK n'aime pas les Noirs, les Américains du Nord n'aiment pas les homosexuels », et ça aurait été tout. Une observation sociopolitique et une adaptation consécutive en matière d'habillement et de comportement. Un acte de conformisme méthodique. Mais ce qui m'empêcha de si bien m'adapter, c'est le fait qu'aucun des symboles ou des attributs de cette détestable tendance ne paraissait original. Ils dérivaient tous d'une seule et même source. Porter les cheveux longs, être gentil, savoir reconnaître la beauté, éprouver du désir pour les garçons, voilà les termes qui décrivaient simplement les *filles*. Ainsi, sauf parce qu'elles étaient de sexe féminin, les filles avaient une apparence et un comportement *beaucoup* plus homosexuels que moi. Et pourtant, on ne paraissait pas les condamner pour ça, et moi, oui. Il — Jim — me raillait, me bousculait, me terrifiait à cause de mes cheveux longs et de mon putatif désir des garçons — « Pédé ! Espèce de pédé ! », sifflait-il —, tandis que la personne assise à côté de moi avait, elle, des cheveux longs et allait bientôt désirer un garçon. Elle — Sonya — prenait toujours ma défense, accablant Jim de cris et de sarcasmes.

Je cherchai de l'information là où je le pouvais. À un moment, je me tournai vers la langue française, qui me donna le sexe de tout ce qui existait. Mais cela ne m'apporta aucune satisfaction. J'acceptais volontiers que les camions et les meurtres soient masculins, tandis que les bicyclettes et la vie étaient féminines. Mais comme il était étrange qu'un sein soit masculin ! Et je ne trouvais pas très logique que les ordures soient féminines et que le parfum soit masculin, et pas logique du tout que la télévision, que j'aurais jugée répugnante et masculine, soit en réalité féminine. Quand je déambulais dans les couloirs du parlement, en passant devant les portraits de mes futurs prédécesseurs, je me disais : « *C'est le parlement**, masculin. C'est *le pouvoir**. » Je retournais chez moi à *la maison**, féminin, où j'irais peut-être à ma chambre, *la chambre**, où je m'installerais pour lire *un livre**, masculin, jusqu'à l'heure du dîner. Pendant le repas masculin, nous mangerions de la nourriture féminine. Après ce jour masculin dur et productif, je me reposerais pendant la nuit féminine. Il m'arriva, pendant quelques jours, de feindre l'aversion à l'égard de la cuisine, *la cuisine**. Je me composais en y entrant une expression dégoûtée et je me disais :

   « *Les femmes font la cuisine ici, mais pour moi, une cuisine, c'est un endroit où Robert Kennedy se fait tuer.* »*

   Mais c'est absurde. J'écris cela pour raconter franchement ce moment, mais c'est absurde. À proximité de ma maison, à Ottawa, il y avait un grand champ, une vaste étendue de gazon onduleuse. J'y allais souvent tout seul et je m'allongeais, dans la position de l'ange. Je levais les yeux vers le mâle soleil jaune et le mâle ciel bleu. Je me retournais et je respirais et sentais la femelle herbe verte. Puis je me roulais encore et encore, descendant la pente jusqu'à m'étourdir, mêlant les couleurs et les sexes. Je ne sentais ni la masculinité ni la féminité, je ne sentais que le désir, je me sentais seulement humide de vie. Parfois — non, plus souvent que ça —, souvent, je rampais jusqu'au bout du champ, non pas comme un soldat à la guerre, mais parce que j'aimais la sensation de l'herbe contre mon corps. Je me couchais sur le côté et je me masturbais dans les bosquets, savourant l'arc de mon sperme semblable à une étoile filante, la manière dont il aspergeait les feuilles vert sombre et s'égouttait avec difficulté tandis que je tentais vainement de m'essuyer avec les tendres pousses vertes.

Un mot sur Jim. Les adultes ont tellement confiance en l'autorité de la loi et au pouvoir de ceux qui la mettent en application qu'ils ont tendance à oublier que la jurisprudence criminelle ne s'applique pas aux enfants. Les raffinements juridiques comme « libelle », « vol », « voies de fait » ne sont d'aucun réconfort pour un garçon de treize ans épouvanté par un autre garçon de treize ans.

Je doute de pouvoir faire pleinement comprendre le degré de peur que Jim m'inspirait. Personne n'a fait s'arrêter puis battre trois fois plus fort mon cœur, personne ne m'a glacé le sang dans les veines comme il l'a fait. Je l'évitais coûte que coûte. Si cela voulait dire manger mon lunch en cachette, si cela voulait dire courir à la maison — je dis bien courir — tout de suite après l'école, c'est ce que je faisais. Je comprends maintenant qu'un seul coup de poing, comme un coup de théâtre, aurait fait pencher la balance du pouvoir, mais, physiquement parlant, j'étais un lâche. Ce qui me terrifiait à ce point n'avait rien de rationnel, ce n'était pas la peur de me faire casser une dent ou de saigner du nez. C'était la peur de l'affrontement en soi qui me paralysait.

Sonya me dit un jour que les filles aussi pouvaient se montrer cruelles, et elle me regarda d'un air éloquent. À titre d'exemple, un jour que je l'avais poussée à me donner des détails, elle m'avoua qu'une fois elle s'était trouvée dans les toilettes de l'école avec des amies lorsqu'une fillette plus jeune était entrée pour pisser. Elles avaient remarqué que, dans sa cabine, la fillette avait laissé tomber sa jupe à ses pieds au lieu de la relever autour de la taille, une chose qu'apparemment seules les toutes jeunes faisaient, pas les grandes comme elles. Elles avaient donc commencé à rire et à se moquer de la fillette, à frapper sur la porte de sa cabine. La fillette n'osait pas sortir. Elles étaient restées là pendant toute l'heure du lunch, jusqu'à une minute avant la classe. Cruel, en effet, pensai-je. Pauvre petite fille. Ce fut sûrement la dernière fois de sa vie qu'elle laissa tomber sa jupe à ses pieds. Pourtant, une autre voix à l'intérieur de moi disait : « Où sont les cris d'animaux ? Où est l'eau jetée dans la cabine ? Où sont les crachats ? Où est la tentative de s'emparer de la jupe et de la déchirer en lambeaux ? *Où est l'assaut sur la personne ?* » Je racontai à Sonya qu'une fois un garçon bâillait et qu'un autre qui passait à côté, pour rire, cracha dans sa etc. ; qu'une fois un groupe de garçons essayaient, pour s'amuser, d'en enfermer un autre dans une case et qu'ils avaient presque réussi, sauf à faire entrer son pied gauche, et qu'ils avaient fini par y renoncer uniquement parce que les hurlements hystériques risquaient d'attirer l'attention de etc. ; qu'une fois un garçon se trouvait dans un corridor de l'école et qu'un autre, qui passait à côté, pour rigoler, lui donna un coup de genou dans l'aine et continua son chemin comme si de rien n'était, riant de la grâce fluide de son geste, tandis que l'autre, plié en deux par la douleur, éclatait bruyamment en etc. ; qu'une fois un garçon revint à sa case et s'aperçut qu'un autre garçon y avait versé de l'urine à travers etc. ; qu'une fois un garçon ne mangea pas son lunch pendant une semaine entière parce qu'un autre garçon l'obligeait, par la terreur, à lui donner son sac, dans lequel il fouillait, mangeant les brownies et jetant le reste, jusqu'au jour où il se lassa de ce plaisir et etc. Je racontai ces histoires et d'autres du même genre à Sonya en faisant semblant qu'elles étaient toutes arrivées à la troisième personne. Elle fronça les sourcils.

Je n'ai jamais vu un garçon frapper une fille. Une règle tacite l'interdisait. Il ne s'agissait certainement pas d'une règle interdisant de harceler un plus faible que soi ; c'était la norme chez les garçons. C'était peut-être la conséquence logique du désir — on ne bat pas ce qu'on veut posséder. En tout cas, pas à cet âge.

Un jour, au McDonald's près de l'école, une fois où je me sentais tendu et malheureux, j'étais devant les toilettes avec Sonya, la douce Sonya. HOMMES, disait une porte, FEMMES, disait l'autre. « Non, pensai-je, non, cela est faux. Ça ne devrait pas être comme ça, ni HOMMES ni FEMMES. Ça devrait être AMIS et ENNEMIS. Ce devrait être la division naturelle des choses, ce serait un meilleur reflet de la réalité. De cette façon, Sonya et moi nous pourrions entrer par une porte, et les autres, par l'autre porte. »

Mais revenons à la mer. Même si les filles ne semblaient pas considérer le cycle menstruel comme quelque chose de joyeux, et sûrement jamais comme une expérience esthétique ou transcendantale, j'ai, pour ma part, toujours été fasciné par le phénomène. Je ne me rappelle pas à quel moment j'en ai entendu parler pour la première fois. Je pense que j'ai appris par bribes sans rapport les unes avec les autres, et c'est seulement après avoir acquis une bonne connaissance de ces choses que j'ai soudain pris conscience de la beauté de cet écoulement mensuel de sang. J'étais frappé par le fait que rien, dans le théâtre humain, n'était aussi manifestement fertile que cette capacité de saigner en bonne santé. Je me représentais cela en vifs contrastes de couleurs. Le rouge émanant du blanc, le rouge émanant du noir, le rouge émanant du brun. Que les menstruations des femmes vivant ensemble, qu'elles soient ou non de la même génération, qu'elles soient ou non dans la même chambre, qu'elles soient deux ou tout un pensionnat, puissent devenir synchronisées, comme des musiciens qui entonnent la symphonie *Jupiter* après avoir accordé leurs instruments, était pour moi une source d'émerveillement profond. J'avais l'impression qu'il existait chez les femmes une unité latente, une unité dont j'étais incapable, même en me creusant la tête, de trouver l'équivalent chez les garçons. Nous étions des orphelins au cœur de la sororité universelle. Une fille pouvait se battre et faire preuve de méchanceté, railler et avilir qui que ce soit, faire sortir du pur venin de sa bouche, rompre tous les liens avec les autres — elle demeurerait quand même reliée à ses semblables par cette mélodie du sang. Tandis que si, moi, je m'isolais, je me retrouvais vraiment seul. Avec rien d'autre que mon métronome de cœur, opiniâtre et bête, pour me rattacher au reste de la vie. Le hasard contrôlé auquel était soumis le cycle — les règles pouvant varier en longueur, en abondance, et même s'arrêter, selon une myriade de facteurs (les ovaires travaillant ensemble et pourtant de façon autonome, l'un ovulant trois fois d'affilée pendant que l'autre restait inactif) — me faisait penser à la physique que j'étudiais : la théorie du big bang, les lois de Newton, la théorie de la relativité, le principe de l'incertitude d'Heisenberg. Les professeurs de sciences expliquaient ces théories en se référant au cosmos, comme s'ils pouvaient aussi facilement dissimuler ce qui était pour moi l'évidence même : les principes du cycle féminin étaient ceux de l'univers. Le cosmos était là-bas, et juste à côté de moi. Je me situais malheureusement au delà des limites de cet univers, en dehors de lui, dans le vide des vides, tout au plus capable d'y contribuer par quelques comètes de sperme blanches.

Le cycle de Sonya devint une affaire importante entre nous. Un jour, nous examinâmes à fond toute la section d'une pharmacie réservée à l'hygiène féminine, et ce fut bien la première fois de ma vie que je regardai des produits aux étiquettes écrites en anglais sans comprendre à quoi ils servaient. Lorsque Sonya avait des crampes et voulait rentrer se coucher tout de suite après l'école, je l'accompagnais et je m'allongeais à côté d'elle jusqu'au retour de son père. Je croyais que si seulement je parvenais à comprendre le cycle menstruel, ce ballet d'hormones lent et équilibré, ce mystère unique au monde, je comprendrais tout. Ma curiosité n'avait pas de limites. Je posais à Sonya question après question. À sa manière posée et réfléchie, elle essayait de m'éclairer par ses réponses. Les crampes menstruelles me déconcertaient particulièrement. Je connaissais les crampes aux mollets qu'on avait en nageant, mais là, au bas de l'abdomen... je n'arrivais pas à comprendre. Dans mon corps, cette région n'était qu'un banal carrefour d'organes : les jambes se rattachaient au tronc, les intestins siégeaient dans le bassin, la vessie se remplissait et se vidait, et, à la bordure, pendaient mon scrotum et mon pénis. Tout cela était à peu près aussi inconnaissable qu'une banlieue. Cela n'avait certainement pas l'indépendante et fantasque personnalité de cette corne d'abondance qui vivait à l'intérieur de Sonya. Je lui demandais de me décrire ses crampes. Les mains sur son ventre, les yeux au plafond, les sourcils froncés, souffrant parfois d'une légère fièvre, elle s'y efforçait. «Eh bien, c'est comme... euh... si on tirait. Ou si on déchirait. Ça déchire. C'est comme une... euh... une crampe. C'est une crampe.» Nous revenions toujours à ce mot, qui était pour elle précis, exact, et sans aucune signification pour moi. Je ne pouvais qu'observer, en m'assurant que la débarbouillette humide sur son front était fraîche.

Un jour, elle me montra un tampon qu'elle venait de retirer de son corps. Au bout de son cordon blanc, il se balançait dans les airs entre nous, comme une souris tenue par la queue. Le visage de Sonya arborait une expression totalement dégoûtée. Je regardai calmement ce cylindre compact luisant de sang. J'en approchai mon nez. L'expression dégoûtée se fit plus marquée. Une odeur de fer! J'étais stupéfait. Je ne pouvais m'imaginer. La terre elle-même. De la pure rouille prométhéenne. Je dardai ma langue, mais Sonya suffoqua et éloigna le tampon. Elle se tourna, le jeta dans la cuvette des toilettes et tira la chasse d'eau. Je le regardai disparaître dans le tourbillon.

À la puberté, je me mis à faire du sport et de l'exercice physique en même temps que je découvris la masturbation. Si mon corps pouvait donner un tel plaisir, il valait la peine de le cultiver. Au cours des années, en plus de la simple marche, j'ai pratiqué la natation, le judo, le cyclisme, le squash, la course, le ski de randonnée, l'escalade, la randonnée pédestre et le canoë. Mais l'effort qui m'a procuré la plus grande satisfaction pendant mon adolescence fut l'haltérophilie. Même avant de voir ma première salle de poids et haltères, j'avais coutume de m'enfermer dans ma chambre, de poser deux tomes de l'encyclopédie sur mon dos et de forcer mon corps de quatorze ans à effectuer cinq tractions. Lorsque je vis la salle de musculation du YMCA, je compris immédiatement que ces appareils allaient m'assurer un corps beaucoup mieux développé que l'encyclopédie Britannica. Je lorgnai avec envie les hommes présents dans la salle. Ils avaient des muscles si lisses, si saillants. Je surveillais leurs tractions puissantes, leurs grognements puissants. Dans les douches, j'épiais leurs beaux corps.

Je commençai à m'aventurer dans la salle des poids et haltères, attendant pour commencer qu'un appareil soit libre avant d'oser l'utiliser. Si un homme arrivait à l'improviste, je me hâtais de décamper. Il ajoutait à la barre les vingt ou trente briques de plomb qu'il pouvait lever à celles que je parvenais, moi, à lever, soit une ou deux.

Mais je tins bon et ma confiance s'accrut. J'appris le rituel adéquat; je ne manquais jamais de faire mes douze à quinze minutes de vélo stationnaire, je répétais mes mouvements autant de fois qu'il le fallait pour me former une masse spongieuse de muscles, coordonnant toujours l'expiration avec l'effort. J'en vins à bien connaître l'étiquette de la salle de musculation, avec mes droits et mes responsabilités. Après en avoir terminé avec un appareil, je ne l'ai jamais laissé sans l'essuyer soigneusement avec ma serviette.

Je nourrissais de grandes ambitions : je voulais avoir un corps, et plus particulièrement un torse, comme ceux que je voyais dans les douches. Je faisais travailler tout mon corps, en accordant une attention particulière à mes pectoraux, à mes deltoïdes et à mes abdominaux. Je finis par avoir une poitrine qui me plaisait — pas large, mais bien proportionnée et d'une forme que je trouvais esthétique. Mais j'avais beau faire travailler mes quadriceps et mes mollets, mes jambes, elles, semblaient irrémédiablement maigres.

Je n'ai jamais vu de filles dans les salles de musculation que j'ai fréquentées, et rarement des femmes, mais cela ne m'étonnait pas. Seuls les garçons devaient créer leur corps par le biais d'efforts énergiques. Les filles avaient l'air d'acquérir le leur naturellement. Ce n'est que plus tard, à l'université, que j'ai vu des femmes soulever des poids.

Je dois dire que je n'ai jamais regretté ces heures passées à faire des efforts et à transpirer. J'oubliais mon acné et mes autres infortunes et je contemplais un corps que je sentais mince et agile, souple et fort. Il y a une fermeté du corps, une légèreté du pied, que l'on sent lorsqu'on est en forme, et c'est une sensation merveilleuse. À chacun des kilos que je soulevais, à chacun des kilomètres parcouru à la course, à chaque heure passée en ski, à chaque brasse de natation, à chaque limite de mes capacités physiques que je repoussais, j'avais l'impression d'être en train d'atteindre la vie, que non seulement mes poumons se dilataient ou que tel ou tel muscle se développait, mais que c'était ma vitalité même qui prenait son essor. Une sensation beaucoup moins puissante, mais qui s'apparentait pourtant à ce que j'éprouvais quand je faisais jaillir du sperme dans un mouchoir en papier.

C'est fortuitement que je découvris le péché de l'onanisme. J'étais seul dans ma chambre, j'avais sur les genoux un livre sur la sexualité, mon pénis dans la main. Ce livre était le quatrième et dernier tome d'une série conçue pour les « grands adolescents ». Je suppose que les auteurs s'efforçaient de se montrer didactiques et cliniques. Rien à faire. Mon imagination transformait le livre en quelque chose d'osé et d'érotique. Tous les mots évocateurs — pénis, érection, vagin, seins, pénétration — dansaient dans mon esprit, semblables à une strip-teaseuse obscène. Mon diagramme préféré en coupe transversale était celui de l'Homme et de la Femme en pleine action. Tous deux étaient réduits aux parties essentielles à la démonstration, le reste étant à peine esquissé, et j'aimais la façon dont ces parties s'ajustaient l'une à l'autre, non seulement le vagin et l'utérus étaient montrés en coupe transversale, mais le pénis et les testicules l'étaient aussi, de sorte que le rapport entre les testicules et les ovaires était direct, clair et à l'abri des fuites, un aspect qui plaisait au plombier en moi. Je contemplai aussi la coupe transversale du Pénis en érection, magnifique dans sa taille et son projet. Mon diagramme frontal préféré était celui des parties féminines internes, cet utérus de forme triangulaire qu'il était impossible de ne pas reconnaître, orné des trompes de Fallope et des ovaires, une forme réconfortante que je retrouve encore dans des vases avec des fleurs fanées, ou dans des bêtes cornues. Quand j'ai lu un article sur la sonde spatiale *Voyager* qui se perdrait dans l'infini après avoir exploré Jupiter et Saturne et qui portait une plaque destinée à être lue éventuellement par des yeux étrangers, j'ai pensé que, en plus des salutations en cent cinquante langues, dont celle des baleines, et des diverses données scientifiques, la NASA aurait dû ajouter ce Juste Milieu anatomique, peut-être un peu simplifié, pour dire : « Nous sommes le peuple de cette forme-ci. »

Je m'écarte de mon sujet. À l'âge dont je parle, je passai à travers ce livre les yeux écarquillés et le cœur battant, sans penser une seule fois à nos amis de l'espace. Je mentionne les mots et les différents diagrammes qui m'ont sauté aux yeux ; ils n'ont constitué qu'un prélude. Ce qui m'a fait ouvrir le plus grand les yeux, ce qui a fait battre mon cœur le plus fort, ce sont les photos. En noir et blanc, sans tête, sans art, représentant des corps qu'on ne pouvait qualifier que d'ordinaires, ces photos n'auraient pu être plus cliniques s'il s'était agi de cadavres à la morgue. Et pourtant, la nudité de ces garçons et de ces filles, de ces hommes et de ces femmes m'excitait profondément. Aujourd'hui encore, je me souviens de la Femme adulte ; j'aurais seulement aimé voir son visage. Je regrettais qu'il n'y ait pas une seule photo de pénis en érection, d'adolescent ou d'adulte. Je voulais tant voir cette pure expression du désir mâle, tout en ne pouvant vraiment croire qu'une chose aussi extraordinaire puisse exister.

À ce moment-là, mon plaisir était visuel. Si, à l'occasion, je faisais participer mon pénis au spectacle, le pressant, tout flasque, contre une image qui me plaisait particulièrement, il n'était la plupart du temps qu'un simple spectateur, rien de plus. Et si je l'ai plus tard fait participer davantage au plaisir que je prenais à ce livre, c'est uniquement parce que les nouveaux poils noirs qui poussaient lentement autour me le rendaient plus intéressant. Il n'y avait encore aucun rapport véritable entre lui et les images.

Mais, un jour, ma main commença par hasard à imprimer un mouvement de va-et-vient à mon prépuce. J'ignore où j'avais pris cette idée. Je ne recherchais rien en particulier, et je n'avais certainement reçu aucun conseil. Ce fut un banal acte de génie.

Le mouvement était particulièrement agréable. Je continuai, en l'accélérant quelque peu. J'eus rapidement une érection, ce qui était une situation nouvelle. Mais je ne m'arrêtai pas pour l'analyser. Une étrange tension physique, une douleur irrésistible, m'entraînait. « C'est génial », pensai-je, hors d'haleine, sans savoir ce que je faisais, où cela me conduirait.

Je m'allongeai sur le lit. Je fermai à demi les yeux. « Oh ! c'est *vraiment* génial ! »

Encore plus vite.

Puis, dans un spasme de tension physique, une réponse à la fois neuve et ancestrale fut déclenchée pour la première fois par mon corps. Je fus submergé par une sorte d'exaltation convulsive, une extase qui palpita à travers moi en cinq vagues, dont chacune était crêtée d'une écume blanche jaillie de mon pénis.

Quand ce fut fini, je regardai, bouche bée, abasourdi. L'écume avait éclaboussé toute ma main, ma chemise, le livre, mon visage, mes cheveux, le mur derrière moi. Cela avait une odeur, une couleur, une viscosité qui m'étaient jusqu'alors totalement inconnues.

Je ne me serais jamais *douté* qu'un tel plaisir soit possible. Mon Dieu, comment avait-on pu le garder secret ?

Pendant une fraction de seconde, je me demandai si c'était normal. Cette pensée disparut rapidement. Si c'était anormal, j'étais alors allègrement en route vers les profondeurs de l'anormalité. Je regardai encore une fois le livre éclaboussé de sperme. Ses auteurs devinrent soudain de grands humoristes qui m'adressaient des clins d'œil en continuant à parler gravement de la reproduction humaine. J'éclatai de rire. Cela en faisait donc partie. Quelle merveille ! Absolument surnaturelle. Une révélation. La surpopulation de la Terre n'avait plus rien d'étonnant.

Je nettoyai tout méticuleusement, mais je ne pus rien faire pour les endroits de la page qui s'étaient imbibés de sperme et qui étaient plissés. Je replaçai le livre dans la position exacte, précise, où je l'avais trouvé. J'allai prendre une douche. Il faudrait que j'approfondisse le sujet, que je scrute, que je poursuive l'investigation. Eh bien, pourquoi pas tout de suite, sous la douche ?

Quand j'ai découvert la masturbation, l'univers s'est divisé en deux, une fois de plus. Il y avait l'humain et il y avait l'extatique. La tâche était simple : satisfaire les deux. Toute ma vie, j'ai cherché à y parvenir. J'ai, la plupart du temps, échoué.

Le jour où j'ai fait la connaissance de Sonya, j'étais sur le point de quitter l'école pour rentrer chez moi, rasant encore les murs des corridors dans l'espoir d'être invisible. Les cours venaient de finir et j'avais nerveusement pris la route du bonheur, loin de l'école. Je tendais la main vers la barre des doubles portes lorsque j'entendis une voix haletante poser une question dans mon dos.

« Tu parles français, non ? »

C'était une fille qui était au même niveau que moi, mais dans une classe différente. Elle avait les cheveux bruns coupés courts, les yeux marron et un léger duvet ornait sa lèvre supérieure. Elle était un peu essoufflée. Elle avait dû courir pour me rejoindre.

« Oui. »

Elle sourit et détourna le regard. « *Gem le frawnsay. Say la ploo bel long doo monde.* »*

Au milieu de l'intolérance des anglophones qui régnait, à cette époque, dans la capitale de mon pays, où ceux qui parlaient deux langues étaient méprisés par ceux qui n'en parlaient qu'une (et qui, de surcroît, la parlaient mal), elle a été la seule personne de mon âge que j'ai connue qui considérait le français comme une alchimie orale, pouvant faire briller instantanément la communication la plus ordinaire, la plus terne. À ses yeux, que je puisse parler couramment cette langue faisait de moi un magicien extraordinaire. Si, commentant à sa demande le temps qu'il faisait, j'avais dit : « *Le temps est très froid* »*, par cette autre façon de dire les choses, je transformais la réalité du mauvais temps, et Sonya était réchauffée. Son propre français était atroce, traîné qu'il était dans un bourbier de syntaxe torturée, de grammaire criminelle et de vocabulaire non français. Mais je suis heureux que Sonya n'ait pas eu de meilleurs professeurs ou davantage de pratique, car, dans ce cas, elle aurait peut-être été moins amoureuse de la langue française et nous ne nous serions peut-être jamais rencontrés.

« *Oui, c'est vrai, elle est belle* », je répondi*s*.*

Je ne me rappelle pas ce que nous avons dit d'autre ce jour-là, mais nous avons sûrement parlé davantage, car je suis sorti de l'école plus heureux que je ne l'avais été depuis des semaines et des mois, connaissant son nom et sachant qu'elle était mon amie.

La première fois que Sonya me téléphona fut l'un des moments bénis de mon adolescence. Je l'avais appelée plus tôt, mais elle n'était pas chez elle. Nerveux, j'avais laissé un message à son père, qui n'avait pas l'air content qu'un garçon téléphone à sa fille. J'étais convaincu qu'elle ne me rappellerait pas. Lorsque le téléphone sonna un peu plus tard ce soir-là et que ma mère me dit : « C'est pour toi », mon cœur bondit dans ma poitrine. « Salut, c'est Sonya», prononça une voix dans le récepteur. Je me barricadai dans ma chambre et nous parlâmes pendant deux heures.

Nous faisions de longues promenades, des pérégrinations de fin de semaine dans Ottawa, nous rendant souvent jusqu'à la Colline parlementaire, où nous examinions les monuments, ou bien nous contemplions la rivière derrière la bibliothèque du Parlement, ou bien nous tentions, comme nous l'avons fait une fois, de pénétrer dans l'édifice Langevin, où le premier ministre Trudeau avait ses bureaux ; ou bien nous longions le canal Rideau et le chemin Sussex, passions devant le Musée de la guerre et l'édifice de la Monnaie royale, dans cet espace ouvert balayé par le vent, juste après le tournant du chemin, où, d'une hauteur, on a une vue éblouissante de la rivière des Outaouais, et nous continuions plus loin, après le ministère des Affaires extérieures, pour arriver au 24, chemin Sussex, où nous regardions au travers de la clôture métallique, essayant de voir la maison, espérant discerner un mouvement malgré la végétation ; ou bien nous allions à Rockliffe, quartier des riches et des diplomates ; ou sur la pelouse de Rideau Hall, résidence officielle du gouverneur général, terrain qui était à l'époque encore ouvert au public ; ou encore dans les différents musées — celui dont je me souviens le mieux étant le Musée de la science et de la technologie, et particulièrement la salle construite à un angle de trente degrés par rapport au plan horizontal et dont tous les meubles étaient disproportionnés afin d'ébranler notre sens de la perspective, et où Sonya et moi rîmes comme des fous. Et pendant que nous marchions ainsi, nous parlions.

Après son départ d'Ottawa, j'ai continué à faire ces promenades tout seul, mais je me suis alors rendu compte à quel point le plaisir que j'en avais tiré venait moins des sites historiques ou de la perspective d'une grandiose

carrière politique à venir que de la compagnie de Sonya.
Elle me manquait terriblement. La statue de D'Arcy
McGee, l'un des rares politiciens canadiens à avoir subi
l'apothéose de l'assassinat, me laissait à présent indiffé-
rent. J'errais dans la Maison Laurier, résidence de Sir
Wilfrid Laurier et de William Lyon Mackenzie King,
sans regarder une seule photo. Bien que je ne l'aie pas
compris à l'époque, ce fut le premier indice que je n'étais
pas fait pour les affaires publiques ; l'intérêt que je portais
à la politique ne comporterait jamais plus que la circonscription d'une seule personne.

Sonya avait perdu sa mère très jeune. Son père, un
grand bonhomme barbu et atteint d'un début de calvitie,
était bizarre et catholique, catholique et bizarre. Il avait
promis à sa fille unique de lui donner cinq mille dollars si
elle n'embrassait personne avant le mariage. Si nous
avions été des adolescents plus vieux, nous aurions peut-
être ri de cette interdiction lucrative et nous ne nous en
serions pas occupés, ou bien nos hormones nous auraient
submergés ; quoi qu'il en soit, nous aurions peut-être fait
quelque chose, puis nous aurions menti ; mais, comme
nous étions de jeunes adolescents obéissants, elle prenait
la chose au sérieux, et moi de même. Nous partagions
toutes nos pensées, nous nous tenions la main en secret,
lorsque nous étions allongés dans le lit, nous étions très
près l'un de l'autre, sentant notre chaleur réciproque, mais
nous embrasser était hors de question. Et, comme le
contact des lèvres et des langues ouvre la porte de la
maison de la passion, nous restions timidement assis sur
le seuil.

Je n'éprouvais aucune frustration à ce sujet, puisque je
ne faisais pas encore le rapport entre l'humain et l'extatique. L'un et l'autre cheminaient sur des voies parallèles.
J'aimais Sonya et elle m'aimait, et cet amour s'exprimait à
travers nos paroles et dans notre intimité — et ensuite, à

la maison, je m'adonnais à mon plaisir secret. C'est seulement après son départ que je commençai à rêver de lier l'un à l'autre.

La situation connut une fin brutale. Son père reçut une offre de promotion inattendue, pas ici, mais loin, et tout de suite, il s'empressa de l'accepter, et soudain Sonya déménagea en Colombie-Britannique. L'année scolaire venait de se terminer et nous pensions avoir l'été pour nous. La dernière fois que nous nous vîmes en privé, nous pleurâmes ouvertement dans les bras l'un de l'autre. Elle me donna un baiser sur le côté de la bouche, venant dangereusement près de renoncer aux cinq mille dollars et à son coin de paradis. Nous fîmes des projets d'avenir. Et puis, elle partit définitivement.

Je pleurais dans ma chambre. Je devins hargneux et agressif avec mes parents, et je m'éloignai d'eux. J'errais dans la maison, dans le quartier, dans la ville, mais je ne trouvais rien pour me rendre heureux.

Le salut, si on peut l'appeler ainsi, vint d'un genre de désordre alimentaire. C'était le début du mois d'août. Le temps était en harmonie avec mon humeur : il faisait chaud et lourd, je m'ennuyais et j'étais sans énergie. J'avais entrepris une de mes explorations régulières de la maison dans l'espoir de découvrir quelque chose de neuf, de défendu, d'excitant. Ayant si souvent déménagé au cours de leur vie, mes parents n'étaient pas portés à accumuler les choses, et je ne tirais habituellement rien de neuf ou d'excitant de ces expéditions. Mais, cette fois-là, je tombai sur un trésor qui en valait la peine. Dans un coin encombré du sous-sol, en trois piles, je trouvai une quarantaine de vieux exemplaires du magazine *Playboy*. À la vue de ces magazines, mon cœur s'arrêta un instant de battre. Je n'en avais jamais feuilleté, mais je savais de quoi parlait *Playboy*. Mon père le lisait à la fin des années soixante, alors que le magazine semblait être dans l'esprit de l'époque, une époque de musique extraordinaire, de politique orageuse, de soleil et de Viêtnam. Le magazine était plein d'articles polémiques sur tel ou tel sujet, d'interviews avec des gens comme Fidel Castro, Barry Goldwater, le chef du Parti nazi américain (interviewé, délibérément, par un journaliste noir), d'opinions de sénateurs américains, de portraits de différentes person-nalités, de nouvelles écrites par des auteurs incroyables — Nabokov, Updike, Böll —, de débats sur divers sujets, d'essais photographiques et, bien sûr, de photos de jeunes femmes dont la nudité semblait symboliser l'Ère du Verseau. Quelques années plus tard, lorsque les temps changèrent, que parurent douteuses les déclarations de *Playboy* qui se targuait d'être à l'avant-garde de la libé-ration sexuelle et d'autres bonnes choses, et que le maga-zine se mit à avoir une mauvaise réputation, mon père cessa de le lire. Mais il n'avait jamais jeté ses anciens numéros, qui restèrent là jusqu'au moment où ils explo-sèrent dans ma vie. Car c'est exactement l'effet qu'ils produisirent sur moi : une explosion. Comme je tendais la main vers l'exemplaire le plus proche de moi, me sentant comme Ali Baba lorsqu'il entra dans le repaire des qua-rante voleurs, le souvenir de Sonya s'estompa. Au mo-ment où je jetai un coup d'œil sur la première photo, avec une émotion qui sifflait dans mon esprit, Sonya fut com-plètement oubliée. Ces photos, ces magazines me tien-draient désormais compagnie.

C'est ainsi que me fut présenté ce concept occidental empoisonné : le beau corps féminin. C'est ainsi que je commençai à ingérer des femmes nues en papier. Comme j'avais toujours une peur bleue d'être pris en flagrant délit par mes parents, je m'adonnais à cette activité de façon clandestine, paranoïaque, en dressant l'oreille pour capter le moindre signal de leur retour inattendu du travail.

Contrastant avec les corps sans tête et sans couleur du livre sur la sexualité, qui donnaient à mon imagination le minimum de combustible lui permettant de s'envoler, les images de *Playboy* me propulsaient haut dans le ciel. Ces jeunes femmes dénudées étalaient une beauté que je trouvais vraiment incroyable et, pourtant, elles étaient là, souriant, riant, se pavanant, arborant une expression pensive, parlant d'elles-mêmes et de leurs familles, de l'endroit où elles vivaient et de ce qu'elles faisaient, de leurs livres, de leurs chanteurs et de leurs films préférés. Le fait que ces beautés mensuelles venaient des années soixante aux États-Unis, d'une époque qui semblait si colorée, si capitale, ajoutait encore à leur séduction. Je ne lorgnais pas seulement leurs seins, mais je m'intéressais aussi à leur style et à leurs vêtements hippies, à leur jargon, à leurs idées politiques. Me masturber en regardant ces jeunes femmes fut de loin l'expérience la plus puissante, la plus sensuelle de mon adolescence. Je me rappelle comment, une fois, après un moment de plaisir particulièrement intense, je remontai du sous-sol et sortis dehors en titubant. Je me sentais hébété. Je m'étendis dans l'herbe et levai les yeux vers le ciel. Il se mit à pleuvoir, d'abord doucement, puis des vagues de tempête se déployèrent. Je ne bougeai pas, je restai là jusqu'à être complètement trempé, claquant des dents.

Mon désir venait par cycles. Parfois, j'ouvrais plusieurs magazines et je me masturbais compulsivement, jusqu'à trois fois d'affilée. Tel un sultan visitant son harem, je feuilletais les *Playboy* pour trouver le sourire, la poitrine que je cherchais, qui me poussaient vers l'extase. À mesure que je connaissais mes Playmates, je devenais plus difficile à satisfaire, je feuilletais plus longtemps les magazines. D'autres fois, cette surconsommation me donnait une impression de ballonnement; cela venait avec une sensation dans l'estomac, un creux de solitude. Je me masturbais alors devant une seule image, ou aucune image du tout, en n'utilisant que mon imagination.

Dans cette faim erratique de femmes de papier — j'en veux plusieurs! je n'en veux aucune —, j'aurais pu percevoir la réelle faiblesse de mon régime, une indication de ce que cela me faisait, mais le plaisir était trop intense. C'est ainsi que je me vois à cette époque : je m'empiffrais de femmes de papier, je m'en remplissais la bouche, puis je les vomissais violemment. Est-ce que vous pouvez vous imaginer ça : un garçon à genoux devant la cuvette des toilettes, un doigt enfoncé dans la gorge, en train de dégobiller des photos de femmes nues ? C'est moi. Un garçon souffrant de boulimie pictorio-sexuelle. Même si, pour dire la vérité, les choses se passèrent différemment. À ce moment-là, je mangeais. C'était si bon, si extraordinairement bon. C'est maintenant que je vomis. À présent, quand je vois de la pornographie, je suis aussitôt pris de nausée. C'est incontrôlable. Mon estomac se contracte et quelque chose de désagréable me remonte dans la bouche.

J'étais occupé (il y avait l'école, il y avait l'exercice physique, je lisais des livres, je voyais des films, je regardais beaucoup la télévision — qui n'était plus une ennemie mais la compagne de mes heures solitaires —, il y avait mes furtives minutes d'extase, et tous les moments d'angoisse, d'oisiveté et de découverte qui composent l'adolescence), mais je dirais que mes affaires ne me prenaient pas de temps, car seules les émotions me consumaient vraiment — et, à ce propos, mon approche consistait à me tenir loin des sources mêmes de ces émotions.

Dans la file à la cafétéria de l'école, Carolyn, une copine, se trouva un jour près de moi, et elle pressa un de ses seins contre mon bras d'une façon explicite, même pour quelqu'un d'aussi stupidement timide que moi. Je feignis de n'avoir rien remarqué, puis, à la maison, je me masturbai en y repensant. Quelque temps plus tard, en la voyant pour la première fois main dans la main avec Graham, j'éprouvai toute la douleur d'un amour brisé. Lorsqu'ils s'embrassaient langoureusement à côté de leurs cases pendant de longues minutes, les yeux fermés, leurs têtes bougeant doucement, je faisais semblant de fouiller dans ma propre case, mais, en réalité, je restais là à souffrir froidement. Elle était si jolie, Carolyn, aussi jolie qu'une Playmate. Je connaissais assez bien le plaisir qu'elle pouvait donner en image, mais je voulais celui qu'elle pourrait donner en personne, ses douces lèvres pressées contre les miennes, son corps de papier glacé pressé contre le mien.

Si vous m'aviez demandé alors ce qu'est l'amour, je vous aurais parlé d'une profonde et troublante faim de beauté avec, en son centre, la saveur même de cette beauté, le désir ; et j'aurais dit que l'amour était mon émotion favorite, même si je la connaissais beaucoup moins que je connaissais la désolation et la frustration.

En 1979, à l'âge de seize ans, j'entrai au collège Mont Athos, un internat pour garçons. Un tournant imprévu dans ma vie : les autorités en place avaient décidé qu'il fallait davantage d'ambassadrices, et c'est ainsi que ma mère avait été tirée de sa situation de jeune cadre et nommée représentante du Canada à Cuba. Mon père, qui en avait alors marre d'être fonctionnaire et qui avait accepté avec joie une indemnité de licenciement, dirigerait de La Havane ses Ediciones Sin Fronteras/Éditions Sans Frontières, qui se spécialisaient dans la traduction dans les deux langues de poésie québécoise et latino-américaine, une affaire peu lucrative, mais à laquelle il vouait beaucoup d'amour. Le hic, cependant, c'était que la république de Castro ne comptait pas de lycée pour les étrangers. C'est ainsi que, grâce à une subvention du ministère des Affaires extérieures, la possibilité que je reste dans un pensionnat au Canada se présenta d'elle-même. Mes parents avaient le cœur brisé à l'idée d'être séparés de leur fils, mais je sautai sur l'occasion. *Pensionnaire*! Cela enflammait mon imagination. Quelle aventure en perspective !

Je franchis les barrières de pierre et de fer du Mont Athos par un après-midi ensoleillé de septembre. J'avais une malle et deux valises. Chacun de mes vêtements arborait une étiquette avec mon nom en lettres rouge vif cousue par la main infatigable de l'ambassadrice désignée à Cuba, j'avais trois nouveaux vestons, un élégant imperméable neuf et tout un assortiment de cravates de mon père, j'étais rempli d'espoirs et d'attentes, j'avais devant moi un avenir éclatant.

La vue qui s'offrit à nous pendant que nous roulions dans la longue courbe de l'entrée était prometteuse : des pelouses vertes et des terrains de jeux bordés de grands arbres feuillus, une harmonieuse variété d'édifices en pierres grises et en briques rouges, dont certains étaient anciens et d'autres modernes, plusieurs allées en gravier bien propre, une chapelle avec des vitraux en verre dépoli, et une grande croix de pierre au milieu du terrain ; et le village que nous venions de traverser était l'un des plus jolis que j'avais vus au cœur de l'Ontario.

Ma chambre, mon nouveau chez-moi, au troisième étage, était aménagée de façon parfaitement symétrique et comprenait deux armoires avec des tiroirs, deux pupitres et deux fenêtres en fer forgé donnant, au sommet d'une colline (le mont Athos), sur un verger ondulant et, au loin, sur le lac Ontario. On m'avait attribué le côté droit de la pièce. Cette parcelle de territoire m'enchanta. Je testai le lit. J'avais à la main une épaisse enveloppe en papier kraft contenant toutes sortes de renseignements sur l'école, présage de nouvelles promesses.

J'eus l'impression que ma vie commençait.

Je ne garde pas de bons souvenirs des deux années que j'ai passées au Mont Athos. Comme collège, c'était convenable. Nous apprenions bien les mathématiques et la biologie, ce genre de chose. Mais ce qui s'est particulièrement gravé dans ma mémoire, c'est le climat d'irrespect qu'on trouvait dans l'établissement, un manque de respect qui souvent descendait à un niveau très bas, exacerbant notre émotivité et nous rendant barbares. La seule marque de délicatesse que je peux faire remonter au temps que j'ai passé au Mont Athos, c'est que, lorsque j'entre quelque part ou que j'en sors, je tiens la porte ouverte pour les personnes qui viennent derrière moi.

DEUX RAISONS POUR LESQUELLES JE DÉTESTE LE MONT ATHOS :

1) Je demandai à Gordon, l'ancien qui me faisait visiter les lieux, de me décrire mon compagnon de chambre. « Croydon ? dit-il. Oh ! il est bien ! » Mais il détourna les yeux en me répondant. J'aurais dû en prendre note. Mais je roulai ce nom bizarre dans ma bouche, le trouvant sympathique et le considérant déjà comme celui de mon meilleur ami.

La réponse de Gordon contenait un autre signe des choses à venir : au Mont Athos, les élèves et les maîtres avaient coutume d'appeler les garçons par leurs noms de famille. Car Croydon était un nom de famille, et Croydon était Croydon, pas John. Le prénom disparaissait, n'étant réservé qu'aux meilleurs amis, aux amis les plus proches. Pour les autres, on devenait un nom de famille impersonnel, comme une marque de commerce, une tortue portant un nom peint sur sa carapace, un mur avec une seule fenêtre, trop haute pour qu'on puisse voir à travers.

J'étais assis sur mon lit, en train de lire l'information contenue dans l'enveloppe, lorsque deux garçons entrèrent, portant une malle.

« Es-tu Croydon ? » demandai-je au premier, un sourire éclairant mon visage. Il avait des traits anguleux et des cheveux cendrés.

« Non, c'est lui », répondit-il avec un sourire suffisant, indiquant d'un signe de tête l'autre garçon qui éclata de rire. Ils laissèrent tomber la malle et sortirent.

Une minute plus tard, le premier garçon, celui à qui je m'étais adressé, rentra. Il ouvrit la malle et commença à déballer ses affaires. Il ne prononça pas une parole, ne me jeta même pas un regard.

C'était Croydon.

Il ne voulait pas de camarade de chambre. Il avait demandé l'une des rares chambres privées du pavillon Baxter. On ne la lui avait pas accordée. On lui avait accordé une chambre pour deux, avec moi.

Un jour, nous nous trouvions dans notre chambre, chacun à notre bureau, dos à dos, étudiant en vue d'un examen de math. Dans le corridor, Kleinhenz et un autre élève discutaient, pas très fort, mais suffisamment pour que nous puissions les entendre. J'imagine que Kleinhenz devait *effectivement* se montrer un peu pompeux et méprisant. La discussion n'était pas acrimonieuse, ni même personnelle — j'ai appris plus tard qu'elle portait sur les mérites des différents systèmes d'éducation et que Kleinhenz était plutôt satisfait de l'excellence des *Gymnasiums* de son Allemagne natale —, mais cela suffit pour que Croydon saisisse la poubelle, sorte de la chambre, lance la poubelle à la tête de Kleinhenz et commence à le frapper au visage. C'est ainsi que Croydon le faisait payer pour son accent, et pour la personnalité que celui-ci suggérait. Kleinhenz se défendit aussi bien qu'il le put — il leva les poings et se mit à sautiller dans la position classique des boxeurs, mais il avait beau être plus grand et avoir les bras plus longs, il n'avait que quinze ans, alors que Croydon en avait dix-sept, et même si les choses avaient été autrement égales, il lui manquait la dureté, la méchanceté de Croydon. Chaque fois qu'un coup atteignait sa cible, mon compagnon de chambre prenait de plus en plus de plaisir au combat. Cela se termina de façon inattendue lorsque Kleinhenz se détourna et s'enfuit dans le corridor. L'image que je garderai de lui sera toujours celle du masque multicolore que les mauvais traitements lui avaient infligé et qu'il arbora pendant plusieurs jours : les cercles bleu verdâtre autour de ses yeux, les marques rouges sur ses pommettes, les coupures violacées sur ses lèvres.

À l'instar des autres garçons, dont celui avec qui Kleinhenz avait eu la discussion, je me contentai de regarder la bagarre, comme hypnotisé par sa violence. Ce n'était pas la première fois, et ce ne fut certainement pas la dernière, que je faisais preuve d'engourdissement moral au Mont Athos.

Ainsi était Croydon. Non pas un élément dévoyé au Mont Athos, mais un dévoyé dans son propre élément.

2) Je me souviens de McAlister. Au Mont Athos, les garçons formaient trois classes. Il y avait l'élite : les meilleurs athlètes, les meilleurs élèves, ceux qui faisaient montre d'un certain charisme, ceux qui portaient des noms de famille illustres — ceux-là ne pouvaient avoir tort. L'institution les choyait, les ménageait. Au-dessous de cette élite flottait une classe moyenne légèrement opprimée, mais satisfaite et suffisante, l'élément moyen permettant, par contraste, aux élites de briller, constituant le public qui applaudissait et acclamait. Pour finir, il y avait une classe inférieure et marginale (qui payait pourtant exactement les mêmes frais de scolarité astronomiques que les autres). Elle était formée par les « zéros », les nullités du Mont Athos, ceux qui étaient incapables de s'adapter pour une raison quelconque — un aspect physique bizarre, une gaucherie sociale, ceux qui, d'une façon ou d'une autre, n'étaient pas à leur place.

J'étais un zéro. Mon acné et mes cheveux en désordre le signalaient, mon irascibilité le confirmait, mon nom français le scellait. Seuls mes bons résultats scolaires et le cachet de Madame l'Ambassadrice Ma Mère me plaçaient aux échelons supérieurs de cette catégorie.

Mais McAlister, au visage stupide et au complet bleu bon marché, McAlister était le zéro absolu. Il souffrait sans relâche. Son ego dut être démoli tellement de fois que je ne peux imaginer comment il a pu arriver à le reconstruire, comme tous les chevaux du roi et tous les hommes du roi avec Humpty Dumpty. Voici comment je vois McAlister : un garçon à la tête remplie de coquilles d'œufs brisées.

Ils avaient coutume de le fouetter violemment avec des serviettes mouillées ; il cessa donc de prendre sa douche après avoir fait du sport, attendant le soir, lorsque, du moins l'espérait-il, il n'y avait plus personne aux douches. Ils jetaient des ordures fraîches dans son lit. Ils chiaient sur ses livres et ses notes de cours. Ils versaient des seaux d'eau froide sur lui, la nuit, quand il dormait — une chose qu'on m'a fait subir à plusieurs reprises. Un jour, il commanda une pizza et on la lui arracha des mains dès qu'elle fut livrée ; il trouva plus tard les anchois sur son oreiller.

Je n'ai jamais vu un gars aussi malheureux que McAlister, le pauvre Andrew McAlister. Que ses souffrances soient ici commémorées.

UNE RAISON POUR LAQUELLE J'AIME LE MONT ATHOS :

1) Au cours d'un voyage que la classe fit à Toronto, nous vîmes une exposition à la Art Gallery of Ontario intitulée « Turner et le sublime ». Je ne l'ai jamais oubliée. Nous avions un guide et nous avons entendu le blablabla historique habituel, mais je n'y prêtai aucune attention, car les tableaux me parlaient directement. L'exposition comprenait des peintures à l'huile et quelques aquarelles.

Sans me rappeler aucune œuvre en particulier, j'ai un souvenir très vif de l'effet global. Je contemplais les montagnes et les gorges, les lacs et les ruines, les prés et les ruisseaux, et chacun de ces paysages avait de telles nuances de couleurs, une telle lumière qui irradiait, que j'éprouvai en effet une sensation du sublime, une sensation que je n'ai jamais perdue, qui m'a donné mon unique principe sommaire d'esthétique. Ces grandes toiles, probablement plus petites en réalité que le souvenir qu'elles ont imprimé dans ma mémoire, m'ont fait sentir de façon puissante, durable, que la beauté a un sens, que la beauté *est* le sens.

QUATRE AUTRES RAISONS POUR LES-QUELLES JE DÉTESTE LE MONT ATHOS :

3) Il y avait l'institution du « *gitching* », qui consistait à attraper un garçon par-derrière pour empoigner son slip et tirer dessus jusqu'à ce qu'il se déchire. Tant pis pour celui qui portait un sous-vêtement de qualité ne se déchirant pas facilement. Cette action était précédée du long cri de « *Giiiiiiiiiiitch !* », qui semait la terreur chez la victime potentielle, et elle était perpétrée au son de « *Gitch ! Gitch ! Gitch !* » aboyé par le chœur. Tout le monde rigolait, sauf le garçon plus jeune ou plus faible qui était la cible de cet assaut collectif. Je vous assure que la nouvelle, propagée en gloussant, fit le tour de l'école : McAlister, cette ombre sur le mur, ne portait plus de sous-vêtements.

4) Il y avait Wilford, l'énorme Wilford bouffi de graisse, qui, un jour, pour plaisanter, me jeta à terre et s'assit sur moi. Je me rappelle encore ma poitrine comprimée, l'horrible sensation que mes organes étaient tassés et piétinés. Je luttais pour continuer à respirer. Mais les élèves et les profs — la scène se passait dans le réfectoire pendant le repas de midi — avaient l'air de trouver très amusante la vue d'un garçon-souris écrasé sous un

garçon-éléphant, comme si l'image sortait d'une bande
dessinée. Je me rappelle que, quand il se retira et que je
pus me rasseoir, j'avais le visage très congestionné, mes
pensées étaient confuses, je me sentais faible, et le seul
son que j'entendais, à part mon cœur qui battait à mes
oreilles, c'étaient des rires.

5) Il y eut cette nuit où la lumière fut brusquement
allumée dans la chambre que je partageais avec Karol au
troisième étage — c'était ma deuxième année ; j'avais
changé de pavillon et de compagnon de chambre —, et
où, en m'éveillant, je reconnus Croydon et sa bande,
debout autour de mon lit ; ils avaient tous la tête recouverte d'une taie d'oreiller percée de trous pour les
yeux, à la manière des cagoules des membres du Ku Klux
Klan. Si j'avais eu trois secondes d'avertissement, j'aurais
sérieusement pensé à me jeter par la fenêtre, me fiant à la
présence de la pelouse en dessous et à ma capacité
d'agripper des branches pour amortir ma chute. Mais,
grâce à Dieu, ils étaient à la poursuite de Preston et
venaient juste s'assurer qu'il ne se cachait pas dans notre
chambre.

Preston était introuvable. Il passa cette nuit-là, comme
il en avait passé d'autres, caché au fond du terrain de
football, derrière les arbres, avec deux valises bourrées de
livres de classe, de notes de cours, de vêtements et
d'autres articles de valeur, prêt à s'éloigner furtivement si
la bande commençait à rôder sur les pelouses du collège.
Ce qu'elle ne fit pas. Ils se contentèrent de saccager sa
chambre, renversant les meubles et détruisant tout ce qu'il
y avait laissé. Il avait oublié ses notes de math sur son
bureau et dut emprunter celles de Karol pour étudier en
vue de l'examen final. Mais le vol et la destruction
d'objets matériels étaient chose courante au Mont Athos,
c'était banal, ça ne valait même pas la peine qu'on s'en
occupe. Nous formions une communauté, une confrérie

tricotée serré, alors pourquoi nous aurait-on permis de
fermer à clé la porte de nos chambres ? Quel esprit de
méfiance, de suspicion, cela aurait-il traduit ? Telle était
la noble philosophie de l'institution, une institution dont
les maîtres marchaient en faisant tinter les clés grâce
auxquelles leurs appartements, leurs maisons, leurs
bureaux et leurs voitures étaient en sécurité.

6) Les maîtres aussi nous servaient des insultes. Je me
souviens d'un prof qui, lorsqu'un élève lui demanda la
signification de « pusillanime » — le mot était dans un
livre que nous étions en train de lire —, lança un regard
circulaire et, ses yeux tombant sur moi, répondit :
« Tenez, voici un exemple de pusillanimité. » La classe,
tout en n'en sachant pas plus long sur le sens du mot,
éclata de rire.

UNE AUTRE RAISON POUR LAQUELLE
J'AIME LE MONT ATHOS :

2) Le cadre. Une beauté si constante, si quotidienne
— j'ai vécu là deux automnes, deux hivers, deux printemps ; j'ai déjà mentionné les étendues d'herbe verte, les
grands chênes, les vieux édifices majestueux, et même le
lac Ontario, mais j'ai oublié de décrire ce joyau scintillant,
la petite rivière qui serpente dans la région — une telle
beauté produirait un écho durable même dans l'esprit le
plus rustre. Et le collège formait une petite communauté
indépendante ; à l'intérieur, loin des forces de l'irrespect, je
connus d'inoubliables moments d'amitié. Je me souviens
des collations de minuit avec Karol — nous nous faisions
des rôties tartinées de beurre d'arachide. nous précipitant
pour retirer la pile du détecteur de fumée lorsqu'une rôtie
brûlée déclenchait l'alarme. Je me souviens de nous deux
en train de marcher vers la rivière par une journée de
printemps d'une clarté telle que je ne peux l'exprimer.
Nous nous glissâmes dans les eaux calmes et nous
nageâmes en suivant le courant, les arbres qui oscillaient

filtrant le soleil, les poissons tachetant la surface de l'onde. C'était de la magie, de la magie pure. Nous aurions pu nager comme ça jusqu'à l'océan Pacifique. Je me souviens de moi et d'une petite bande en train de jouer à la «brique» dans la piscine; la brique en question était en caoutchouc et s'ajustait parfaitement au trop-plein, nous donnant ainsi à la fois notre balle et notre but. Je me souviens d'avoir couru jusqu'au lac en plein hiver et d'avoir découvert la neige et la glace accumulées sur la berge et de m'être approché dangereusement de l'eau, de la mort. Je restai là une heure, pensant à mes parents, puis je me tournai et Holt-Royd était là, un garçon plus jeune que moi que je ne connaissais guère, debout juste derrière moi. «Je pensais que tu allais peut-être sauter», dit-il. Avec calme et simplicité, nous parlâmes.

Des souvenirs comme ceux-là expliquent pourquoi des légions d'anciens, jusqu'au jour de leur mort, restent fidèles à l'institution, lui donnant et lui léguant de l'argent, les McAlister et les Preston au premier plan de ces nostalgiques, comme si la souffrance et l'humiliation étaient les graines de la plante Amnésie et comme si le temps était l'eau dont elle avait besoin.

UNE AUTRE RAISON POUR LAQUELLE JE DÉTESTE LE MONT ATHOS:

7) Lorsque l'irrespect est un climat et un système, il devient contagieux.

Je me souviens d'être resté à regarder un groupe en train de «*gitcher*» et de faire je ne sais plus quoi à Preston qui se débattait comme un poisson hors de l'eau. Je regardais en éprouvant une certaine satisfaction parce que Preston était vraiment un pauvre type. Je ressentis la même chose lorsque sa chambre fut une fois de plus pillée.

La véritable raison pour laquelle je déteste le collège du Mont Athos, c'est parce que c'est moi qui ai mis les anchois sur l'oreiller de McAlister.

«Ante todo, el viento y el ruido. Aquel día el mar estaba como un espejo sin nada de viento. Yo estaba remando. Oí algo como un grito, un grito de niña, no más, y al darme la vuelta ví un inmenso chorro de llamas viniendo hacia mí. Cayó del cielo azul como un volcán. Vino un viento para dejar sordo, apabullante, como el último suspiro de Dios. Tenía el color de una naranja. Aquello me echó del barco, el ruido tanto como el soplo. Pensaba morir de calor pero me salvó el agua. Nadé hacia la barca, temblando de miedo. La vela estaba en pedazos. Un trozo de algo se estaba quemando, clavado en la popa. Segundos después vinieron las olas. Enormes olas de agua ardiente. Era el infierno. La barca estaba en llamas. Una ola apagaba el fuego y la otra volvía a encender. Yo gritaba y gritaba y gritaba. Me tiraba al agua para salvarme y después me salvaba otra vez subiendo a la barca. Apenas si podía respirar. No podía

«Pour commencer, il y eut le vent et le bruit. Ce jour-là, la mer était comme un miroir, sans un souffle de vent. Je ramais. J'entendis ce que je pris pour un cri, un cri de petite fille, rien d'autre, et, en me tournant, j'ai vu une énorme bande de couleur qui s'approchait de moi. Il est tombé du ciel bleu comme un volcan. Il y eut un vent assourdissant, rugissant, comme le dernier soupir de Dieu. C'était de couleur orangée. J'ai été précipité hors de mon bateau tant par le bruit que par le vent. J'ai cru que j'allais mourir de chaleur, mais l'eau m'a sauvé. J'ai nagé vers mon bateau, tremblant de peur. La voile était en loques. Un morceau de quelque chose qui brûlait était logé dans la poupe. Quelques secondes plus tard, les vagues arrivèrent. D'énormes vagues d'eau brûlante. J'étais en enfer! Mon bateau était en feu, une vague éteignant les flammes et la suivante les rallumant. Je criais, criais, criais encore. Un moment,

ver más allá de las llamas. Ya le digo, era el infierno. El infierno. No, no me acuerdo de donde venían las llamas cuando el avión estaba en el cielo. Era un humo grís oscuro, con hebras negras. Olía a petróleo y a gazolina. Y la madera de la barca que se quemaba. No, no pienso que ha sobrevivido nadie. Nada más que cosas flotando en el agua. Me gustaría irme ya, por favor. »

je sauvais ma vie en me jetant à l'eau pour ensuite la sauver en remontant à bord. Je pouvais à peine respirer, je ne voyais rien au delà des flammes. J'étais en enfer, je vous le dis, en enfer. Non, je ne me rappelle pas d'où venaient les flammes quand l'avion était dans le ciel. La fumée était d'un gris profond avec des volutes noires. Ça sentait l'essence et l'huile. Et le bois de mon bateau qui brûlait. Non, je ne pense pas qu'il y ait eu des survivants. Rien que des objets qui flottaient sur l'eau. J'aimerais m'en aller à présent, s'il vous plaît. »

Les seuls témoins de la mort de mes parents furent un vieil homme et la mer. On m'a raconté que, lorsque le vieil homme ne fut plus capable de répondre aux questions, il est tombé à genoux et s'est mis à prier.

Padre nuestro que estás en el cielo, santificado sea tu nombre. Venga a nosotros tu reino, hágase tu voluntad en la tierra…

Notre Père, qui es aux cieux, que Ton nom soit sanctifié. Que Ton règne vienne, que Ta volonté soit faite sur la terre…

Il se trouva qu'au même moment nous étions justement en train d'étudier *Le vieil homme et la mer*. J'ai récemment relu le livre à la bibliothèque publique de Saskatoon. Ma réaction a été un mélange de vide et de bouleversement, car j'avais, dans mon souvenir, confondu l'œuvre avec la mort de mes parents. Je suis incapable de voir un avion s'écraser dans la mer. Le bruit, les couleurs, le feu, les corps et les valises dispersés… cela dépasse mon imagination. Mais j'arrive à me figurer un gros poisson attaché au flanc d'une yole. J'arrive à le voir attaqué par les requins et par d'autres poissons jusqu'à ce qu'il ne reste plus rien de lui. Je peux voir le vieil homme Santiago monter sur la grève, portant son mât brûlé comme on porte une croix, toujours maudit, toujours *salao*. Je dois parfois réprimander ma mémoire et lui rappeler que mes parents ne se sont pas noyés, que leurs corps n'ont pas été retrouvés par un pêcheur, mais qu'ils sont morts dans un écrasement d'avion et que personne n'a retrouvé leurs cadavres.

C'était vers la fin de septembre. Ma deuxième année. Je les avais quittés trois semaines auparavant, après avoir passé l'été à La Havane. La secrétaire interrompit notre cours de géographie pour m'informer que le directeur désirait me voir. Pendant que nous marchions vers le pavillon de l'administration, la secrétaire resta silencieuse, sauf lorsque nous traversâmes la cour, ce qui nous permit de prendre brièvement conscience du temps qu'il faisait.

« Quel beau jour, n'est-ce pas ? dit-elle. Il fait encore si chaud.

— Oui, c'est vrai », répondis-je avec empressement en prêtant un instant attention au temps.

Elle savait ; je suppose qu'elle était censée ne pas parler, mais qu'elle voulait dire quelque chose.

Le ciel était sans nuages à la naissance de Jésus ; dans le cas contraire, les Rois mages n'auraient pas trouvé leur chemin. Bien que ni Matthieu, ni Marc, ni Luc, ni Jean ne l'aient noté, je suis convaincu que, sur sa croix, pendant son agonie, le Christ a dû penser au temps — à la chaleur de la journée, à son envie d'une brise, au passage des nuages. Tout a dû être constant pendant ses heures d'agonie — sa douleur, l'attitude moqueuse des soldats, l'indifférence de son Père —, tout sauf le temps. Et c'est ainsi qu'en parlant du temps, un sujet de conversation aussi familier dans notre bouche que l'air dans nos poumons, nous parlons de tout, car le temps, témoin de toutes les joies, de toutes les tragédies, est le miroir de toutes nos émotions. En faisant allusion à l'été des Indiens, cette secrétaire me disait en réalité : « Je suis désolée pour toi, mon pauvre, pauvre enfant. »

J'eus la surprise de trouver ma tante, l'unique sœur de ma mère, en compagnie du directeur du collège. Je la connaissais à peine ; je ne la voyais qu'à Noël. Elle était venue en voiture de Montréal. Il y avait également un homme que je ne connaissais pas. C'est ma tante qui m'apprit le décès de mes parents, en français, en présence d'anglophones qui ne comprenaient probablement pas ce qu'elle disait mais qui étaient au courant. Je ne me rappelle pas ses paroles exactes. Plus tard ce jour-là, j'entendis aussi parler de leur mort à la radio. L'homme travaillait aux Affaires extérieures. On me dit que ma vie ne changerait pas, que je recevrais une partie des pensions de mes parents, qu'ils avaient tous deux de bonnes polices d'assurance, en un mot que je continuerais à bénéficier des aspects matériels de leur amour. Je recevrais en temps et lieu des documents officiels attestant cela, et des montants d'argent me seraient versés régulièrement. Je rencontrerais ce représentant des Affaires extérieures, responsable de mon cas, à trois ou quatre occasions. En ce qui concerne l'émotion, j'étais un spectateur à son théâtre. Je restais assis là, prenant la chose avec calme, presque avec indifférence. Ma tante était complètement brisée par le chagrin. L'officiel et le directeur me parlèrent doucement. Tous s'attendaient à me voir fondre en larmes. Mais je m'efforçai de leur démontrer que j'étais capable de composer avec la situation, que je ne pleurerais pas parce que j'étais un adulte. Je me rappelle que la seule chose qui m'émut, c'est que c'était la première fois que le directeur m'appelait par mon prénom. Je me sentis soudain rempli de gratitude et d'émotion pour cet homme — ce qui était sûrement un cas mineur du syndrome de Stockholm.

Ils me demandèrent si je souhaitais retourner à Montréal avec ma tante après les funérailles. Ils ne me parlèrent pas des raisons qui auraient pu me faire désirer cela, ni de la durée du séjour qu'ils avaient en tête. Non, répondis-je. L'année venait de commencer, j'habitais dans un nouveau pavillon, j'avais un nouveau compagnon de chambre — pas l'étrangleur de Boston, cette fois, mais Karol, mon meilleur ami —, il y avait des cours à suivre, des devoirs à faire, des rôties à faire brûler à minuit, j'avais une routine, je ne voulais pas la perturber. Ma vie, comme ils le disaient, ne changerait pas. Mais j'irais passer quelques jours à Montréal. Je retournai à ma chambre pour faire ma valise.

Comme mes parents n'avaient pas pratiqué de religion, il n'y eut pas de service à l'église. Mais il y eut une cérémonie dans une résidence funéraire d'Ottawa. Mon père étant fils unique, la famille comptait trois personnes exactement — en réalité, deux personnes et une par alliance : moi, ma tante et son mari. Les gens se présentèrent quand même en grand nombre — des amis qui étaient des collègues, des collègues qui étaient des amis, des amis qui étaient des amis, des connaissances, d'anciens voisins, des écrivains, des poètes, des éditeurs, des représentants officiels des Affaires extérieures dont le secrétaire d'État en personne, des représentants du gouvernement de Cuba, plusieurs ambassadeurs hispanophones. La foule était si nombreuse que la rue devint peu à peu encombrée de voitures garées, puis de personnes, et qu'il devint impossible de rouler dans la rue. Quelqu'un appela la police. L'agent jeta un coup d'œil, s'informa du motif de ce rassemblement, remarqua la présence du secrétaire d'État et ferma la rue avec une voiture de police bloquant le passage. Je me souviens de la policière qui agitait mollement le bras pour indiquer qu'il ne fallait pas tourner dans la rue.

Tout le monde avait aimé mes parents. Ils avaient été des amis, des patrons, des collègues, des personnes-ressources et des subalternes parfaits. Un ambassadeur latino-américain qui ressemblait à un crapaud verruqueux portant des lunettes à monture de corne parla avec une telle emphase des perfections de ma mère, terminant avec celle qui était manifestement la plus importante pour lui, sa beauté — «*pero liiiiinda*» —, que j'eus l'impression qu'un baiser d'elle l'aurait fait aussitôt monter au paradis des batraciens. Une secrétaire me dit que mon père avait été le meilleur patron, le plus considéré, qu'elle avait eu en trente-deux ans aux Affaires extérieures et qu'elle avait entendu dire que ma mère était encore plus gentille. Une personnalité cubaine flanquée de trois assistants me tendit une lettre. C'était un message de condoléances écrit de la main de Fidel Castro disant que sa perte était double, car «*he perdido a una amiga que representaba a un país amigo*»: il avait perdu une amie qui représentait un pays ami.

Tous ces gens, tous ces hommages rendus à titre personnel et officiel me firent plaisir. J'avais l'impression que toute cette douleur exprimée par les autres allégeait la mienne. Comme si elle était mesurable en kilos et que ces gens en portaient une petite charge pour ne m'en laisser que quelques grammes. J'évitai de regarder les deux cercueils. Le pire à leur sujet, c'est que je les savais vides.

De plusieurs façons, je niai la mort de mes parents. Lorsqu'on est adulte, la mort des parents est habituellement un processus lent, qui va en progression décroissante, d'abord l'un, puis l'autre, et c'est là un douloureux rappel de notre propre mortalité. C'est la mort faisant écho à la mort. Mais j'étais encore pleinement imbu de cette chose assez stupide, invincible, qu'on appelle la jeunesse. La mort soudaine de mes parents à l'étranger me frappa non pas comme la sonnerie d'un glas, mais comme une nouvelle phase de ma vie métamorphique, toujours en expansion.

Mon environnement constitua un autre facteur atténuant en ce qui concerne ma désinvolture de sans-cœur. La douleur et les larmes étaient incongrues au Mont Athos parce que, en aucune manière, l'endroit ne reflétait la perte que j'avais subie. L'orphelinat du Mont Athos ne différa que très peu de l'internat du Mont Athos. En fait, l'orphelinat se révéla plus sympathique. Les maîtres auparavant indifférents se mirent soudain à me sourire et à s'intéresser à mes études. Mes ennemis et mes persécuteurs commencèrent soudain à se tenir à distance. Je devins intouchable. Cette année-là fut la plus agréable des deux que je passai au Mont Athos.

Je me souviens de la fête de l'Action de grâce, par exemple. Les maladroites attentions prodiguées par ma tante avaient été insupportables et je ne voulais pas retourner de sitôt à Montréal. Je décidai donc, le cœur plutôt léger, de passer la longue fin de semaine au Mont Athos vide, en compagnie de Karol et de Michael qui vivaient trop loin pour qu'il vaille la peine de se rendre chez eux.

Mais non, les autorités de l'école trouvèrent que cela ne convenait pas à un garçon qui venait de perdre ses parents. Et c'est ainsi qu'on nous confia à tous les trois la garde de la maison de M. Broughton, à deux kilomètres à peine du collège, pendant l'absence de celui-ci et de sa famille. Il avait des animaux — des ânes, des moutons, des chèvres, des poulets, un chat nommé Shakespeare — que nous devions nourrir. C'est en donnant de la paille aux ânes que je découvris que la paille et le foin ne sont pas la même chose. J'aimais la façon dont les poulets picoraient leurs graines, leurs mouvements si vifs, mécaniques et précis. Nous fîmes de longues promenades sur les rives du lac Ontario. La maison de pierre de M. Broughton était pleine de ce fouillis bien ordonné d'objets que seuls les sédentaires peuvent accumuler, un fouillis qui insuffle la vie à une maison, même quand il n'y a personne. M. Broughton possédait plusieurs reproductions d'œuvres de l'artiste canadien David Blackwood, des scènes montrant la vie rude, parfois terrible, des pêcheurs terre-neuviens et de leurs familles, des gravures faites de fines lignes noires et blanches et où le peintre n'avait utilisé la couleur que quelques fois, ce qui frappait encore davantage — le rouge pour une maison en feu, par exemple. Une nuit, nous avons soigneusement décroché les Blackwood des murs, nous les avons apportés dans notre chambre, nous avons éclairé la pièce aux chandelles et nous les avons fixés jusqu'à en être pratiquement hypnotisés, nous sentant comme si c'était nous qui étions naufragés et perdus, mourant de faim dans un canot de sauvetage, ou grimpant en courant sur une colline vers notre maison en flammes. Shakespeare resta docilement dans mes bras tout le temps. Je passai quatre jours merveilleux dans la maison de M. Broughton pendant ce congé de l'Action de grâce. Chacun des moments fut intense et mémorable.

De toute façon, qu'est-ce que j'étais censé faire ? Pleurer devant les autres garçons ? Fondre en larmes dans les bras de professeurs qui venaient tout juste de prendre conscience de mon existence ? Allais-je ainsi mettre en péril mon nouvel état d'intouchable ?

Lorsque je pensais à la tragédie qui m'avait frappé, je me disais : « Ils sont morts ensemble. Cela me frappe comme une chose très importante. Cela donne à leur vie un caractère complet, une globalité restée intacte, sans débris désordonnés. Et leur vie a été heureuse, réussie. Je ne les verrai plus jamais, mais je me souviendrai d'eux et je leur parlerai dans ma tête. C'est presque aussi bien. »

J'éclatai plusieurs fois en sanglots sous une douche chaude et bruyante, mais je reléguais la plupart du temps mon chagrin dans le sous-sol sombre de ma conscience, où il pouvait nager et produire les effets sur lesquels les freudiens pourront se délecter à émettre des hypothèses.

Lorsque commença le dernier trimestre, celui de la Trinité, je m'aperçus que j'étais presque parvenu au bout de la chaîne de montage des études. L'aube de cette liberté me parut plus oppressante que libératrice, mais je composai rapidement avec la situation. Je rejetai les cent millions de choses qu'un jeune de presque dix-huit ans peut faire de sa vie et décidai de poursuivre mes études officielles. Après avoir étudié les programmes universitaires à peu près comme j'avais étudié les brochures des internats, je jetai mon dévolu sur trois universités ontariennes et je remplis soigneusement les formulaires de demande d'inscription. Ma liberté ainsi confinée dans des limites sûres, je me sentis mieux.

On ne reçoit pas beaucoup de courrier lorsqu'on est un enfant unique sans parents. Chaque jour, je voyais des garçons avec d'épaisses enveloppes dans les mains ou, pire encore, avec des colis sous le bras. Je cessai de vérifier le contenu de ma boîte aux lettres. Pourquoi l'ouvrir alors que je savais que je n'y trouverais rien d'autre qu'un univers vide, que je n'entendrais rien d'autre que le gros bruit du néant qui aspire ? La personne responsable de la salle du courrier était une femme aimable et volubile du nom de Saunders. Chaque semaine, à l'heure du lunch, un garçon était désigné pour l'aider à trier le courrier et à placer les lettres dans les casiers. Lorsque mon tour arriva, je demandai à être exempté de cette tâche.

Ce fut ce problème délicat du courrier qui provoqua un incident que je passerais sous silence s'il ne s'était pas produit le jour où, tandis que je me masturbais sous la douche plus tard dans la soirée, je constatai pour la première fois que mon érection était plus petite.

Une lettre de ma tante, courte et pas très intéressante, en fait, mais néanmoins précieuse, avait été retrouvée par le gardien dans un buisson. D'après le cachet de la poste, elle avait été envoyée trois semaines plus tôt et elle était déjà ouverte.

J'allai voir Mme Saunders et je lui demandai le nom du garçon qui avait travaillé avec elle cette semaine-là.

« Il y a trois semaines ? Voyons voir… c'était Arthur.

— Qui est Arthur ?

— Arthur Fenton. »

Fenton ?

Un mot sur Fenton : c'était un odieux petit crétin. Il était le seul à violer l'armistice prolongé qui avait été déclaré à mon égard après la mort de mes parents. Je le haïssais de façon viscérale, et c'était réciproque. Je crois que le cliché « conflit de personnalités » s'incarnait véritablement dans notre relation. Immature, affecté, arrogant, gâté… personne ne l'aimait. Il aurait dû être un vrai zéro, un chrétien dans le cirque romain de Croydon. Mais Fenton était lui aussi un intouchable : ses parents étaient pourris de fric. (Ils visitèrent l'école un jour, dans leur Rolls-Royce avec chauffeur et tout. Leur petit Arthur trottinait d'un côté, le directeur en quête de donations trottinait de l'autre. En regardant papa Fenton, vêtu d'un complet coûteux qui donnait de l'élégance et de l'allure à sa bedaine flasque et à ses frêles épaules, en regardant le nœud de sa cravate de soie si pimpant, si impeccable, en regardant tout ce qui révélait son pouvoir, je compris soudain Pol Pot et son ardent désir de mener les choses rondement, le plaisir et la rapidité avec lesquels le terrorisme rouge répare les injustices, la montée d'adrénaline de Joseph Staline. Ah! avoir eu une Kalashnikov et les avoir descendus!) Il aurait fallu que Fenton fasse une torche de Bill, le basset du directeur, pour que ce dernier élève la voix.

Mais cela m'était égal. Je n'avais pas peur de lui — il n'était pas Croydon, j'étais plus fort que lui — et il était allé trop loin. J'allais lui arracher les paupières, j'allais lui arracher les oreilles, j'allais fracasser tous les os de son corps à coups de marteau, j'allais... Je quittai la salle du courrier, le visage en feu, des élancements dans la tête.

Imaginez cette pièce de théâtre :

PERSONNAGES :

> RAGE DÉMENTIELLE, *un garçon de dix-sept ans*
> IMMATURITÉ AGAÇANTE, *un garçon de dix-sept ans*
> PERSONNAGE SECONDAIRE, *un garçon de dix-sept ans*

DÉCOR : *un escalier*

Le rideau se lève.

> (PERSONNAGE SECONDAIRE *est d'un côté de l'escalier.* IMMATURITÉ AGAÇANTE *descend l'escalier. Quand il arrive à un petit palier,* RAGE DÉMENTIELLE *apparaît sur la scène, une lettre à la main, et voit* IMMATURITÉ. *Il bondit alors vers l'escalier qu'il monte quatre à quatre, se place en face d'*IMMATURITÉ *et lui bloque le passage. Tous deux se parlent sur un ton tendu, colérique, mais sans crier.*)

> RAGE DÉMENTIELLE *(montrant l'enveloppe, puis regardant* IMMATURITÉ *d'un air furibond)* : Qu'est-ce que c'est? Pourquoi as-tu pris cette lettre et l'as-tu ouverte?

> IMMATURITÉ AGAÇANTE : J'en assume l'entière responsabilité.

RAGE : Je veux savoir pourquoi tu l'as prise.

IMMATURITÉ : J'en assume l'entière responsabilité.

RAGE (*posant une main sur la poitrine d'*IMMATURITÉ *et le poussant lentement contre le mur*) : Ne recommence *jamais.*

IMMATURITÉ : Prends garde ou je vais te faire voler à travers la pièce.

RAGE : Ouais, essaie donc, pour voir.

(RAGE *descend vers la scène.* IMMATURITÉ *le suit.*)

IMMATURITÉ : Rage, tu es un trou du cul !

(IMMATURITÉ AGAÇANTE *frappe* RAGE DÉMENTIELLE *au visage et se tourne pour s'éloigner.* RAGE *l'attrape, le couche au sol et reste debout.* RAGE *regarde* IMMATURITÉ. IMMATURITÉ *se relève.* RAGE *le regarde mais ne fait rien.*)

PERSONNAGE SECONDAIRE (*s'interposant*) : Ça suffit comme ça, les gars.

(*Sortie*)

RIDEAU

Je fus incapable de le frapper. Malgré toute ma fureur, contre toute attente, je fus incapable de le frapper. Je ne pus faire plus que de poser une main sur sa poitrine et le pousser contre le mur, qui se trouvait à environ un pied derrière lui. J'étais tellement confus que je descendis l'escalier, m'éloignai de lui. Même lorsqu'il me frappa au visage — et être frappé au visage, c'est être frappé à l'âme, c'est une attaque non contre la poitrine ou la jambe provinciale, mais contre la capitale même de l'être —, même à ce moment-là, donc, je fus incapable de lever la main sur lui. Je pensais : « Je peux le frapper maintenant, j'en ai le droit. » Je ne pus rien faire d'autre que le coucher au sol. Non pas le jeter au sol ni le pousser au sol, mais le coucher, avec l'aide de mes bras qui le guidaient. Lorsqu'il fut à terre, je remarquai que sa tête était près d'un radiateur et je me dis : « Si je lui donne un coup de genou au visage, sa tête va heurter le radiateur.» Mais j'en fus incapable. Comme il se relevait, je pensai: «Maintenant, je peux facilement lui donner un coup de pied.» Mais j'en fus incapable. Lorsqu'il fut sur ses pieds, je me dis: «Maintenant, je peux le frapper, il est debout. C'est jouer franc-jeu.» Mais j'en fus incapable. Ensuite, c'était fini.

J'allai m'asseoir tout seul à la chapelle. J'étais à la fois étourdi et rempli d'allégresse. *J'avais été incapable de le frapper.* Quelle découverte surprenante! Aussi incroyable qu'inattendue! Soudain, je cessai d'en vouloir à Fenton. Je pensai attentivement à lui, faisant défiler dans ma tête les pires moments que j'avais passés en sa présence, les rencontres qui m'avaient laissé bouillonnant de rage, qui m'avaient fait rêver de lui faire subir des tortures raffinées. Je glissai sur ces moments sans éprouver le moindre agacement.

Pendant les jours qui suivirent, je pris soin de l'éviter, mais, une semaine plus tard, sa présence ne me perturbait plus le moins du monde. Je lui dis au revoir le dernier jour d'école.

Le soir qui suivit notre affrontement, juste avant que l'on éteigne les lumières, je pris une douche et m'adonnai à mon plaisir secret. C'est à ce moment-là que j'en pris conscience. J'étais certain que le mouvement de ma main avait une plus grande amplitude auparavant. Mais cette pensée s'échappa ensuite de mon esprit — j'eus un tel orgasme que je crus que j'allais m'évanouir. Mes jambes flageolaient et je ne parvins à garder mon équilibre qu'en m'appuyant au mur de la douche. Lorsque je retrouvai mes esprits, mon pénis était en train de perdre sa rigidité et j'étais prêt à aller me coucher.

Le jour de la remise des diplômes arriva. J'observai tous les parents. Je fis le tour du collège pour jeter un dernier regard sur les choses. J'en avais *assez* de cet endroit. Ce sentiment se reflétait dans la chute de mes notes à la fin de l'année scolaire. J'avais failli échouer en physique. Et je ne participai pas aux festivités habituelles d'une remise de diplômes d'études secondaires.

Mais après le Mont Athos, quoi ? Malgré tous ses défauts, malgré toute la souffrance que j'y avais endurée, je n'avais pas d'autre foyer organisé. Je m'assis calmement dans ma chambre, vide. Je me rendis aux toilettes : la longue rangée de lavabos, de cubicules, de douches dont le drain avait évacué tant d'eau, de savon et de sperme. Je regardai les salles de classe, les gymnases, l'ancien et le nouveau, les différents terrains de jeux, la piscine décrépite, les courts de squash, le réfectoire, la chapelle. Je restai immobile près de la croix de pierre, à l'écoute. La mémoire est comme la colle : elle nous attache à tout, et même à ce qu'on n'aime pas.

Ironiquement, l'université que j'avais choisie était celle qui était la plus près du Mont Athos, à une demi-heure de route, mais où allaient étudier le plus petit nombre de ses anciens élèves : la petite et sympathique Université Ellis. Le mois de septembre était donc planifié et j'avais hâte d'y arriver. Mais en ce jour de la remise des diplômes, cela ne me procurait guère de réconfort. L'été qui s'écoulerait entre-temps s'ouvrait à mes pieds comme un abîme. Ce que j'allais en faire me rappelait cette question : qu'allais-je faire de ma vie ?

Je montai dans la voiture de ma tante et vis le collège Mont Athos disparaître par la fenêtre arrière.

Je ne me sentais absolument pas préparé à affronter la vie.

Ma tante habitait dans un quartier portugais de Montréal, avec des restaurants, des magasins et des agences de voyages portugais. Quelques jours après mon arrivée, je m'arrêtai par hasard devant la vitrine d'une de ces agences et regardai à l'intérieur. Elle ressemblait beaucoup à toutes celles que j'avais déjà vues : elle avait l'air mal fichue et encombrée, le mur du fond était une composition kitsch en stuc conçue de façon à transmettre l'esprit du Portugal, le mobilier et les affiches publicitaires semblaient dater des années soixante, et les trois personnes qui étaient derrière leurs bureaux arboraient cet air surmené qu'ont parfois les gens désœuvrés. Une grande carte en couleurs du Portugal était affichée dans la vitrine, avec des photos et des dessins des différents points d'intérêt reliés par les lignes noires à l'endroit où ils étaient situés sur la carte.

C'est la forme rectangulaire du Portugal qui m'a amené à prendre cette décision, je crois. J'aime les pays rectangulaires, où la volonté de l'homme s'impose sur la topographie. J'imagine que si j'avais regardé une carte de l'Espagne, de la France ou de l'Australie, j'aurais passé l'été à Montréal. Dans les circonstances, n'ayant pas besoin de travailler, n'ayant pas envie d'habiter chez ma tante, sans aucune idée de me « découvrir » moi-même, mais pour le simple plaisir d'une forme géométrique, je me retrouvai une semaine plus tard dans un avion de la compagnie TAP en direction de Lisbonne.

Au début, je détestai ça. Voyager ; tout seul. Dans chaque nouvelle ville, l'anxiété creusait un trou dans mon estomac jusqu'à ce que je trouve un endroit où rester, particulièrement si c'était la fin du jour (c'est-à-dire dès qu'il était plus de midi). La perspective d'arriver de nuit dans une ville étrangère me terrifiait. Cela se produisit une fois, à Tomar. J'étais tendu et je marchais rapidement, comme si je violais un couvre-feu. Après avoir cherché un peu, je tombai sur ce qui semblait être un hôtel bon marché. Je pensais qu'en voyant mon expression désespérée, le gérant me demanderait un prix exorbitant, mais, à ma grande surprise, le tarif était raisonnable et la chambre était agréable. Je m'aperçus bientôt que le corridor l'entourait, un corridor carré autour d'une chambre carrée, et que toutes les fenêtres de la chambre donnaient sur ce corridor ; la chaleur y était étouffante. Mais c'était un abri. J'étais finalement en sécurité.

Je finis par prendre l'habitude de régler les inévitables détails pratiques du voyage. Les plaisirs du jour commencèrent à repousser les angoisses de la nuit. Le Portugal est un magnifique petit pays, surtout au nord. Je n'ai gardé de mon séjour là-bas que de bons souvenirs. Comme pour les voyages que j'ai faits par la suite dans d'autres pays, j'ai rapporté de celui-là une connaissance riche et évocatrice, un mélange épicé de visions, de sons et de saveurs, de littérature, d'histoire et de politique, d'expériences publiques et personnelles, toutes ces choses que j'oublierais lentement, quoique le fait d'en parler maintenant me les fasse revenir à l'esprit — l'étrange Pessõa, l'Alfama, Coimbra, Nazaré, Henri le Navigateur, Sagres, Camoens — de façon agréable. Voyager seul ressemble à un rêve éveillé qui se prolonge. On voit des choses, on observe les gens, on admire le paysage, quand on le veut, à son rythme, tout cela en s'inventant ses propres compagnons, ses propres scénarios. C'est l'unique façon de voyager, si l'on peut supporter la solitude que cela occasionne, ce dont souvent j'étais incapable. Mais, grâce à Dieu, il y a les amitiés faciles que l'on noue avec d'autres voyageurs, des amitiés qui durent une heure ou trois jours, le temps d'un repas ou d'un voyage en train, et ces liens constituèrent une mine d'or de connaissances et de renseignements utiles sur le voyage. Cela commençait toujours par « D'où viens-tu ? » et se terminait, quand on avait envie de tourner à gauche plutôt qu'à droite, par un simple et honnête « Salut ».

Alors, elle me regarda avec une expression résolue, ouverte. Il n'y eut pas de mots, mais la situation ne pouvait être plus explicite. Inexplicablement, nos têtes se rapprochèrent et nos bouches s'unirent. Nos lèvres s'ajustèrent d'elles-mêmes d'une façon quelque peu disgracieuse, nos langues sortirent et se touchèrent, puis elle s'éloigna et je courus pour attraper mon autobus.

Le contact avait eu lieu. C'était mon premier baiser. Entre deux autobus... une promenade... un petit jardin public désert... une fille qui me sourit de sa fenêtre à l'étage... qui descend... une conversation composée davantage de sourires et de charades que de mots... puis...

Extraordinaire. Comme une météorite.

Plus petite était mon érection, plus intense était mon plaisir. Tous les matins, la poitrine me piquait. Lorsque je me grattais, des poils tombaient en cascade sur le drap.

À Batalha, il y a une superbe abbaye dominicaine fondée en 1388 par le roi João Ier, pour commémorer sa victoire sur les Espagnols à la bataille d'Aljubarrota, victoire ayant assuré au Portugal son indépendance. Je louai une chambre presque à l'ombre de cette abbaye. J'étais entré dans un restaurant pour demander mon chemin, et la fille au comptoir m'avait demandé si je cherchais une chambre. Nous traversâmes la rue jusqu'à une maison à deux étages blanchie à la chaux. La chambre qu'elle me montra se trouvait à l'étage, au bout du corridor et, même si elle était petite et que la fenêtre ne donnait pas sur l'abbaye, elle était de proportions agréables, elle était propre, pimpante et joliment meublée. J'avais aussi l'impression d'être seul dans la maison. La jeune fille m'épargna le désagrément de marchander, car elle me fixa tout de suite un bon prix.

Je restai trois semaines dans cette chambre, plus longtemps que n'importe où ailleurs au Portugal.

La simplicité monastique de la pièce me réconfortait. Elle était, comme le pays, de forme rectangulaire. La porte et la fenêtre se faisaient face aux deux extrémités étroites du rectangle, la porte en plein centre, la fenêtre légèrement à gauche. La pièce contenait exactement quatre éléments saillants : à gauche, en entrant, un lit de fer étroit avec un matelas raisonnablement bosselé qui n'abritait pas une colonie de punaises ; un peu plus loin, dans un coin, un lavabo résolu à ne fournir que de l'eau glacée, d'où l'on pouvait regarder par la fenêtre en se lavant ; face au lavabo, de l'autre côté de la pièce, une armoire grinçante avec un miroir tacheté dont les ondulations me renvoyaient un reflet déformé de moi-même ; et enfin, en face du lit et devant le mur diagonalement opposé au lavabo, une table sans tiroir avec une simple chaise. L'austérité des murs était telle que je n'arrive même plus à me rappeler à quoi ils ressemblaient. Le sol de pierre était froid, mais il y avait un petit bout de tapis fané que je déplaçais selon l'endroit où je me trouvais et ce que je faisais.

J'aimais cette chambre nue. J'aurais été parfaitement content d'y rester le reste de ma vie.

Je passais une bonne partie de mes journées à vivre de façon casanière et tranquille, partageant mes heures entre le lit dans lequel je lisais, je dormais et je me masturbais, la table sur laquelle j'écrivais mon journal (c'est la seule fois que j'ai tenu un journal de voyage. Je l'ai jeté la même année — on ne peut pas se rappeler tous les instants), le lavabo où je me brossais les dents et m'aspergeais le visage d'eau, l'armoire où je rangeais soigneusement sur les étagères les vêtements trop nombreux que j'avais apportés, et son miroir devant lequel je restais nu à me contempler. Les seules expéditions que je faisais hors de ma chambre consistaient à aller aux toilettes, à profiter de l'eau chaude que la douche parvenait à donner chaque matin, à manger et à visiter l'abbaye, ce que je faisais tous les jours. Je passais l'après-midi dans son superbe cloître. Je marchais autour de l'arcade ou je m'asseyais sous l'un des arcs, lisant mon livre (*Les lusiades*, de Camoens) ou reposant mes yeux en regardant le quadrangle avec son impeccable assortiment de fleurs, de buissons et d'arbrisseaux sauvages. Les bourdons bourdonnaient dans la lumière dorée avec une sérénité de moines. Les heures s'écoulaient, marquées par le mouvement de la ligne des ombres — une horloge aux mains intangibles, flottant librement, changeant la nature du cloître à chacun de ses tic-tac silencieux.

Si je repense à cette période en termes de *symptômes*, si c'est le terme juste, comme dans le cas d'une maladie, quatre symptômes me viennent à l'esprit :

1) Un changement de voix vers le plus aigu.

2) Une légère douleur aux hanches, qui s'atténuait lorsque je marchais autour du cloître et que je faisais des étirements.

3) La disparition de mon acné. La situation se détériora, ce fut pire que ça n'avait jamais été, toutes les pustules sur mon front me donnaient mal à la tête et ma gorge ressemblait à celle d'un dindon, puis, en l'espace d'un ou deux jours, cela s'effaça complètement. L'acné, cette maladie maudite, et l'aspect huileux qui l'accompagnait, disparut de ma vie pendant que j'étais au Portugal, me laissant avec une peau normale, satinée. Je me souviens de m'être regardé dans le miroir et d'avoir passé les doigts sur mon nouveau visage. L'enfer était fini, l'enfer était fini. Je pouvais enfin regarder les gens dans les yeux. Je pouvais enfin sourire. J'étais doublement neuf.

4) Une passion pour les patates douces. C'est drôle comme les importantes transformations de la vie s'accompagnent de bizarreries alimentaires. Le restaurant situé de l'autre côté de la rue était un petit endroit sans prétention où travaillaient deux personnes : la fille qui m'avait

montré ma chambre — elle était serveuse et barmaid — et son père — il faisait la cuisine. Je vis parfois sa mère, mais je crois qu'elle travaillait ailleurs. Le menu proposait ce que le père avait trouvé au marché ce jour-là et ce qu'il avait envie de préparer. Je pris bientôt l'habitude de prendre là mes repas, et nous nous liâmes tous les trois d'une amitié qui s'exprimait en sourires et en gestes. J'assaisonnais mes gestes de mots en espagnol. Lorsqu'il découvrit que j'étais canadien, le père décida d'essayer de préparer ce qu'il croyait être de la cuisine nord-américaine.

C'est un soir ou deux après cela que la patate douce fit son apparition — simplement en garniture, seulement pour la couleur, en fait. Elle était là, dans un coin de mon assiette, molle et orangée, à côté des belles tranches de porc avec leur sauce brune et les petits tas blancs de purée de pommes de terre. Sans les soins amicaux que me prodiguaient le père et la fille, je n'aurais peut-être pas touché à la patate douce. J'avais déjà goûté à ce légume, mais je n'arrivais pas à me souvenir à quelle occasion et je supposais que c'était parce que ça ne m'avait pas plu et que ça ne me plairait pas alors davantage. Mais ce fut le contraire. Dès la première petite bouchée, j'ouvris grand les yeux et poussai un «Miam!» sonore et spontané. Un instant plus tard, la patate avait disparu de mon assiette. Je n'avais *jamais* rien goûté d'aussi délicieux de toute ma vie. Je considère encore cette explosion de saveur dans ma bouche comme l'apogée de la carrière de mes papilles gustatives. Je fis force compliments au père, mettant l'accent sur son habileté à préparer les patates douces. Je lui en demandai encore le lendemain, au repas de midi. Je passai la soirée à repenser à cette adorable patate, à sa claire couleur orangée, à sa texture onctueuse, à son goût divin. Je regrettai de ne pas en avoir demandé pour le petit-déjeuner. Lorsque les cloches de la cathédrale sonnèrent à midi le lendemain, je salivais comme les chiens de Pavlov. J'en redemandai au dîner, en plus grande quantité, s'il vous plaît. Puis j'en demandai au petit-déjeuner.

Je mangeai toutes les patates douces de Batalha. Pas de hors-d'œuvre, pas d'entrées, pas de garnitures, pas de sauces, pas de desserts… pendant près de deux semaines, je ne mangeai que des patates douces. Évidemment, les gens de l'endroit me prirent pour un cinglé. Mais j'étais un étranger et, par conséquent, mon excentricité était tolérée. Certains des mythes — et des problèmes — les plus importants, les plus tenaces de ce vingtième siècle sont les conceptions erronées que les gens ont des étrangers et de leurs pays. Dans le cas qui nous occupe, j'ai grandement contribué à une fausse représentation de mon pays. Dans l'esprit de Messiao Do Campo et de sa fille, Gabriele, le Canada et la patate douce resteront liés pour toujours.

*Cela s'est terminé au cours d'une nuit. Je me suis réveillée soudainement. Je ne sais pas pourquoi ni à quoi je rêvais. Je me suis dressée. Tout était confus. Je ne me souvenais de rien, ni de mon nom, ni de mon âge, ni où j'étais. L'amnésie totale. Je savais que je pensais en français, ça au moins, c'était sûr. Mon identité était liée à la langue française. Et je savais aussi que j'étais une femme. Francophone et femme, c'était le cœur de mon identité. Je me suis souvenue du reste, les accessoires de mon identité, seulement après un bon moment d'hésitation. Ce que je me rappelle le plus clairement de cet état de confusion, c'est le sentiment qui m'est venu après, que tout allait bien. J'ai regardé la chambre autour de moi. Un sentiment de quiétude m'a envahie, profond, si profond, à en perdre conscience. J'étais en train de me rendormir. Je me suis allongée sur le côté, j'ai tiré le drap jusqu'à ma joue, et je suis retournée dans les bras de Morphée, le sourire aux lèvres. Tout allait bien, tout allait bien.**

C'est arrivé une nuit particulière. Je me suis levée le lendemain matin, je suis restée debout devant le miroir, nue, à me regarder, et j'ai pensé : « Je suis une Canadienne, je suis une femme… et j'ai le droit de vote. »

C'était le jour de mon anniversaire. J'avais à présent dix-huit ans. J'étais une citoyenne à part entière.

DERNIERS SOUVENIRS DU PORTUGAL :

I) Fatima. Le 13 mai 1917, trois enfants, des bergers, ont déclaré avoir vu la Vierge Marie. Elle leur a dit qu'elle reviendrait leur parler le même jour, un mois plus tard. Ils sont retournés à l'endroit convenu le jour dit. Elle est apparue de nouveau, leur a parlé et leur a demandé de revenir le mois suivant. La même chose s'est répétée pendant quatre mois. Le 13 octobre, le jour de la dernière apparition, les enfants étaient accompagnés de soixante-dix mille personnes qui furent les témoins d'un « phénomène solaire miraculeux ». Un culte marial fut établi. Fatima est un des principaux lieux de pèlerinage catholique, comme Lourdes, comme Saint-Jacques-de-Compostelle. Dans sa partie essentielle, au centre des cercles de boutiques vendant des objets religieux kitsch, Fatima est une basilique blanche sans attrait posée au bord de la plus grande étendue asphaltée que j'ai jamais vue. Ce vaste tapis s'étale sans être marqué par aucune sorte de lignes, de flèches ou d'indications. Il luit au soleil, pur et de couleur charbon. J'ai été frappée par sa beauté (et si j'étais une artiste moderne à l'aise, j'utiliserais l'asphalte comme médium, j'exploiterais sa riche couleur noire, sa friction séduisante, son jeu avec le soleil. Imaginez un splendide cercle d'asphalte dans une plaine houleuse de la Saskatchewan. Non pas une tache industrielle de civilisation, rien à voir avec le nihilisme, mais plutôt le point d'un point d'exclamation, dont l'autre partie, la ligne droite, serait la personne debout sur le point — vous). La forme est concave, de sorte qu'il y a une montée vers le salut apporté par la basilique blanche. À l'intérieur de cet énorme bol d'asphalte viennent les nécessiteux à la manière catholique. Ils marchent, ils traînent les pieds, ils clopinent, ils font rouler leurs fauteuils, ils rampent. J'ai vu une femme âgée ramper vers la basilique d'un bord du bol jusqu'à l'autre, soit une distance de trois cents mètres, portant sur son dos deux enfants qui semblaient en détresse — ses petits-enfants, je suppose —, le reste de la famille marchant à ses côtés. Avec ses gants et ses genouillères, elle avait l'air d'une alpiniste et, d'une certaine façon, c'est ce qu'elle était, une alpiniste catholique escaladant un sommet que mes sens athées ne pouvaient percevoir. Tout en avançant centimètre par centimètre, elle priait à voix haute et suppliante. Lorsqu'elle s'affaissait, ce qui se produisait à intervalles réguliers, les enfants basculaient et poussaient des cris hystériques, et la famille tombait à genoux et se mettait à prier. Après quelques minutes de repos, refusant d'écouter les gens qui lui proposaient de l'aide ou qui lui demandaient de renoncer, la vieille femme reprenait l'escalade.

Au-dessous de la basilique, à gauche, il y a une petite chapelle, là où la Vierge Marie est censée être apparue. La chapelle contient une espèce de crématorium dans lequel les dévots jettent des effigies en cire grandeur nature des parties qui sont une source de souffrance pour les personnes qu'ils chérissent. On voit une montagne luisante de parties de corps jaunâtres de toutes les tailles, de tous les âges, représentées avec précision, avec les rides et les poils, en train de fondre lentement et qui, en fondant, bougent. Une tête dégringole et son cou se confond à une jambe pour former une créature monstrueuse, jusqu'à ce que la jambe se déforme. La poitrine d'un jeune garçon a trois oreilles. Un genou se plie pour humer une main qui a un pied. Les seins donnent du lait puis finissent par disparaître. Deux têtes masculines se rapprochent, peut-être pour se donner un baiser, jusqu'à ce que l'empreinte d'un pied écrase l'une des deux. Un bébé entier atterrit face contre terre en faisant entendre un floc sonore et disparaît en quelques instants, sauf son petit derrière fendu qui flotte pendant une éternité. Une tête grave se tient toute droite, l'air de dire : « Ce qui se passe ici ne m'arrivera pas à moi », jusqu'à ce que le sort fonde sur elle et qu'elle s'anéantisse en pleurant. Tout se transforme en rivière.

Un chœur discordant de vrais croyants se tient devant la scène. La plupart de ses membres sont vêtus de noir, la plupart sont des femmes qui gémissent, supplient, pleurent, prient, haranguent, chuchotent, geignent, chantent et remuent les lèvres tout en continuant à jeter dans le crématorium de nouvelles parties de corps. En même temps, les surveillants de l'endroit, les prêtres, tournent en rond avec des expressions d'impassibilité comateuse. La dernière chose que je me souviens d'avoir vue avant de m'éloigner, c'est une femme agenouillée qui tira une minuscule oreille de son corset, y chuchota quelque chose avant de la jeter dans le crématorium tout en éclatant en sanglots. Son bébé était-il mort d'une infection à l'oreille ? C'était du Fellini en enfer.

2) Jack, un Californien amical que je rencontrai à l'auberge de jeunesse de Coimbra et avec qui je passai trois jours. Il avait quelques années de plus que moi, vingt ou vingt et un ans, il était très intelligent et timide. Il étudiait le violon et la composition dans un endroit célèbre en Californie, à Berkeley ou à Stanford, quelque part dans ce genre-là. C'est ce qu'il voulait être et c'est ce qu'il était : un compositeur. À la gare — il prenait le train vers le sud, pour Lisbonne, où il prendrait son avion de retour, et, moi, j'allais à Porto, dans le nord —, il se montra

encore plus timide que d'habitude. Les adieux compriment parfois les émotions jusqu'à ce qu'elles jaillissent d'une façon incontrôlée, comme le jus d'une orange pressée : Jack me serra dans ses bras, puis essaya maladroitement de m'embrasser.

3) Lisbonne de nouveau, avant de rentrer chez moi. J'avais détesté arriver au Portugal, je détestai le quitter. Dans l'intervalle, trois mois s'étaient écoulés. Le voyage est comme une accélération : difficile de s'arrêter, on ne veut pas s'arrêter. Le changement devient une habitude et les habitudes sont difficiles à changer. Je me promenai, explorant les alentours ordinaires d'une vieille capitale européenne. J'achetai de nouveaux vêtements, me figurant qu'ils coûteraient moins cher au Portugal qu'au Canada. Je pris au soleil une couleur rouge homard sur l'interminable plage de l'autre côté du Tage. Je me procurai un nouveau passeport, ce qui se révéla facile grâce à l'agent consulaire, un employé local pas trop pointilleux, tout en sourires et à l'esprit un peu embrouillé. («On a fait une erreur. Est-ce que j'ai l'air d'un homme d'après vous?» Dieu merci, j'ai un nom androgyne. Si seulement mes cheveux pouvaient pousser plus vite.) Comme je gravissais la passerelle métallique de l'avion de la TAP, je me tournai pour jeter un dernier regard au ciel bleu du Portugal et je me dis : «Je reviendrai, mais pas ici, ailleurs. En Chine? En Inde? En Amérique du Sud?»

L'Université Ellis de Roetown est l'une des plus petites universités canadiennes, comptant moins de deux mille cinq cents étudiants à temps plein lorsque j'y entrepris mes études. À l'époque, sa réputation n'était guère reluisante. «C'est facile d'y être admis, disait-on de l'endroit. On n'a pas besoin de notes supérieures à C+.» Elle était reconnue pour accueillir les petits groupes de collégiens diplômés pauvres et médiocres, ceux qui n'avaient pas obtenu d'assez bons résultats pour être acceptés dans les universités plus illustres, préparant à des carrières. C'est justement cette absence d'élitisme qui m'attira à Ellis. Après le Mont Athos, j'étais prête pour l'Université libre d'Albanie. Mais si c'était facile d'y entrer, ce n'était pas facile d'en sortir — avec un bout de papier, en tout cas —, comme j'allais le découvrir par mon expérience personnelle. Ellis se révéla être une université d'arts libéraux de première classe.

Elle était organisée selon un système de collèges, trois d'entre eux se trouvant sur le principal campus moderne à quelques milles de la ville, et les deux autres, à Roetown même, deux mini-campus distincts dans une vieille ville (d'après les standards canadiens — 1850) de soixante mille habitants du centre de l'Ontario.

C'est au seuil de la porte, pour ainsi dire, de l'un de ces collèges du centre-ville, que, toute bronzée et respirant encore le Portugal, je me présentai à l'automne 1981. J'avais choisi Strathcona-Milne (S-M, comme tout le monde disait) parce que c'était le plus petit des collèges d'Ellis et que c'était celui qui semblait le plus informel et le plus alternatif (et peut-être celui qui, pour moi, se rapprochait le plus d'une famille). Il se révéla être une salade composée de types littéraires, de types théâtraux, de types artistes en herbe, de types retour à la terre, de gais et de lesbiennes, et d'aspirants révolutionnaires d'une tendance ou d'une autre, salade assaisonnée d'une vinaigrette légère de marijuana et de nuits blanches. L'endroit était un havre de tolérance, d'exploration et d'obscurantisme intellectuel. J'adorais cela.

Le collège comprenait une variété d'édifices dont le principal, un majestueux manoir du dix-neuvième siècle abritant la petite bibliothèque, la salle à manger ainsi que quelques bureaux et salles de cours, cinq ou six résidences datant des années vingt où l'on avait encore l'impression d'être dans des maisons, bien qu'elles aient été converties en salles de cours et en bureaux pour les professeurs, et quelques immeubles modernes, servant surtout de résidences, dont une chose insignifiante, lourde, de couleur jaune, triste hommage à l'architecture des années cinquante, qui était ma résidence — mais peu importe. Je pouvais me trouver au milieu des édifices en béton du campus principal ou dans les constructions pittoresques, vieillottes et bourgeoises de S-M ou encore dans l'indicible médiocrité de ma chambre, ou quelque part entre ces choses — dans la navette en train de regarder par la fenêtre, par exemple —, j'étais heureuse d'être là où j'étais. Les contraintes du Mont Athos n'existaient plus. J'étais libre d'être moi-même, d'être ce que je voulais être. Je crois que nous, les zéros, partagions ce sentiment, l'exaltation de découvrir que nous pouvions être quelqu'un.

Et il ne faut pas oublier Roetown, cette ville à laquelle je n'avais pas accordé une pensée lorsque j'avais fait ma demande d'admission à Ellis. C'était un joyau inattendu, un diamant sur lequel je trébuchai sur mon chemin vers le haut savoir. Avec des arbres, plein d'arbres, des maisons construites *autour* des arbres et non pas sur leurs souches déracinées ; avec des collines houleuses pour le plaisir du panorama ; avec une rivière qui se jetait dans un beau lac tout en demeurant dans les limites de la ville ; avec des rues larges et claires ; avec des maisons de pierre ornées de pignons, avec des usines en briques rouges — l'architecture visait différents objectifs, elle avait différents styles, mais elle était toujours agréable à l'œil, sans jamais avoir la fausseté plastique qu'elle a quand on a dépensé trop d'argent — ; et avec un climat — c'est fou de célébrer une ville pour son climat, mais celui-ci participe pleinement à la vie de la ville, comme un citoyen important, comme un conseiller municipal ayant des projets grandioses, parfois si sauvage et si froid qu'on se contente de rester du côté chaud de la fenêtre pour regarder dehors, parfois si vif et si clair qu'on a l'impression que le paysage est vitrifié, parfois si chaud, si vert et si humide, si babylonien, qu'on a envie d'être nu —, un climat dans lequel, à chaque degré Celsius, correspondait une lumière, une couleur, une brise, un nuage, une odeur, une émotion.

Avec son économie mixte, ni en expansion ni en faillite, mais ordinaire — c'est-à-dire difficile —, Roetown avait, j'imagine, un aspect un peu délabré. Mais cet aspect avait quelque chose de plaisant, comme un homme aimé qui a boutonné son pardessus de travers.

Je décidai de faire un majeur en anthropologie. Je m'inscrivis au cours de première année du département ainsi qu'à l'introduction à l'archéologie de deuxième année qui était offerte aux étudiants de première.

Je fus immédiatement attirée par la psychologie. J'étais bien entendu intéressée par les travaux de l'esprit.

La littérature anglaise (la période moderne et ses racines : Browning, Hopkins, Dickens, Hardy, Conrad, Joyce, Lawrence, Pound, Eliot) fut un choix qui coula également de source.

Pour mon cinquième et dernier cours, j'hésitai. J'assistai à plusieurs conférences d'introduction pendant la semaine préparatoire. Il me resta trois possibilités : la philosophie, l'histoire ou les sciences politiques. Curieusement, pour une personne qui se croyait si attirée par la politique, je rayai le cours de sciences politiques de ma première liste. J'écoutai attentivement le professeur, je parcourus le gros volume à la librairie d'Ellis, mais cela ne m'accrocha pas. Je ne me sentais pas attirée par l'approche macro, par le mot « système ». Je préférais l'approche individuelle.

C'est le souvenir du marteau de ma mère qui m'entraîna vers la philosophie (Introduction à : Platon,

Aristote, Descartes, Locke, Berkeley, Hume, Kant, J. S. Mill, Nietzsche).

Tous ces cours, à l'exception de l'archéologie, avaient le même numéro, presque proverbial, le point de départ de toute connaissance, semblait-il : le numéro 101.

Les frais de résidence comprenaient tous les repas de la semaine, soit trois par jour pendant six jours et le brunch du dimanche.

Les frais connexes couvraient une carte permettant d'utiliser la navette d'Ellis et le système d'autobus de Roetown ainsi que l'accès à l'excellent centre sportif.

Ma chambre était une des plus grandes du lourd édifice jaune. Une fenêtre, une porte, un placard, une commode, un pupitre et une chaise, un lit — c'était presque portugais. Une femme sympathique, Mme Pokrovski, s'occupait de la maison et changeait nos draps une fois par semaine.

J'avais de l'argent de poche (mais rappelez-vous d'où il provenait. Chaque billet de cinéma, chaque petite extravagance, était un rappel de ce prix du sang).

Roetown avait une scène culturelle florissante, animée non seulement par l'université mais aussi par des citoyens de la ville. Entre les deux, il se passait toujours quelque chose, une conférence sur l'impérialisme culturel américain ou un film américain au cinéma Impérial, un ballet moderne au centre Artspace ou un match de hockey de la ligue mineure, Reverend Ken et les Lost Followers ou le *Messie* de Handel, Peter Handke ou Noël Coward, une marche féministe pour reprendre possession de la nuit ou une visite guidée à pied du Roetown historique, etc. ou etc. Je dis « ou » ; dans la majorité des cas, j'essayais de faire de ce « ou » un « et ».

Tel était le cadre, tels étaient les cours, telles étaient mes distractions ; ma vie d'étudiante pouvait commencer. Je plongeai dedans. Elle devait ressembler à celle de tous les étudiants, je suppose, mais elle était, à certains égards, plus active et, à d'autres, plus isolée. Je me levais habituellement très tôt, du moins selon les critères étudiants, et je ratais rarement le petit-déjeuner. Je ne manquais jamais les conférences ou les séminaires, même ceux qui avaient lieu le matin après des soirées qui s'étaient terminées très tard, car j'étais une étudiante sérieuse, ce qui ne veut pas dire que j'étais une bonne étudiante (je ne l'étais pas; j'étais une mauvaise étudiante intelligente) ou que je commençais à rédiger mes travaux avant la veille de la date d'échéance. Cela veut dire que ce que j'envisageais, je l'envisageais sérieusement. Je fus bientôt engagée dans la politique étudiante : je fus élue représentante des étudiants de première année au conseil étudiant de S-M et, dès la deuxième année, je fus élue au sénat de l'université. Je devins membre de l'équipe de natation et de l'équipe de ski de randonnée sans être rapide dans l'une ou l'autre de ces disciplines ; j'étais une nageuse lente et gracieuse, et une skieuse lente et sans grâce. Cette décision me fut davantage dictée par le plaisir de faire partie d'une équipe et pour la satisfaction de me sentir en forme (le legs le plus durable de mes années d'université est probablement ma découverte de la partie la plus gratifiante de l'exercice physique : la respiration profonde. Le fait de nager une longueur après l'autre, sans m'arrêter, parfois même sans les compter, consciente seulement de l'incantation de ma respiration et du rythme de mes mouvements dans l'eau, constituait une forme de méditation). Et j'avais beaucoup d'amis. Des amis de circonstance, pour la plupart — je n'ai pas gardé le contact avec beaucoup d'entre eux —, mais les circonstances étaient favorables.

Malgré toute cette activité, je me sentais souvent seule, de plus en plus à mesure que le temps passait. Ma vie était faite de solitude occupée : beaucoup de mouvement

mais peu d'émotions. Elena joua un rôle important dans
ce sentiment, mais il y avait autre chose : le début d'un
certain *mal de vivre**. Ma carrière universitaire venait à
peine de commencer qu'elle commençait à aller de travers. Le nom de ce syndrome serait « crise existentielle »,
mais je ne m'étendrai pas sur le sujet. L'angoisse n'est pas
vraiment une patère pour suspendre les choses. Nous
passons tous par là, nous composons ou essayons de composer avec la situation, alors pourquoi en parler ? Je dis ça,
mais je pense que mon cas était assez grave, et j'avais
l'esprit tellement embrouillé que rien de raisonnable ne
pouvait l'apaiser ; sinon, il suffirait de chuchoter des
paroles de réconfort pour calmer un singe récemment
capturé, à présent terrifié. Un jour, à Ellis, j'ai vu un
documentaire dans lequel des scientifiques — je crois que
c'est ainsi qu'on les appelle — faisaient entendre à un
singe en cage l'enregistrement d'un incendie puis de l'eau
d'une rivière qui montait, dans le but de tester sa peur
instinctive de l'eau et du feu. Pour commencer, l'enregistrement était très bas, presque inaudible (mais le singe
semblait déjà inquiet), et se terminait à plein volume.
Pour moi, il était évident qu'on n'avait pas besoin d'avoir
plus d'intelligence qu'une limace pour refuser des pro-
positions telles que celle d'être brûlé vif ou de n'avoir que
de l'eau à respirer. Alors, quand on songe à la vivacité
d'esprit d'un singe... En effet, lorsque les bruits furent les
plus forts — les rugissements d'un feu de forêt, ceux d'un
torrent —, c'est l'incarnation de la peur à l'état pur que je
vis. Non pas la fuite dans un coin, la paralysie tremblante,
le halètement, le fait de laisser soudain échapper de
l'urine ou des excréments, c'était l'expression sur le visage
de l'animal, sa bouche ouverte, silencieuse, ses yeux qui
roulaient dans leurs orbites. Lorsque ma carrière aca-
démique dérailla, que mon avenir nébuleux mais ambi-
tieux se désagrégea, lorsque je tentai de me cramponner à

la recherche d'un sens quelconque à ma vie, je pensai à ce singe. Mais cela n'est pas intéressant à lire, je suis la première à l'admettre.

Mon intérêt pour l'anthropologie déclina rapidement. Je trouvais les pueblos précolombiens du Nouveau-Mexique magiques dans mon imagination, mais ennuyeux dans la réalité. Les étudier ressemblait à une forme inversée d'entreprise de pompes funèbres dans laquelle la béatitude de la mort est bouleversée par une réanimation menant à une vie dérisoire, diminuée. Les civilisations étaient réduites à des monographies avec des plans et des coupes transversales de carrières au dessin précis indiquant l'endroit où chaque objet, chaque tesson, chaque os avait été découvert, avec d'arides paragraphes académiques émettant des hypothèses à propos de la tribu, du groupe linguistique, du niveau d'accomplissement artistique. C'était comme dire : « Ma grand-mère, c'était une femme extraordinaire » en donnant comme preuve une robe en lambeaux et une paire de chaussures d'autrefois. Je suppose que ces loques valent mieux que rien, mais elles n'étaient pas pour moi. (Pourtant, plus tard, en Turquie, au Mexique, au Pérou, je me tiendrais debout devant les églises troglodytiques de Cappadoce, je grimperais la pyramide d'Uxmal, je courrais le long des lignes de Nazca en sentant de nouveau la magie de ces choses.)

Je commençai à m'intéresser à la philosophie. En fait, sans l'étude de la sagesse, je ne crois pas que je serais restée plus d'un an à l'université. Je trouvai une authentique stimulation dans l'étude de la philosophie. Je me rappelle encore la fébrilité que j'éprouvai en commençant *La République* de Platon. Le doute radical de Descartes et le *esse est percipi* de Berkeley me parurent encore plus stupéfiants. J'admets volontiers que *La République* de Platon soit irrémédiablement hiérarchique et non démocratique,

que le point de départ de Descartes qui dit que nous-ne-sommes-peut-être-que-des-marionnettes-entre-les-mains-d'un-marionnettiste-méchant soit la définition même de la paranoïa, et que le fait de fermer les yeux et de refuser de percevoir n'ait jamais empêché personne de se faire écraser par le camion qui arrive, mais j'étais frappée moins par le produit que par le processus de ces ruminations. J'étais captivée par cet examen attentif et ouvert des choses qui caractérise la méthode philosophique. C'était à la fois très simple et très difficile. Je relevais le défi. Moi aussi, j'allais être raisonnable, me disais-je.

Plusieurs mois passèrent avant que j'aie mes premières règles. La vision exaltée que j'avais du cycle menstruel se trouva considérablement assombrie le matin où je me réveillai dans des draps ensanglantés, après avoir passé une nuit perturbée par la fièvre, la migraine et la nausée. Je pensais avoir attrapé la grippe. Je fus horrifiée, en état de choc. Je bondis hors du lit. Il y avait du sang sur les draps, sur le matelas, le sang dégoulinait le long de mes jambes, il y en avait à présent plusieurs gouttes sur le tapis. Et la douleur — c'était grave, je me sentais terriblement mal, j'avais mal là, et mal à la tête. C'était donc ça que Sonya m'avait décrit! Cette douleur, comme avoir les testicules comprimés par un élastique. J'avais envie de vomir.

Je savais que ça allait arriver, qu'il fallait que ça arrive, mais, pour moi, c'était comme la mort : la plus vieille histoire du monde, et pourtant elle me prenait par surprise. Vous me direz : «Oh! ce n'est rien! Tu avais dix-huit ans. Une adulte. Intelligente et pleine de ressort. Imagine si ça t'était arrivé quand tu avais *douze* ans. Une enfant. Je me souviens que je me trouvais chez mon amie Stéphanie… », et vous me raconterez votre histoire. Peut-être. Sans doute. Merci. Mais cela ne m'aide aucunement. Je me chuchotai à moi-même ce qu'une personne peut trouver à dire pour rendre l'incroyable crédible : que c'était normal, que je devais me sentir fière parce que j'étais désormais une femme, que ça ne se produirait qu'une fois par mois et que je n'avais besoin de rien d'autre que (et je passai en revue toutes les pharmacies que j'avais visitées avec Sonya), et des choses comme ça. Mais, en même temps, je pensais : « Ce désordre, cette saleté, cette odeur fétide, cette douleur... une fois par mois ! C'EST INJUSTE, COSMIQUEMENT INJUSTE ! Non, non, non, non, non, non, non, non, non, non, NON ! Je refuse. Je veux être stérile. Au diable la reproduction. Je veux me réincarner en mulet, le dernier de ma lignée. »

J'essayai de me ressaisir. Je crois que je gémissais. J'ouvris la porte de ma chambre, mes draps ensanglantés à la main, dans le but d'aller les laver au lavabo... et qui j'aperçus au même instant dans le couloir ? Mme Prokovski. Qui nous accueillait toujours avec un sourire. Qui nous traitait comme ses propres enfants — les siens lui manquaient peut-être — sans nous juger ni se montrer indiscrète. Qui avait les mains les plus chaudes que j'ai jamais touchées.

Elle se tourna. Je demeurai immobile. Ce n'était pas la journée des draps propres.

« Quelque chose ne va pas, ma chérie ? »

Il y a des mots qu'on ne peut prononcer qu'en regardant dans le vide, en ayant conscience de chaque syllabe creuse. « Je... viens... d'avoir... mes... règles... et... j'ai... fait... un... gâchis. » Je me sentais rougir. Le fait de m'en rendre compte ne fit qu'empirer les choses. J'étais au bord de la crise de larmes.

« Voyons, ce n'est pas grave. » Elle s'approcha de moi. « Tiens, donne-les-moi. » Je la laissai prendre les draps, les mains pourtant toujours crispées. La pensée qu'elle verrait peut-être le sang, que j'avais camouflé au milieu des draps roulés en boule, me mortifiait. « Viens, je vais t'en donner des propres. »

Je portais mon peignoir de bain et j'avais mis environ soixante-cinq mouchoirs de papier dans ma culotte, ce qui ne m'empêchait pas de marcher comme sur des œufs, comme si j'étais la dernière brique qui retenait le barrage d'Assouan.

Elle ouvrit le placard. On ne pouvait se mouvoir à l'intérieur, bien que les tablettes aient été coupées suffisamment pour permettre à une personne de s'y tenir debout et de fermer la porte. C'est exactement ce que j'avais envie de faire. La vision de ce placard, si douillet, si ordonné, avait quelque chose de réconfortant. Des draps et des taies d'oreiller parfaitement pliés étaient empilés sur une étagère; une autre était le domaine des rouleaux de papier hygiénique; une troisième abritait des produits de nettoyage, dont chacun servait à quelque chose de précis; sur le plancher habitait un robuste aspirateur avec sa trompe et les accessoires qui allaient avec lui. Le manteau de Mme Pokrovski était suspendu à un crochet de l'autre côté de la porte. Et enfin — c'est ce qui attira le plus mon attention —, il y avait une étagère pour les articles divers.

Une bouteille d'aspirines.

De l'Alka-Seltzer.

Un thermomètre.

Des piles (AA et de 9 volts).

Deux boîtes de stylos Bic, des bleus et des noirs.

Des rasoirs jetables, des bleus et des roses.

Une bombe de crème à raser.

Des aiguilles, du fil et d'autres menus articles.

Du détersif dans des sachets à sandwiches.

Des savons Ivory.

Des tablettes de chocolat Snickers.

Du papier ligné, pour prendre des notes ou pour écrire des lettres.

Des enveloppes.

Des timbres.

Un flacon de liquide correcteur.

Du ruban adhésif.

Une agrafeuse.

Une boîte de trombones.

Une grosse boîte de tampons.

Une grosse boîte de serviettes sanitaires.

Chaque chose était à sa place. C'était comme regarder une ville de haut, avec ses édifices et ses rues.

Et rien de tout cela n'était à vendre. Tout était à donner.

Elle me tendit deux draps et une serviette sanitaire qu'elle déposa sur les draps. Je lui jetai un regard vide.

« Euh… merci beaucoup, madame Pokrovski. Euh… combien vous dois-je ?

— Oh ! ne dis pas de bêtises. » Avec un sourire.

Elle ferma à clé la porte du placard.

Elle consacrait une partie de son salaire de femme de ménage à temps partiel à l'achat de choses nécessaires pour les situations d'urgence. Ou de pseudo-situations d'urgence. Par exemple, cette fille immature de dix-huit ans accablée par ses premières menstruations.

Sauf une visite éclair à la pharmacie, je passai le reste de la journée au lit.

Lorsque j'en eus assez d'avoir l'impression de porter des couches, et qui plus est des couches mouillées et instables, et lorsque mon esprit fut capable d'affronter la logistique des menstruations, je commençai à utiliser des tampons.

Pour Noël, je fis le tour de la résidence et je demandai à tout le monde de signer une grande carte de souhaits pour Mme Pokrovski.

Ceci doit être atypique, je suppose, mais je finis par apprécier mes règles. Pas au point de chanter et de danser à leur sujet, mais j'en éprouvais, oui, une satisfaction tranquille. Ce n'est pas que je me sentais particulièrement reliée à mon corps à cause de ce sang. Non. Le sexe me reliait à mon corps ; l'exercice physique ; le froid ou la chaleur extrêmes ; la faim ; le soleil dans mon visage. Mon cycle menstruel avait l'effet contraire. Je sentais que cela m'arrivait, *à* moi, non pas que cela arrivait avec moi. Cela me montrait à quel point nous pouvions être distincts et étrangers, mon corps et moi.

Mais ce que cela me faisait, c'était que je me sentais reliée aux autres. Chaque mois, cette non-arrivée d'humanité future me rappelait, que cela me plaise ou non, que je faisais partie d'une *espèce*, de quelque chose de plus grand que seulement moi-même. C'était comme si je vivais d'une manière complètement isolée à la campagne, sans jamais voir âme qui vive, sauf une fois tous les vingt-huit jours quand, sur la route à proximité de ma maison, arrivait un autobus rempli de passagers bruyants. Mes règles ressemblaient à cet autobus : elles étaient déconcertantes, intéressantes, ennuyeuses, merveilleuses.

Lorsqu'une amie me fit remarquer que le mois lunaire et le cycle menstruel ont la même longueur, je me dis que c'était là un cadeau de l'astronomie aux femmes pratiquant un ésotérisme naïf. Puis je me rappelai le rôle charismatique joué par la Lune dans les marées ; comment la Terre est ronde, mais que ses eaux sont ovales. À présent, lorsque je vois une pleine lune, j'imagine qu'elle aussi a des marées qui ondulent à sa surface. J'arrive presque à les voir. Elles sont rouges.

De retour sur terre, les crises de rage de ce petit être volontaire appelé « utérus » peuvent se révéler être un véritable fardeau. Le gâchis sanglant que j'ai fait dans un autocar de nuit en Turquie — encore aujourd'hui, je n'arrive pas à croire que je ne me sois pas réveillée — apparaît comme un exemple parfait illustrant cet embarras total, cette exaspération à rendre folle (et, bien sûr, mon sac à dos, où se trouvaient les tampons, les vêtements et la serviette, était dans les entrailles de l'autobus, et je portais un pantalon de couleur pâle). Heureusement, je n'ai jamais eu de crampes douloureuses au point de m'empêcher de mener ma journée normalement (mais je ne les ai certainement jamais oubliées ; mon utérus se chargeait de me les rappeler, ça, c'est sûr), mon cycle était aussi régulier que Kant dans ses randonnées à Konigsberg, et j'avais un flux d'une durée prévisible qui ne présentait pas de problème insoluble — mais j'avais des amies que leurs règles rendaient presque handicapées. Des crampes qui les faisaient grimacer de douleur. Un peu de fièvre. Un jour ou deux au lit. Un flux qui paraissait interminable. Et cela précédé d'un SPM si grave qu'elles encerclaient sur le calendrier au moins une journée par mois, durant laquelle elles seraient « déconnectées de la réalité ». C'est là une normalité féminine un peu pénible, qui inciterait n'importe qui à vénérer la déesse Anaprox. Mais même dans ces cas-là, je crois que le fardeau demeure un fardeau utile. C'est comme une grosse valise qu'on doit trimbaler pendant un long voyage. On la déteste, elle nous ralentit mais, à la fin du périple, on l'ouvre et elle est pleine de choses, dont certaines scintillent. Ou bien imaginez que vous entendez un bruit seulement à travers son écho, comment vous tournez la tête, cherchant à en distinguer la source. Ou imaginez avoir à l'intérieur de vous un petit hautbois qui, une fois par mois, se met à jouer, mais seulement quelques notes, jamais la mélodie entière. Oh ! je ne sais pas, quelque chose comme ça !

(Une autre raison pouvant expliquer que j'en vins à aimer mes règles, c'est que j'en eus bientôt assez de ne *pas* les aimer. Je retirai un jour un tampon, je l'examinai pour voir la quantité de sang que j'avais perdue, j'étais sur le point de le rejeter dans l'oubli de l'eau, lorsque ce dégoût m'agaça. Je décidai de faire en sorte que mes règles soient belles. « Cette douleur sourde, c'est un signe de bonne santé. » Je regardai de nouveau le tampon rougi. « Mon système fonctionne. *Je* fonctionne. C'est bien. » Mon cycle ressemblait à la langue allemande. Quand on voyage, on rencontre des Allemands, d'innombrables Allemands ; les Américains exportent leur culture, mais pas leurs touristes ; les Allemands font le contraire. Au fond du Sepik de l'Ouest, en Papouasie-Nouvelle-Guinée, on rencontrera des Allemands. Dans leur dos — et parfois non —, au cours d'une conversation entre non-germanophones, on entendra ce commentaire universel : « L'allemand est une langue affreuse », aussi rugueuse que du papier de verre, aboyée la plupart du temps — habituellement, la gagnante du titre de Miss Univers de ce concours de beauté parmi les langues, des larmes de joie ruisselant sur son visage, agitant son mouchoir blanc vers ses fans en adoration, est l'italienne. Eh bien, j'ai trop souvent entendu radoter cette stupidité ! J'ai délibérément décidé de prendre la contre-partie. Avec ses mots aussi longs que des novellas, sa syntaxe évoquant une cathédrale médiévale et sa grammaire comme la science d'Einstein, l'allemand devint ma langue étrangère préférée. À Montréal, j'ai suivi une série de cours à l'institut Goethe et j'ai eu pendant des années un ouvrage d'Heinrich Heine comme livre de chevet. J'en lisais chaque nuit quelques pages exquises. J'ai également lu Nietzsche dans le texte, rempli de luminosité et d'esprit incendiaires.)

Je fis la connaissance d'Elena au cours de ma première journée à Ellis. Elle était américaine, faisant partie de ceux qui venaient étudier au Canada parce que l'université coûte moins cher ici qu'aux États-Unis. Nous étions toutes les deux à Strathcona-Milne. Je ne me rappelle pas qui nous a présentées. J'étais déjà en face d'elle au moment où mes souvenirs commencent. Il faisait chaud et elle portait une robe neuve, une petite chose légère et estivale. Elle était debout dans l'herbe du Quad, l'aire communautaire entre les pavillons du collège, elle palpait le tissu et appréciait le modèle, relevant la jupe et la laissant retomber. Je remarquai ses jambes bronzées où quelques poils blonds scintillaient. Elle me regarda dans les yeux. « Salut, je m'appelle Elena », me dit-elle. Ses paroles m'allèrent droit au cœur. Elle n'était pas très grande, elle avait une voix un peu rauque, elle coiffait souvent ses cheveux blond cendré en tresses françaises, et elle était ravissante. Elle était très jeune — je crois qu'elle n'avait pas encore dix-huit ans —, mais elle était intelligente et sûre d'elle, je dirais même qu'elle avait une dignité qui la faisait paraître beaucoup plus vieille que son âge. La conversation s'amorça aussitôt et notre amitié fut instantanée. Et tout de suite, je fus amoureuse d'elle. Je passai la meilleure partie de mes deux années d'université à étudier la sagesse pendant que mon cœur battait dans ma poitrine à grands coups douloureux. Pour amplifier encore ma souffrance, je pris l'habitude d'aller nager avec elle, regardant ce corps que je ne pouvais aimer qu'en rêve, et je passai l'été à Roetown avec elle après ma première année. Je pris un cours d'été en philosophie antique (Parménide et les Éléens, Héraclite, Empédocle, Platon, Aristote) pendant qu'Elena en suivait un en roman médiéval (son travail principal portait sur l'amour courtois. C'était une douloureuse ironie : elle me racontait tout à ce sujet et moi, son amoureuse courtoise, je l'écoutais attentivement).

Elle vivait dans une maison à S-M avec cinq autres étudiants, un groupe hétéroclite rassemblé par le bureau du collège. George, un de ses colocataires, était un Chinois de Hong-Kong toujours coiffé d'une casquette. Pour je ne sais quelle raison — un acte de générosité gratuit probablement —, il se chargea de gérer ma vie sentimentale. Au cours de ces deux années, j'ai passé des centaines, peut-être des milliers d'heures en compagnie d'Elena ; ensemble, nous allions au cinéma, au théâtre et à des conférences, nous faisions de longues promenades, nous avons passé quelques fins de semaine à Toronto et, pourtant, je ne crois pas qu'elle se soit jamais aperçue que je l'aimais, combien cet amour me consumait. (C'est vrai que je cachais bien mon amour, suivant un modèle éprouvé.) Mais après deux semaines, George m'accueillait à la porte de leur maison en souriant et en me disant de sa voix quelque peu saccadée, avec son accent anglais chinois de Hong-Kong : « Salut. Tu es très jolie. Cette robe te va bien. Elena va l'aimer » et, lorsque je m'en allais, le cœur gros, solitaire et affamée, il m'accompagnait en me prodiguant ou en essayant de me prodiguer des encouragements, me disant de ne pas renoncer, de lui laisser le temps. Il était gentil.

Mais Elena fut bientôt amoureuse de Jonathan qui, je dois l'admettre, était sympathique, qui était un comédien tirant le diable par la queue, qui était plus vieux, qui jouait du saxophone. Mon amour était une chose inutile.

Il empoisonnait ma vie. Un soir que je quittais la bibliothèque à une heure tardive, la détresse me submergea au point que je tapai du pied sur le sol, les mots « Je suis si malheureuse » jaillissant de ma bouche. Ils furent prononcés d'une voix si étrange, avec si peu de retenue ou de modulation que j'en fus stupéfaite. Je restai immobile. Pendant quelques secondes, j'eus l'impression que je composais avec mon émotion en l'exprimant ainsi. La souffrance était hors de moi, elle flottait dans l'air, elle s'accrochait aux branches, s'infiltrait sous l'écorce des arbres, suintait dans l'herbe. Puis je pensai à Elena — je la vis, je la sentis —, et la douleur fondit de nouveau sur moi.

Aucune souffrance n'est plus difficile à imaginer lorsqu'on en est libéré, et pourtant si réelle, si accablante lorsqu'elle nous afflige, que l'amour non partagé. C'est tout simplement insupportable. La personne d'Elena, le lit d'Elena, la chambre d'Elena, la maison d'Elena, la rue d'Elena, le parc d'Elena, tout cela était chargé d'un sens que rien d'autre n'avait. Comparée à elle, toute réalité était une surface mince camouflant un vide, un creux. Un arbre creux. Un chat creux. Un moi creux. L'amour me rendait malade, littéralement malade.

Un jour, je me trouvais dans sa chambre. C'était notre deuxième année et elle habitait dans une grande maison délabrée avec d'autres étudiants. Environ une semaine auparavant, Jonathan et elle avaient repeint sa chambre d'un adorable bleu ciel. Le mobilier était typiquement étudiant : inexistant. Rien d'autre qu'un futon. Le plancher de bois servait tout à la fois de siège, de commode et de bibliothèque, et Elena utilisait ses genoux en guise de table. Des vêtements et des livres étaient éparpillés dans la pièce. Je remarquai *Cent ans de solitude*, une autre de ces pénibles ironies qui me sautaient dessus. Elena avait fait une sieste, elle venait de se réveiller, elle avait les cheveux ébouriffés et elle était d'humeur rêveuse. Notre conversation comporta surtout des silences. Je ne pouvais détacher mes yeux de son lit. Le désordre des draps exhalait une telle intimité. Oh ! me vautrer sur ces draps, me coucher dedans ! (L'embrasser, elle, *dormir* avec elle... c'était presque inconcevable.) Mais je ne pouvais pas me coucher dans son lit. Elle n'aurait probablement pas refusé, elle aurait ri, mais elle m'aurait trouvée bizarre. Je me contentai donc de m'asseoir sur le sol, à quelques pas d'elle, brûlant comme en enfer, mes yeux congestionnés par les poissons, pendant que nous parlions de tout et de rien. Elle trouvait que *Cent ans* était un livre étonnant.

Vers la fin de ma deuxième année, j'en vins à la conclusion que, de toute ma vie — j'avais alors dix-neuf ans —, je n'avais eu que deux idées originales (en faisant abstraction de ma première théorie sur l'amour). J'ignore pourquoi je pensais en ces termes, c'était peut-être une conséquence de mes études en philosophie, mais c'était là ma conclusion : seulement deux. À l'exception de ces deux idées, mon esprit était un méli-mélo sans saveur particulière.

Ma première idée originale portait sur la nature des questions. Tout ce qui est dit peut se classer dans une des deux catégories suivantes : ou c'est une assertion, ou c'est une interrogation. Il n'y a rien d'autre. Il y a une multitude de sortes d'assertions, mais qu'elles soient déclaratives ou impératives, simples ou complexes, compréhensibles ou absurdes, elles ont toutes ce trait en commun : elles sont autonomes. Disons, par exemple : « Elena couche avec Jonathan » ; c'est là une assertion magnifiquement autarcique. Elle se fiche complètement de tout le reste. Les interrogations, d'autre part, ne se suffisent pas à elles-mêmes. Leur nature même implique l'existence de quelque chose d'autre, c'est-à-dire les réponses. Les questions sont des danseuses de tango à la recherche de partenaires. Mon idée était qu'une question n'en est une que si elle comporte une réponse. Je n'entends pas par là que cette réponse doit être connue, mais seulement qu'on doit savoir qu'elle existe. La preuve du théorème de Fermat, par exemple, qu'il n'existe pas de nombres non nuls x, y et z tels que $x^n + y^n = z^n$ où n est plus grand que 2, est une énigme qui a dérouté les mathématiciens pendant plus de trois cent cinquante ans. Cette preuve demeure malgré tout une question valide, une danseuse de tango (si elle s'ennuie), parce qu'il existe une réponse définitive, du moins en théorie. Peu importe que la réponse soit deux cents pages d'arcanes mathématiques ou le simple énoncé « Il n'existe pas de preuve du théorème de Fermat », parce que, quelle qu'elle soit, elle peut danser le tango avec la question sur la musique de Django Reinhardt.

Mais il y a des questions, ou ce qu'on appelle des questions, qui feront à jamais tapisserie au bord de la piste de danse. Elles peuvent avoir l'air de questions, elles peuvent être entendues comme des questions, on peut les aborder comme on aborderait de vraies questions, mais elles ne le sont pas parce qu'elles ne comportent pas de réponses. C'est là que mon idée était utile, car elle permettait de distinguer les fausses questions des vraies, nous épargnant l'effort inutile de chercher l'impossible : la réponse à une non-question.

Une question n'en est une que s'il existe quelque chose en dehors d'elle, quelque chose de distinct, pouvant servir de réponse. Une pseudo-question, par ailleurs, engouffre toutes les réponses possibles en devenant une pseudo-question de plus en plus grande, jusqu'à ce qu'elle ait avalé l'univers entier et qu'il ne reste rien en dehors pouvant servir de réponse. Il arrive que, avec les mêmes mots, on puisse formuler à la fois une question et une pseudo-question, selon le contexte. Si un médecin demande : « Pourquoi Georgie est-il mort ? » en faisant allusion au Georgie de sept ans, il pose une question valide à laquelle « leucémie infantile » constitue une réponse définitive valide.

Mais supposons que la mère de Georgie pose la même question. « Pourquoi Georgie est-il mort ? » Écoutez le son de sa voix. Pose-t-elle vraiment une question ? Cherche-t-elle à entendre « leucémie infantile » comme réponse ? Non. Si vous lui donniez cette réponse, elle demanderait : « Pourquoi la leucémie infantile existe-t-elle ? » Aurait-elle envie d'entendre des explications détaillées sur la défaillance de la moelle osseuse ? Bien sûr que non. Toutes les réponses possibles que vous lui donneriez seraient avalées pour former une question plus grande, chacune plus gonflée que la précédente : « Pourquoi la douleur existe-t-elle ? » « Pourquoi l'existence existe-t-elle ? » « Pourquoi Dieu existe-t-il ? » « Pourquoi existe-t-il quelque chose ? » Sont-ce là des questions ? Peut-on réussir à danser le tango avec elles ? Non. En réalité, les questions de la mère de Georgie sont des assertions déguisées. En demandant : « Pourquoi Georgie est-il mort ? », ce qu'elle dit, c'est : « Je ne peux pas accepter cette perte. » En demandant : « Pourquoi la douleur existe-t-elle ? », ce qu'elle dit, c'est : « Je souffre trop. » Les assertions derrière les pseudo-questions expriment habituellement la peur, la douleur ou la confusion.

Nous passons parfois beaucoup de temps à chercher des réponses qui ne peuvent exister. Il est préférable de prendre conscience de notre état d'âme et de procéder à partir de là, sans poser de fausses questions.

C'était ma première idée originale. Je ne la dois à personne d'autre qu'à moi-même.

Ma deuxième idée originale fut d'être amoureuse d'Elena. Elle est venue de l'intérieur de moi, elle s'est enflée au plus profond de mon être. Je voyais Elena comme personne d'autre ne la voyait, je l'aimais comme personne d'autre ne l'aimait. Mon émotion — malheureusement pour moi, car elle me faisait souffrir — n'appartenait qu'à moi.

C'étaient là mes deux idées originales. À dix-neuf ans, si le grand méchant loup avait soufflé sur moi comme sur la maison du premier petit cochon, seulement deux choses seraient restées debout : une idée sur les questions et mon amour pour une fille.

Le problème, c'était que les deux idées s'annulaient l'une l'autre. Ma première idée me disait de commencer par décider comment je me sentais avant de poser des questions. Ma deuxième idée me disait exactement comment je me sentais, mais m'amenait à me poser des questions comme « Pourquoi ne m'aime-t-elle pas ? » Ce qui, je suis la première à l'admettre, ne peut comporter de réponse. C'est manifestement une pseudo-question, à laquelle je cherchai pourtant à répondre pendant des semaines et des mois.

Au milieu de l'agitation de ma vie étudiante, les choses se mirent à aller de travers. Ce n'était pas seulement à cause d'Elena — d'autres questions étaient marmonnées à l'arrière-plan dans mon esprit (le singe existentiel dont j'ai parlé plus tôt. Dire cela semble tellement mélodramatique, tellement « étudiant », mais je ne parvenais pas à trouver un sens à ma vie, un but, une direction). Je commençai à trouver de plus en plus difficile de réussir mes études. En deuxième année, mon choix de cours se révéla désastreux pour mon état d'esprit. Je me mis à défendre le relativisme en philosophie morale (Hobbes, Pascal, Cudworth, Locke, Price, Hume, J. S. Mill, Sidgwick, G. E. Moore, Rawls). Le fait de balayer toute notion de bonté inhérente, de jeter à terre tous les poteaux indicateurs à la croisée des chemins entre le bien et le mal avait quelque chose d'attirant par sa désinvolture. Je me souviens de discussions animées sur le caractère hypothétiquement inoffensif de l'acte de jeter des bébés dans des feux de joie. Pire encore, l'ironie des ironies, était le cours sur la philosophie existentielle. Nietzsche, Kierkegaard, Camus, Sartre, Merleau-Ponty, Heidegger... j'étais sûre qu'ils trouveraient une résonance en moi, mais ce ne fut pas le cas. En ce qui concerne la philosophie du dix-neuvième siècle (Fichte, Hegel, William James, J. S. Mill, Marx, Nietzsche, C. S. Peirce, Shopenhauer), j'assistai aux cours dans un état de stupeur muette, sans rien comprendre. L'une des choses les plus déprimantes que j'aie subies à l'époque est l'érosion de mon aptitude à lire. J'avais des travaux à rédiger, les concepts de penseurs à digérer et à commenter, mais je devins incapable de lire ces penseurs, et encore plus d'écrire à leur sujet. Je passais des heures lugubres dans la bibliothèque de S-M à fixer le même paragraphe de Sartre ou de Hegel. Je perdis presque la capacité de lire de la littérature. Je suivis tant bien que mal un cours sur les auteurs du début du vingtième siècle (Conrad, Ford, Forster, Lawrence, Gide, Mann, les poètes de la Première Guerre mondiale), et seuls les mélancoliques poèmes de Sassoon, d'Owen, de Rosenberg, de Blok et de Graves parvinrent à susciter mon intérêt. Mes résultats de deuxième année furent un mélange de notes charitables et d'échecs misérables. J'envisageai la possibilité d'abandonner (mais où serais-je allée ?).

J'allais nager matin et soir, trois heures par jour, tous les jours, cherchant un réconfort dans l'amnésie du corps. Je perdais des heures à faire les mots croisés du *New York Times*. Je faisais d'interminables promenades.

Je démissionnai du sénat universitaire avant même la moitié de mon mandat de deux ans et je renonçai à mon ambition de devenir premier ministre (« J'ai choisi de ne pas poser ma candidature », a dit Calvin Coolidge. « Si je suis nommé, je ne participerai pas ; si je suis élu, je ne servirai pas », a dit William Tecumseh Sherman). La politique ne convient pas à un cœur torturé. Une fois qu'on est torturé, on n'est plus efficace, on ne va plus durer longtemps. Pour exercer le pouvoir d'une manière responsable, il faut avoir la tête froide et une certitude à propos des choses, une qualité linéaire limitée appelée « vision ». Pour frapper à la porte d'étrangers et solliciter leur suffrage, pour se lever et prononcer des discours partisans, pour établir des priorités et prendre des décisions, bref, pour propager quotidiennement ses convictions, il faut avoir une vision. Je n'en avais, je n'en ai, aucune.

Durant l'hiver de ma deuxième année, j'écrivis une pièce de théâtre. J'avais eu une idée, et je dessinai une esquisse maladroite et détaillée du décor. En considérant ces deux choses, l'idée verbeuse et le dessin sans intrigue, je sentis l'impulsion d'écrire, de peupler ce décor. Le résultat fut épouvantable, une épouvantable pièce en un acte. À propos d'une jeune femme qui devient amoureuse d'une porte et qui se suicide lorsqu'un ami arrogant et animé de bonnes intentions retire cette porte, son Roméo, de ses gonds et la jette à la mer. Je montrai ma pièce à trois personnes plus âgées dont je respectais l'opinion. Deux d'entre elles éclatèrent de rire en lisant mon drame à briser le cœur. Elles crurent que j'avais voulu faire une parodie de la tragédie. «J'espère que ce n'est pas autobiographique», commenta l'un de mes lecteurs. Je ricanai aussi, mais j'étais profondément mortifiée. Mon troisième lecteur, un écrivain écossais en résidence à Ellis, m'envoya un petit mot plein de tact, dans lequel il me complimentait sur certains aspects de l'écriture, et qualifia ma pièce de «mélodrame ressenti de façon intellectuelle». L'aspect critique de cette expression était suffisamment ambigu pour que je me sente satisfaite. Cela m'aida à me remettre de la réaction de mes deux premiers lecteurs et je fus capable de détruire toutes les copies de la pièce avec une raisonnable sérénité. Ce que je retins de l'aventure, c'est que j'avais éprouvé du plaisir à écrire ma pièce. Avant et après, j'étais agitée mais, pendant le processus, mon esprit était concentré. J'étais vraiment captivée par le travail de création, et l'importance que la pièce prenait dans mon esprit le démontre. Ma chambre, le collège, la ville entière auraient pu brûler... pour moi, tout aurait été bien si je parvenais à sauver mes feuillets gribouillés. Pendant que j'y travaillais, ma pièce était ce que je possédais de plus précieux au monde.

Après ce premier effort, tenant compte du vieil adage, j'essayai de me limiter à ce que je connaissais le mieux, ce qui était très peu. La première nouvelle que j'ai terminée portait sur un événement qui s'était passé durant un de

mes cours en première année de psychologie. Nous — c'est-
à-dire trois cents étudiants — attendions que le cours
commence. Il y avait beaucoup de bruit dans l'air, dont
chacune des composantes se résumait à un échange tranquille, à un froissement, à une toux ; elles s'ajoutaient
cependant l'une à l'autre pour former une masse de sons
dissonants et pourtant étrangement uniformes qui semblaient peser des centaines de kilos. Quelques grammes
de musique furent jetés dans cette lourdeur. Un étudiant
qui s'était détaché du groupe s'était assis au piano droit et
avait commencé à jouer. Le piano avait toujours été là,
faisant partie du mobilier, une carcasse. À la première
note, le silence souffla sur nous comme une brise. À part
ces quelques notes, l'air était clair. Il joua pendant une ou
deux minutes quelque chose que je qualifierai simplement
de limpide, dans un registre supérieur aigu. Puis il
s'arrêta, les applaudissements fusèrent, le professeur apparut à ce moment-là et, avant que le poids de sons re-
vienne, le cours commença. Le cours suivant, l'étudiant
joua de nouveau, mais avec moins de succès. Nous nous y
attendions. Il y eut un silence, donc une tension, pendant
qu'il s'approchait du piano. Il joua ses notes avec moins
d'assurance. Au cours suivant, il ne joua pas. Je l'observai.
Il regardait le piano, pensant sûrement à faire une nouvelle tentative, mais il resta à sa place. Il avait mieux
travaillé lorsqu'il l'avait fait spontanément.

J'écrivis la nouvelle comme un monologue intérieur en
trois parties, une pour chaque cours. Les pensées se clas-
saient en émotions allant de la fantaisie et de l'insou-
ciance à l'arrogance et à la vanité jusqu'à la défaite. L'histoire commençait par les mots « Je vais jouer » et se
terminait par « Je vais écouter ». Cela n'avait pas un grand
intérêt et je l'avais à peine finie que je la relus, pensai :
« Mmmm » et la déchirai. Mais je me souviens d'avoir
pensé que j'avais bien réussi à capter les émotions.

La plupart de mes pièces et de mes nouvelles avortèrent après quelques pages. Dans ma tête, dans les airs, mes idées étaient pleines de grâce et de puissance, comme un albatros prenant son essor. Lorsqu'elles atterrissaient sur le papier — en plus du fait qu'elles paraissaient avoir la maladresse d'un gros oiseau sur ses pattes —, cela voulait dire que je ne pouvais plus savourer leur compagnie. Car ce qui était écrit était terminé. Je devais avancer. Je devrais peut-être penser à Elena, je souffrirais peut-être de ma solitude jusqu'au moment où une nouvelle fiction me viendrait à l'esprit. C'est ainsi que je peux le mieux expliquer pourquoi j'ai commencé à écrire : non pas pour le plaisir de l'écriture, mais pour celui de la compagnie.

Je décidai de passer en Grèce l'été entre ma deuxième et ma troisième année d'université ; en termes actuariels, le billet d'avion équivalait à un des doigts de mes parents. J'avais entendu dire que le pays était beau et que la vie n'y coûtait pas cher. De plus, Elena ne serait pas à Roetown. Elle retournait chez elle. Les choses n'allaient pas très fort entre elle et Jonathan, et elle ne savait plus exactement ce qu'elle faisait à l'université. Elle n'était pas certaine de revenir à Ellis. Nous nous sommes fait nos adieux dans la rue. Je l'ai serrée dans mes bras — ce fut la première et l'unique fois que je sentis ses seins contre les miens — et je l'ai embrassée sur les deux joues, comme le font les Français et les aspirants amants. Elle m'a donné l'adresse de sa mère. (Avant, l'adresse me sautait au visage quand je feuilletais mon carnet d'adresses. À présent, c'est une pierre tombale envahie d'herbes au fond d'un jardin.)

Je m'étais mieux préparée pour la Grèce que je ne l'avais fait pour le Portugal. Je lus sur le pays, j'achetai un bon guide pratique, mon sac à dos pesait six kilos, j'avais l'impression de savoir mieux évaluer les situations, mieux marchander ; bref, la perspective du coucher du soleil était moins terrifiante. Pourtant, comme la fois précédente, je me sentis déprimée, solitaire et nerveuse en quittant le Canada. Je ne connaissais personne, personne ne me connaissait, où est-ce que j'allais ? Pourquoi est-ce que je faisais ça ? À l'infini.

Le bleu et le blanc sont les couleurs de la Grèce, le bleu de la mer, le blanc du marbre, cela dans un air qui a une certaine incandescence. C'est au milieu de ces éléments simples, trois jours après avoir atterri à Athènes, que je redécouvris le plaisir de voyager. Le temple de Poséidon au cap de Sounion, à quelques heures d'autobus de la capitale, au bout de la péninsule de l'Attique, voilà la Grèce dans sa forme la plus pure, la plus archétypale : un temple dorique solitaire perché sur un promontoire rocheux dominant l'immensité d'un bleu scintillant. J'y passai toute la journée dans un état de rêverie extasiée. Tout irait bien, tout irait bien.

Pendant mon séjour en Grèce, je fus un caméléon qui préférait le bleu et le blanc (et le noir, le noir des millions d'olives qui tombaient des arbres et criblaient la terre aride et vallonneuse). En présence de ces couleurs, j'étais immobile et heureuse. Je veux dire par là que j'étais contente de ne rien faire d'autre qu'écouter la pulsation, le froissement, le roulement du temps qui s'écoulait, qui ne ressemblait pas à ce tic-tac marquant une chose qui arrive à sa fin, mais, au contraire, à quelque chose qui ne cesse d'augmenter, toutes les secondes s'ajoutant l'une à l'autre pour former un tout.

Je voyageais sans me presser ; j'allais voir les sites importants parce qu'il aurait été idiot de ne pas les voir, mais j'aimais aussi me perdre en allant à des endroits peu fréquentés par les touristes. Je lus des poèmes de Cavafy et des romans de Kazantzakis.

Voyager à la fin du vingtième siècle comporte ceci d'ironique que, à moins de faire des efforts particuliers ou d'avoir de la chance, quand on va en Angleterre, on rencontre des Australiens, quand on va en Égypte, on rencontre des Allemands, quand on va en Grèce, on rencontre des Suédois, et ainsi de suite. Dans mon cas, tout en voyant les merveilles de la Grèce, tout en les respirant, en les mangeant, tout en marchant dessus, je rencontrai l'Amérique.

À mon arrivée à Pylos, dans le sud-ouest du Péloponnèse, j'allai marcher dans les collines, à l'extérieur de la ville. En fait, c'était plutôt un village ; la ligne de démarcation entre les habitations et la campagne était incertaine. Tôt ce matin-là, à Kalamata, je m'étais séparée d'un batteur canadien et d'une architecte hollandaise qui retournaient à Athènes. Nous avions visité Mistra et Sparte ensemble, nous avions beaucoup parlé et beaucoup ri. Je me sentais un peu abandonnée à Pylos. Je passai des heures à me promener au milieu des ruches et à suivre d'innombrables sentiers pour les moutons, qui ne conduisaient nulle part.

Le soir, me sentant très fatiguée, je décidai de manger à mon petit hôtel. L'endroit était tenu par une famille, et le restaurant était davantage un prolongement de la cuisine familiale qu'un véritable restaurant. Le menu proposait x plats dont x-1 n'étaient pas disponibles. Ruth m'apprit plus tard que cette offre unique était déterminée par la fantaisie de la famille ou, si celle-ci était de bonne humeur ce jour-là, par une décision votée par les clients le matin même, après une consultation où la démocratie avait la possibilité de triompher. Les jours où la fantaisie familiale primait, on présentait aux clients des menus où ils pouvaient voir imprimé ce qu'ils allaient — et n'allaient pas — manger. Les journées démocratiques, comme les habitués savaient déjà ce qu'on allait leur servir, on ne donnait des menus qu'aux nouveaux clients, à qui l'on refusait systématiquement tous les plats sauf un.

Il se trouva que mon premier soir faisait partie d'une de ces journées de fantaisie familiale.

Tout cela pour dire simplement qu'on me tendit un menu, que le premier plat que je rayai de ma liste mentale fut la moussaka — j'en avais suffisamment mangé, avec l'agneau haché gras et granuleux qui dégoulinait d'huile —, mais que c'est exactement ce que je finis par commander.

Une femme à une autre table, de toute évidence une touriste, me sourit pendant le processus d'élimination des plats au menu. Lorsque l'homme se fut éloigné avec la commande précommandée, elle me dit : « Ce n'est pas mauvais, en fait. Ils en mangent aussi.

— Parfait. Comme ça, si nous mourons d'empoisonnement, nous mourrons tous ensemble. »

Elle pouffa de rire. « Vous êtes américaine ? demanda-t-elle.

— Non, une voisine.

— Ah !... Buenos días, ajouta-t-elle après un silence. Cómo está usted ? »

Je la regardai. Une série de pensées antiaméricaines me traversa l'esprit.

Elle sourit. « Je plaisantais. J'ai une fille qui étudie en Colombie-Britannique. »

J'éclatai de rire. Au diable ma présomption, au diable.

Jusqu'à ce moment, je m'étais sentie fatiguée, si fatiguée que j'aurais pu tomber endormie sur place. Je sentis soudain l'énergie me revenir. Bientôt, après avoir été à des tables voisines, nous fûmes voisines à une table. Elle s'appelait Ruth et elle venait de Philadelphie. Elle avait une quarantaine d'années et elle était seule ; il n'y avait ni mari ni famille en retard pour le dîner. Encore une semaine auparavant, elle voyageait avec une amie. Elles avaient pris le bateau de Ban, en Italie, jusqu'à Corfou et elles avaient continué vers le sud. Son amie avait pris l'avion à Athènes pour rentrer aux États-Unis

— des engagements, des attachements, des obligations —, mais Ruth disposait d'un billet ouvert. Pour la première fois de sa vie, elle avait décidé de voyager seule, «comme une étudiante», précisa-t-elle. Elle aussi avait des engagements, des attachements et des obligations, mais «pour une fois, ils sont capables de se nourrir, de se nettoyer et de se conduire en voiture tout seuls», m'expliqua-t-elle en riant (même si Danny, son fils de neuf ans, lui manquait et qu'elle s'inquiétait à son sujet. Son nom revenait régulièrement dans la conversation).

Je ne me rappelle pas quand j'ai commencé à apprendre tous les détails de la vie de Ruth. Nous avons voyagé ensemble pendant un peu plus de deux mois, mais si j'arrive à bien me souvenir des détails, je suis nulle pour la chronologie. Le premier soir, elle était encore une étrangère pour moi (comme c'est étrange de dire ça, que Ruth était une étrangère pour moi. Bientôt, je ne fus plus capable de me rappeler à quoi elle ressemblait en étrangère. Les premières impressions sont étranges). Nous avions toutes deux aimé Corinthe — la Nouvelle, la Vieille et l'Antique —, mais, après ça, elle n'avait rien vu d'autre du Péloponnèse, car elle avait traversé l'isthme en autobus jusqu'à Pylos, ce qui, sentait-elle, l'engageait à visiter tout ce qui se trouvait entre les deux. Sa résolution avait besoin d'une telle contrainte. (Dire que nous sommes allées jusqu'à la frontière turco-iranienne!)

Nous nous sommes à peine rendu compte de l'arrivée et du départ de la moussaka et, au moment d'aller dormir, nous nous sommes entendues pour nous retrouver au petit-déjeuner le lendemain matin.

Nous passâmes ensemble à Pylos les jours qui suivirent. Nous nous promenions, nous parlions et jouions au jacquet sur mon petit jeu magnétique. Dans notre environnement normal, Ruth et moi, nous ne nous serions jamais connues comme nous l'avons fait en Grèce. Nos différences nous auraient tenues éloignées l'une de l'autre. Mais ici, c'étaient précisément ces différences qui nous rendaient intéressantes l'une pour l'autre, même si Ruth représentait davantage une nouveauté pour moi que je n'en étais une pour elle; Tuesday, sa fille qui étudiait à l'Université Simon-Fraser, avait un an de plus que moi, et son autre fille, Sandra, deux ans de moins. Son beau-fils, Graham, avait le même âge que Tuesday. Eux et Danny étaient « tous de bons enfants », disait-elle. Elle utilisait le mot « enfants ». Je n'étais pas précisément la première jeune de vingt ans qu'elle rencontrait.

Pour ma part, je fus stupéfaite de me rendre compte que je n'avais jamais auparavant vraiment parlé avec une femme adulte, que je n'étais jamais allée au delà des faits extérieurs et des interactions fonctionnelles, que je n'avais jamais eu de conversation simple et profonde. J'ignore avec qui j'avais parlé pendant vingt ans, mais il semble que ce n'avait pas été avec une femme mûre. C'est ce qui m'attira vers Ruth. Auprès d'elle, je me sentais tellement neuve, à la fois brillante et gourde. J'avais l'impression d'être un morceau de plastique comparé à son cuir usé. Elle avait quarante-six ans et elle les faisait. Elle avait divorcé deux fois, elle avait trois enfants et un beau-fils. Son premier mari, qu'elle avait épousé à dix-neuf ans, était un gynécologue-obstétricien qui aimait l'argent et qui était un trou du cul (c'est la seule chose que j'ai su de lui. Manifestement, les mots « trou du cul » traduisaient bien son essence, et il n'y avait rien d'autre à dire à son sujet. Les mots sont parfois si extraordinairement pertinents). Il était le père lointain de ses deux filles. Son deuxième mari avait été le mari de sa meilleure amie, mais un jour, la meilleure amie était allée nager avec son petit garçon, Graham, et une vague de fond les avait entraînés vers le large. L'amie avait déployé toute son énergie pour sauver son fils et y avait réussi — Graham avait pu atteindre la plage —, mais il ne lui restait plus assez de force pour elle-même et elle s'était noyée. Dans le deuil, son amie Ruth s'était rapprochée du mari, et elle avait fini par l'épouser, mue davantage par un sentiment de responsabilité envers Graham que par une quelconque inclination romantique. Cet homme n'était pas méchant, il était plein de bonnes intentions, mais le fait d'être en vie lui causait des problèmes, et il était alcoolique. Elle avait divorcé de lui, gardant avec elle le cadeau tardif qu'il lui avait donné, le bébé Danny. Au milieu des remous tranquilles de ces bouleversements, sentant qu'il lui faudrait un jour gagner sa vie, elle avait suivi un cours pour devenir programmeuse en informatique. Elle travaillait pour une compagnie qui remplissait des contrats, un travail qui n'avait pour elle ni signification ni intérêt, qui n'avait aucun rapport avec ce qu'elle était, mais qui lui permettait de gagner de l'argent, au coût de huit heures par jour, cinq jours par semaine.

Tout cela était gravé non pas sur son visage, car ses quarante-six ans n'en faisaient pas une vieille femme, mais dans ses manières. Il y avait en elle une expérience de la vie, une route depuis longtemps parcourue qui m'incitait à l'écouter. Je détestais ma jeunesse qui s'exprimait en trop de mots, en trop d'opinions, en trop d'émotions. Je voulais avoir sa sérénité, la simplicité avec laquelle elle abordait les choses. Une fois, plus tard, nous nous querellâmes. C'est-à-dire — plus précisément — que j'étais fâchée contre elle. Cela se passait à Marmaris, en Turquie. Je n'arrive pas à me rappeler pourquoi, à propos de quoi. Je fulminais et je boudais tout à la fois. Cela se termina lorsqu'elle s'approcha de moi, effleura mon avant-bras — trois extrémités de doigts touchant trois points de peau — et me dit : « Je suis désolée. » Puis elle alla se coucher. Je fus instantanément désarmée. Elle avait prononcé ces trois mots de façon simple et définitive. Ils exprimaient complètement ce qu'elle ressentait et ce qu'elle devait dire. Je réfléchis à la façon dont j'aurais, moi, répété dix fois mes excuses, en débordant de sensiblerie et en gesticulant inutilement. J'allai la voir et lui demandai de m'excuser de m'être fâchée contre elle, essayant de le faire avec la même sincérité et la même économie de paroles.

Mais Ruth ne voyait pas les choses ainsi. Elle ne parvenait pas à croire qu'elle avait quarante-six ans. Elle avait l'impression que sa vie lui était arrivée, sans direction. Elle avait des insécurités tenaces. Depuis le début de la vingtaine, par exemple, elle tenait un journal, mais elle ne me le montra jamais parce qu'elle croyait n'avoir jamais appris à écrire correctement à l'école. Alors que moi ! Elle m'enviait. Elle m'avoua même avoir été un peu intimidée par moi au début. Elle me trouvait si brillante, si audacieuse. Je débordais d'énergie, d'enthousiasme. Et j'avais tellement voyagé. Et quelle tragédie d'avoir perdu mes parents de cette façon.

C'est exactement ainsi que les choses se passaient. Imaginez cette pièce de théâtre :

PERSONNAGES :

    JEUNESSE

    ÂGE MÛR

    DRÔLE DE NUAGE

DÉCOR : *une plage chaude et ensoleillée au sud-ouest du Péloponnèse*

(*Le rideau se lève.* JEUNESSE *et* ÂGE MÛR *sont allongées sur la plage, devant la mer et le soleil.*)

JEUNESSE : (*jacasse à cent milles à l'heure pendant qu'*ÂGE MÛR *l'écoute.*)

(DRÔLE DE NUAGE *entre côté jardin.*)

ÂGE MÛR (*pointant du doigt*) : N'est-ce pas un drôle de nuage ?

JEUNESSE (*regarde, sourit*) : Oui, en effet.

(*Elles regardent toutes les deux* DRÔLE DE NUAGE *jusqu'à ce qu'il disparaisse côté cour. Un long silence.*)

JEUNESSE : (*jacasse à cent milles à l'heure pendant qu'*ÂGE MÛR *l'écoute.*)

RIDEAU.

Après avoir visité Pylos, la chose la plus naturelle à faire est d'aller à Méthone et à Koroni, les deux autres villes situées au bout de la péninsule de Messénie, le plus occidental des trois doigts qui forment le sud du Péloponnèse. Il était également naturel que nous fassions ensemble ce voyage, Ruth et moi. Nous étions toutes deux heureuses d'avoir une compagne de voyage.

À Méthone, nous louâmes une seule chambre pour économiser de l'argent. C'était une grande pièce aux murs lumineux blanchis à la chaux et au mobilier simple qui était éparpillé d'une façon si arbitraire que cela semblait planifié. La commode était placée à trois pieds du mur. Les deux lits, dans les coins opposés de la chambre, se trouvaient également à une certaine distance des murs, mais de travers, sans égard à l'inclination des Grecs pour l'alignement et la symétrie. C'était pareil pour la table. Je suppose que cela permettait de balayer le plancher et de faire les lits plus facilement, mais la façon dont chaque meuble se dressait, tout seul dans son espace, donnait à la pièce l'air d'une scène de théâtre. Lorsque j'ouvris les volets, il y eut un tel flot de lumière qu'on aurait dit que le soleil entrait dans la chambre. La fenêtre était entourée de lierre feuillu et envahissant dont les grosses fleurs blanches exhalaient un parfum exquis. Je ne crois pas avoir jamais vu une pièce aussi agréable, aussi lumineuse.

Méthone est plus jolie que Pylos, et je passai la journée à me promener avec Ruth. Il y avait les ruines d'un château flanquées de dunes et de sentiers. À la fin de l'après-midi, nous étions exténuées et nous retournâmes à notre chambre. L'une de nous deux suggéra que nous nous massions les pieds.

C'est pendant que je la massais, pressant mes pouces sur les chaudes plantes de pied de Ruth, que je sentis cela pour la première fois. C'est venu avec la soudaineté d'une idée.

Le désir. Je voulais être proche de Ruth, non seulement en paroles, mais en actes.

Je me levai. Je me sentais légèrement étourdie. Il y avait *tant* de lumière dans la pièce, j'avais l'impression que cette lumière était liquide et que je flottais dedans. Je baissai les yeux vers mes pieds nus. Le carrelage était frais. Je regardai en direction de la fenêtre, vers le monde à l'extérieur. Mais à cet instant, rien de ce qui était dehors ne m'intéressait.

Ruth était toujours allongée sur le lit. Je m'assis à côté d'elle. Je n'éprouvais aucune nervosité, j'avais plutôt l'esprit incroyablement alerte. Même si j'étais seulement assise, même si je ne faisais rien, j'avais l'impression qu'il se passait plein de choses. Ma concentration était très occupée.

Nos regards se croisèrent. Une tentative de me rappeler un vers de T. S. Eliot occupa un instant mon esprit, une pensée sans aucun rapport avec la situation, c'était seulement moi que mon désir effarouchait, moi qui essayais de me rapprocher de quelque chose sans le regarder en face. Je me suis penchée et nous nous sommes embrassées. Je suis maintenant étonnée d'avoir fait preuve d'autant d'audace, moi, l'inexpérience vierge, de ne pas avoir attendu qu'elle, l'expérience, fasse les premiers pas. Ruth me confia par la suite qu'elle n'aurait jamais osé le faire.

Entre deux baisers, Ruth me dit calmement: «Je me demandais…» tout en jouant avec mes cheveux qui à présent étaient longs et tombaient dans son visage.

J'aurais voulu l'embrasser toujours. Pour moi, ces baisers n'avaient rien de préliminaires. Jusqu'alors, mes lèvres avaient été des instruments pour parler, rien de plus, sauf pour sourire. Mais c'était beaucoup mieux que les paroles, infiniment mieux. Ruth plaisanta un jour à propos de mon penchant pour les baisers («Mais j'adore ça», ajouta-t-elle, les yeux brillants, en me donnant un baiser rapide parce que nous nous trouvions dans un endroit où il pouvait y avoir du monde). C'est vrai que j'avais tendance à m'attarder quand je l'embrassais. Il y avait tant à faire — à gauche et à droite, en haut et en bas et droit devant. Il y avait la surface plane et unie de ses incisives, la rondeur et le pointu de ses canines supérieures, la rugosité de ses prémolaires. Si les dieux embrassaient la Terre, est-ce qu'ils ne s'attarderaient pas sur les montagnes ? Et il y avait sa langue, cet ermite solitaire et occupé, cet organe comique et indivisible, débordant de personnalité. J'adorais embrasser Ruth. Il lui arrivait de se tourner et de dire en riant : «Je me sens *tellement* adolescente !» Et nous recommencions à nous embrasser.

Je me glissai à côté d'elle. Je me pressai contre elle, une de ses jambes entre les miennes, m'efforçant de sentir la plus grande surface possible de son corps contre le mien. J'avais l'impression d'être soûle. Je croyais n'avoir jamais senti aussi intensément en faisant si peu.

«Je ne peux pas croire que nous soyons en train de faire ça, dit-elle en souriant, essoufflée.

— C'est beau, *très* beau», répondis-je, enfouissant mon visage dans son cou.

«Il y a deux nuits que je me masturbe en pensant à toi, chuchota-t-elle.

— C'est vrai ?»

Je la regardai. J'étais ravie qu'elle ait utilisé ce mot.

«En fait, quand tu as suggéré que nous prenions une chambre ensemble, ma première pensée a été : *Oh! non, où vais-je pouvoir me masturber ?*»

Nous éclatâmes de rire. C'était vraiment extraordinaire que je n'aie pas eu la même idée. Je me masturbais tous les soirs avant de m'endormir, et toujours au lit. L'inconvénient d'avoir Ruth dans la même chambre ne m'avait pourtant pas une seule seconde traversé l'esprit. Nous nous embrassâmes de nouveau.

Rompre enfin avec Elena. Désirer quelqu'un d'autre.

« As-tu déjà couché avec d'autres femmes ?

— Non. Une fois, il y a longtemps, probablement avant ta naissance... Bon Dieu, je me sens vieille !

— Oui ? dis-je en lui donnant un petit coup de coude.

— Cette amie et moi, nous nous sommes embrassées et nous nous sommes caressées un peu. Mais c'est tout. »

Nous nous tûmes.

Mon ivresse avait atteint un niveau intense. Je me sentais incroyablement excitée. Je m'agrippais étroitement à sa jambe en me frottant contre elle. J'étais complètement mouillée.

Elle sourit, d'un sourire entendu, et se tourna pour me faire face, se redressant sur un coude. Elle repoussa les cheveux de mon visage et fit doucement descendre ses doigts à partir de mon front, en m'embrassant dans leur sillage. Elle passa sa main sur mon corps, s'attardant sur mes seins et se pressant entre mes jambes.

Elle se leva soudain. « Trop de lumière », dit-elle. Elle ferma les volets et tira les rideaux. La pénombre de l'intimité. Elle vérifia que la porte était bien fermée et resta debout à me contempler. J'étais agenouillée sur le lit. J'étais nerveusement, délicieusement tendue.

Elle s'approcha de moi et, pendant que nous nous embrassions, nos mains se mirent à agir de leur propre chef. Elle déboutonna lentement mon chemisier, dégrafa mon soutien-gorge, prit mes seins et les caressa. Mes mains à moi s'agitaient dans les airs, l'aidant à enlever mes vêtements, puis se posèrent sur ses épaules. Je me levai sur le lit, mon pantalon et ma culotte furent retirés... et je fus entièrement nue. Ruth prit doucement un de mes seins dans sa bouche. Elle fit glisser ses mains dans mon dos, de la bosse des omoplates jusqu'à la courbe de mes fesses.

Tout ce que je fis pour l'aider à se déshabiller se résuma à faire traîner mes mains derrière le travail à mesure que celui-ci se faisait. Dès qu'elle eut retiré son pantalon et son slip — je vois encore la scène : elle se pencha, s'appuyant d'une main sur ma hanche, d'abord une jambe, puis l'autre, puis elle se tint droite —, je la touchai entre les jambes. Elle avait une légère touffe de poils bruns et soyeux, plus doux que les miens, et elle était mouillée, mouillée au premier contact. Quelle sensation incroyable, une similitude qui est quelqu'un d'autre. Elle retint son souffle.

Elle me poussa sur le lit. Nous étions allongées corps contre corps, notre peau légèrement fraîche au début, puis bientôt bouillante. Nous parlions peu ; nos phrases étaient brèves et pratiques — un langage secondaire. Nous parlions surtout avec nos mains. Une communication qui avait quand même la structure d'une conversation : elle me disait quelque chose avec ses mains, mon corps l'écoutait sans l'interrompre, puis mes mains répondaient sur son corps.

Quelle forme charmante, la forme féminine, si douce, si ouverte, si réceptrice. Ruth avait de petits seins, plus petits que les miens, avec des mamelons qui avaient allaité deux filles et un garçon. Son ventre — je le dis de façon euphémique —, son ventre qui avait produit trois bébés, vingt-sept mois de dur labeur, avait un petit renflement qu'elle détestait, que j'aimais. Je plaçais toujours ma main dessus, comme on la poserait sur un globe terrestre — et c'est exactement ainsi que je considérais son ventre, une courbe légère où l'on retrouvait une histoire et une géographie. Un globe représentant la planète Tuesday (j'étais jeune et impatiente ; je voulais *tout* mettre en mots. Ruth

roulait les yeux en entendant mes métaphores — je travaillais fort pour les trouver. «Une planète! Et puis quoi
encore? Ces étudiantes!» disait-elle, puis elle riait et
m'embrassait. Toujours un baiser). Seuls des adjectifs
simples comme «jeune», «mince», «agile» convenaient à
mon corps. Je l'aimais bien, inutile de prétendre le
contraire, il m'avait toujours servie loyalement — j'avais
de jolis seins, pas gros, mais d'une forme agréable, et
même si j'avais les jambes un peu maigres, j'étais bien
proportionnée —, mais il était inapte à susciter des métaphores riches. Je désirais ardemment avoir une histoire
sexuelle.

Cette première fois, Ruth fut celle qui parla le plus.
Avec ses mains, je veux dire (plus tard, elle me parlerait
avec sa bouche, oh! mon Dieu, mon Dieu!). J'étais
couchée sur le dos, elle était allongée sur le côté, tout
contre moi, ses jambes blotties contre mes fesses, sous
mes jambes. Ses doigts erraient, pour arriver finalement
au centre de gravité de mon désir.

Lorsque je jouis, je serrai mes cuisses et pressai ma
main sur la sienne, pour la garder là, sur moi, en moi.
C'était stupéfiant et parfaitement ineffable. Cette sensation de flottement.

Je me sentais étourdie, débordante de vie. Si j'avais
tenu une ampoule à ce moment-là, elle se serait allumée.

«C'était bon?» demanda Ruth.

J'éclatai de rire. Pour une fois, je n'essayai pas de traduire les choses en mots. Je me tournai, l'embrassai, embrassai ses seins et fit glisser ma main sur son corps. Elle
était mouillée, tellement, tellement mouillée. Tandis que
je posais ma tête sur sa poitrine et que sa main, dont les
doigts étaient imprégnés de mon odeur, jouait distraitement dans mes cheveux, je titillai ce lieu inondé. Lorsque
son corps se raidit et qu'elle explosa de plaisir interne, je
fermai les yeux. Dans le noir, je vis jaillir des poissons.

Je me souviens de cette première fois, avec Ruth, dans cette chambre en Grèce évoquant une scène de théâtre liquide et sombre et blanche, comme d'un moment de parfaite félicité.

Après Méthone, Koroni. Après Koroni, Kalamata. Après Kalamata, Mistra et Sparte. («C'est ça? C'est *vraiment* ça?» s'exclama Ruth, incrédule, en contemplant une masse rocheuse presque complètement envahie d'herbe, typique de ce qui reste de l'antique Sparte grandiose et masculine. «Oui, mais ne t'en fais pas, répondis-je. Tu vas aimer Mistra. Les Byzantins étaient merveilleux.») Ensuite, nous sommes descendues vers le Mani. Puis nous avons continué jusqu'à Monemvasia. À chaque étape, Ruth se réjouissait d'avoir un billet ouvert, et repoussait la date du retour. Je ne me rappelle pas que nous nous soyons jamais demandé *si* nous devions continuer, mais seulement où nous irions. Ruth téléphonait régulièrement à Philadelphie pour parler avec Tuesday, Sandra et Danny (Graham vivait avec son père à Baton Rouge). Les trois enfants se partageaient les téléphones dans la maison. Tuesday, en charge de la maisonnée, ayant quitté Simon-Fraser pour passer l'été chez elle, raconta à sa mère que Danny répétait mot à mot ce qu'elle lui avait dit à tous ceux qui avaient envie de l'écouter; ainsi, quand Ruth disait: «Nous sommes... euh... à Rhodes, comme le Colosse, et demain... euh... nous prenons le bateau pour un endroit qui s'appelle Marmelade, ou quelque chose comme ça, en... euh... Turquie. Oh! ça s'appelle Marmaris», Danny disait à tout le monde: «Maman est... euh... à Rhodes, comme le Colosse, et demain... euh... elle prend le bateau pour un endroit qui s'appelle Marmelade, ou quelque chose comme ça, en... euh... Turquie. Oh! ça s'appelle Marmaris.» Il répétait les mots à voix haute, même quand il était tout seul, dit Tuesday,

« comme un mantra », jusqu'à ce qu'elle téléphone de nouveau et lui en donne un autre. « Il ne sait même pas où se trouve la Turquie ni qui était le Colosse de Rhodes », ajouta-t-elle. Ruth me dit qu'il y avait un peu de rancune dans sa voix. Je suppose qu'ils avaient tout à fait raison de se demander ce que leur mère faisait, elle dont le voyage d'à peu près deux semaines était dans son deuxième mois sans avoir l'air d'être sur le point de se terminer. Il y eut tout un ramdam à la mention du mot « Turquie ! » qu'ils prononçaient toujours comme s'il était écrit avec un point d'exclamation, terre de *Midnight Express* et d'assassins potentiels du pape (« Mais je ne suis ni le pape ni un revendeur de drogue, et les Turcs sont vraiment très gentils, plus gentils que les Grecs, en fait, et je viens de t'acheter un magnifique tapis », dit Ruth ; « Mais maman n'est ni le pape ni un revendeur de drogue, et les Turcs sont vraiment très gentils, plus gentils que les Grecs, en fait, et elle vient d'acheter un magnifique tapis pour Tuesday », comme Ruth me dit que Tuesday lui avait dit que Danny avait dit). Elle et moi nous continuâmes pourtant à voyager. Plus nous nous attardions en Turquie, plus les appels téléphoniques à Philadelphie s'éternisaient, et Ruth transportait dans ses bagages un grain de culpabilité maternelle soigneusement emballé à propos de Danny, mais nous poursuivions quand même notre voyage.

Ayant appris que les îles grecques étaient envahies par les touristes, cet été-là, des Anglais pour la plupart, nous avons décidé de les contourner et d'aller en Crète. Nous revînmes sur nos pas de Monemvasia jusqu'à Gythion, une ville portuaire miteuse — où, dans un cinéma en plein air, nous regardâmes, projeté sur un drap tendu et accompagné par le cliquetis sonore du projecteur, ce qui doit être le pire film américain de série B de l'histoire, un machin appelé *The Sudsy Massacre*, d'une médiocrité absolument scandaleuse, mais pourtant mortellement sérieux, mettant en vedette des nullités blondes, un navet dont je me suis souvenue pendant des années, exactement comme si ç'avait été du grand art —, et de Gythion nous prîmes un ferry pour la Crète.

Nous marchions dans les villes, nous louions des mobylettes et traversions en pétaradant de lointains villages de montagne (l'un pendant son festival annuel), nous contemplions des panoramas vastes, verts et somptueux, nous nous étendions sur des plages désertes (l'une était si inaccessible que nous nous sommes déshabillées et baignées nues), nous faisions des excursions à pied, dont une dans les gorges de Samaria, nous visitions des musées et des sites archéologiques, nous prenions des autobus bruyants et bondés, nous fîmes réparer l'appareil photo de Ruth à Héraklion, et chaque nuit, chaque jour, nous faisions l'amour et dormions ensemble dans des hôtels bon marché.

Tout le monde supposait que Ruth était ma mère, et comme cela simplifiait les choses, nous laissions faire. Mais cela devint une blague récurrente entre nous : chaque fois que cela se produisait, Ruth marmonnait tout bas : « Je-ne-suis-pas-ta-mère. »

Nous débarquâmes à l'extrémité gauche de l'île. Lorsque nous atteignîmes son extrémité droite, nous eûmes besoin d'une nouvelle destination.

C'est moi qui ai suggéré la « Turquie ! » si proche, si énorme, et certainement moins visitée par les touristes. Nous hésitâmes — à l'époque, le pays avait *vraiment* une mauvaise réputation —, mais nous décidâmes d'y aller quand même. Après une nuit à Rhodes, nous nous embarquâmes sur une coquille de noix en route vers Marmaris. Nous nous rassurions en nous disant que si les choses se passaient mal, la carte de crédit de Ruth nous servirait de tapis magique pour quitter l'endroit.

À la douane, nous nous sentions nerveuses — nous avions toutes les deux vu ce film —, mais ce sont les bagages des passagers turcs qui furent ouverts et minutieusement fouillés, alors qu'on nous laissa passer avec de grands sourires. Nos passeports furent estampillés avec une vigueur suffisante pour les endommager à jamais. Monsieur-l'officiel-aux-bras-velus assenait les coups avec une jubilation telle que je me dis que c'est *lui* qu'on aurait dû fouiller pour trouver de la drogue.

Nous franchîmes un seuil et avançâmes de quelques pas. Le soleil chauffait mon visage. Je remarquai un jeune homme qui essayait d'intercepter mon regard.

Lequel se laissa intercepter.

« Vous cherchez chambre ? demanda-t-il avec un sourire qui n'était ni menaçant ni malveillant, mais seulement amical.

— Oui », répondis-je. C'était le premier mot que je prononçais en Turquie.

Ah ! quel pays ! Étrange qu'un endroit aussi vaste, un tel tourbillon d'histoire, ait pu entrer dans mon cœur, pourtant si petit.

La chambre qu'on nous montra était propre et rustique, avec des couvre-lits et des tapis de couleurs vives, un chambranle de porte de seulement un mètre et demi de haut, dans une maison familiale de quatre cents ans, et elle était très bon marché.

Une fois seules, nous nous assîmes sur un des lits.
« C'est bien, ici, dit Ruth.

— Oui », répondis-je, encore une fois.

Nous fîmes une rencontre désagréable quelques jours après notre arrivée. Nous nous trouvions sur une plage tranquille et déserte lorsque quelques soldats américains firent leur apparition. Lorsqu'ils s'aperçurent que nous parlions anglais et qu'en plus l'une de nous deux était américaine, ils s'approchèrent pour nous parler. C'est bien d'avoir une attitude amicale, mais cela doit s'accompagner d'autres qualités, sinon ce n'est qu'un emballage-cadeau entourant une boîte vide. Ces garçons — je dis «garçons», même s'ils étaient tous plus âgés que moi — avaient été affectés à une base de l'OTAN en Turquie et ils étaient en permission pour quelques jours. Ils détestaient la Turquie. Rien à faire, rien à voir, m'ennuie de ma blonde, m'ennuie de ma femme, m'ennuie de mes matchs de football... ils avaient des cous épais, des cerveaux qui n'auraient pas débordé d'un dé à coudre. L'un d'eux en particulier me resta en travers de la gorge. Il avait peut-être l'impression que je me sentais laissée-pour-compte. Voulant me rassurer — je n'étais pas une orpheline, moi aussi je faisais partie de la Grande Famille américaine —, il m'affirma qu'il n'y avait aucune différence entre les Américains et les Canadiens. La preuve, c'était qu'il venait du Michigan. Même langue, même télévision, même culture, même tout. Il portait des lunettes d'aviateur à verres réfléchissants de sorte que je ne pouvais voir ses yeux, il m'imposait son torse blanc et décharné comme s'il s'était agi d'une œuvre de Michel-Ange, le ton de sa voix indiquait clairement qu'il proclamait la vérité universelle pure et simple, et — comme si cela ne suffisait pas pour me faire écumer de rage intérieurement — je ne trouvais pas grand-chose pour réfuter ses arguments annihilant les frontières. Je lui fis remarquer que les Australiens et les Néo-Zélandais parlent anglais et qu'ils viennent pourtant de pays différents. Ouais, mais la *New Zee*, comme il l'appelait, aurait pu faire partie de l'Australie si elle l'avait voulu, comme la Tasmanie. Ou comme Hadal l'avait fait avec les États-Unis. Ils se servaient seulement de l'océan comme prétexte pour avoir leur propre pays. « Ou regarde l'Autriche et l'Allemagne, insista-t-il, aussi réconfortant qu'un bulldozer. Je le sais parce que j'ai été basé dans le sud de l'Allemagne. Il n'y a aucune véritable différence entre les deux. Ou pas plus qu'entre le nord et le sud de l'Allemagne. L'Autriche pourrait parfaitement faire partie de l'Allemagne. Vraiment. Même langue, même culture, même pays, même tout, c'est ce que je dis », dit-il.

J'en perdais mes mots. Je cherchais parmi les icônes de la *Gestalt* canadienne — le sirop d'érable, les castors, la gentillesse, la reine, pas de fusils — pour trouver une différence essentielle, une originalité, quelque chose pour refaire la guerre de 1812. Mais la seule différence irré-futable que je trouvai fut que je *voulais* être différente. Je regardai mon consolateur hégémonique en pensant :

« Je ne veux pas être comme toi, je ne veux pas être comme toi, je ne veux pas être comme toi, je ne veux pas être comme toi, je ne veux pas être comme toi, je ne veux pas être comme toi. »*

Je fis dévier la conversation en lui demandant ce qu'il faisait dans l'armée.

L'armée de l'air, me corrigea-t-il. Il était mécanicien pour les jets militaires.

Ils finirent par s'en aller. Avec leurs frisbees, leurs ballons de football, leurs radiocassettes, leurs bières qu'ils offrirent de partager avec nous, mais non merci.

« Ça ne les énerve pas beaucoup d'être en Turquie, tu ne trouves pas ? dit Ruth.

— Ouais. »

Elle tapota ma cuisse. « Je voyais bien que ce méca-nicien t'agaçait.

— Je ne suis pas américaine.

— *Bien sûr* que non. Pas plus que je ne suis ta mère. Les Canadiens sont très différents des Américains sous beaucoup d'aspects. Je ne te prendrais *jamais* pour une Américaine. »

Je souris.

« Menteuse ! Tu pensais que j'étais américaine quand nous nous sommes rencontrées.

— Oh ! c'est vrai ! »

Nous éclatâmes de rire.

Un silence. Une recherche de différences fondamentales.

« Tu crois que nous pouvons enlever notre haut ? demanda-t-elle.

— Je ne sais pas, répondis-je en jetant un regard circulaire. Je ne crois pas.

— Tu as raison, j'imagine. » Elle regarda l'eau. « Retournons à notre chambre, dit-elle gaiement, avec cette étincelle dans les yeux.

— D'accord. »

Sur le chemin du retour, elle ajouta : « Et bien sûr que tu es différente. Tu ne peux pas être américaine, tu n'as pas de passeport américain. Et vous parlez français au Québec. » Qu'elle a prononcé *Kweebec* tout le temps que je l'ai connue.

Ce furent les seuls Américains que nous avons rencontrés en Turquie.

Pendant notre séjour en Turquie, nous habitâmes dans toutes sortes d'hôtels et de pensions bon marché : certains étaient exceptionnels, comme ces maisons creusées dans la roche en Cappadoce ; certains étaient rustiques ; certains étaient fonctionnels et banals ; et d'autres étaient crasseux, avec des draps sales et de fortes odeurs. Dans cette dernière catégorie, jamais je n'oublierai la chambre qui avait un mur tellement moisi et pourri qu'en mettant ma main dessus, je pouvais le repousser de plusieurs centimètres, ce qui devait faire sursauter nos voisins, si d'aventure nous en avions. Lorsque je relâchais ma pression, le mur revenait lentement à sa place. Si Buster Keaton s'était trouvé dans la chambre voisine, nous nous

serions amusés comme des fous. Comme j'aurais accepté
d'aller n'importe où, c'était Ruth qui était l'arbitre des
chambres d'hôtel. J'étais une bonne élève de l'école de
voyage plus-je-trouve-ça-dur-plus-je-me-sens-vivante. Si
une chambre d'hôtel ne me tuait pas, elle me rendait plus
forte. Ruth est sortie de je ne sais combien de chambres
en disant : « Celle-ci me tue. » Mais cette femme était
étonnante et elle avait du ressort ; elle acquit une tolérance envers l'intolérable qui finit par égaler la mienne. À
la fin du voyage, nous jetions un coup d'œil à des
chambres qui étaient des donjons de dégradation, des
porcheries qui auraient fait blêmir des porcs, et Ruth se
contentait d'émettre un simple « Parfait », sans ironie, et
de laisser tomber son sac sur le lit. Le fait que nous
commencions à manquer d'argent y était pour quelque
chose. La nécessité est la mère de la tolérance.

À Kusadasi, nous achetâmes des draps pour lit à deux
places. J'en transportais un et Ruth transportait l'autre.
Chaque nuit, nous les rassemblions. Cela et une douche
avec seulement quelques degrés Celsius d'eau chaude
faisaient notre bonheur.

Nous sommes devenues des expertes mineures en tapis de
Turquie, et de satanées bonnes marchandeuses, capables
d'ingérer des gallons de thé sucré et de résister à toutes
sortes de sourires et de stratagèmes visant à nous faire
acheter ce que nous ne voulions pas. Un tapis acheté par
Ruth avait un dessin vert et or invraisemblablement
compliqué. Lorsque je l'ai vu par la suite à Philadelphie,
une vague ondula dans mon esprit, un tapis liquide
d'images flottantes et de sentiments muets. J'achetai un
kilim, l'unique décoration de mes chambres nues
d'étudiante, un tapis magique par la façon dont il me
parlait de Ruth.

« Les graines de toute chose ont une nature humide », dis-je à Ruth à Milet.

Elle leva les yeux de son sac et me jeta un coup d'œil. « Qu'est-ce que tu dis ? » Elle était assise sur un gros lion, qui avait sûrement déjà été fier et menaçant, mais qui était à présent vieux, usé et à moitié enterré dans le sable.

« La philosophie grecque commença ici. Un type appelé Thalès. Il a dit que l'eau est la source de toute chose. »

Elle regarda autour d'elle. « Eh bien, il a raison. »

Milet, auparavant un port si prospère qu'il pouvait se permettre la philosophie, est devenu un désert, le fleuve Méandre s'étant ensablé et ayant repoussé la mer. C'est un endroit très très sec. Ruth sortit un Coca-Cola de son sac. Elle était incorrigiblement américaine.

« Il a dit aussi : "Toutes les choses sont pleines de dieux." » Au moment où je disais cela, Ruth ouvrit la canette. Il y eut une explosion de gaz et de gouttelettes. « Tu vois. Un excès de dieux comprimés. »

Elle rit. « Tu en veux ? »

Comme d'habitude, je pris un air offensé et j'en bus la moitié.

Nous étions seules ; Ruth glissa sa main dans la mienne. Nous nous promenâmes, nous entraînant l'une l'autre dans une direction ou dans une autre sans aucune autre raison que le plaisir de savoir que l'autre était là. Nous nous embrassâmes contre une colonne. Les graines de toutes les choses… J'aurais voulu que nous soyons de retour à la chambre.

Après Éphèse, sur la côte de la mer Égée, nous décidâmes de nous diriger vers l'est. Nous nous reposâmes dans les travertins blancs de Pamukkale, des bassins créés par l'écoulement d'eau minérale depuis des millénaires, d'un blanc pur, débordant d'une eau chaude et riche en calcium. Ruth empila de la boue sur sa tête.

La terre nous entraînait. Pamukkale n'était pas loin de la Cappadoce, la merveille des merveilles, refuge des premiers chrétiens, qui creusèrent leurs habitations dans la roche friable, un paysage lunaire comme il n'en existe de pareil nulle part au monde. Et entre les deux, il y avait Konya, la ville des derviches tourneurs. Et plus loin, juste un peu plus loin, il y avait le Nemrut Dagi, un sanctuaire au sommet d'une montagne, avec d'énormes têtes de pierre. De là, on devait manifestement se rendre à Dogubayazit, site du château kurde d'Ishak Pasa (avec le petit et le grand mont Ararat à côté).

À Dogubayazit, nous prîmes un taxi jusqu'à la frontière. Nous jetâmes un coup d'œil à la République islamique d'Iran. J'y serais allée si la frontière n'avait pas été fermée à cause de la guerre entre l'Iran et l'Irak. Ruth me regarda. « Bien, dit-elle. Bien sûr. Nous irons demain. Nous n'avons qu'à aller en ville échanger nos bikinis contre des maillots une pièce, et nous serons prêtes pour l'Iran », qu'elle prononçait « *I ran* », première personne du singulier en anglais. À Dogubayazit, en même temps que nous, remplissant le meilleur hôtel de la ville avec son équipe, se trouvait James Irwin, un astronaute américain qui avait marché sur la Lune (et l'avait sans doute trouvée pleine de Dieu) et qui à présent cherchait sans succès l'arche de Noé sur le mont Ararat. « Il faut trouver ce cinglé », dit Ruth. Mais M. Irwin travaillait fort sur la montagne.

Nous retournâmes vers l'ouest en longeant la côte de la mer Noire jusqu'à Samsun, d'où nous repartîmes vers l'intérieur des terres en direction d'Ankara. Je regrettais d'avoir raté Urfa et Harran, dans l'ancienne Mésopotamie, près de la frontière syrienne, et de savoir que nous manquerions toute la côte méditerranéenne, mais c'est toujours comme ça avec les deux vecteurs qui gouvernent nos vies : l'espace est vraiment infini, c'est amplement prouvé, mais toute expérience nous démontre que l'on ne peut pas dire la même chose du temps.

La seule nouvelle que j'aie écrite en Turquie m'est venue à Ankara. Ankara est en partie une ville planifiée ; Atatürk l'a tirée de son obscurité provinciale, en 1923, de façon que la capitale de sa nation européenne soit incontestablement située en Asie. C'est une ville moderne, trépidante de vie. Mais elle a sa propre mémoire, sa propre histoire. Après avoir visité la citadelle du neuvième siècle, Ruth et moi, nous allâmes marcher dans la vieille ville, dans les rues en pentes étroites et tortueuses, avec leurs maisons basses, parfois peintes de couleurs vives. Il avait plu un peu plus tôt, mais il faisait à présent soleil. L'air était frais et rafraîchissant. Les flaques étaient des miroirs. Nous marchions sans but, pour le simple plaisir de le faire, de nous perdre volontairement. Nous tournions à gauche ou à droite, attirées par une plante dans un pot ou par le bleu d'un mur. Des enfants jouaient dans les rues. Certains, qui n'étaient pas trop frénétiquement absorbés par leurs jeux, s'arrêtaient et nous regardaient en silence. D'autres, entre le geste de lancer une balle et celui de l'attraper, nous appelaient de leurs voix stridentes. « Bonjour à toi aussi », répondait l'une de nous deux, ce qui souvent provoquait un chœur cacophonique de cris et de gloussements, avec des voix plus aiguës les unes que les autres, un son que l'espèce humaine reconnaît n'importe où dans le monde. Une fillette, de trois ans tout au plus, éprouva un tel choc en nous voyant qu'elle en devint gaga. Elle tremblait, elle nous regardait fixement, elle bavait, elle avait l'air d'être sur le point d'exploser. Elle arqua plutôt le dos, ferma les yeux et poussa un hurlement si fort et si perçant qu'il aurait pu faire voler du cristal en éclats. « Tu es une vraie chanteuse d'opéra, toi », dit Ruth en se penchant vers elle et en lui faisant de gros yeux.

L'espace d'un instant, je la vis sous un éclairage différent. Elle avait une connaissance intime des enfants, une connaissance intime renouvelée à deux reprises. Je l'avais rarement vue ainsi, même quand elle parlait de sa progéniture philadelphienne. La mère de la petite hurleuse sortit et prit sa diva dans ses bras. Elle et Ruth échangèrent des regards et des sourires, deux femmes différentes par la langue, mais qui avaient la maternité en commun.

D'autres aussi nous regardaient, mais en silence. Des hommes vieux, mal rasés, nous suivaient des yeux, hochant parfois la tête lorsqu'ils croisaient notre regard.

La rue était trop étroite pour permettre aux voitures de circuler. Nous tombâmes sur une femme assise sur un tapis, sous la fenêtre ouverte de ce qui était de toute évidence sa maison. Un bébé dormait à ses côtés. Elle cousait. Elle se contenta de nous jeter un coup d'œil, sans nous accorder davantage d'attention.

Nous poursuivîmes notre chemin.

En tournant au coin de la rue, nous vîmes la même scène, mais en double. Deux vieilles femmes sur des tapis face à face, l'une avec un bébé qui babillait calmement en jouant avec un bout de tissu. Elles étaient vieilles, ces femmes, elles étaient vêtues d'étoffes rayées aux couleurs éclatantes, et elles n'avaient guère de dents dans la bouche. Elles conversaient avec animation. En nous apercevant, elles agitèrent la main, sourirent et nous adressèrent la parole. Je souris à mon tour et pointai du doigt devant moi, voulant leur faire comprendre que nous nous promenions et que nous nous dirigions droit devant. En même temps exactement, elles se turent et regardèrent dans la direction que j'indiquais, comme si je leur montrais quelque chose d'insolite, un camion de ciment qui roulait vers elles, peut-être. Elles nous regardèrent de nouveau et répétèrent toutes deux mon geste de la main, probablement sans savoir ce qu'elles voulaient dire par là, croyant seulement que cela pourrait faire plaisir aux étrangères. L'une des deux tendit un verre vide. Elle nous offrait le thé. Nous nous assîmes, nous bûmes du thé et tînmes une autre de ces conversations que nous avions eues avec des femmes dans toute la Turquie, où de nombreux mots sont prononcés, où aucun n'est compris et où beaucoup de choses passent. Ruth montra le bébé et demanda : « C'est votre petit-fils ? » Le bébé fut aussitôt propulsé sur ses genoux puis sur les miens. « Docteur Livingstone, je présume ? » dis-je à l'enfant qui gazouillait.

Lorsque vint le moment de partir, après plusieurs emphatiques « merci beaucoup », en turc *Tesekkür ederim*, nous nous levâmes, nous parcourûmes précautionneusement entre les tapis des deux femmes les quelques dizaines de centimètres de la rue qui restaient et nous continuâmes notre chemin.

La même vision nous attendait, mais triplée, quadruplée, quintuplée. À notre droite et à notre gauche chaque fois que nous arrivions à une rue transversale. Ruth et moi, nous nous regardâmes. « J'ai l'impression d'être dans une *propriété privée* », dit-elle. C'était exactement cela. Nous sentions que nous avions franchi sans nous en rendre compte l'espace séparant la sphère publique de la rue et la sphère privée de la maison. La genèse de ma nouvelle se trouve dans cette sensation.

Elle racontait l'histoire d'un homme qui marchait dans Atatürk Bulvari, l'aorte d'Ankara, large, à trois voies, très passante. Mais notre homme est occupé lui aussi et il n'a pas le temps de se laisser distraire. Il pense à un important marché qu'il doit conclure. Il laisse Atatürk Bulvari pour emprunter une rue plus calme ; disons qu'il s'agit d'une artère. Notre homme réfléchit fort. Il n'accorde aucune attention à ce qui l'entoure. À cet instant précis, la seule chose qui lui importe se trouve à l'intérieur de sa tête. Le klaxon d'une voiture, le cri d'un colporteur, quelque chose le dérange. Sans penser davantage, il tourne encore une fois, dans une « artériole », cette fois. À présent, il n'y a plus aucune distraction. Aucune voiture, personne. Il peut marcher en paix et se concentrer pleinement. Il a les yeux ouverts, mais il ne voit rien. Seuls ses pieds se rendent compte d'un changement. Notre homme n'a encore rien décidé lorsqu'il prend soudain conscience qu'il a cessé de marcher et qu'il regarde une petite table sur laquelle est posée une paire de lunettes. « Qu'est-ce que c'est ? » se demande-t-il, encore distrait. Il aimerait continuer à marcher et à penser, mais ses pieds ne savent plus où se tourner. Il s'aperçoit qu'à côté de la petite table, il y a un grand lit à baldaquin, défait. Il remarque des gouttes de sang sur les draps. Il les regarde, abasourdi. Il pivote sur lui-même. Il est dans une chambre. Dans un vaisseau capillaire, disons. La chambre est décrite en détail, car elle est meublée avec soin. Notre homme est dans un état proche de la panique. « Qu'est-ce que je fais ici ? Comment y suis-je arrivé ? » se demande-t-il. Il sort rapidement de la chambre. Il se retrouve dans une bibliothèque, puis dans un salon. Il continue jusqu'à une salle à manger. Puis il entre dans une cuisine. Il ouvre une porte et court dans un corridor. Il y a plusieurs portes ; l'une mène à une salle de bains, une autre à une chambre, une autre à une penderie. Au bout du corridor, un escalier. Il le gravit. Mais cela n'arrête pas : des salons, des chambres, des salles de bains, des cuisines, des garde-manger, des bibliothèques, des salles à manger, des placards, des corridors — jamais une porte conduisant dehors, jamais une fenêtre qu'il pourrait enjamber. Une infinie ruche domestique. L'histoire se termine sur les hurlements de l'homme, en proie au même désespoir que la femme qui va faire des courses puis découvre qu'elle ne peut plus retrouver le chemin de sa maison et qu'elle doit errer à jamais dans les rues bruyantes et animées.

Où les hommes se sentent-ils mal à l'aise? Dans des ascenseurs, des bureaux du contre-espionnage, des cockpits d'avion, des dancings, des endroits tranquilles, des fumeries d'opium, des grands magasins, des hôpitaux, des îles utopiques, des jacuzzis, des kiosques, des lupanars éblouissants, des manifestations xénophobes, la nuit, à Oxford, sur des plates-formes de forage de la mer du Nord, des quais de métro déserts, dans des restaurants, des stationnements, des taxis, des unités de production, des villas, des wagons-lits, sur le Xingu, dans des yachts, des zoos, en Amérique du Sud, dans des bars gais, sur des chantiers de construction, dans des dépotoirs, des églises, à des fêtes de Noël, dans des gargotes de routiers, chez un hypnotiseur, dans des isoloirs, à des jam-sessions, dans des kibboutz, des léproseries, à des matinées mondaines, dans des négociations, des officines gouvernementales, sur des plages ensoleillées, dans des quartiers généraux militaires, aux réunions des chevaliers de l'Ordre de Malte, dans des salles d'attente, au théâtre, dans des usines, à des ventes aux enchères, sur un windsurf, en xiang, sous une yourte, dans des zones de guerre, des abattoirs, des bibliothèques, la caverne de Platon, au départ de quelque chose, dans des études de lexico-graphes, chez les francs-maçons, dans des garages, des hammams, d'intéressantes petites ruelles, dans la jungle, lors d'un krach financier, sur la Lune, dans des motels, des nécropoles, des orchestres klezmer, des passages souterrains, chez les quakers, dans des refuges de nuit, des salles de presse, sur des terrains vagues, dans des universités, au Vatican, dans des westerns, des xystes, des yeshivas, des ziggourats? Non. Dans aucun de ces en-droits, à aucune de ces occasions, on ne dira à un homme qu'il n'est pas le bienvenu parce qu'il est un homme.

Il était parfois difficile de voyager en Turquie. Il y avait des tracasseries. Parce qu'elles se produisaient sous le soleil d'un climat exotique, elles devenaient souvent des *aventures*, non seulement plus faciles à accepter, mais parfois même recherchées. Par ce bizarre paradoxe du voyage, le pire épisode — l'interminable trajet en autobus, le matelas où grouillaient un million de petites bestioles, la chambre d'hôtel aux murs mous et pourris — devient le meilleur, celui qui laisse le plus agréable souvenir. Mais lorsque j'y repense maintenant, certains de ces ennuis étaient inacceptables. Ils avaient un lien commun : les hommes. Les hommes qui nous regardaient ouvertement de haut en bas. Les hommes qui se mettaient à sourire en nous voyant et qui se tournaient vers leurs amis en nous désignant d'un hochement de tête. Les hommes qui se frottaient contre nous pour nous dépasser dans des rues qui n'étaient pas bondées, et qui passaient leurs mains sur nos seins. Le jeune homme qui est arrivé derrière moi dans une rue sombre d'Ankara, qui m'a pincé une fesse et qui a disparu à toute vitesse. Et cet autre, à Istanbul. Les hommes qui claquaient la langue en nous apercevant. Les garçons qui claquaient la langue. Les hommes qui croyaient avoir le droit de faire dégouliner sur nous leurs attentions onctueuses et non désirées en se fichant de ce que nous disions, de ce que nous pensions, de notre indif-férence. Les hommes qui décidaient qu'ils savaient ce que nous voulions, quelle destination, quel produit, quel service, quel prix, avant même que nous ayons ouvert la bouche. Le chauffeur d'autobus qui, me voyant endormie dans la dernière rangée de sièges, arrêta son véhicule au bord de l'autoroute, vint à l'arrière et m'embrassa ; je me réveillai, et, en voyant la silhouette floue de cet étranger au-dessus de moi, je le repoussai avec colère, j'appelai Ruth pendant qu'il retournait à l'avant de son autobus en souriant et en s'esclaffant, fier de lui. L'homme qui s'exhiba devant Ruth à un arrêt au bord de la route, arbo-rant un large sourire et jouant avec ses parties.

Nous envoyions promener tout cela. Nous étions des dures, nous le sommes devenues. Lorsque, à Istanbul, nous avons pris le train pour Athènes, nous étions des vétérans du voyage de combat. Même en nous lavant tous les jours, nous avions toujours l'impression de ne pas l'avoir fait depuis des mois. Notre peau n'était pas bronzée, elle était tannée par les intempéries. Nos membres, notre esprit, tout en nous était las et douloureux comme si nous avions passé tout ce temps dans les vastes espaces ouverts. Aucun Pierre Jean Jacques turc n'allait déconner avec nous. Si nous étions restées plus longtemps, nous aurions fini par nous forger une armure dont les plaques se seraient entrechoquées pendant que nous marchions.

Mais nous n'étions pas des chars d'assaut. Nous étions deux femmes portant des vêtements de coton conservateurs, mais deux femmes qui voyageaient dans un grand pays mâle. Cela nous épuisait. Plus que nous ne le pensions. Certaines portes devinrent très importantes pour nous en Turquie : les portes de nos chambres d'hôtel. Lorsque nous les fermions et que nous tournions la clé dans la serrure, ce n'était pas pour mettre en sécurité l'appareil photo de Ruth, mais pour nous assurer un refuge. Un refuge, c'était un endroit où être ensemble — et loin d'où nous étions.

Ce qui ne veut pas dire que nous n'avons pas rencontré des hommes turcs qui étaient gentils. Cela nous est arrivé. Nous en avons même rencontré beaucoup. Qui étaient gentils, corrects, polis, amicaux. Mais cette façon de voir les choses — certains Turcs sont bons, d'autres sont méchants — est complètement fausse. Je ne parle ni d'un point de vue démographique ni d'un point de vue démocratique parce que, dans l'ensemble, c'est davantage l'attitude que les individus qui m'a frappée. Et, comme la mer, une attitude peut clapoter, monter dans un homme, refluer dans un autre, foncer de nouveau dans un troisième, et ainsi de suite à l'infini, sans que l'on puisse compter en termes d'individus.

Je dirai qu'en Turquie la mer était haute et agitée. Si Ruth et moi y avons navigué sans problème, je me demande ce qu'il en est de mes sœurs turques. Dans tous les endroits publics où nous sommes allées, nous avons rencontré dix fois moins de femmes que d'hommes, et presque toujours lorsqu'elles n'étaient pas en compagnie d'hommes — au marché, dans des autobus ou sur leurs tapis dans les petites rues d'Ankara. Elles nous parlaient, elles souriaient, elles s'asseyaient à côté de nous, elles nous touchaient, nous communiquions par signes et hochements de tête ; en leur compagnie, nous pouvions nous détendre, cesser d'être sur nos gardes. Elles étaient heureuses, j'imagine — le bonheur est une plante incroyablement coriace —, mais je crois que leur bonheur était confiné dans des limites strictes, comme une plante qui pousse dans un pot.

À Ankara, nous fîmes la connaissance d'une femme qui travaillait dans une banque ; elle occupait un poste légèrement supérieur à celui de commis. Nous dînâmes avec elle. Meral nous confia qu'elle ne deviendrait jamais directrice de sa banque parce qu'elle était une femme. « La situation était meilleure il y a soixante ans, sous Atatürk, ajouta-t-elle. Il nous a accordé le droit de vote. Il croyait dans les femmes. »

C'était le point que j'essayais d'aborder, de digérer, dans la nouvelle que j'écrivis sur l'homme pris dans une maison-ruche.

Je la fis lire à Ruth.

« J'*adorais* être une femme au foyer, me dit-elle. Je déteste travailler. Qui a besoin de ça ? Mes maris ont été mes seuls problèmes lorsque je m'occupais de la maison. Tu aurais dû voir Tuesday quand elle était petite. Un vrai clown. Les meilleurs amis de Danny sont hispanophones et ils lui enseignent l'espagnol. C'est tellement drôle. Quand quelque chose l'excite, il se met tout à coup à crier : « *Yo soy Pancho Villa !* » en se pavanant dans la pièce avec un sombrero et des pistolets imaginaires. Ça me fait craquer. Avec Jerry, nous avions une belle maison avec un jardin, et je possédais ma propre voiture. Bon Dieu, j'accepterais n'importe quand de rester à la maison ! Qu'on me donne seulement l'homme qu'il faut. »

En parlant ainsi, elle voulait seulement décrire sa propre expérience. À mon avis, seulement au mien, c'est ce que disait le ton de sa voix.

Mais c'était une voix qui comptait pour moi. L'inexpérience de mon histoire sembla se heurter contre la finalité de son expérience. Mon histoire avait l'air raide et simpliste, l'élément baroque semblait terriblement affecté, l'ensemble était piètre, nul. L'unique conclusion que j'en tirai fut que j'étais jeune. J'avais alimenté mon histoire avec une indignation qui se donnait de l'importance, comme le Pancho Villa de Danny. Dans des domaines où je ne m'étais pas encore retrouvée — les hommes, la maternité, le travail —, j'avais projeté un grand échafaudage d'idées.

Je continuai à m'émerveiller devant ces femmes d'Ankara qui domestiquaient les rues, je continuai à m'indigner devant le statut des hommes en Turquie, mais je jetai ma nouvelle. Je me sentais blessée et frustrée. Pas à cause de Ruth. D'une manière générale. Je me rappelle que, tout en déchirant méthodiquement ma nouvelle en carrés, je me demandais pourquoi il fallait que les choses soient à la fois aussi simples et aussi compliquées. Je me jurai de ne jamais avoir d'enfants. Pas moi, ça non ! Et aucun homme n'aurait jamais le contrôle sur moi.

« Allons manger du riz au lait », proposa Ruth, et la discussion fut close. Le riz au lait est excellent en Turquie, onctueux et plein de cannelle. C'était toujours comme ça que nous trouvions une issue à nos problèmes : par les sens. Le riz au lait ou une caresse de ses mains sur mes seins, un plat d'aubergines ou moi qui poussais Ruth sur le lit.

Nous le rencontrâmes au cours de l'un de ces interminables trajets en autobus. C'était peut-être entre Kayseri et Malatya. Une route noire et luisante comme un cobra, serpentant à travers l'étendue verte et ondulante des plaines chauves de l'Anatolie orientale. Un fermier, j'imagine. Un homme de la terre, marié à la terre noire. Il semblait être monté de nulle part dans l'autobus et en descendit dans un lieu qui n'était pas très différent. Entre ces deux étapes, nous nous rencontrâmes, nos vies parallèles se touchèrent. Il avait cet aspect farouche, très masculin, qui caractérise les beaux hommes turcs : des traits réguliers, classiques, des dents blanches et parfaites, des yeux clairs, une épaisse moustache noire, un corps musclé et velu. Ses vêtements moulaient étroitement ses bras et son torse, et ses avant-bras étaient couverts d'une telle toison que je voyais à peine sa peau. Des poils jaillissaient de l'échancrure de sa chemise comme des flammes sortent de la fenêtre d'une maison en train de brûler.

J'ai oublié comment nous avons commencé à parler tous les trois. Cela a dû se passer de la façon habituelle : des regards qui se sont croisés parce qu'il nous regardait, des hochements et des sourires, le premier mot qu'il s'est risqué à prononcer. Il possédait moins de mots en anglais que de doigts à ses deux mains, des mots qu'il avait dû apprendre à l'école longtemps auparavant. Il était pourtant si désireux de communiquer avec nous, il était si déterminé que ce fut presque un miracle de Jésus : il transforma ses gouttes d'anglais en carafes riches de sens. Il prononçait le nom de mon pays d'une façon si

solennelle, sérieuse et emphatique — Kah-nah-dah —
que je fis ce que je n'avais pas fait depuis longtemps : je le
considérai de l'extérieur, comme si je l'entendais pour la
première fois. Quel drôle de nom, qui sonne comme un
mot absurde, un babillage d'enfant, avec le C géant et les
trois syllabes comme trois pas de danse.

Notre communication était d'ordre émotif et général,
un peu comme quand on agite la main vers quelqu'un qui
est au loin. Il souriait et hochait souvent la tête. Lorsqu'il
était touché, ce qui arriva plusieurs fois, il se frappait la
poitrine de ses deux mains, et cela produisait un bruit
retentissant. C'était un homme charmant, aussi fiable et
honnête qu'un roman du dix-neuvième siècle. Nous fîmes
généreusement l'éloge de son pays, et ses yeux se rem-
plirent pratiquement de larmes. Je dis : « Atatürk ! » en
brandissant mon poing, voulant dire : « Un grand leader ! »
Il se frappa la poitrine et s'exclama : « Atatürk ! » Je ne suis
pas sûre de ce que cela signifiait, mais c'était quelque
chose de positif. En fait, « Atatürk ! » — « Atatürk ! »
furent les derniers mots que nous échangeâmes en nous
serrant la main avant qu'il descende de l'autobus, comme
si nous faisions partie d'une société pour le renouveau de
la foi en Atatürk.

Lorsqu'il ne fut plus qu'un point à l'horizon et que
nous ne fûmes plus capables de le voir agiter la main,
nous reprîmes nos places.

« Quel homme sympathique ! dit Ruth.

— Oui », répondis-je rêveusement. Je m'attardai à
penser à sa gentillesse, à son intégrité. De longues minutes s'écoulèrent avant que mes pensées se clarifient.
C'était un homme adorable… Un homme que je désirais.
Cette pensée, le mot « désir » qui surgissait dans ma tête,
me choqua. Un homme ! Lui ! Coucher avec lui ! Quelle
idée ! Je fermai les rideaux de mes yeux et m'approchai en
pensée de l'objet de mon désir. Tout ce qui ne m'avait

jamais excitée auparavant le faisait maintenant. Masse,
pilosité, odeur. Je lui retirai sa chemise et imaginai sa poitrine velue, musclée. J'imaginai mes mains sur cette poitrine. Je m'imaginai en train de presser contre la sienne
ma poitrine nue, si mince, si glabre en comparaison.
C'était cela, cette masse chaude et poilue, qui m'excitait.
Sa tête si massive et hirsute, si rude, d'un brun si profond,
tandis qu'il prenait un de mes seins dans sa bouche. Ses
mains puissantes, rugueuses et douces, effleurant mon
corps, s'attardant sur mon clitoris. Il était devant moi,
entièrement nu, son érection était manifeste. Je n'arrivais
pas à l'imaginer en train de me pénétrer, ni en réalité ni
en rêve. Mais mes mains couraient sur ses cuisses. Je me
voyais le prendre dans ma main. Le sucer.

À ce moment-là, si je l'avais pu, je me serais mastur-
bée. Mais je dus me retenir et me contenter de mes
fantasmes pendant que l'autobus poursuivait sa route à
travers l'Anatolie.

Nous nous trouvions à Ankara lorsque nous décidâmes de
prendre le train d'Istanbul à Athènes. À partir de ce
moment, nous fûmes conscientes que notre voyage, notre
odyssée, tirait à sa fin. Chaque détail pratique rendait cela
évident — les réservations de billets de train, les réservations de billets d'avion, nos mesures d'économie afin de
ne plus avoir à changer de chèques de voyage en Turquie.

Nous visitâmes distraitement Istanbul. Après un
voyage de deux semaines qui avait duré près de trois mois,
ayant finalement décidé de fermer son billet ouvert, Ruth
mourait d'envie à présent de revoir ses enfants. Nous
passâmes des heures dans le Grand Bazar où elle acheta
toutes sortes de cadeaux grands et petits, certains pour ses
amis, mais la plupart pour Tuesday, Graham, Sandra et
Danny — on aurait dit qu'elle en achetait un pour chaque
journée d'absence. J'offris à Ruth une belle broche en

argent incrustée d'ambre. Ayant soudain compris combien elle s'ennuyait de chez elle, et comme il restait peu de temps avant qu'elle y soit de nouveau, Ruth se montrait pleine d'entrain. Pour ma part, je n'étais pas fâchée de rentrer à Roetown, mais ce n'était pas un retour au pays tel que celui de Ruth.

À ma demande, nous fîmes de longues promenades dans Istanbul. Je voulais que le temps qu'il nous restait à passer ensemble soit le plus possible consacré au voyage. Pourtant, à plusieurs égards, Ruth était déjà partie. Au lit, nous étions davantage des compagnes que des amantes. Ce n'est pas qu'elle se détachait délibérément de moi — elle insistait pour que je passe les fêtes de Noël à Philadelphie —, mais il devenait de plus en plus clair, même si cela n'était pas dit ouvertement, que nous venions de mondes très différents et que seule l'interruption provisoire qu'était le voyage, ce repli anormal du temps et de l'espace, avait permis l'éclosion de notre amour. C'était une liaison qui ne pouvait se prolonger au delà du voyage. Le changement, le changement intérieur qui altère la façon dont on perçoit la réalité, était réciproque ; c'est seulement que j'accusais un peu de retard sur Ruth. Je ne veux pas avoir l'air si dramatique en disant ceci, mais, à part elle, je n'avais personne. Pendant tout le voyage, l'enchantement m'avait coupé le souffle, chaque minute avait été un plaisir et une aventure. Je devais maintenant reprendre mon souffle.

Le trajet en train jusqu'à Athènes fut long, ensoleillé et mélancolique. J'étais contente que le paysage grec soit si beau. Chaque kilomètre absorba une larme, de sorte qu'une fois à l'aéroport je fus capable de sourire.

Nous passâmes notre dernière journée ensemble à errer dans la Plaka. Voulant vivre un dernier moment romantique, nous nous réfugiâmes dans l'embrasure d'une porte, à l'ombre du Parthénon, pour nous embrasser comme le font les amants. À l'aéroport, nos adieux furent tristes, mais pleins de retenue. Ruth oscillait entre l'allégresse et la nostalgie, entre *Je vais bientôt revoir mes enfants* et *Oh! les moments que nous avons vécus!* Je hochais la tête. J'avais trouvé un équilibre. L'esprit faisant taire le cœur.

À ce moment-là, je fus frappée par le vert de ses yeux. Elle se tourna, trouva son passeport américain et le présenta en souriant à l'homme en uniforme; elle hissa son lourd sac de voyage sur son épaule; elle fit quelques pas en direction de la zone d'embarquement; elle se tourna; nous nous envoyâmes la main, les yeux dans les yeux; elle s'éloigna.

Ce soir-là, je louai une chambre pour une personne. Seule dans mon lit, je fondis en larmes.

C'était la fin du mois d'août. Je passai quelques jours en Grèce où, après la Turquie, il était tellement facile de voyager. Je dormis dans des dortoirs, je me promenai dans les environs d'Athènes, je retournai au temple de Poséidon au cap de Sounion, puis je pris un avion pour le Kah-nah-dah.

Contre toute attente, je me sentis heureuse d'être de retour à Roetown. Les cours n'avaient pas encore commencé et il n'y avait que peu d'étudiants. Je profitai de plusieurs jours de paix. Je m'étais attendue à être plutôt déprimée, mais, devant un nouveau paysage, mon état d'esprit se renouvela. Je verrais Ruth à Noël et j'avais son numéro de téléphone. Je pourrais toujours l'appeler si j'avais le moral bas — alors pourquoi l'avoir? Cela, tout comme les promenades solitaires dans la chaleur et le soleil de Roetown, les réflexions sur mes cours de l'année qui venait et l'absence d'Elena, me permettait de garder ma bonne humeur. Elena ne reviendrait pas à Ellis. Elle m'avait envoyé une lettre à Strathcona-Milne. Elle disait que, comme elle ne savait pas pourquoi elle étudiait ce qu'elle étudiait, elle avait décidé d'arrêter. Elle travaillerait pendant un certain temps, puis elle verrait ce qu'elle avait envie de faire.

Avant l'été, je m'étais arrangée avec un groupe d'amis pour louer une maison au centre-ville de Roetown. Elle était située à l'extrémité d'une rue, passé le sommet d'une colline. Après un virage abrupt, la rue aboutissait dans un stationnement. Celui-ci appartenait à une usine voisine de notre maison, un peu plus bas, où le terrain redevenait plat. C'était une usine de biscuits, de céréales et de gruau. Il me semble me rappeler que parfois, à l'automne et au printemps, il y avait dans l'air un parfum d'avoine grillée, mais je crois qu'il s'agit là d'un souvenir fabriqué, un souvenir que je désire avoir.

La prison municipale se trouvait en face de la maison, avec des murs surmontés de barbelés et une caméra pivotante. De mon bureau, je passerais l'année à fixer ce mur en me demandant si j'allais voir soudain surgir un criminel, le voir se faufiler sous les fils, tomber sur le sol et s'échapper vers la liberté. Mais cette évasion n'eut jamais lieu — ou alors elle se produisit pendant que j'avais la tête penchée, piégée dans la prison du roman inepte que j'avais commencé à écrire.

Je fus la première à emménager. L'endroit était vide et sale, et il m'arriva de m'abandonner pendant plusieurs heures à la frénésie du nettoyage. Pendant quelque temps, je dormis sur un vieux matelas que j'avais trouvé, taché par l'incontinence, les menstruations et les rapports sexuels des gens qui s'en étaient servis avant moi. Cela ne me dégoûtait pas. Les taches étaient sèches, elles faisaient partie de l'histoire ancienne. C'est le manque de confort du matelas qui me poussa à acheter un futon blanc et vierge. Je pris deux petites pièces à l'étage : l'une, donnant sur la rue, comme bureau ; l'autre, encore plus petite, comme chambre.

Je fis de longues promenades à pied. J'étais éberluée de constater à quel point je passais inaperçue ; selon les normes turques, j'étais invisible. Cela contribuait beaucoup à me garder de bonne humeur. C'était rafraîchissant et libérateur de marcher dans une rue sans qu'on me remarque, de pouvoir rêvasser tranquillement, de parler et d'être tout de suite comprise, de regarder autour de moi et d'avoir l'impression de faire partie des choses. Ceci est ma rue, mon parc, ma maison, mon pays. C'est mon peuple, ma terre immense.

Mes colocataires firent l'un après l'autre leur entrée. Nous n'étions pas des amis proches, mais la maison n'exigeait pas que nous le soyons — elle était assez spacieuse pour permettre la distance —, et la routine de nos études organisées nous gardait occupés. Néanmoins, juste en cas, nous érigeâmes ces bonnes barrières qui font les bons voisins que Robert Frost déplora tant. Nous divisâmes le frigo en cinq parties (cinq morceaux de fromage cheddar d'âge différent, cinq litres distincts de lait homodeuxpourcentécrémé, cinq etc.) et nous divisâmes l'armoire en cinq parties (cinq paquets de pâtes, cinq boîtes de thon, cinq etc.). Je crois que les seules victuailles que nous partagions étaient le sel et le poivre. Dans la salle de bains, il y avait cinq savons et d'innombrables produits capillaires (dont le total était divisible par cinq). Nous partagions le papier hygiénique. Dans nos rapports les uns avec les autres, les choses étaient en général également divisées par cinq. Cinq assortiments de joies et de peines derrière cinq portes closes. Je dis « en général » parce qu'il y avait un salon, une aire commune où nous nous allongions pour parler, écouter de la musique et regarder la télé dinosaure de Sarah qui faisait un bruit sourd ; et, à mesure que l'année s'écoula, nous formâmes quelques duos intimes. L'unique sujet de friction concernait la vaisselle. Une ou deux assiettes sales laissées dans l'évier par quelqu'un d'autre nous exaspéraient suffisamment pour que nous laissions à notre tour une énorme pile de vaisselle sale.

Il y avait Daniel, exceptionnellement brillant, qui obtenait toujours A+ pour ses travaux en histoire et qui décrocha plus tard une importante bourse internationale, mais qui était émotivement fragile, de cette fragilité qui finirait par nécessiter la colle du lithium pour le maintenir en un seul morceau ; Karen, enthousiaste et indépendante, et que je vis passer, pendant les deux années que je l'ai connue, de la sympathique mais un peu balourde fille de petite ville à la comédienne qui me stupéfia par son interprétation d'Ophélie ; Martha, dépressive, renfermée et spirituelle, qui passait la plupart de son temps chez son amoureux ; et Sarah, de qui je me sentais le plus proche, belle, intelligente, facile à vivre et amusante, à peu près aussi perdue et confuse que moi, et qui, au milieu de l'année, se glissa hors du monde des études universitaires pour entrer dans celui des serveuses ; et Spanakopita qui, malgré son beau nom et sa belle apparence (il était brun et orangé, et gras), se révéla être un chat renfrogné qui ne me rendit jamais mon affection.

Je me rends maintenant compte que la seule chose que nous avions tous les cinq en commun, c'était d'être, à divers degrés, perdus et confus — Karen, qui paraissait avoir une aptitude naturelle au bonheur, était celle qui l'était le moins, tandis que nous autres oscillions sur une échelle quelconque du bonheur, parfois joyeux, souvent malheureux. Il s'agissait peut-être d'un désarroi normal, propre à notre âge, peut-être même salutaire. Je n'avais certes pas envie d'être comme certains étudiants en commerce, sûrs et certains de tout, et qui avaient tellement hâte d'obtenir leur diplôme pour s'installer à vingt-trois ans dans l'existence qu'ils mèneraient à soixante-trois ans. Mais ce désarroi n'était pas facile à vivre, pas dans mon cas, du moins. C'est plus facile de se le rappeler ou de l'imaginer que de passer à travers. Je crois que c'est cela qui nous empêcha de nous rapprocher les uns des autres. Nous éprouvions tous un sentiment farouchement possessif à l'égard de notre désert.

Ce fut le début de l'année scolaire, pendant laquelle on acquiert sagesse et connaissances, en pigeant çà et là, un peu comme dans une cafétéria. Je décidai de ne suivre que trois cours, deux de moins que le programme complet. Je grignotais à temps partiel la philosophie de la religion, les débuts de la philosophie moderne (Descartes, Spinoza, Leibniz, Locke, Berkeley, Hume, Kant) et la littérature anglaise, dans ce cas-ci la Renaissance américaine (de Tocqueville, Emerson, Thoreau, Melville, Hawthorne, Poe, Whitman). Dans mes temps libres, je commençai à écrire un roman, travail divin et frustrant, et je jouissais des plaisirs de l'oisiveté.

De nombreuses personnes m'enviaient mes voyages. « La Turquie ! Sensationnel ! Moi, je me suis ennuyé tout l'été à (vous avez le choix entre : Belleville, London, Ottawa, Burlington, Oshawa, Mississauga), à ne rien faire/à travailler comme (vous avez le choix entre : maître nageur, peintre en bâtiment, serveur/serveuse, commis de bibliothèque ou de bureau, pompiste). » S'il est vrai que j'avais préféré passer l'été en Turquie plutôt qu'à Belleville, je pensais quand même : « Tuez vos parents. Reliez directement l'allumage de leur voiture au réservoir d'essence pour qu'elle explose et qu'ils deviennent carbonisés, recouverts d'une croûte noire, mais rouges et liquides à l'intérieur. Comme de la lave en train de se solidifier. Comme mes parents avant l'action de l'eau de mer et des requins. Ensuite, prenez l'argent et tirez-vous. »

Un trait important nous différenciait, mes colocataires et moi : ils avaient tous des liens. Daniel avait Isabella, Karen avait James, Martha avait Lawrence, et Sarah en avait quelques-unes. Mais ces relations romantiques ne m'inspiraient aucune jalousie. Le Lawrence de Martha était un imbécile prétentieux. À une ou deux reprises, j'ai vu Karen se transformer en un chaton geignant et miaulant quand James ne faisait pas ce qu'elle voulait, une chose mortifiante à voir mais qui semblait l'enchanter, lui, qui jouait le jeu au maximum. Et je fus frappée par une chose que Sarah me dit un jour : elle n'avait jamais été sans amoureux depuis l'âge de douze ans. Cet été-là, elle avait rompu avec celui qu'elle avait depuis quelques années, ce qui la rendait manifestement malheureuse et ébranlait son équilibre. Je me demandais si elle était capable d'être seule et heureuse en même temps. La nuit, étendue sur mon futon dans ma chambre minuscule, je les entendais à l'occasion faire l'amour — Daniel et Isabella à ma gauche, à peine audibles, seulement un ou deux soupirs intenses, ou Sarah avec un partenaire quelconque, à ma droite, un peu plus lubrique. À les entendre ainsi, je ne me sentais que plus heureuse d'être indépendante et libre de toute attache. Quelques pensées pour Ruth, une petite masturbation orgasmique, plusieurs pensées pour mon roman, puis je sombrais dans un sommeil profond, libre le lendemain matin d'être libre.

Je peignis ma pièce de travail tout en blanc — les murs, le plancher, le cadre de la fenêtre, la porte, mon petit bureau, ma chaise. J'avais l'impression d'être à l'intérieur d'un nuage, surtout quand je regardais par ma fenêtre le monde extérieur. C'est de l'intérieur de ce cumulus que j'entrepris la tâche de devenir une petite déesse.

Je voulais un roman corporel, plein d'odeurs nauséabondes et de sensations frustes. Les trois mois passés à fréquenter des toilettes gréco-turques me restaient dans les narines, au moment même où je découvrais mon propre corps, les plaisirs pleins qu'il pouvait me procurer, le beau au milieu de l'immonde. Il y eut aussi un pet ; cela aussi était l'un de ces liens-devinettes entre le réel et la fiction que les universitaires aiment tant analyser. J'étais en train de pisser dans les toilettes du campus principal — un pipi innocent — lorsque j'éprouvai l'envie de péter. Je me laissai donc aller. Une discrète libération de gaz, rien de plus. Mon estomac n'avait pas fini de s'ajuster au changement entre le régime de la Turquie et celui du Canada. Mais cela résonna comme un boulet de canon, avec un bruit ayant tellement d'ego qu'il semblait s'attendre à des applaudissements en forme d'échos. « Qu'est-ce que c'est ! ? » fit une voix alarmée de l'autre côté de ma cabine. Il y eut une ou deux secondes de silence pendant lesquelles je suis sûre qu'on pointa ma cabine du doigt. J'entendis des rires étouffés. J'étais agacée. En Turquie, Ruth et moi, nous parlions tout naturellement de notre merde. Il ne s'agissait pas seulement de sujets d'ordre fécal, mais de communiqués, d'abrégés. C'est pourquoi nous l'examinions avant de la faire disparaître dans le trou à l'aide du broc d'eau — de sorte que nous pouvions la lire et nous faire parler de nous-mêmes. La couleur, la consistance, la quantité, l'odeur — tant de chapitres dans une autobiographie. En Turquie, après cette flatulence atomique, je serais allée trouver Ruth et je lui aurais dit : « Ruth, je viens de péter et ça a résonné comme un boulet de canon, avec un bruit ayant tellement d'ego qu'il semblait s'attendre à des applaudissements en forme d'échos. » « C'est vrai ? » m'aurait-elle répondu, m'accordant toute son attention, posant une main sur son ventre. « Mais je me sens bien, moi. Je n'ai pas pété depuis des heures. Est-ce que tu as chié aussi ? C'était comment ? Comment te sens-tu ? As-tu roté ? N'avons-nous pas mangé la même chose cet après-midi ? » Et nous en aurions parlé pendant plusieurs minutes. Mais au Canada, c'était une source de gêne. Cette observation se juxtaposa à une autre, faite une minute auparavant : lorsque j'étais entrée dans la salle de bains, pour employer un euphémisme, j'avais été frappée par le fait que la première odeur identifiée par mes narines n'était pas une odeur de pisse ou de merde, mais de laque en aérosol. Trois filles, trois arbres de Noël, se retouchaient devant le miroir, chacune d'elle étant la seule actrice et la seule spectatrice de sa vanité. « Cet endroit est censé sentir mauvais, pas le produit chimique, pensai-je. Ça devrait sentir la merde. » Je me jurai que mon roman déborderait de merde.

Je voulais aussi traiter le sujet de Dieu. Dans des moments de calme, j'avais parfois remarqué comment, ayant rejeté Dieu, nous — vous et moi — nous retrouvions non pas avec la plénitude de la vie, comme on aurait pu s'y attendre, vu qu'un être faux ne peut occuper d'espace, mais dans un vacuum, un vide qui nous aspirait. Était-il possible que cet être faux occupe un espace nécessaire, un espace ayant besoin d'être rempli ? J'avais rarement cette impression, cela m'arrivait habituellement quand je pensais à mes parents, mais la vie m'apparaissait alors comme une chose à peine plus importante qu'un trajet effectué en traînant les pieds sur une courte distance pendant une brève période. Il lui manquait l'esprit qui aurait transformé chaque pas en un pas de danse, avec sa propre mesure, son rythme et sa grâce. Je n'éprouvais pas de véritables regrets à ce sujet — ma vie paraissait m'offrir un plus grand défi en tant qu'orpheline spirituelle —, mais j'avais parfois l'intuition que la marche de la vie serait bien plus grandiose si Dieu existait. À ces moments-là, la question de l'existence ou de la non-existence de Dieu ne m'apparaissait pas pertinente. C'était une fiction d'une telle ampleur, alors pourquoi ne pas y croire ?

Qu'est-ce qu'on gagnait à faire nôtre une vérité qui nous laissait avec un sentiment de vide? Je pouvais passer sans Dieu à travers l'infinité illusoire de mes heures quotidiennes, mais si je me trouvais dans un avion sur le point de s'écraser, est-ce qu'Il ne me manquerait pas? Est-ce que je ne Le créerais pas? Et si je survivais, aurais-je envie de Le rejeter une deuxième fois? Je désirais aborder la spiritualité religieuse dans mon roman, non pas dans le but de prouver quoi que ce soit, mais pour voir simplement à quoi cela ressemble d'avoir la foi, avec ou sans preuve.

Mon roman, auquel je donnai le titre provisoire de *Crazy Jane*, était une allégorie religieuse dont l'action se déroulait en 1939, dans une petite ville portugaise à quelques jours de distance de Fatima. Pour les besoins de la cause, j'avais doté le pays de montagnes hautes et sauvages. Il y avait plusieurs personnages, mais les trois principaux étaient Corto, un berger que j'avais affublé d'un pied-bot, un magnifique Christ en bois, fierté du village, sculpté par le maître portugais du seizième siècle João Ribéra do Nova («style Renaissance par la représentation anatomiquement précise du corps souffrant du Christ, une grosse masse de bois torturé, cloué et *suspendu* à une croix — voyez comme Ses mains sont tendues! voyez comme Sa poitrine superbe est étirée et tordue! — et pourtant véritablement divin par la grâce de son expression»), et la narratrice, que nous rencontrions à la première page alors que, assise au milieu de la rue principale du village, elle regardait tranquillement en dehors du roman, pour ainsi dire, en nous attendant: la chienne bâtarde de Corto, amicale, loquace et d'une dévotion indéfectible. La plus grande partie du roman serait racontée par cette chienne. Elle nous saluerait («Bonjour!» était le premier mot de mon premier roman), chierait au milieu de la rue («Oh-juste-un-autre-encore!

Ahhhhhhhhh! quelle jouissance! Amen!») puis elle nous prendrait à part pour nous présenter le village et ses habitants, en pissant ici et là pour marquer le territoire de notre histoire. Je trouvais, dans cette chienne à la fois scatologique et religieuse («J'ai toujours eu l'impression d'appartenir à un ordre religieux. Mon bonheur suprême serait de voir mes jours marqués par l'appel de la prière, de la première adoration des matines, fraîche et scintillante comme la rosée, jusqu'à la douce et lasse exaltation des complies»), l'équilibre que je cherchais entre le corps et l'esprit.

Les villageois entreprendraient un pèlerinage pour faire bénir leur Christ en croix par l'archevêque de Fatima. Emportant de l'eau et de la nourriture, et portant la croix à tour de rôle, ils se mettraient en route, suivis par la chienne de Corto qui nous rapporterait leurs propos. Au départ, le chemin serait facile. Beaucoup de temps pour parler, rire et prier, et prendre le thé en admirant le coucher du soleil. Mais les pèlerins se perdraient dans les montagnes hautes et sauvages. Il y aurait de terribles tempêtes de neige. Ils manqueraient de nourriture et de bois pour faire du feu. Dans leur désespoir, et se jetant chaque fois à genoux pour supplier Dieu de leur pardonner, ils commenceraient à manger les villageois morts de faim et de froid qu'ils feraient rôtir — et se réchauffant par la même occasion — en brûlant le Christ en croix, d'abord la croix («Ils descendirent doucement Notre Sauveur de sa croix»), puis le Christ lui-même. Mais ils allaient bientôt manquer de corps, et du Corps du Christ aussi. À la fin, rendus fous par la faim et le désir de continuer à vivre, ils mangeraient la chienne, et c'est Corto («pleurant comme Abraham») qui la tuerait. Mais cela n'entraînerait pas la perte de notre narratrice. Elle aurait la tête écrasée avec une pierre, elle serait embrochée et mise à rôtir sur la tête du Christ en train de flamber, et on continuerait

pourtant à l'entendre. On l'entendrait d'une façon différente seulement une fois qu'elle serait démembrée et
partagée entre les douze survivants : sa voix se diviserait
alors entre les douze voix des survivants. Le roman se
terminerait par ces voix. Le dernier mot de la chienne, au
bas de la page, serait le mot « et », ce mot qui embrasse
tous les mots (« Car qu'est-ce que c'est que de donner sa
vie lorsque le Christ est si proche ? Il a tourné Sa tête. Il
sourit ! Oh ! il y a tant de lumière ! Prenez-moi et ») ; les
pages suivantes du livre se déplieraient et il y aurait douze
paragraphes parallèles, tous différents mais commençant
tous par cet énigmatique mot : « Je ». Ainsi : « J'ai reçu une
partie de la patte droite de la chienne, et même si je ne
peux pas dire que c'était bon au goût, cela m'a néanmoins
sustenté, j'ai pu sentir un peu de force revenir dans mon
corps épuisé et j'aurais voulu que cette patte soit plus
charnue… », « J'ai eu moins de chance et j'ai reçu la tête de
la chienne, dont le cerveau avait été perdu pendant la mise
à mort et dont les yeux avaient fondu pendant le rôtissage,
à mon grand regret car je mourais de faim, et j'ai dû me
contenter de ses oreilles croustillantes, de ses lèvres et de
ses joues caoutchouteuses et de sa langue contre toute
attente agréable au goût mais très petite, mais je dois
ajouter que, bien que je n'aie guère tiré de plaisir charnel
de ce festin, il m'a pourtant procuré un autre genre de
nourriture, car le fait de tenir dans mes mains cette petite
sphère très chaude m'a rappelé la fois où, durant mon
enfance, je me suis sauvée pour ne pas aider ma mère et où
je suis entrée dans l'église vide pour jouer avec le calice qui
avait à peu près la taille de ce crâne, le balançant dans ma
main ouverte, le lançant dans les airs et le rattrapant,
sachant que si je le brisais je recevrais la raclée de ma vie,
mais je ne l'ai pas brisé, et ce souvenir m'a apporté
suffisamment de réconfort et de force pour… », chacune
des voix continuant à relater la même histoire d'une façon

différente, comme dans certains livres du Nouveau Testament : comment, le lendemain matin, ayant repris des forces après avoir mangé la chienne, les membres du groupe réussiraient à descendre en titubant la quinzaine de kilomètres qui les mèneraient de l'autre côté de la montagne jusqu'à Fatima où, pour rendre grâce à Dieu de ce sui. sis qui leur était accordé, ils se rassembleraient dans la basilique et chanteraient Ses louanges, sans que leur foi soit ébranlée, avec le Christ en croix de João Ribéra do Nova à présent sculpté dans ce matériau des plus jolis mais des plus difficiles : l'air. Après quelques mots sur le sort de chacun après la tragédie, les douze voix prononceraient le même mot, « Au revoir », puis se tairaient.

En scindant la voix de la chienne en douze, je voulais introduire la démocratie dans la voix. En l'absence de la foi, d'une Voix unique, je pouvais au moins célébrer les voix, d'abord une petite, puis douze, puis davantage, selon les caprices de l'amour et des naissances. Je voulais composer un hymne à la polyphonie.

Les murs de mon bureau furent bientôt couverts de fiches qui étaient comme les différentes pièces du puzzle de mon roman — passages pour faire avancer l'intrigue, aide-mémoire stylistiques, bribes de dialogue, traits descriptifs, mots qui me frappaient, autour desquels je voulais construire une longue phrase, peut-être même une scène (« un regard de mendiant »), thèmes qu'il ne fallait pas oublier, idées à développer ou qui nécessitaient un contexte approprié. J'encadrais d'une couleur différente — bleu, brun, vert, noir ou rien, blanc — chacune des fiches selon l'importance qu'elle avait dans mon histoire. Au début, il ne s'agissait que de notes épinglées devant mon pupitre, de petites aides à la créativité. Avec le temps, ces fiches proliférèrent pour devenir mon roman lui-même, tout ce qu'il était, tout ce qu'il allait être.

Ce Talmud géographique se développa vers le haut jusqu'à atteindre pratiquement le plafond, et vers le bas jusqu'au plancher. À mi-hauteur coulait un fleuve, les fiches bleues, avec de véritables phrases et paragraphes du roman ; il commençait à l'interrupteur qui se trouvait à gauche de la porte par une fiche portant le mot « Bonjour ! » et faisait le tour de la pièce, comme un panorama, pour se jeter dans la mer des Douze adieux, à la porte de nouveau. Au-dessus et au-dessous des fiches bleues, il y avait les fiches brunes, des directives essentielles pour donner son sens à un épisode — les rives du fleuve, si l'on veut —, et, juste après, il y avait les vertes — les champs d'idées intéressantes, mais d'ordre général. Un peu plus loin s'étalaient les fiches noires de moindre importance — moins cultivables, dirai-je —, bien que j'en aie à l'occasion pris une pour la recopier et la doter d'une autre couleur. Finalement, aux extrémités de mon roman, il y avait les fiches ordinaires, aussi blanches que si elles avaient été couronnées de neige. Des idées qui n'avaient rien donné, des personnages avortés, des incidents supprimés… c'est seulement mon esprit de thésaurisation qui m'empêchait de détruire ces notes. Incertaine de ce que je faisais, j'étais incertaine de la valeur de mes mots.

La fenêtre seule venait interrompre mon horizon, un paysage faisant irruption dans un autre. J'avais tendance à contempler ce deuxième paysage quand l'inspiration ou la détermination me manquaient.

Je plaçai mon bureau et ma chaise au milieu de la pièce, libres de tout mur, de sorte que je pouvais glisser facilement au-dessus de la topographie. Ce que je fis semaine après semaine, mois après mois, pendant des heures. Avec mes yeux, je planais… je planais… je planais… puis je plongeais et j'attrapais une fiche. Je la portais jusqu'à mon bureau et j'y travaillais, débordant sur une autre fiche, ou deux, ou trois, malgré mes efforts pour avoir une écriture microscopique. À certains endroits du mur où je me retrouvais avec beaucoup à dire mais peu d'espace, le terrain devenait montagneux et le fleuve se mettait à avoir des chutes et des rapides.

J'aurais dû prendre des photos de mon bureau quand les murs étaient en pleine floraison. L'Artiste et son Atelier : un Roman en douze photos couleur.

La vérité, c'est que je n'avais aucune idée de la façon de m'y prendre pour écrire un roman. J'étais un docteur Frankenstein ayant accumulé une impressionnante collection de parties de corps, et je savais même comment assembler ces parties, quelles parties allaient où, mais le secret de la vie m'échappait encore. À intervalles réguliers, je sentais qu'un acte essentiel de conception n'avait pas eu lieu, mais je ne me rappelle pas avoir éprouvé beaucoup de tristesse ou d'anxiété à ce sujet. J'étais une spectatrice heureuse devant sa propre invention. Je parlais à voix haute, j'agitais les mains, je jouais les scènes et, lorsqu'il me venait une nouvelle idée brillante — par exemple la jolie scène où une chienne regarde une fille jouer avec un calice dans une église vide —, je l'attrapais comme si elle avait été un papillon qui passait et je l'épinglais joyeusement au mur.

Mon roman était un rêve — et il avait la valeur d'un rêve. C'était une sorte de répétition.

Comme nous l'avions planifié au cours de trois ou quatre conversations téléphoniques (un choc chaque fois que j'entendais sa voix qui provoquait une avalanche de souvenirs), je passai Noël et le Nouvel An à Philadelphie avec Ruth et sa famille. Je fis la connaissance des fameux Tuesday, Sandra et Danny (mais pas celle de Graham). Je m'étais formé de chacun d'eux une image mentale bien précise, ayant transformé en photographies les descriptions de Ruth. Mais le témoignage de Ruth en ce qui

concerne la description de sa petite tribu se révéla aussi
exact que si on donnait la forme des nuages pour décrire
un paysage. Ses enfants ne correspondaient pas à ce que
j'attendais d'eux, ni pour l'apparence ni pour le comport-
tement. La couleur des cheveux, la taille, le poids, la
façon de s'habiller, le ton de la voix… j'avais créé de pures
fictions. N'ayant entendu que le point de vue maternel, je
les avais imaginés comme des enfants. Ne les connaissant
que par ouï-dire, j'avais fait d'eux des êtres passifs, des
esprits qui disparaissaient aussitôt qu'on cessait de parler
d'eux, comme cela se passait en Turquie. Mais Tuesday et
Sandra n'étaient certes pas des enfants, et Danny était
loin d'être passif. Dans cette maison, qui ne se trouvait
pas à Philadelphie même mais dans une banlieue, vivaient
indéniablement quatre êtres humains. Tuesday avait un
an de plus que moi, elle me devançait d'un an à l'université où elle faisait un majeur en économie/sociologie, et
elle n'avait pas l'air affectée par le singe existentiel. Sandra
était en douzième année, elle était amicale, mais parfois
agitée et irritable. Danny était un gamin américain de dix
ans, sans grâce, bruyant et pleurnichard ; j'eus à plusieurs
occasions envie de le tuer. Et moi, j'étais l'« amie » que
leur mère avait rencontrée en Grèce et avec qui elle avait
voyagé en « Turquie ! ».

   La dynamique était un peu bizarre. C'était avec
Tuesday que j'aurais dû avoir le plus de choses en commun. Nous parlions de nos universités, Ellis et Simon-
Fraser, de nos majeurs respectifs, de Roetown et de
Burnaby, de films, nous discutions de tous les aspects qui
composaient notre culture étudiante. Il était pourtant
évident que c'était avec sa mère que j'avais des atomes
crochus. Devant les yeux de Tuesday, l'abîme des vingt et
quelques années qui nous séparaient, Ruth et moi, cessait
d'être, et sa mère lui apparaissait comme une étrangère.
Cela se passait pendant la narration d'une anecdote. Nous

devenions animées, nous nous mettions à rire, nous nous interrompions l'une l'autre soit pour feindre de nous indigner d'une petite pointe et donner notre version de l'histoire, soit, au contraire, pour exagérer un point afin d'intensifier l'effet dramatique. Les draps étaient si sales qu'ils étaient rigides comme une planche de contreplaqué ! La crème glacée était comme du chewing-gum, on ne pouvait finir de la manger, il fallait la recracher ! Le voyage en autobus avait duré quarante-huit heures ! Il avait coûté quarante-huit cents ! Il était évident que nous nous connaissions bien l'une l'autre, très bien même, que nous connaissions nos marottes, nos forces, nos points faibles, nos points sensibles. Tout à coup, Tuesday *était* une enfant, et c'est Ruth et moi qui établissions le programme de la conversation, qui l'orientions, ayant tendance à ignorer l'enfant si elle devenait une spectatrice trop bruyante. Mais quand elle faisait des commentaires pertinents, avec une touche de sarcasme, comme les adultes vexés sont portés à le faire, Ruth répondait, les paysages se déplaçaient vaguement, les courants changeaient, les vents tournaient — un tremblement de terre juste au delà de la portée des sens — et Ruth devenait une étrangère pour moi ; elle jouait ce rôle, source de joie et d'exaspération, par lequel, de façon générale, elle se définissait. Je me disais : « Elle pourrait aussi être ma mère. Elle a plus du double de mon âge », et je remarquais ses rides, ses mains qui portaient son âge, ses manières, l'abîme entre nous.

Noël arriva avec son désordre de papier d'emballage aux couleurs vives — Ruth me donna un livre expliquant comment voyager partout dans le monde en travaillant : faire les vendanges en France, enseigner l'anglais en Tchécoslovaquie, travailler dans les kibboutz en Israël, comme mannequin au Japon, tondre les moutons en Australie ; moi, je lui offris *Zorba le Grec* de Kazantzakis —, un grand dîner fut organisé avec tout le raffut de cuisine communautaire — je préparai la purée de pommes de terre, avec beaucoup d'ail —, et il y eut quelques visites à Philadelphie entre Noël et le jour de l'An. Ma préparation touristique pour Philadelphie consista à lire un long essai d'Octavio Paz sur *La mariée mise à nu par ses célibataires, même*, de Duchamp. J'ai vu la *Mariée* au Musée d'art avec son broyeur à chocolat et les craquelures dans le verre, accidentelles mais ô combien appropriées! et j'aurais peut-être même pu commencer à comprendre les intentions des célibataires si Tuesday, elle, n'avait pas voulu continuer. Dans les musées, je m'éternise. Avec moi, sa mère aussi avait coutume de s'impatienter. Nous avons vu un film dans une salle de cinéma pas plus grande qu'une boîte à chaussures, dans un centre commercial aussi grand qu'une ville, avec des stationnements qui avaient des horizons (mais, contre toute attente, le film, *Splash*, de Ron Howard, était bon et drôle et j'ai ri comme une folle). Nous avons joué au canasta entre adultes et au Monopoly avec Danny qui a évidemment gagné à tout coup, même quand j'avais des hôtels sur les cases Atlantic, Ventnor et Marvin Gardens, Pacific, North Carolina et Pennsylvania, Park Place et Boardwalk et que c'était moi qui contrôlais les quatre chemins de fer. Ruth m'expliqua que Danny n'aimait pas perdre.

Pendant tout ce temps, j'avais l'impression qu'un cadran à l'intérieur de moi, qui n'avait aucun rapport avec l'année qui s'achevait, roulait vers le 999, que quelque chose était sur le point de retourner à zéro.

Ma chambre faisait face à celle de Ruth. Cela aurait pu laisser sous-entendre quelque chose, mais c'était simplement là que se trouvait la chambre d'ami. C'était une petite pièce dont les murs beiges et nus me donnaient une légère sensation d'oppression, car l'unique fenêtre était si haute qu'il fallait monter sur un escabeau pour voir dehors. Je partageais ce fond de puits avec la machine à coudre. J'en parle parce que je trouve ces machines intrigantes et que je me souviens clairement de celle de Ruth. La nuit, quand j'éteignais la lampe de chevet, la lumière s'infiltrait par la fenêtre et diluait suffisamment la noirceur pour me permettre de distinguer la machine à coudre. Je la contemplais. Quelle silhouette bizarre, sur laquelle on ne pouvait se tromper. Un pivert mécanique. J'avais lu que les machines à coudre étaient des engins très compliqués dont la création avait nécessité beaucoup d'ingéniosité. J'imaginais que le Singer qui avait gagné des millions était le petit-fils pratiquement bon à rien de l'inventeur humble et laborieux dont l'appareil allait libérer des femmes de la classe moyenne du dix-neuvième siècle des corvées ménagères et asservir les gens de la classe ouvrière du dix-neuvième siècle dans des usines, mais je n'en sais rien, je dis ça comme ça. Puis, après d'autres pensées plus floues où j'étais incertaine des mots qui allaient avec les émotions, je m'endormais profondément. N'ayant pas de foyer à moi, je dors toujours bien dans celui des autres.

Pendant plusieurs jours après mon arrivée, Ruth et moi communiquions par des regards et de petits sourires à des moments où ils pouvaient passer inaperçus. Les rares fois où nous nous trouvâmes seules ensemble, nos regards furent plus appuyés, mais nos propos restèrent vagues. Si ces regards avaient pu parler, je ne suis pas sûre de ce qu'ils auraient exprimé. La nostalgie ? Le désir ? La jouissance anticipée ? L'adieu ? Finalement, une nuit, très tard, alors que tout le monde dormait, nos deux portes, tranquillement, s'ouvrirent en même temps, comme deux yeux, et nous restâmes sur le seuil de nos chambres à nous regarder. Je portais un t-shirt, et Ruth une chemise de nuit. Je suis incapable de dire ce qui se passa alors réellement. Le désir était là — si elle m'avait fait signe de venir, j'aurais obéi ; lorsque je reculai dans ma chambre, c'était en partie dans l'espoir de l'y attirer —, il y avait des souvenirs de passion et de peau salée, et il y avait une résistance — j'ai quarante-sept ans, je suis une mère, j'ai une famille, c'est impossible ; j'ai vingt ans, je suis une étudiante, je suis une étrangère, c'est impossible —, mais il y avait autre chose au milieu de ce tourbillon complexe, il y avait une surprise, une petite émotion, comme un présage qui chuchotait en moi : l'ambivalence. À ce moment, je pus voir Ruth globalement, non pas comme une amante turque ou comme une mère de Philadelphie, mais globalement. Et je ne le voulais pas.

Nous nous regardâmes pendant à peu près une minute, sans prononcer une parole. C'était un peu de peur que la moindre syllabe ne réveille Tuesday. Mais y avait-il seulement quelque chose à dire ? Après s'être salués, nos yeux flottèrent quelques secondes, et alors nous retrouvâmes notre ancien regard, les yeux dans les yeux, nos sourires et nos souvenirs se répondant. Puis nous nous quittâmes souriantes et sereines, retournant dans nos chambres et dans nos rôles, elle dans son grand lit hétérosexuel, et moi dans mon incertain lit à une place. C'était terminé. Il faut laisser les choses passer. Je me glissai entre les draps. J'éprouvai un bref regret, une soudaine envie de pleurer. Qu'as-tu fait ? Qu'as-tu rejeté ? Maintenant, va vers elle. Blottis-toi contre elle. Offre-lui tes seins. Lève ta main droite et laisse-la glisser naturellement. Embrasse-la. Non. Arrête. Je me laissai retomber dans le lit. Fixant la machine à coudre, je passai en revue ma confusion.

L'aiguille avait fait le tour du cadran. J'étais revenue à 001.

Lorsque Ruth me conduisit à la gare d'autobus par une journée froide et ensoleillée de la nouvelle année, nous nous embrassâmes doucement sur les lèvres et nous nous fîmes nos adieux avec un sentiment de paix. Je me

souviendrai toujours de Ruth avec beaucoup de tendresse
et je ne leur souhaite, à elle et à sa famille, que du bonheur et de la chance. Graham, que je n'ai jamais rencontré — ce pauvre gamin de dix ans qui a péniblement
atteint la grève en entendant crier : « Vas-y, Graham, vas-
y » pendant que sa mère coulait — a hanté mon imagination pendant des années.

J'ai couché une autre fois avec une femme — c'est elle qui
voulait me séduire et je me suis laissée aller sous l'impulsion du moment —, mais ça ne vaut même pas la peine
d'en parler ; il ne me reste de cet épisode qu'un souvenir
d'ennui et une envie de bâiller. Ruth et Elena ont gardé
leur aura de séduction charnelle, mais dans la partie
musée de ma mémoire, où elles font naître des sourires et
une lueur d'affection plutôt qu'un mouvement de ma
main entre mes cuisses.

Je ne sais pas pourquoi, en tant que femme, j'ai commencé à désirer les hommes. Après un moment de surprise, cela devint une question de sentiment, et j'ai réagi à
ce sentiment, sans réfléchir. C'est une chose étrange que
de questionner le désir.

De l'extérieur, ma vie resta plus ou moins la même. La
crainte d'être suspendue de l'université m'incita à consacrer un peu plus d'énergie à mes études. Je lus *Moby Dick*
en seize heures, couchai mes pensées épuisées (de niveau
B) dans un travail (de niveau C) et obtins un D parce
qu'il aurait fallu le remettre avant Noël (mais mon enthousiasme du premier trimestre envers Emerson,
Thoreau et Hawthorne me sauvèrent de l'échec). J'aimais
bien la philosophie de la religion, mais avec des hauts et
des bas. Berkeley et Hume m'aidèrent à survivre aux premiers modernes. Pourtant, même lorsque mes études
m'intéressaient intellectuellement, je trouvais difficile de

persévérer. D'une certaine façon, elles n'atteignaient jamais leur but. Mes besoins étaient ailleurs.

Je poursuivis mon travail sur ma murale, qui continuait à me donner satisfaction même si, par moments, j'étais tourmentée. Il y avait maintenant une telle épaisseur de fiches sur les murs que je suis sûre que cela m'isolait du monde extérieur plus que les murs de liège de Proust ne l'avaient fait. Je n'étais pas plus près de produire une œuvre de fiction viable, mais c'était là une observation que je ne me donnais jamais la peine de faire, même si je passais davantage de temps à regarder dehors par la fenêtre.

Pendant ma première année, de timides puceaux avaient coutume de traîner dans ma chambre pendant des heures, sans se décider ni à partir ni à faire un geste vers moi, ce qui faisait mon affaire, car je n'avais aucune envie de coucher avec un garçon. J'appréciais toutefois leur compagnie, puisqu'ils m'empêchaient de penser à Elena. Les plus audacieux, les plus vieux, qui exprimaient leurs intentions de façon plus explicite, je les envoyais paître avec des éclats de rire et des reparties spirituelles qui, répétées quelques fois, mettaient fin à leur insistance. Je dus me faire ainsi une réputation de fille difficile à conquérir.

Mais, là, j'aurais voulu que certains d'entre eux reviennent, aient l'idée de remonter la rue de la prison municipale pour me rendre visite. La plupart de mes amis étaient malheureusement de sexe féminin, et les autres étaient irrévocablement gais. Un jour, je demandai à Joe s'il avait déjà couché avec une femme.

« Ouache ! Quelle idée répugnante !

— Et avec un cochon, Joe ? T'as déjà baisé avec un cochon ?

— Non. Mais une fois, j'ai essayé de sodomiser un chien d'élan norvégien. Au camp, dans les douches. Au premier glapissement, je l'ai laissé aller. C'était terrible d'être puceau. »

Mon absence d'engagement romantique commençait à me peser. Indépendante... de quoi ? Libre... pour quoi ? Quelle stupidité ! Je considérais qu'avoir une relation intime avec quelqu'un était la seule source de bonheur significative. Les aspects excessivement sentimentaux, gluco-romantiques des amours de mes colocataires ne me dégoûtaient plus. Je vivrais cela différemment, voilà tout. Davantage comme Joe et son ami Egon, libre de rôles prédéterminés.

N'ayant jamais désiré d'hommes avant, je me mis à déterminer ce qu'exactement je trouvais désirable en eux. La situation était étrange. J'étais allée au bout d'un processus d'induction où j'avais atteint le général — les hommes — sans aucune référence au particulier. Je me mis à la recherche du particulier. Je pris conscience, d'une façon précise, du physique et de la symétrie des hommes, de leurs manières, de leur sourire, de leur démarche, de leurs cheveux. Je scrutai mes souvenirs, examinant sous un éclairage nouveau les hommes qui s'y trouvaient. Je commençai à prêter attention aux regards des hommes, ces regards harcelants que les hommes lancent aux femmes. Je considérais chacun d'eux, même une fraction de seconde, pour voir ce qu'ils avaient à offrir.

La plupart du temps, mon imagination alimentait ma vue : mes yeux étaient les témoins et mon imagination leur servait de conseiller proche. Mais dans ce cas-ci, mon imagination était presque vide et, pour être allumée, c'est elle qui avait besoin d'être alimentée. L'unique avis qu'elle pouvait donner à mes yeux concernait un fermier turc rencontré une seule fois dans un autobus, un corps velu et fort et pourtant souple, avec une belle tête et un pénis en érection au milieu d'une broussaille de poils, quelque chose au contour vague mais qui avait produit sur moi un effet précis. Ce tison unique luisait dans mon esprit d'un éclat vermillon.

Je me trouvais à la bibliothèque du campus principal, blottie dans un fauteuil confortable, un livre que je ne lisais pas ouvert sur les genoux. Je remarquai un étudiant, mal rasé et échevelé, qui regardait les volumes sur les rayons. Il portait de petites lunettes à monture dorée et un assortiment de vêtements qui semblaient lui être tombés dessus au cours d'une tempête plutôt que d'avoir été choisis intentionnellement. Il était un peu plus de quatorze heures et ma journée avait commencé plus de six heures auparavant ; lui, il avait l'air de s'être levé une minute plus tôt et de s'être réveillé quarante-cinq secondes plus tard. Il se balançait d'avant en arrière sur ses pieds, jetant un coup d'œil aux titres des bouquins. À voir son expression, on aurait dit que les livres lui hurlaient des choses. Il était mince et beau, avec ses cheveux blond cendré en désordre. Sentant peut-être mon regard posé sur lui, il tourna légèrement la tête et me sourit. Je lui rendis son sourire. Chuchotant presque, il me dit : « C'est plus facile dans une église. Il n'y a qu'un seul livre.

— Tu devrais essayer à la piscine. Pas de livres du tout. »

Il rigola et se retourna, poursuivant sa recherche. Après quelques minutes, il choisit trois livres. Et en partant : « Salut. » Avec un autre sourire.

Je m'aperçus combien j'étais allée loin lorsque la pensée de l'embrasser, et d'être en retour embrassée par lui, ne fut plus seulement concevable mais intensément désirable. L'embrasser, *lui* — non pas un homme abstrait, mais précisément, particulièrement, *lui*. Le voir, *lui*, nu et me désirant et me le faisant clairement comprendre. Mon cœur se mit à battre plus fort. Je serrai mes cuisses.

C'est ainsi que mon imagination prit possession des hommes.

L'un des signes du printemps à Roetown — ou l'un de ceux que je voyais le plus vite, plus vite que les bourgeons dans les arbres — était l'apparition d'affiches et de brochures annonçant «Images canadiennes». Ces mots inscrits en couleurs vives, avec l'année habituellement en forme de boucles de pellicule, me disaient que le froid et l'hiver seraient bientôt finis.

«Images canadiennes» était une semaine de culture cinématographique qui envahissait tous les endroits disponibles à l'université et en ville. Elle venait et s'en allait comme une ondée printanière. Pendant cette semaine, les nuages étaient de celluloïd et, accompagnés du cliquetis furieux des projecteurs, ils déversaient des tombereaux de films sur la ville.

Chaque année, j'achetais un programme et je l'étudiais attentivement, essayant de deviner, à partir des mots, à quoi ressembleraient les images. Ce processus d'élimination était parfois facile, parfois ardu. Le résultat se retrouvait sur une grande feuille de papier où j'avais écrit un horaire chargé, une prouesse de diplomatie qui conciliait les impératifs de l'intérêt, du transport et de la faim. Le laissez-passer du festival à la main, me pardonnant à moi-même de manquer mes cours et même de ne pas nager ni écrire, je disparaissais. Même si les journées allongeaient et qu'elles étaient plus claires à cette époque de l'année, pour moi, il faisait noir à midi — et même, certains jours, de dix heures à vingt-deux heures. Affamée, épuisée, les yeux douloureux et mourant d'envie de faire pipi, je restais assise à absorber des films de tous les genres imaginables. Il n'y avait qu'un seul critère pour qu'un film soit présenté dans le cadre de ce festival : il devait être canadien. Peu importait son sujet ou sa longueur.

Ce qui tremblotait sur l'écran allait du documentaire
sérieux au film d'art et d'essai insolite, du réaliste au
surréaliste, du film d'une minute au long métrage, vraiment tout ce qui avait été fait dans l'ombre canadienne de
l'Amérique. Il y avait en réalité peu de longs métrages, ce
genre de production orchestrale n'étant pas dans les
moyens de la plupart des réalisateurs canadiens. Et ceux
qui étaient présentés étaient d'habitude affreux — de
pâles imitations bon marché des formules américaines. La
majorité des films étaient des courts et des moyens métrages — des solos et des pièces de musique de chambre,
pourrait-on dire —, alimentés par l'originalité et par la
passion plutôt que par les dollars. Et destinés à l'oubli des
limbes. Car en dehors d'un ou deux festivals, ils ne
seraient jamais présentés nulle part.

Et c'était vraiment dommage. À « Images canadiennes », j'ai vu d'obscures œuvres qui brillent depuis
dans ma mémoire.

Un homme se pencha vers moi et me chuchota : « Le
prochain est de moi. »

Son film s'intitulait *Flocons de neige*. Il ne comportait
ni intrigue, ni texte, ni musique. L'homme qui était à côté
de moi avait pris des centaines de gros plans de flocons de
neige et il les avait montés ensemble. Trois ou quatre
passaient à chaque seconde. Comment il avait réussi à
grossir ses starlettes sans qu'elles fondent sous la chaleur
de son attention, je l'ignore. Mais il l'avait fait, c'était là,
en séquence : cinq cents photos de flocons de neige.
Chaque flocon était pur, précis et délicat, et pourtant
assez puissant pour morceler la lumière, de sorte que des
pointes de couleur spectrale étincelaient ici et là. Chacun
des cristaux était de la même taille et avait six pointes,
mais là s'arrêtaient les ressemblances. Les variations con-
figuratives — dans les barbelures, dans les éperons, dans
les hexagones concentriques — étaient toutes parfaite-

ment géométriques et apparemment infinies. Est-il vrai que les flocons de neige sont des individus uniques, tous différents les uns des autres ? Après trois minutes, lorsque ce fut fini, je demandai à l'équipe de production à côté de moi si c'était vrai.

« Je ne sais pas, répondit-il. Il y en avait tellement. »

Il continuait à fixer l'écran, à présent blanc. Il était manifestement captivé par son propre travail. Il y eut des applaudissements — pas assez pour faire une cascade, mais quelques bonnes gouttes sonores, je dirais. Il ne sembla pas s'en apercevoir. Je trouvai cela touchant. Il n'avait pas besoin d'autre spectateur que lui-même. Il avait accompli quelque chose, il trouvait ça beau, il était heureux. Un acte créatif parfaitement circonscrit. Comme les lumières baissaient pour le film suivant, il se leva pour partir. Je me penchai et lui dis : « C'était très bien. J'ai beaucoup apprécié.

— Oh ! merci ! »

Il resta une seconde immobile.

« Je travaille maintenant sur le sable », me révéla-t-il. Ensuite, il grimpa les marches comme un fou avant qu'il fasse noir. J'aimerais pouvoir dire qu'il avait un bon emploi le jour, qu'il était dentiste, mais je n'en sais rien.

Un autre joyau de moins de dix minutes était intitulé *Une étude sur les dommages causés aux dictionnaires par les armes à feu*. C'était filmé en noir et blanc, avec cette déchirante précision visuelle que l'absence de couleur semble conférer aux objets. Une pièce de musique de chambre, douce et introspective, était jouée en sourdine du début à la fin. Elle n'était pas à l'abri d'autres bruits — elle était noyée chaque fois qu'éclatait le tonnerre d'une arme à feu —, mais elle revenait toujours, aussi calme qu'un chuchotement, et avec une insistance magnétique analogue.

Le film remplissait les promesses de son titre. Sur un piédestal au milieu d'un champ, le *Shorter Oxford*

Dictionary of the English Language se tenait comme un soldat au garde-à-vous. Apparut dans notre champ de vision un homme vêtu d'un sarrau de laboratoire et tenant un fusil de chasse dans ses mains ; il se plaça à une distance d'environ un mètre trente et il fit sauter le dictionnaire. On entendit un rugissement féroce, comprimé, comme celui d'un lion en colère qui n'aurait disposé que d'une seconde pour s'exprimer. Le bouquin, qui devait bien peser cinq kilos, vola dans les airs et s'écrasa au sol. Des papillons de papier se mirent à voltiger et à danser. L'explosion fut montrée de nouveau, cette fois au ralenti, cet élixir cinématographique de la vie qui donne à une seconde une vie de vingt secondes. Tout était clair : le recul du fusil, la tension sur le visage de l'homme qui ferma involontairement les yeux, le vomi flou qui émergea de la gueule du fusil et se dirigea vers le dictionnaire, les plombs entrant en collision avec la couverture avant et celle-ci qui fut alors pulvérisée, le livre qui partit en tressautant le long d'une ligne horizontale, l'explosion de papier, l'écrasement lourd, gauche, sur le sol, un écrasement qui aurait brisé les os d'un humain. Et cette musique pour instrument à cordes, lancinante.

Dans les minutes qui suivirent, nous fûmes les témoins d'exécutions similaires avec une variété de fusils, de revolvers et de carabines de chasse. Chacune des armes à feu semblait plus terrifiante que la précédente. La dernière arme était une machine qui avait davantage l'air dirigée par l'électronique que par de la poudre à canon, avec une chambre bizarre, une mire télescopique et la plus mignonne gâchette qu'on puisse imaginer. En tirant, elle ne produisit qu'un *toc* retenu.

Le film se termina sur des gros plans des dictionnaires blessés, couchés sur une table blanche, à côté des armes qui les avaient abattus. Les mutilations variaient. Certains dictionnaires étaient des cadavres sans visage allongés sur le dos. D'autres avaient perdu leur dos et gisaient gauchement sur le côté. Un petit nombre n'avaient l'air que modérément blessés, mais ils avaient d'importantes plaies internes. Le dernier dictionnaire, celui qui avait été touché par le fusil à la détente apparemment anodine, était à peine plus qu'une couverture dévastée à laquelle adhéraient des bouts de pages. Le reste du corps, ce qu'on en avait retrouvé, était pratiquement réduit en poudre.

Le générique révéla que la pièce pour instrument à cordes était de Schubert. Le film s'acheva par cette dédicace : *À la mémoire de Marie-France Desmeules.*

C'est pendant « Images canadiennes » que je fis la connaissance de Tom. Tom des dix journées de plaisir. J'arrivai pour la présentation de trois moyens métrages à l'amphithéâtre Tecumseh, la salle la plus vaste d'Ellis, au moment où l'on baissait l'éclairage. C'était, je crois, le troisième jour du festival. Je ne me rappelle pas quelle heure il était ; mon esprit s'était déjà adapté aux ténèbres éternelles de l'Arctique. Je parcourus rapidement l'amphithéâtre des yeux à la recherche d'une place. Le public était nombreux. Je vis une main qui s'agitait. C'était Joe ; il y avait un siège libre à côté de lui. Lorsque j'arrivai à ma place, il faisait noir comme chez le loup, et c'est la main tendue de Joe qui me guida.

« Allô, mon chou, chuchota Joe.

— Allô, ma biche. Merci pour la place. »

Nous nous faisions toujours ce genre de salutation.

« Allô, mon amour. »

Ah ! tiens. C'était Egon.

« Allô, Egon. Je ne t'avais pas vu.

— C'est là mon triste sort, répondit-il.

— Salut, chuchota une autre voix, inconnue.

— Salut », répondis-je dans le noir.

Le film commença. Une petite comédie vraiment marrante. Un jeune homme en regarde un autre couché dans un lit. « Frank », dit-il en le réveillant, « il y avait une assiette sale dans l'évier. J'en ai assez. Je te quitte.

— Quoi ? » demande Frank. Il se redresse et, d'une voix sans expression, en nous regardant fixement, il commence une tirade sur la nature imprévisible des rapports humains. Les anneaux de Saturne, ce qu'on fait des rognures d'ongles d'orteils, les gestations continuelles des hippocampes mâles, les fossettes qui réduisent la résistance aérodynamique des balles de golf, l'importance d'avoir une bonne posture, la dentition de Buster Keaton et l'histoire des beignets en Amérique du Nord étaient tous mentionnés de façon tout à fait pertinente.

Entre l'histoire de Frank et de son ami tatillon et le film suivant, il y eut une pause pendant laquelle on alluma les lumières. Je fis la connaissance du voisin d'Egon, cet inconnu qui m'avait saluée, Tom. Il tendit la main et je la serrai. Il venait d'Halifax et il logeait chez Egon et son colocataire. Il fréquentait l'Université Dalhousie et travaillait pour un cinéma de répertoire qui, grâce à une commandite partielle de l'agence de voyages locale, avait... — mais on éteignit les lumières, et c'est étrange comme la noirceur est une entrave au discours, comme si les mots prononcés avaient une couleur.

Un film se déroula, avec moins de succès que le précédent, puisque je l'ai complètement oublié, et j'appris que son cinéma de répertoire l'avait délégué pour évaluer la récolte de films canadiens de l'année. Il devait en voir le plus grand nombre possible et choisir ceux qui seraient présentés au cinéma Slocum-Pocum d'Halifax (je demandai d'où venait ce nom. Joshua Slocum fut le premier homme à faire le tour du monde en solo dans son bateau de trente-sept pieds, le *Spray*, dans les années 1890 ; il était originaire de Nouvelle-Écosse). Tom avait un horaire encore plus chargé que le mien. Je lui demandai s'il avait vu *Une étude sur...* mais les lumières baissaient et ce tyran de Joe nous sommait de nous taire.

« Le film sur les dictionnaires ? demanda Tom comme les lumières se rallumaient.

— Oui.

— Je l'ai adoré. J'ai déjà écrit au réalisateur. C'est sûr que nous allons le présenter. »

Joe et Egon ne l'ayant pas encore vu, nous dûmes expliquer de quoi il s'agissait. Ils jouèrent les difficiles, mais Egon admit qu'il aimait Schubert. Joe, qui n'avait pas d'oreille et que la connaissance et l'appréciation de la musique ennuyaient, rétorqua : « Eh bien, moi, rien à faire, je préfère le *Webster* à l'*Oxford* ! J'adore la modernité. Je regrette. » Il regarda Egon et détourna les yeux. Si les regards étaient des hameçons, celui de Joe aurait été gros et aiguisé, un ver dodu et bien juteux y aurait été accroché, avec ses pouces sur les tempes, agitant les doigts en psalmodiant : « Essaie de m'attraper, na-na — na-na-na. » Egon ouvrit grand les yeux et goba le tout. « Écoute, Jo-Jo, écoute, tu as beau être aussi musical qu'une boîte de thon, ce n'est pas une raison pour dénigrer l'*Oxford* », dit-il, et les voilà lancés, à partir de rien, dans une discussion polémique sur les mérites des différents dictionnaires, Ti-Joe-Connaissant-Usage contre Ti-Egon-Connaissant-Principes-historiques, avec, pour faire bonne mesure, quelques directs du droit portés au pauvre Schubert, et, le film suivant commençant, ce fut à mon tour de les faire taire.

Ce film, c'est à peine si je le regardai. J'avais l'esprit ailleurs. Je pensais à Tom. Des pensées vagues, émoustillantes.

À la fin du film, nous nous levâmes tous les quatre.

« Je pense que nous sommes saturés de pellicule pour aujourd'hui, déclara Egon.

— Oui », approuva Joe.

Après à peine une fraction de pause incertaine, que je fus peut-être la seule à ressentir, ils étaient partis, juste bébêtement contents d'être ensemble, se fichant complètement des dictionnaires. Egon se tourna et demanda : « Tu as bien une clé, Tom ? » Celui-ci hocha la tête. Egon sourit et agita la main et nous restâmes plantés là tous les deux.

« Quel film vas-tu voir maintenant ? » demandai-je, ayant déjà préparé ma réponse, « Oh ! moi aussi », même si ce devait être le documentaire sur la pomme de terre de l'Île-du-Prince-Édouard une deuxième fois.

« Euh… je pensais aller voir *Les guerres* », répondit-il en dépliant son programme.

« Oh ! moi aussi ! »

Ce qui était la vérité. Il s'agissait de l'un des clous du festival. Le réalisateur Phillips et l'auteur Findley avaient été invités. Le film était présenté au centre-ville. Il fallait prendre l'autobus.

« Parfait. »

Sans ajouter un mot, aussi simplement que ça, nous commençâmes à marcher ensemble, et nos pas s'accordaient parfaitement.

Nous parlâmes, entreprenant cette tâche curieuse et exigeante qui consiste à rencontrer une nouvelle personne et à essayer de deviner sa personnalité à partir de quelques paroles. Il était très bien organisé, dit-il, il fallait qu'il le soit. À la fin de chaque journée, il s'asseyait pour écrire aux réalisateurs et aux distributeurs dont il voulait les films pour le Slocum-Pocum. Je vis sa pile de lettres, parfois dix par soir ; sur la machine à écrire portative qu'il avait apportée, il les tapait impeccablement sur du papier à lettres portant l'en-tête Slocum-Pocum (Joshua sur son sloop, sa main sur le gouvernail, mais c'était un projecteur et la voile était un écran. « On ne le distingue pas, mais c'est censé être *Citizen Kane* sur l'écran », me dit Tom).

Le papier était épais et raide («cadeau d'une compagnie») et conférait aux enveloppes un aspect lourd et spongieux. Le réalisateur de *Flocons de neige* serait ému en recevant une telle enveloppe. Tom n'avait pas vu le film, mais il me crut sur parole quand je lui dis qu'il en valait la peine. Je me portai volontaire pour lécher les timbres.

Après *Les guerres* (plutôt médiocre), Tom allait voir un film que j'avais vu le premier jour — j'avais fait l'erreur de le dire. Le fait de retourner le voir deux jours plus tard aurait forcé la crédibilité du hasard, alors nous nous dîmes au revoir. J'ajoutai que, étant tous deux de si avides cinéphiles, nous allions sans doute nous retrouver face à face le lendemain.

«Ce serait génial», dit-il (ce à quoi je donnai tout de suite du poids. Non pas *Ouais*, ou *Peut-être bien*, mais *Ce serait génial*. Fantastique).

Il était un peu plus petit que moi, d'à peu près deux centimètres. Il avait des cheveux noirs, drus, des yeux sombres et brillants et un sourire fugace. Il était un tantinet dodu, mais d'une manière agréable ; son ventre avait davantage l'air d'être le centre de quelque chose, ce qui convient tout à fait à un nombril, que d'être trop gros. Ses membres étaient bien attachés et bien huilés, je veux dire par là qu'il bougeait d'une façon parfaitement naturelle, ce que je n'avais jamais réussi à faire. Il était plus âgé que moi, il avait vingt-deux ans, il était en quatrième année d'université, en sciences politiques, il aimait Bergman, Buñuel et Cocteau, et j'avais des vagues dans le ventre quand je songeais à lui d'une certaine façon.

Le lendemain, c'est lui qui m'aperçut le premier. Il était à peu près deux heures, nous sortions d'un film exécrable mettant en vedette Donald Sutherland. Ce grand artiste devait avoir désespérément besoin d'argent pour avoir accepté de jouer le rôle d'un membre de la police montée, avec son uniforme rouge et noir et son cheval.

Un scénario stupide, des dialogues pauvres, des personnages de carton, d'insultants stéréotypes, des émotions fausses, une intrigue invraisemblable, des décors à l'air fabriqué, des fronts luisants, une musique sirupeuse… il n'y avait que le plaisir de voir et d'entendre Donald Sutherland. J'étais en train de réfléchir au film, au comment et au pourquoi de sa piètre qualité, lorsque j'entendis une voix, sa voix, m'appeler. Je me tournai. Deux sourires, le sien, apparu et disparu en un instant, et le mien, qui dura un peu plus longtemps. Nous eûmes immédiatement tant de choses à nous dire. Il était arrivé en retard, ce qui expliquait pourquoi je ne l'avais pas vu. Nous nous mîmes à éreinter le film avec une joie féroce. Réunissant nos deux esprits, nous découvrîmes encore d'autres défauts outrageants. Les prouesses équestres ! Le personnage dont l'une des bottes avait perdu un talon ! La coutellerie dont le style avait un siècle d'avance ! Mon Dieu, ce film était le pire navet de toute l'histoire du cinéma ! Pire encore que *The Sudsy Massacre* dont j'avais parlé à Tom.

« Mais je dois évidemment l'avoir pour le Slocum-Pocum, dit-il.

— Quoi ? !

— Bien sûr. Donald Sutherland est né en Nouvelle-Écosse. »

Ah ! oui. Plus tard, Tom me fit parvenir le programme mensuel du Slocum-Pocum. Le baratin publicitaire se lisait comme suit : « Venez voir Donald Sutherland dans son plus mauvais film ! Un grand acteur dans une horrible production canadienne. Il n'y a rien de valable dans ce film, à part le jeu de ce fils de la Nouvelle-Écosse. Voyez la terrible solitude d'un génie. Voyez-le aux prises avec la nullité. À voir absolument ! »

Nos horaires concordaient sans effort. Nous avions souvent la même opinion sur les films. Lorsque ce n'était pas le cas, c'était encore mieux : nous nous jetions sur le film comme deux chiens qui veulent le même os. Tom était exceptionnellement loquace, autant que moi, je dirai. Nous célébrâmes le poulet de caoutchouc du *Charme discret de la bourgeoisie* et eûmes de joyeuses prises de bec à propos de *La grande illusion*, du *Dernier tango à Paris*, de Kubrick, du *Tambour*, d'Otto Preminger.

Un vendredi soir — il faisait chaud —, nous renonçâmes au cinéma. Il y avait une rétrospective de Claude Jutra, mais nous avions tous deux déjà vu *Mon oncle Antoine*. Nous allâmes plutôt dîner chez Egon (ce qui me rappelle que j'avais apporté un poêlon de fonte que je n'ai jamais récupéré). Il y avait Egon et son colocataire Terry (hétéro), Joe, Tom et moi. Egon prépara une délicieuse pizza garnie d'aubergines frites, de poivrons rouges et de fromage de chèvre, je concoctai une authentique salade César, Tom apporta trois bouteilles de vin rouge californien, Joe fit une merveilleuse tarte au caramel et aux pacanes, et, grâce à la marijuana de Terry, la vaisselle sale fut lavée comme dans un rêve. C'était une soirée merveilleuse. Je n'ai jamais eu l'instinct grégaire et d'habitude je redoute la cordialité planifiée, mais je me rappelle cette soirée comme l'une des plus chaleureuses auxquelles j'ai participé.

Nous parlâmes de peinture. Joe était peintre, il était même un très bon peintre. Lorsqu'il parlait de ses tableaux, il était sur la défensive, il le faisait habituellement avec une arrogance hargneuse, avec les arias d'un jargon artistico-théorique dénué de sens. Mais, ce soir-là, nous étions à l'aise, réceptifs et défoncés ; nous tournâmes le canapé pour faire face à l'une de ses meilleures toiles — le portrait d'une oreille peint à l'acrylique dans de riches couleurs — et, pour une fois, Joe s'exprima en mots simples, ordinaires et directs. Le tableau était peint dans des tons de chair, d'ocre, d'amande brûlée et de noir. Au centre de l'oreille, tout au fond, une chaise minuscule était dessinée, symbole d'attente, expliqua Joe ; une chaise vide est une « chaise qui attend, une chaise nostalgique ».

Aux environs de deux heures du matin, nous étions tous en train de nous endormir sur le canapé. Je parvins à me relever et j'annonçai mon départ. J'arrivais à peine à garder les yeux ouverts. Tom proposa de me raccompagner chez moi. J'acceptai avec un empressement somnolent. Je ne sais pas exactement à quoi je pensais, mais je pensais.

Tout en marchant dans les rues calmes et désertes de Roetown, nous reprîmes des forces. L'air était agréablement frais. Nous nous arrêtâmes pour regarder quelques églises.

Lorsque nous commençâmes à gravir la butte derrière laquelle j'habitais, mon cœur se mit à battre très fort. Et maintenant, quoi ? J'étais terriblement nerveuse.

Nous arrivâmes devant chez moi.

Je vis qu'il y avait de la lumière dans le salon. Quelqu'un était encore debout. Je me sentais insupportablement intimidée. Que faire de cet espace entre nous ? Où poser mon regard ? Je pointai du doigt la fabrique de gruau et la prison avec sa caméra pivotante — sans grand intérêt au milieu de la nuit, sauf quand le silence est l'ennemi.

Je réussis à poser ma question alors que nous nous penchions sur le passionnant sujet des pissenlits — la petite pelouse en comptait cinq ou six.

« Veux-tu... » qu'est-ce que j'ai à frotter le trottoir comme ça avec le côté de ma chaussure ? — « entrer prendre... » — est-ce que je vais me décider à le regarder ? — « une tasse de thé ?

— J'en serais ravi. »

Bien, un répit. À présent, nous pouvions nous taire et parler normalement. Nous montâmes les marches de ciment.

Dans le salon, en plus de la lumière, il y avait de la musique, un disque appartenant à Sarah, un groupe folk-rock britannique. «*Everything But the Girl*», dit Tom, ce à quoi je répondis : «En effet.» Sarah avait une chaîne stéréo antique, avec une tige au centre et un bras de plastique permettant de faire tourner plusieurs disques d'affilée. Bon marché mais fidèle. Opiniâtre, en fait ; parfois, elle démarrait toute seule. Cette nuit-là, par exemple. Spanakopita, ce chat irascible, était installé sur le sofa. Comme Martin, le dernier amoureux en date de Sarah, et son plus tendre, n'éprouvait aucune tendresse pour les chats, lorsqu'il passait la nuit à la maison, Spanakopita était mis à la porte de la chambre de Sarah, ce qui provoquait généralement un drame en trois actes : le fauve commençait par miauler, il aiguisait ensuite ses griffes sur le sofa, il terminait avec du terrorisme scatologique (l'ayant appris par expérience, je fermais toujours la porte de mes pièces). Nous arrivions manifestement au deuxième acte. Spanakopita pétrissait et griffait méthodiquement le canapé.

Pourtant, ma première pensée fut «N'est-ce pas adorable ?» et je souris. N'est-ce pas adorable de rentrer chez soi à deux heures du matin et de trouver cette ambiance charmante : l'éclairage tamisé d'une ampoule de quarante watts, une musique de guitare acoustique avec une fille qui chante et personne en vue ? Mais lorsque Tom s'exclama, ravi : «Oh ! un chat !» je répondis qu'à sa place j'éviterais de toucher à ce félin enragé.

Je me souviens clairement de ce «N'est-ce pas adorable ?» Ce fut une petite émotion qui s'exprima puis qui me submergea. C'est à ce moment-là que je pris cette décision catégorique : je voulais coucher avec Tom. Je fus heureuse de nous voir retirer nos chaussures et marcher en chaussettes à pas feutrés.

Nous allâmes dans la cuisine préparer du thé, ce rituel simple et réconfortant. Munis d'une théière pleine et de deux grosses tasses, nous nous dirigeâmes vers le salon. Spanakopita était toujours dans le même état d'esprit et, comme il avait encore le regard déterminé d'un chat en train de mijoter des coups pendables, nous préférâmes nous installer sur le sol. J'étais adossée au canapé. Nous étions en pleine forme et prêts à tenir le coup pendant encore des heures.

Pendant que le côté A d'*Everything But the Girl* jouait et rejouait sur le stéréo, nous parlions de tout et de rien, de la vie future, de la vie passée. Lorsque la conversation tomba sur le sujet des parents, et que je dis que j'avais perdu les miens, Tom se tut. J'interrompis son silence en disant que ça allait, et qu'est-ce que ses parents faisaient? Son père était enseignant et sa mère était présidente de la Société humanitaire d'Halifax. À ce moment précis, lorsque la Société humanitaire d'Halifax fut mentionnée, Spanakopita sauta du sofa et s'éloigna silencieusement. Il était sur le point d'entamer le troisième acte. Je me dis que si j'avais oublié de fermer la porte de ma chambre et que ce chat chiait encore sur mon oreiller, je l'expédierais dès le lendemain matin à la Société humanitaire de Roetown.

Tom se leva pour refaire du thé. En revenant, il déposa la théière sur le sol à côté de moi et s'assit sur le canapé, sa jambe confortablement appuyée contre mon épaule.

« Tiens, je vais te donner un massage », dit-il en passant sa jambe par-dessus moi de façon à être assis directement derrière moi.

Je sentis ses mains rassembler mes cheveux, ses doigts frôler ma nuque. Je levai les bras et, avec mes mains, je retins mes cheveux sur le sommet de ma tête, offrant aux siennes mon cou et mes épaules.

Je poussai un soupir de plaisir sonore lorsque je sentis ses doigts presser, explorer et dessiner des cercles en maniant le crucifix de mes épaules et de ma colonne vertébrale. Je me redressai, il se rapprocha. Je posai mes bras sur ses genoux. Il travaillait de l'est à l'ouest jusqu'à mes bras, au nord jusqu'à un peu plus loin que la ligne de mes cheveux, au sud jusqu'à ce que ça commence à me chatouiller, et en rond sur mes trapèzes, ces muscles qui semblent tenir l'univers ensemble. C'était si relaxant que je sentais mes quatre points cardinaux se distendre, une sorte d'écartèlement profondément agréable. J'avais conscience que c'étaient les doigts de Tom qui jouaient le long de mes épaules. Chaque fois qu'ils passaient au-dessus d'une bretelle de mon soutien-gorge, je me demandais à quoi ils pensaient.

Après un long moment, une fois que le thé fut refroidi, il s'arrêta et ses mains reposèrent contre ma nuque. Deux de ses doigts me gratouillaient nonchalamment. Je laissai tomber mes bras autour de ses jambes.

«Je suis complètement crevé», dit-il. Il inclina la tête, posant son menton sur le sommet de la mienne. Jouant pour tenir ce poids en équilibre, J'eus une vision d'une fille du tiers-monde portant une cruche d'eau.

Se précipitant au-devant de moi, me devançant, mon cœur se mit soudain à battre très fort, adoptant le rythme qu'il fallait pour faire vibrer tout mon corps, comme cette brise douce qui fit s'effondrer un gros pont suspendu aux États-Unis. Je bougeai pour rompre le rythme.

«Tu peux passer la nuit ici si tu veux», dis-je calmement, sur un ton que je m'efforçai de faire ressembler à une valise, d'aspect neutre et au contenu différent selon la destination.

«Ce serait bien», répondit-il en posant ses lèvres sur le dessus de ma tête. Ce que je ressentis comme un écho.

J'étais divisée également entre le choc et l'excitation.

«Viens, allons nous coucher», repris-je en prenant sa main dans la mienne, sans toutefois le regarder directement.

J'eus la présence d'esprit — lequel, d'autre part, se dissolvait rapidement — de débrancher la chaîne stéréo. Nous montâmes l'escalier sur la pointe des pieds, moi devant. Spanakopita n'était pas sur le palier, et la porte de ma chambre était fermée.

Je l'ouvris, nous entrâmes, je fermai à clé derrière nous. À mon oreille, le cliquetis du mécanisme disait : *Voilà, ça y est.*

Je me tournai vers lui, nous sourîmes, il s'approcha et m'embrassa sur la bouche.

C'est un homme, ceci est de l'homosexualité, je suis un homosexuel. C'est la pensée qui m'avait traversé l'esprit dans le salon lorsque Tom avait embrassé le sommet de ma tête, et qui commença à courir dans ma tête dès que nos lèvres se touchèrent. J'étais adossée au mur, Tom était contre moi, il ne m'écrasait pas mais il était indéniablement là, une main sur mon épaule gauche, l'autre sur le mur. Le contact un peu rugueux de sa peau, la sensation de son corps contre le mien, sa façon d'embrasser, tout cela était si différent de Ruth, le rythme plus rapide, l'exploration un peu furieuse : *C'est un homme. Ceci est de l'homosexualité. Je suis un homosexuel.* C'est fou, je le sais bien. Nous étions en train d'accomplir un acte hétérosexuel parfaitement normal, et même banal, mais ça revenait, encore et encore, *c'est un homme, ceci est de l'homosexualité, je suis un homosexuel,* même si cette impression de faire quelque chose d'interdit n'interdisait rien, mais mes jambes tremblaient et j'avais besoin d'air. J'interrompis le baiser et m'écartai légèrement, tout en gardant mes mains sur ses épaules.

« Tu es nerveuse, dit Tom.

— Je... » — silence... — « C'est... » — silence... — « ma première fois. »

Si j'attendis quelques secondes avant d'ajouter : « Mais ça va », je le pensai cependant tout de suite.

Je me rapprochai encore de lui et je l'embrassai, ma langue dans sa bouche.

Ses mains coururent sur mon corps. Je plaçai les miennes sur sa poitrine, sa poitrine indiscutablement masculine.

Il déboutonna mon chemisier et le fit glisser. J'enlevai mon soutien-gorge.

Il retira sa chemise. Il avait la poitrine poilue. *C'est un homme. Ceci est…*

Nous nous enlaçâmes de nouveau, sa peau chaude contre ma peau chaude. Mes mamelons étaient dressés et je les sentais frôler son torse. Ses poils étaient doux. Il pressait une de ses jambes entre les miennes. Je sentais que j'étais mouillée, ce besoin particulier d'attention qui se manifestait au bas de mon corps. Mon cœur allait-il cesser de battre si fort? Est-ce que Tom m'embrasserait là, en bas? Il pencha sa tête vers mes seins. Il les caressa tour à tour avec ses mains, légèrement froides, puis avec sa bouche — un écart de température.

Je mis une main entre ses jambes et je pressai. C'était dur. Tom recula et commença à enlever son pantalon. Il retira d'un seul mouvement pantalon et slip et les envoya valser d'un coup de pied. En deux mouvements, ses pouces comme des crochets, il se débarrassa de ses chaussettes.

Je ne pouvais détacher mes yeux de ce que je regardais. Sous une petite touffe bien dessinée de poils noirs et broussailleux se dressait son pénis en érection. Je respirais par brèves inspirations intenses. Je tendis mécaniquement la main. Entourai. Serrai. Fis un mouvement de va-et-vient. C'était si chaud! Presque brûlant. Je ne pouvais plus me tenir debout. J'allais tomber, et si ce n'était pas sur le lit, ce serait sur le sol.

J'enlevai rapidement ce qui me restait de vêtements, j'arrachai le drap de dessus et m'effondrai sur le lit. Il s'allongea à côté de moi.

Nous roulâmes dans les bras l'un de l'autre, pressant nos corps, nous caressant, nous embrassant. Je sentais chacun des contacts de son sexe dur et brûlant. Je le repris de nouveau dans ma main et je me redressai pour le regarder. Je fis doucement bouger la peau molle qui en exposait et recouvrait la tête.

« Je n'ai pas de préservatif, murmura-t-il.

— Moi non plus. »

Ma fertilité ? C'était le dernier de mes soucis. La perspective de tomber enceinte me semblait irréelle. Je n'arrivais pas à l'imaginer. D'ailleurs, il était absurde de penser que cette chose puisse entrer en moi : c'était définitivement trop gros pour s'ajuster confortablement, peu importe combien j'étais mouillée et combien j'avais envie qu'on s'occupe de cette partie de mon corps, et le plaisir que cela me procurerait me semblait douteux. Un doigt, une langue, voilà tout ce dont j'avais besoin.

Je pensai à prendre son sexe dans ma bouche. Cette seule idée faisait frissonner mon corps. Dans ma bouche. Sa queue. Oh !

Je cessai d'y penser lorsque Tom glissa sa main à l'endroit exact où je la désirais. Youpi ! Je m'allongeai sur le dos et fermai les yeux. Je lâchai son pénis, mais me collai à lui pour le sentir contre moi.

Je n'affirmerai pas qu'il était particulièrement un expert dans le domaine — un peu trop rapide, trop dur, pas suffisamment de préliminaires, pour ainsi dire —, mais c'est dans son imperfection même que repose la perfection du moment. C'était une main *masculine*, et c'est cela qui me faisait craquer.

Il s'arrêta. J'ouvris les yeux, alarmée. Il ne pouvait pas s'arrêter maintenant. Pas à ce point de tension.

« Je vais juste te pénétrer un peu. Je te promets de ne pas éjaculer.

— D'accord. » Cela aussi promettait.

Il bougea entre mes jambes. Il s'arc-bouta. Je sentais le bout rond et dur de son sexe pousser contre moi… trop bas… là… là… c'est l'endroit exact, pensai-je… AH! Mais ça fait mal!

Ce n'était pas comme s'il me cassait un os, mais le fait d'avoir mal, cette déchirure là où j'éprouvais habituellement mon plus exquis plaisir me fit sauter comme si je recevais un choc en touchant un fil électrique.

«Ça fait mal! chuchotai-je d'un ton pressant.

— Excuse-moi. Je vais entrer moins profondément.»

Il avait une liberté de mouvement d'environ deux centimètres avec laquelle il jouait, reculant lorsque je le repoussais avec mes bras.

Il finit par se retirer.

«Je suis désolée», dis-je. Je me demandais s'il pouvait être fâché.

«Ne t'en fais pas. Je ne voulais pas te faire mal. Bon Dieu, je suis crevé!»

Il éclata de rire et se laissa tomber à côté de moi.

Voulant faire quelque chose pour lui, je pensai encore à le prendre dans ma bouche. Je me glissai vers son sexe et le pris dans ma main droite. Je fis un léger mouvement de va-et-vient avec ma main. J'avais oublié cette drôle de ligne sous le pénis, qui ressemblait à une couture qui le fermait. Lorsque je pressai, une perle claire jaillit de la fente.

J'ouvris la bouche et l'engouffrai. Au premier abord, ça goûtait comme moi; vint ensuite une faible saveur à peine surette. Je me mis à le sucer. Ça me plaisait, la lubricité du geste m'excitait, mais j'éprouvais des difficultés. Mes dents étaient dans le chemin, mes lèvres me firent bientôt mal et parfois je m'étouffais.

Le pénis de Tom se ramollit. J'étais déçue. Je levai les yeux vers lui.

«Dis-moi ce qu'il faut faire.

— Ça va. Allez, viens ici. » Il parlait d'une voix amicale qui n'exprimait aucune déception, et ses mains cherchaient à me relever. Je me rallongeai auprès de lui. « Tu entends les oiseaux ? » ajouta-t-il.

Par la fenêtre au-dessus du futon, on voyait pâlir le bleu d'une nuit qui mourait. Çà et là, on percevait un gazouillis qui annonçait le matin. Nous nous agenouillâmes devant la fenêtre que j'ouvris plus grand. Une brise fraîche souffla sur nous. Le jour se levait rapidement, et pourtant avec une indescriptible subtilité. Je ne pouvais me rappeler la dernière fois que j'avais vu le lever du jour, cette clarté brumeuse et cette palette de couleurs de plus en plus vives. Voici une image que j'ai gardée : Tom et moi, nus, agenouillés sur mon futon, les coudes sur l'appui de la fenêtre, muets de fatigue, en train de regarder le lever du jour. Il me gratta doucement le dos. Nous parlâmes de nous habiller, d'aller marcher et de prendre un petit-déjeuner, mais le projet en resta là. Il regarda plutôt mes seins et en approcha sa bouche.

Nous retombâmes sur le lit, nous nous blottîmes sous les couvertures pour nous accorder quelques heures d'un sommeil réparateur. Il me tenait par-derrière. Même quand nous ne nous touchions pas, j'avais conscience de sa présence. J'étais contente, mais ça m'empêchait de dormir.

Au matin, c'est-à-dire plus tard ce matin-là, nous prîmes une douche ensemble et j'aimai l'expérience. Nous nous embrassâmes jusqu'à ce que l'eau devienne froide. Je trouvai étrange de nous rhabiller, de voir Tom disparaître derrière un vêtement après l'autre, puis, ayant retrouvé nos habits de normalité, de sortir de ma chambre comme si rien d'extraordinaire n'était arrivé. Le Tom habillé avait l'air différent. Je me demandais ce que Sarah allait dire.

Mais il n'y avait personne à la maison, sauf Karen qui sortit à toute vitesse de sa chambre au sous-sol et attrapa son petit-déjeuner qu'elle mangerait en route pour sa répétition. Elle pensa peut-être que Tom était arrivé quelques minutes plus tôt. Elle ne pensa peut-être rien du tout.

Nous bûmes un café, puis nous allâmes chez Morrie's, le snack-bar du coin, pour prendre le petit-déjeuner. Et puis au cinéma — c'était le dernier jour d'«Images canadiennes».

Nous passâmes la semaine suivante ensemble, Tom et moi. À Roetown et à Toronto où il n'était pas allé très souvent. C'est un de ces jours-là — je me souviens du lit, de la chambre, des circonstances, mais j'ai oublié la date —, que je perdis ma virginité, ma virginité anatomique, un événement que je qualifierais d'acte physiologique inconfortable, plus qu'un peu douloureux, moins toutefois qu'à la première tentative, grâce à un préservatif lubrifié qui puait et à la coordination des efforts, mais qui ne me procura certainement aucun plaisir. Il y eut aussi du sang, plus que je ne m'y attendais, et même encore le lendemain, comme si j'avais de mini-règles. Tout de suite après, pendant que Tom récupérait en rêvassant, je pris une douche, des gouttes de sang coulant sur mes cuisses. Je me souviens d'avoir pensé : «Alors voilà, j'ai vingt ans et je ne suis plus vierge» et d'avoir haussé les épaules.

Mon cœur qui bat étant l'écrivain de mes mémoires, je me souviens plus clairement comment j'ai rencontré Tom, je me souviens plus clairement de ma première et de ma dernière nuit avec lui, je me souviens plus clairement de notre marche dans la rue Bloor, ma main dans la sienne.

La chambre, à tout le moins, était mémorable. Nous l'avions louée dans un hôtel minable, juste à l'angle de l'avenue Spadina. C'était miteux, sordide et excitant. Ça ne sentait rien du tout, il n'y avait pas une seule molécule d'odeur, mais compte tenu des couleurs et de la texture des tapis, de l'état et du style des meubles, c'était suspect. C'était une chambre qui aurait dû avoir une odeur.

Nous passâmes dans cette chambre cinq nuits et cinq matins paresseux. Je masturbai Tom plusieurs fois. Sous la douche, je le pris dans ma bouche quatre ou cinq fois ; le résultat s'améliora légèrement, mais Tom ne jouit jamais de cette façon ; je connus mes premiers orgasmes avec un homme grâce à un système que j'instituai en quelques mots prononcés à la hâte, où une pression sur son avant-bras vers le bas signifiait un peu plus fort, et une pression vers le haut voulait dire un peu plus doucement ; nous nous grattâmes l'un l'autre comme des singes et nous nous donnâmes des massages méthodiques ; nous parlâmes comme des livres et nous rîmes comme des fous ; nous nous embrassâmes ; et nous le fîmes deux autres fois, la dernière nuit et le lendemain matin.

Après ma première expérience en matière de relations sexuelles, j'avais envie de faire une pause, particulièrement le lendemain et le surlendemain, si la question n'était pas soulevée, merci, mais cette *chose*, la *chose* de Tom, se dressait tout le temps, pour notre plaisir réciproque, et finalement, tandis que je jouais Horowitz sur l'avant-bras de Tom… *fortissimo* !… *piano… piano… fortissimo…* il souleva la question : que pourrions-nous faire de cette *chose* ? Finalement, dans un état avancé de dissolution lascive, je me dis : *Oh ! après tout, peu importe, essayons encore une fois ! Comment la douleur et le sang peuvent-ils se transmuter en plaisir, je n'en sais rien. C'est dommage que tu n'éjacules pas par tes petits doigts agiles, mais composons avec cette queue qui bave avant qu'elle devienne folle. Qu'elle entre !* Cette fois-là, pourtant, je n'eus pas mal. Pas de plaisir non plus, mais pas de sensation de déchirure, pas de nerfs tressautant, pas d'attente teintée d'appréhension. Une détente du corps et de l'esprit. Juste un gars en train

de pomper en moi et hors de moi, bizarrement. Je m'ins-
tallai, je bougeai mes jambes pour me sentir plus à l'aise.
Je regardai la chambre au décor clinquant, je rêvassai un
peu, j'écoutai Tom, je passai la main sur ses fesses qui
bougeaient. Cette fois-là, quand il émit ces drôles de sons
agonisants dans mon oreille, je souris. Je pouvais peut-
être m'y habituer, si ça le rendait si heureux. À moi, ça
n'avait rien fait, pas vraiment, pas comme les doigts
magiques, pas comme s'il m'avait léchée, ce qu'il n'avait
pas encore fait, mais il fallait que je lui en parle, ce serait
oh!... pourtant, d'une certaine façon, ce contact soyeux
m'avait fait quelque chose. Quelque chose de proche et
d'intense, qui générait de la chaleur. Et de l'attachement.

Je l'embrassai et le serrai avec mes bras et mes jambes
pendant qu'il restait allongé sur moi, lourd et immobile.
Nous nous endormîmes. Le matin, nous recommençâmes.

Puis il partit. À la gare, tandis que nous attendions
l'autobus qui l'amènerait à l'aéroport, il me dit que…
hum… il ne voulait pas me le cacher… hum… il m'aimait beaucoup, mais… hum… il avait une petite amie à
Halifax. Ça n'allait pas toujours comme sur des roulettes
avec elle, mais… hum… elle était là, elle existait.

Pas de problème, répondis-je, me précipitant à sa
défense. Je faillis mentionner Ruth, mais elle n'était pas
là, elle n'existait pas, elle n'existait plus, alors pas de
problème, répétai-je. Nous nous invitâmes à nous visiter
l'un l'autre dans la lointaine Halifax et la lointaine
Roetown, mais «juste en amis», était-il sous-entendu. De
toute façon, qui avait parlé de «relation»? Pas de problème. Il sourit, et quand l'autobus fut là, il me dit au
revoir en m'embrassant sur la bouche. Et mon cœur l'a
gravé dans ma mémoire, ce baiser direct, en ligne droite,
les lèvres plissées.

Dans l'autobus qui me ramenait à Roetown, je me
rappelai comment il avait réagi lorsque je lui avais montré

mon bureau, mon sanctuaire secret, mon roman. Un «Ben tiens» et un regard circulaire qui avaient frôlé l'indifférence. Il n'avait pas fait un pas pour examiner de plus près les fiches, de façon que je m'écrie *non, non, non* et que je le pousse dehors en feignant d'être horrifiée. Et il était un peu pompeux, il se prenait très au sérieux, lui et son Slocum-Pocum. Et il ne m'avait jamais léchée, ce butor égoïste. D'ailleurs, qui avait envie de passer un été à Halifax ? Autant le passer à Belleville.

Quand je vis Sarah dans la cuisine, elle me sourit d'un air complice et me dit : «On pensait que tu ne reviendrais jamais.

— Je suis revenue.

— Et alors ?

— Alors quoi ?

— Mon Dieu, comment c'était ? Tu t'es bien amusée ?

— C'était pas mal. Une intéressante exposition au Musée royal de l'Ontario. »

Le Martin de Sarah était un autre homme qui se prenait très au sérieux, cette fois comme un héros de la classe ouvrière catholique. Elle me confia un jour qu'elle était *complètement* folle de lui. Je la vois encore secouer la tête pour donner encore plus de force au *complètement*, ses cheveux noirs et soyeux faisant écho au mouvement. Elle finirait par avoir un enfant de lui, puisqu'il s'opposait par principe à la contraception. Mais, à la maison, c'est contre Martin que nous avions des objections de principe. En ce qui concerne Tom, je me dis que je n'étais certainement pas amoureuse de lui, ni *complètement* ni même un peu. Il n'avait été que la folie d'une semaine. Je devais retourner à mon roman.

Quelque temps après, je parlai à Sarah de la petite… hum… amie de Tom. Elle se montra très gentille, me dit des choses sympathiques. Merci, Sarah.

J'eus quelques autres aventures avant de rencontrer Roger (c'est-à-dire de le rencontrer d'une manière nouvelle). Par «quelques», je veux dire «trois». Mais rien qui vaille la peine qu'on s'y attarde. Comment c'est arrivé, ce que nous avons fait — à chaque fois, mon cœur battait, mais après, dans la chute qui suit le désir assouvi (surtout le sien), mon esprit se dressait de nouveau, tel un perroquet quand on retire le linge qui couvre sa cage, et il me demandait : «Qui est ce type ? Tu le connais ? As-tu envie de le connaître ? Pourquoi ce silence maintenant ? Oublie ça, je te dis, oublie ça», et ma mémoire effaçait consciencieusement l'ardoise. Ce qui me frappe à présent, ce n'est pas tant à quel point j'ai oublié, mais combien j'ai peu envie de me rappeler. C'étaient des plaisirs d'un instant, semblables à des feux d'artifice. Au delà du désir, aucun enchantement, rien à dire, rien à partager.

Il n'existe qu'une seule image, un désir, dont je me souvienne naturellement : je suis sous ce gars vraiment costaud, un nageur, bête comme un âne mais avec un torse d'athlète couvert de poils blonds, il fait chaud et nous avons tous les deux la peau glissante de sueur, et il est si costaud que je me sens toute seule sous sa poitrine magnifique, ses bras aussi droits que deux colonnes corinthiennes, et je suis cramponnée à lui comme un paresseux à sa branche amazonienne, mais avec pas mal moins de paix, car ce nageur grogne et va et vient en moi, il me transperce, en fait, et c'est vigoureux et fantastique et c'est meilleur à chaque seconde, et je pense : «Je pourrais vraiment, oui, *vraiment* m'y habituer, oh! oui!»

J'étais déterminée à retrouver une intimité. La nuit, chacun des gémissements amoureux de Sarah semblait se répercuter dans ma chambre, chaque gémissement comme une réverbération de ma solitude.

Vinrent l'été et la fin de l'année universitaire. Les étudiants se dispersèrent, rentrant chez eux. Je décidai de ne
pas partir en voyage. Je ne pouvais imaginer que j'aurais
autant de chance que la fois précédente, et mon roman
était l'excuse parfaite. Je resterais à Roetown et je le
finirais. Comme Sarah et moi étions les seules à rester à la
maison, nous nous arrangeâmes pour sous-louer les autres
chambres.

Je connaissais Roger depuis la première semaine de
ma première année. À Strathcona-Milne, tout le monde
connaissait Roger. Il était l'ancien directeur du collège
et il s'occupait encore beaucoup des affaires de celui-ci.
C'était durant son règne que l'université avait pensé à
fermer les deux campus du centre-ville et à tout centra-
liser sur le campus principal, ce qui avait provoqué une
quasi-insurrection armée, l'unique de toute l'histoire de
l'Université Ellis. Il y eut des assemblées, des manifestations, des pétitions, des *sit-in*. Des barricades furent
dressées autour du pavillon principal de S-M et des
étudiants furent présents jour et nuit pendant un certain
temps. C'était censé être symbolique mais, malheureusement pour les administrateurs de l'université, la
troupe de théâtre d'Ellis avait ses locaux à S-M et ses
membres se mirent à construire ces barricades avec une
ferveur révolutionnaire. Elles avaient l'air authentiques.
Il fallait arriver à un mètre des barbelés pour s'apercevoir qu'ils étaient en fil tricoté. Des étudiants vêtus
d'uniformes pseudo-militaires montaient la garde et
vociféraient : « Hé ! qui va là ? Qu'est-ce que vous venez
faire ici ? » lorsque s'approchait une personne associée à
l'Ennemi, et ils pointaient leurs carabines de bois vers la
poitrine du pauvre ennemi. Les ennemis suffisamment
exécrables étaient escortés par deux « soldats » qui
s'arrangeaient pour être aussi comiquement odieux que
possible.

C'était Roger qui avait dirigé les opérations, qui avait présenté les requêtes, qui avait refusé les compromis, qui avait exercé les pressions à la défense des campus du centre-ville. Quand l'université fit marche arrière, une caricature parut dans le *Gadfly*, le journal étudiant, montrant Roger dans un chariot, habillé comme un César triomphant, tandis que le recteur enchaîné suivait derrière. Ces événements s'étaient passés deux ans avant mon arrivée à Ellis, mais l'effet énergisant sur les campus du centre-ville se faisait encore sentir. Ils étaient même entrés dans le folklore : pendant ma première année, une pièce célébrant les événements fut présentée au théâtre Artspace. Le comédien qui jouait le rôle de Roger était costumé et maquillé pour ressembler à Che Guevara.

Lorsque je rencontrai Roger, il était redevenu un simple professeur de littérature anglaise spécialiste de l'œuvre de Joseph Conrad, mais il faisait partie de ces gens qu'on avait l'impression de voir tout le temps — debout en train de parler à quelqu'un, entrant ou sortant de tel ou tel pavillon, prenant un café à la cafétéria, jouant au go au pub de l'université, et ainsi de suite. Tout le monde connaissait Roger.

Et pourtant, curieusement, personne ne le connaissait vraiment, du moins chez les étudiants. Lorsque je me rapprochai de lui, je découvris que le révolutionnaire putatif, celui qui avait pris d'assaut la Bastille, fait sonner les trompettes sous les murs de Jéricho, qui avait fait la guérilla dans les jungles de Bolivie, était en réalité un esthète démodé qui se fichait complètement de la politique quelle qu'elle soit. Par démodé, je n'entends rien de péjoratif, mais ce fut toute une surprise. Ce qui n'aurait pas dû être car, quand je commençai à me rappeler nos conversations, je pris conscience qu'elles avaient toujours porté sur l'art. Le premier souvenir que j'ai de Roger, c'est de l'avoir entendu en train de parler à quelqu'un de

Nostromo, que je n'avais alors pas encore lu. La première conversation que j'eus avec lui porta sur *L'agent secret*; il interrompit mes arguments spécieux en affirmant : « Non. C'est un roman parfait. Je ne lui trouve pas un seul défaut. Un drame dans lequel n'est jamais décrit l'événement central, moteur, une présence qui est une absence, comme un caillou qui provoque des remous dans un lac, une construction entière qui n'a rien au milieu, je n'ai jamais rien vu de pareil. » La fois que je tombai sur lui dans un café désert où il réfléchissait à un paragraphe de *La folie Almayer* fut le premier pas qui nous a conduits vers un lit commun. Et la dernière fois que je l'ai vu, je me disais qu'il était impossible que la promise de Kurtz ait bien connu Kurtz si elle croyait le mensonge de Marlow.

Car c'était ça, le début, le milieu et la fin de Roger : Joseph Conrad, né Teodor Józef Konrad Korzeniowski, 1857-1924. C'était le seul fil conducteur de toute son existence, de l'âge de douze ans jusqu'à celui de quarante-neuf ans. Il avait connu moins longtemps son ex-femme ou ses enfants. Seuls ses parents pouvaient prétendre battre le record. Roger faisait partie de ces heureux élus ayant découvert qu'ils pouvaient gagner leur vie en faisant ce qui leur plaisait. L'auteur des romans d'aventures qu'il avait lus pendant son adolescence en Indiana devint le sujet de sa thèse de doctorat à Oxford et le passeport vers une vie de professeur. Roger aimait Conrad de différentes manières, qui se transformèrent en même temps que lui. Dans son enfance, il bourlingua dans son fauteuil avec *Le Nègre du Narcisse*, avec *Typhon*, avec *Histoires inquiètes*, avec *Une victoire*. Il grandit ensuite avec *Lord Jim*, qu'il finit par trouver astreignant et un peu lassant à enseigner, et avec *L'agent secret*. Lorsque je l'ai connu, c'était autour du propos essentiel d'*Au cœur des ténèbres* — trop bien connu, trop peu compris —, autour de *Nostromo*, ce monument, et autour de Conrad lui-même que ses pensées tendaient à se rassembler. Si la politique et la révolution existaient dans la vie de Roger, ce n'était que la politique et la révolution dont il était le témoin dans *Nostromo* et *Sous les yeux d'Occident*. Son dégoût non testé du désordre découlait du dégoût trop testé de Conrad. Exactement comme l'humour est absent de l'œuvre de Conrad, Roger cherchait rarement à voir les choses d'un point de vue humoristique, ce qui ne veut pas dire qu'il fût pénible à supporter, amer ou triste, mais seulement que le rire n'était pas la sortie qu'il privilégiait. Pour lui, c'était là une faible catharsis. Roger était grave dans un sens positif, aussi grave que la vie est grave. C'était la première fois que je rencontrais un intellectuel qui trouvait l'ironie désuète.

En ce qui concerne la Révolution d'octobre ayant sauvé les campus du centre-ville, Roger disait simplement : « C'est arrivé comme ça. On voulait les fermer, certaines personnes n'étaient pas d'accord et j'étais par hasard le directeur de S-M. J'ai seulement suivi le mouvement à la tête du défilé. »

C'est ça qui m'intriguait chez Roger, que Conrad fût la Parole, le Livre, la Voie, même s'il ne l'aurait jamais dit ainsi. Roger enseignait l'œuvre d'autres auteurs — les autres contemporains qui comptaient —, et il y avait en lui davantage que les livres qu'il avait lus. Mais, étant obstinément incapable de croire en Dieu, je suis intéressée par les religions séculières. Roger appréhendait la vie à travers Conrad. Le choix du prophète était arbitraire — ç'aurait pu être Kafka, Bach ou Matisse ou encore l'anarcho-syndicalisme, le sionisme, les droits des animaux ou le baseball, tout dépendant de ce qu'un gamin de douze ans faisait un certain jour —, mais c'est cet aspect arbitraire qui m'intéresse, le fait que nous *choisissions* la chose, le dieu en lequel nous allons croire et que, ainsi limités, nous nous ouvrons au monde.

Lorsque, Roger et moi, nous marchions dans Roetown, nous tournions aux coins des rues comme nous aurions négocié un tournant dans un fleuve tropical. Nous allions peut-être surprendre un léopard en train de se désaltérer au bord de l'eau. Nous allions peut-être voir et entendre des sauvages en train de danser au rythme des tam-tams autour d'un Kurtz donnant libre cours à son délire. Ou bien un calme citoyen à l'expression impassible, quelque chose de tout aussi terrifiant. Roger m'a fait voir que Roetown n'était pas un petit bled tranquille canadien, mais un Archipelago malais, un fleuve Congo, où la folie, l'effondrement et l'explosion étaient toujours possibles.

Je ne pense plus très souvent à Roger, mais il m'a influencée davantage que je ne m'en rendais compte. Une des rares fois où Tito m'a blessée, c'est en me disant que j'avais parfois tendance à être conservatrice. Je me voyais accusée de cela même dont j'avais accusé Roger, et cela me troubla profondément. Le côté positif, c'est que j'étais avec Roger lorsque j'ai écrit ma première nouvelle publiée, celle sur les dentiers, et que le lien entre les notions d'art et de signification m'est apparu d'une façon à peu près cohérente. Et avec lui, j'ai vécu des moments de plaisir charnel torrides — je dois cela aussi à Roger.

C'est la coïncidence d'une envie irrésistible de tarte aux pacanes qui nous a réunis. Cet été-là, je m'étais fixé un horaire de travail rigoureux : debout chaque matin à huit heures et trois pages d'écriture avant de m'autoriser à sortir de la maison. Ce qui était absurde. Je me levais vraiment à huit heures, mais les trois pages étaient toujours remises au lendemain ; pour l'instant, je me préparais, je travaillais à ma murale, je cherchais à accorder les choses. Je souffrais de paralysie créatrice, ce qui est l'horreur et le tourment des créateurs, mais n'est d'aucun intérêt pour les autres, qui travaillent puis profitent simplement de la vie. J'imagine que j'aurais pu juste commencer cette satanée chose, juste m'asseoir et me mettre à l'œuvre :

Bonjour ! Comment allez-vous ? Je suis enchantée de faire votre connaissance et d'être votre guide chrétien pour ce roman. Je suis une chienne bâtarde de la sixième génération, ceci est mon village, Corto est mon maître et le Christ est mon seigneur. Nous sommes au Portugal, une unité géographique humaine qui vous éclairera, j'imagine. Mille neuf cent trente-neuf années se sont écoulées depuis qu'Il a pris sur ses épaules le fardeau de nos péchés. C'est le matin. Comme vous le voyez, nous nous trouvons dans la rue principale du village. L'église est derrière vous, à gauche. Vous la visiterez, soyez-en assuré. Elle a quelque chose de très particulier, une chose qui est l'inspiration de ma vie, en fait. Mais attendez ! Ne partez pas ! Il reste encore beaucoup de temps, je vous assure. Laissez croître votre attente, laissez-la vous tourmenter. Le plaisir de la combler en sera amplifié, votre esprit planera plus haut. À propos d'attente, la perspective de vous rencontrer m'a tellement énervée — pour dire la vérité, je ne me possédais plus — que je n'ai pas encore eu la tranquillité d'esprit nécessaire pour chier mon premier étron de la journée. Permettez-moi donc de célébrer par ce petit monument l'heure et le lieu de notre rencontre. Ahhhhhhhhhhhh hhhhhhhhhhhhhhhhhhhhh ! Ooooooooooooooo oooooooooooooooooooooooooooooooooooooh ! Ahhhhhhhh ! Oh-juste-encore-un ! Ahhhhhhhhhh ! quelle jouissance ! Amen ! Venez, je vais vous faire visiter le village. Marquer notre territoire, pour ainsi dire. Et vous devez faire la connaissance des villageois. Ce sont de bons travailleurs catholiques.

Une fois que vous les aurez rencontrés, après l'entrée en matière un peu gauche, après les sourires et les serrements de mains qui vous plaisent tant, nous irons à l'église et je vous laisserai vous y recueillir en silence une vingtaine de minutes. Ensuite, j'aboierai pour vous sortir de la prière, et le drame pourra commencer. Le où, le comment, le pourquoi. Car tout commence avec le prêtre. Avec le prêtre, et avec la ville sainte de Fatima qui se trouve derrière ces montagnes hautes et sauvages que vous apercevez à l'ouest. Vous connaissez Fatima, évidemment ? Non ? ! Eh bien, nous devons alors commencer avec Fatima ! En l'an de grâce 1917... ah ! voici le barbier ! Barbier. Barbier, je dis ! Venez faire la connaissance de notre lecteur.

Mais je ne le pouvais pas. Dès que j'étais sur le point d'entreprendre quelque chose, je me trouvais assaillie par des questions et des hésitations. Ce que j'allais faire était si important, empreint d'une telle signification, qu'il fallait toujours que je réfléchisse davantage. Ma spontanéité tombait à plat. Je remettais mon œuvre à un autre jour. Je commencerais le lendemain, à huit heures trente, c'était certain. Entre-temps, dans l'attente de l'heureux événement, j'irais me promener, puis je lirais.

Une de ces journées-là, vers la mi-juin, je crois, au début de l'après-midi, j'éprouvai soudain l'envie irrésistible de manger une pointe de tarte aux pacanes sucrée et croquante. Il y avait un salon de thé à quelques minutes de marche, un endroit calme et plaisant où l'on servait des douzaines de sortes de thé.

Roger était là. Il n'y avait personne d'autre, seulement lui qui lisait un livre, et la serveuse nonchalamment occupée. Jusque-là, je dirai qu'il était une simple connaissance. Nous nous saluions lorsque nous nous croisions, et nous avions échangé quelques mots, parfois seuls tous les deux, mais la plupart du temps en groupe. Il connaissait certains faits me concernant — mes parents et Cuba, mon ancien engagement en politique étudiante, mon majeur en philosophie et l'intérêt que je portais à la littérature anglaise — et j'en connaissais à son sujet aussi. Je l'aimais bien, à la façon dont les étudiants peuvent parfois aimer leurs professeurs, même si je n'avais jamais suivi un de ses cours.

Le carillon de la porte tintinnabula et j'entrai dans le café. Il leva les yeux et nous nous saluâmes.

« Qu'est-ce que tu fais encore ici ? demanda-t-il.

— Je passe l'été à Roetown.

— Le département m'a piégé et je dois donner un cours d'été sur D. H. Lawrence. *Amants et fils*, *Femmes amoureuses*, *L'arc-en-ciel*, *Kangourou*. C'est à peine supportable. »

Je souris. Je ne voulais pas lui avouer pourquoi je passais l'été à Roetown.

« Assieds-toi », ajouta-t-il.

Je commandai une pointe de tarte aux pacanes et une infusion poire-vanille.

« As-tu lu ceci ? » reprit-il en levant le livre qu'il lisait, *La folie Almayer*.

« Oui.

— Eh bien, à mon âge avancé, j'estime de plus en plus ce premier roman ! Il y a ce passage, ici… »

Il me montra un court paragraphe. Il admirait un aspect de la ponctuation, une utilisation particulièrement pertinente du point-virgule. Nous parlâmes de ponctuation.

Une relation intime commence lorsque les barrières se mettent à tomber. Dans mon cas, la première qui tomba fut celle de l'âge, cette idée intimidante que Roger avait plus de deux fois le mien. Je venais tout juste d'avoir vingt et un ans ; il en avait quarante-neuf. Ruth aussi était beaucoup plus âgée que moi, mais, avec elle, ç'avait été différent. Dès le début, cela n'avait pas semblé important. Était-ce à cause de l'environnement étranger ? Parce que nous étions deux femmes ? Ou simplement la façon dont nos personnalités se mêlaient ? Je ne sais pas… c'était probablement un mélange des trois. Au début, avec Roger, je sentais notre différence d'âge à chaque instant, à chaque échange. C'était une mesure claire de notre expérience respective de vie, de notre maturité et de notre sagesse. Je lui avais auparavant parlé avec une parfaite assurance, mais voilà que j'avais soudain l'impression d'avoir la langue nouée et de tenir des propos incohérents. Je ne cessais de dire des choses et de penser tout de suite après : « Pourquoi est-ce que j'ai dit ça ? »

L'âge fut effacé par les mots. Plus nous avons parlé ce jour-là et les jours qui ont suivi, alors que nous semblions tomber toujours l'un sur l'autre, plus je sentais que nous atteignions une sorte d'égalité, une facile osmose de nos personnalités. Cela était en grande partie dû à une chose que j'ai déjà mentionnée : son manque de goût pour l'ironie. Roger me prenait au sérieux… et moi de même.

Assez rapidement, alors que nous n'étions encore que des amis, sans penser — moi, du moins — que cette situation allait un jour changer, je lui avouai que je travaillais à un roman. J'avais horreur du ton que j'avais utilisé, mais c'est ainsi que c'est sorti, comme une confession. Si *je* m'étais écoutée, j'aurais roulé les yeux. Mais Roger dit : « Vraiment ? » et, après un instant de silence, il ajouta : « Quel en est le sujet ? » Je lui expliquai les grandes lignes, l'angle de la narration, la fragmentation de la Voix en voix multiples, le thème de la foi forte qui soutient, le rapport entre les idéaux et leurs symboles matériels, mais je me protégeai en ajoutant que j'étais bloquée, que je ne travaillais pas tellement à un roman, mais que j'avais surtout le désir de le faire.

Après un moment de réflexion, il dit : « En matière d'écriture, je n'ai jamais rien créé de ma vie. Tout ce que j'ai fait a dépendu de la créativité des autres. J'ai été un spectateur de livres, des grossesses de ma femme, de la croissance de mes enfants. Remarque, je n'ai pas de regret. J'ai du talent comme spectateur. J'exige beaucoup. Il n'empêche que je ne suis rien d'autre qu'un agent de circulation : j'agite les mains vers les gens qui roulent dans leurs grosses bagnoles puissantes — par ici ! par là ! —, et ils passent dans un bruit de tonnerre tandis que je reste immobile. » Il sourit, haussant les épaules, l'air de dire : « C'est comme ça. On n'y peut rien. »

Le lendemain, je lui montrai mon bureau. Il regarda attentivement, se dressa sur la pointe des pieds, se pencha, navigua de la source au lac. J'espérais qu'il ne remarquerait pas les fiches scatologiques.

« Ça a l'air étonnant. Mais tu dis que tu es bloquée.

— Complètement. C'est dans ma tête et sur ces murs et nulle part ailleurs. Certainement pas sur une page.

— Eh bien, ça donne une sculpture fantastique !

— Ouais. » Un ouais neutre.

Il me regarda. « Ça ne sert à rien de rester bloquée. Ça ne te mène nulle part. Si tu es vraiment bloquée, tu devrais peut-être détruire ceci et tout recommencer. »

Une idée claire et simple qui ne m'était jamais venue à l'esprit.

Je ne le fis pas ce jour-là, ni même le lendemain, mais peu de temps après. Ce fut étonnamment facile. À l'extérieur de la maison, il y avait un tonneau de métal dont les travailleurs en grève de l'usine de gruau s'étaient servis pour faire du feu pendant l'hiver. En l'espace d'un instant, mes fiches, qui paraissaient aussi éternelles que le Gange, s'y retrouvèrent en train de flamber en même temps qu'une grande partie de la peinture des murs. Le soleil était si fort ce jour-là que je ne voyais aucune flamme, seulement les fiches qui se convulsaient en noircissant, puis qui disparaissaient en exhalant des volutes de fumée. Je me sentais heureuse. J'étais libre de recommencer.

La première fois que Roger vint chez moi, Sarah était là. Je dis : « Sarah, tu connais le professeur Memling, n'est-ce pas ?

— Bonjour, Sarah, dit le professeur Memling.

— Bonjour, Roger », dit Sarah.

Je me sentis jalouse, stupidement jalouse.

Le déclic, le déclic érotique qui fit affluer l'adrénaline dans mon système, se produisit très tard dans son bureau, un soir de canicule. Après un de ses rares rires, nous étions debout l'un à côté de l'autre — une proximité délibérée mais non reconnue, comme un prétendu secret. Je souriais sans raison. Nos yeux se croisèrent, regardèrent au loin, se croisèrent, regardèrent au loin. Une de ses mains flottait dans l'air, voltigeait près de mon épaule. Elle s'y posa. Il m'embrassa. Je le pris dans mes bras.

À présent que les choses émergeaient au grand jour, elles pouvaient se répandre, et elles se répandirent. À peine quelques minutes plus tard, nous commençâmes à nous embrasser, et voilà que je l'avais repoussé vers son petit sofa, que je m'étais agenouillée entre ses jambes, que j'avais descendu la fermeture éclair de son pantalon et fait sortir son pénis tumescent. Roger avait une belle queue, droite, grosse mais pas trop, avec une teinte riche et chaude — et, en ma présence, elle était perpétuellement au garde-à-vous. Je le suçai jusqu'à ce que son sperme jaillisse. C'était chaud, visqueux et d'un goût étrange. Pas le genre de truc que j'achèterais au supermarché dans sa version crème glacée, mais, dans l'état d'excitation sexuelle qui était alors le mien, c'était électrisant de l'avoir dans ma bouche comme ça, sa queue *palpitait*.

Nous le fîmes dans son bureau, non parce que c'était nécessaire — il n'habitait pas loin —, mais parce que c'était excitant. Le faire dans un lieu si fonctionnel et si public donnait à la chose un côté délicieusement salace. Roger tenait ses séminaires dans son bureau, qui était suffisamment vaste pour loger neuf étudiants — sept sur des chaises, deux sur le canapé — et un professeur dans son confortable fauteuil pivotant. Cette année-là, je suivis son cours de quatrième sur Conrad et je m'arrangeai pour toujours m'asseoir sur le sofa, celui-là même sur lequel j'allais un peu plus tard me coucher toute nue, Roger appuyé sur ses bras au-dessus de moi, ou bien agenouillé, sa tête entre mes cuisses. Pendant les cours, il se montrait parfaitement équitable et considérait mes questions et mes interventions de la même manière posée que celles des autres étudiants. Il était égalitaire même dans ses regards, ses apartés, ses moments d'enthousiasme. Mais, la nuit, il se plaignait à moi de l'inconfort des érections non désirées.

Roger habitait dans une rue au-dessus et derrière S-M, une bande d'asphalte bosselé, sans trottoirs, que la ville avait étalée sur un drumlin des dizaines d'années auparavant et qu'elle avait depuis lors oubliée. Dans la tranquillité de cette amnésie municipale, les arbres devinrent énormes, les maisons se tassèrent, et il ne se passa rien de nouveau, sauf que la route continua à se fendiller progressivement. Un chêne, déterminé à réclamer à tout prix le territoire perdu, avait poussé à travers l'asphalte avec tant de rotules noueuses que le chemin ressemblait aux plis d'un accordéon. Quand je pédalais sur mon vélo dans la rue, cette phrase tirée de *Zoo Story* d'Edward Albee me revenait toujours à l'esprit : «Une personne doit parfois aller très loin hors de sa route pour revenir correctement sur une courte distance. »

La maison en bardeaux de couleur pêche de Roger était blottie à l'écart entre deux maisons plus grandes et plus proches de la rue, au bout d'une allée de ciment craquelé, derrière un buisson massif. Avec sa véranda, ses grandes fenêtres et tout ce qui était fait de bois, elle ressemblait davantage à un cottage. C'était une tanière de rêve, baignée de soleil. Je fus amoureuse de cette maison dès que je posai les yeux sur elle. Elle était petite — Jeremy et Leah, les enfants de Roger, devaient encore dormir dans la même chambre quand ils venaient en visite —, les planchers étaient en bois franc, les meubles étaient tous des antiquités restaurées, c'était un fouillis de livres et de papiers, et tout craquait : les planchers, le lit, les tables et les chaises, et dans le vent ou la tempête, la maison entière, *absolument tout*. Il fallait rester immobile pour saisir les paroles de quelqu'un au téléphone ou pour bien entendre la télévision. Une musique de fond accompagne mes souvenirs de cet endroit : ce sont les grognements et les cris du bois torturé, et les grognements et les cris de deux êtres humains en train de baiser gloutonnement.

Le jardin était aussi négligé que la maison. Des années auparavant, avant la naissance de Jeremy et de Leah, Roger et sa femme, Penny, s'étaient rendus au Mexique, à la forêt où pond le papillon monarque. Ils s'étaient trouvés là lorsque les monarques sortaient de leurs cocons. « Des millions, me dit Roger. En fait, chaque feuille est un papillon. C'est noir et orange tout autour de toi. On avait l'impression d'être au milieu d'un feu froid. » Il me montra des photos, mais elles étaient malheureusement en noir et blanc, pas en noir et orange. Lorsqu'il avait lu que sa pelouse verte était une monoculture hostile au monarque, Roger avait retourné la terre dans son jardin et passé un été à orchestrer un environnement sauvage. Il avait transplanté des gerbes d'or, des pissenlits, des asters, des carottes sauvages, des chardons, des sanguinaires, des pommes de mai, des hépatiques, des anémones, des campanules et tout ce qu'il avait pu trouver d'autre dans les prés. Lorsqu'il avait vu son premier monarque, solitaire et hésitant, il avait exulté. Cela s'était passé il y a longtemps. L'état sauvage avait dès lors trouvé son chef d'orchestre et son répertoire. Chaque été, Roger fauchait un endroit, ici ou là. Nous l'avons fait là aussi, sur une couverture, entourés par les bruissements et les *bzzzzz bzzzzz bzzzzz* de la nature.

Roger avait eu une vasectomie. «Je veux que mon plaisir soit sans conséquence», dit-il (j'aurais dû en prendre note); nous n'avons donc jamais été préoccupés par cette question, nous étions libres de le faire où et quand nous en avions envie. C'est étrange comme il y a des *catégories* de souvenirs, des souvenirs qui se rapportent à une même personne et qui pourtant ne se mêlent pas. Je me souviens d'une part d'un intellectuel profond spécialiste de Conrad qui m'a influencée de plusieurs façons, dont la rencontre a eu des conséquences intellectuelles en moi, et, d'autre part, d'un professeur et d'un satyre et de son sexe puissant et stérile. Devant ces deux personnes, je sentais que j'étais la même. Nue ou habillée, j'étais moi. Mais dans son cas, les vêtements changeaient tout. Les vêtements, ou leur absence, changeaient l'homme.

Sur le canapé, sur le bureau, sur le sol, contre le mur; dans le salon, sous la douche, dans le corridor, devant des miroirs, dans la cuisine, dans le lit (davantage une éponge qu'un matelas); dans le jardin; une fois, tard la nuit, dans le sauna de S-M (il est devenu livide et a pratiquement perdu connaissance. Je dus le tirer dehors et le laisser se reposer pendant quarante minutes); dans un cinéma, d'une main il m'infligea un orgasme formidable tandis que je devais rester parfaitement immobile et calme, une véritable torture; une fois dans le cimetière de Little Lake, mais nous fûmes dérangés; une fois je le suçai juste avant le cours et j'eus le goût de son sperme dans ma bouche tout le temps, me demandant avec inquiétude quelle haleine j'avais ; lentement ; rapidement ; les yeux fermés ; les yeux ouverts — notre peau devait exsuder une trace chimique, exhaler quelque phéromone combustible. Un jour, Roger me dit qu'il aurait voulu que je mesure dix centimètres, comme ça il m'aurait fait entrer tout entière dans sa bouche et m'aurait léchée partout. C'est ce qu'il faisait de toute façon, avec la détermination d'un chien. Je garde le souvenir indélébile de nous deux sur son lit. Le drap du dessus et la couverture ont disparu. Je suis allongée sur le dos ; Roger est à genoux. D'une main, il manipule son pénis en érection, de l'autre, il tient la cheville de mon pied droit. Il a mes orteils dans sa bouche, il les mordille, il les lèche, il joue avec comme on joue de l'harmonica. Parfois, tout le devant de mon pied disparaît dans sa bouche — plus tard, des marques de dents montrent jusqu'où il est allé. Mon pied est trempé de salive. Roger me dévore des yeux pendant que je me masturbe en le regardant. Il a une expression qui paraît sortie du *Cabinet du docteur Caligari* et il fait des bruits de cannibale affamé. Je suis sur le point de jouir, mais je me retiens. C'est une sensation à la fois glacée et fondante. Puis la chambre s'assombrit, non pas à cause d'une éclipse, mais parce que je m'abandonne et que mes yeux se rétrécissent. J'entends alors un gargouillis, je sens une vive morsure à mon pied, et le sperme jaillit dans les airs et au-dessus de moi. Je le vois comme une étoile filante.

Aucune importance si j'étais menstruée. Bien au contraire, cela excitait Roger, l'idée même de le faire durant mes règles, puis d'avoir ensuite à la base de son érection faiblissante un anneau de sang coagulé, et sur les draps des traînées de sang nettement délimitées par les lignes divergentes de l'intérieur de mes cuisses, évoquant, au milieu des draps immenses, le travail d'un peintre minimaliste fiévreux.

La plupart du temps, il se mettait sur moi. Cela me plaisait ; je pouvais sentir, regarder et toucher. Nous le faisions aussi par-derrière. Au début, je n'en avais pas très envie. Il verrait… j'exposerais mon… Je crois que c'est là que le sens de l'intime disparaît en dernier lieu. Mais Roger avait une fixation anale. Loin de prétendre le contraire, la première chose qu'il fit la première fois fut de ronronner : « Un beau trou du cul » et d'y fourrer un doigt lubrifié. Le premier moment de choc passé, je trouvai ça plutôt agréable. Lorsqu'il me pénétra, j'éprouvai un double sentiment de plénitude, comme si j'étais remplie à pleine capacité. Plus du tout timide, je me cambrai davantage. Il m'a quelques fois carrément sodomisée avec son pénis lubrifié, mais j'aimais moins cela. Quand mon sphincter voulait se refermer et qu'il entrait, j'avais mal ; et quand j'étais détendue et ouverte, j'avais l'impression d'être en train de déféquer et je trouvais que je ne participais pas, mais que j'attendais. Je dois pourtant admettre que j'étais en même temps émoustillée par l'absolue indécence de ce que nous étions en train de faire.

Quand j'étais particulièrement excitée, j'avais un orgasme pendant que Roger entrait et sortait de moi. Ça arrivait toujours quand il était par-dessus moi et ça semblait venir de nulle part. Habituellement, toutefois, je jouissais avant qu'il ait éjaculé ou après, quand il me tripotait avec ses doigts ou qu'il me couvrait de grands coups de langue — c'était alors que sautaient comme un volcan les bouchons de bouteilles de champagne.

Après des périodes de plaisir répété, j'étais parfois tellement endolorie que je pouvais à peine marcher.

C'est une sensation éprouvée il y a tellement long-temps, de tant baiser que ça fait mal.

Je passai l'été à lire Conrad et à faire l'amour. Roger me donna la clé de sa maison. À présent, lorsque Sarah disait: « On pensait que tu ne reviendrais jamais », je riais. Lorsque l'année scolaire recommença, nous dûmes faire preuve de discrétion, mais je passais encore beaucoup de temps chez lui (mais beaucoup moins de nuits, un point sensible). Seulement lorsque ses enfants lui rendaient visite, je m'absentais complètement. Leah avait mon âge, Jeremy était plus vieux que moi — la bizarrerie de la situation aurait été pire qu'avec Tuesday. Il valait mieux qu'à leurs yeux je n'existe pas. Ou aux yeux des autres. Même si plusieurs professeurs et étudiants étaient au courant, nous nous comportions en public comme si nous étions de quasi-étrangers et nous n'avons jamais participé à aucune activité sociale ensemble, même si nous y participions tous les deux.

C'est dans la maison de Roger, pendant son absence, que j'écrivis ma nouvelle sur les dentiers. Je trouvais l'endroit propice à la créativité — le bois, les livres, la tranquillité, et aussi parce que je savais que mon temps était limité, que, dans quelques heures, quelques minutes, il allait apparaître et que j'allais cesser d'écrire. Comme, dans sa pièce de travail, le bureau était vraiment trop encombré, j'écrivis ma nouvelle sur un petit secrétaire dans le salon. Le dessus était incliné et se soulevait comme celui d'un pupitre d'écolier, mais le meuble était beaucoup plus élégant : il avait une surface d'écriture en cuir et des pieds en pattes de lion. Je trouvai à l'intérieur de vieilles lettres, divers documents et une petite édition reliée des *Fables* de La Fontaine. Le livre mesurait à peu près douze centimètres sur neuf et il tombait en morceaux. Je recollai les couvertures avec du ruban adhésif et je décidai d'apprendre par cœur une fable par jour jusqu'à ce que j'aie terminé ma nouvelle. Je parvins à la quinzième fable de la troisième partie, ce qui veut dire que j'écrivis mon texte en cinquante-six séances de longueur variable, allant de quelques heures à une journée complète, plus deux autres pour le taper sur l'ordinateur de Roger. Je veillai à ne pas répéter l'erreur commise dans le cas de mon roman ; je ne fis pas un plan trop détaillé. Je griffonnais mes nouvelles idées dans un carnet que je gardais avec moi, j'avais une feuille à côté de mon brouillon sur laquelle j'écrivais des notes dont j'avais besoin dans l'immédiat ; autrement, je composai mon histoire directement à partir de ma tête.

Je découvris que plus j'écrivais, plus j'en avais à dire, une idée en entraînant une autre. À la fin, ce fut une nouvelle plutôt longue, un peu plus de quarante pages. Il s'agissait en partie des résultats d'une recherche qui me donna les faits bruts, autour desquels je pus tisser mon propos. Je dois beaucoup à une femme du service des relations publiques d'une importante compagnie américaine de produits nettoyants et adhésifs pour prothèses dentaires qui m'envoya des tonnes de renseignements, une synthèse historique complète digne de l'encyclopédie *Britannica*. Je lus plus que je n'en avais envie ou besoin sur les dents de bois de George Washington, les prothèses victoriennes en ivoire, la découverte du plastique polymère après la Seconde Guerre mondiale, le processus de fabrication des dentiers et des dents artificielles et la façon adéquate de les entretenir. Des faits, des chiffres, des explications, des anecdotes : cette femme du Michigan m'a fourni tout cela, chacune de ses lettres portant le slogan *Nous vous aidons à garder votre sourire* au-dessus de deux rangées de dents éblouissantes.

Je me rappelle clairement le moment de la conception de cette nouvelle. Cela avait un rapport avec la vasectomie de Roger. Parfois, Roger aimait bien que je joue avec son pénis par-derrière, c'est-à-dire quand je passais la main entre ses cuisses pour tenir son sexe. Un jour, c'était un samedi ou un dimanche vers la mi-septembre, je lui accordais ce petit plaisir. Nous étions étendus sur le côté, dans son lit, j'étais derrière lui, un peu plus bas, ma tête sur son flanc, et je regardais ce que ma main faisait. Un peu de semence avait déjà perlé et mon mouvement de va-et-vient l'avait fait mousser. Il éjacula. J'étais toujours étonnée de voir tout ce théâtre — la respiration haletante, les gargouillis et les grognements venant des entrailles, l'expression torturée, la tension et le tremblement de son corps — ne produire que quelques giclées, peut-être trois millilitres de sperme. Pendant que nous restions allongés en train de récupérer de sa jouissance, je regardai les gouttelettes sur le drap. C'est à cet instant, alors que je pensais au pouvoir de cette quantité ridiculement infime de matière gluante, laquelle n'avait, dans ce cas particulier, aucun pouvoir, que les mots « éjaculation édentée » me vinrent à l'esprit.

Le produit fini n'eut rien à voir avec les vasectomies ou les éjaculations, mais celles-ci en furent l'origine.

Ma nouvelle traitait d'une jeune femme sans dents et des relations entre elle, son dentier et un ancien premier ministre beaucoup plus âgé et aux dents saines qui devint son amant. J'avais dans la tête l'image d'une belle jeune femme édentée au lit avec son vieil amant ; ils étaient nus tous les deux, couchés en chien de fusil, elle à l'intérieur, et regardaient un verre d'eau contenant ses dents. Je divisai ma nouvelle en chapitres, seize en tout, dont chacun avait son propre titre, ce qui me permettait de varier la voix narrative. Certains chapitres étaient descriptifs et racontés par un narrateur omniscient, centrés sur un événement — le nettoyage de sa prothèse, par exemple, avec le pétillement des comprimés nettoyants et le brossage minutieux. D'autres étaient écrits à la première personne, le « je » de la jeune femme ou celui de son amant. D'autres encore étaient seulement des dialogues. Il y avait une simple tension au cœur de l'histoire : leur liaison devait demeurer secrète parce que l'amant de la jeune femme était très connu et beaucoup plus âgé qu'elle, et cette clandestinité la dérangeait de plus en plus. Elle se sentait impuissante — d'où le symbole du dentier.

C'était une nouvelle parfaite, ce par quoi je veux dire en toute humilité que tout était pleinement voulu, toutes les ambiguïtés précisément circonscrites. J'étais heureuse du résultat.

J'osai solliciter l'attention du monde entier. Je choisis un magazine littéraire bien connu aux États-Unis — car je pensais que c'était là qu'il fallait publier pour que ça compte — et je leur envoyai ma nouvelle par la poste. La rapidité et la sécheresse avec lesquelles elle fut refusée — *huit jours* après avoir déposé mon enveloppe dans la boîte aux lettres, je reçus une lettre circulaire où la date était tamponnée et qui commençait par « Cher auteur » — me donnèrent l'impression d'avoir tiré une vieille flèche émoussée par-delà la frontière, dans la jungle américaine, et qu'une seconde plus tard une balle sifflait à côté de ma tête en guise de riposte. Dans leur hâte d'expulser ma nouvelle des États-Unis, les éditeurs n'avaient même pas pris la peine d'affranchir correctement l'enveloppe préadressée que j'avais dûment incluse. Comme il est impossible d'acheter des timbres américains au Canada, j'avais joint à mon enveloppe un bon postal international échangeable contre les timbres appropriés dans n'importe quel bureau de poste. Les éditeurs ne s'étaient pas cassé la tête avec de pareils raffinements : c'est le bon lui-même, une bout de papier vert qui ne ressemblait pas du tout à un timbre, qui servit de passeport à ma nouvelle, maladroitement collé dans un coin, là où je m'attendais à voir le drapeau américain ou un aigle à tête blanche. Je tentai ma chance auprès d'autres magazines américains, depuis les grands et célèbres jusqu'aux petits mais jouissant d'une certaine réputation. Aucun ne fit montre de la rapidité et de la brutalité du premier, ce que j'en vins à regretter.

Comme les mois passaient sans que j'entende parler de ma chère nouvelle, je pris conscience qu'il valait mieux se faire lyncher que d'attendre interminablement dans le quartier des condamnés à mort. Longtemps après que ma nouvelle fut non seulement publiée au Canada mais incluse dans une *anthologie*, je reçus à Montréal une carte postale éraflée du Mississippi, lasse du monde, portant tous mes changements d'adresse, qui m'informait aimablement qu'on ne pouvait malheureusement accepter ma nouvelle, mais que je devais en soumettre d'autres.

J'eus finalement davantage de chance dans mon propre pays. Une revue littéraire de Colombie-Britannique me donna son accord. Une lettre circulaire avec des espaces vides à remplir, évoquant un certificat de naissance, m'informa que j'étais née ; un post-scriptum écrit à la main donnait plus de détails. Je connus le plaisir de corriger les épreuves et, à la publication, je reçus une petite somme d'argent. Je possédais désormais les qualifications minimales pour me prétendre écrivain. Je n'en parlai à personne à Ellis — pas même à Roger, à qui je fis néanmoins parvenir de Montréal un exemplaire de la revue —, mais, dans ma tête, toute la ville était au courant. Lorsque la nouvelle fut réimprimée pour faire partie d'un recueil annuel intitulé *Les meilleures nouvelles canadiennes*, un vrai livre publié par un vrai éditeur, j'éprouvai cette satisfaction démontrée par l'expérience : l'écrivaine peut bien mourir, elle continuera à vivre même si ce n'est que dans une seule nouvelle publiée dans une anthologie. —

Je pensai à dédier ma nouvelle à « R. M. » — cet hommage figurait même sur les épreuves —, mais j'avais alors quitté Roetown et c'était fini avec Roger. Je ne lui en voulais pas, mais je ne voyais aucune raison de le flatter, même d'une façon aussi mineure. Je fis sauter la dédicace.

Pour obtenir mon baccalauréat, j'avais encore besoin de suivre deux cours de philosophie (je choisis la philoso-

phie du langage et philosophie et sciences), mais je décidai de suivre également le cours de Roger sur Conrad.
C'est ainsi que les activités d'un été — Conrad et le
sexe — se trouvèrent prolongées pendant une année entière. Ce qui, avec mes efforts privés de création et l'obligation de dormir et de manger, plus un peu de natation,
résulta en une année occupée.

Notre histoire se termina dans le même climat et le
même état d'apparente fuite des habitants qu'elle avait
commencé : un Roetown sans étudiants dans la canicule
de l'été. Une fois de plus, Roger avait été « piégé » et
devait donner un cours d'été. Je savais qu'il ne rentrerait
pas avant neuf heures du soir, au plus tôt. Je bouchai la
baignoire et le lavabo de la salle de bains de même que
les trop-pleins et j'ouvris les robinets d'eau chaude. La
pression d'eau était très forte chez Roger ; l'eau bouillonnait littéralement de ses robinets. Pendant que la
moquette du corridor prenait une teinte de rouge plus
foncée, j'écrivis VA TE FAIRE FOUTRE sur son lit
avec sa mousse à raser. Au rez-de-chaussée, tandis que je
finissais de choisir les livres que j'allais voler — autant
que je pouvais en emporter, y compris la petite édition
des *Fables* de La Fontaine —, son escalier devenait une
fontaine avec un effet de vagues des plus jolis. Je partis
juste avant l'eau. Vous pensez peut-être que, ayant
confessé ces enfantillages, j'ai un peu honte. Pas du tout.
J'étais trop jeune pour avoir l'audace de mettre le feu à sa
maison, c'est là mon seul regret. Le feu est le seul
châtiment convenant à un homme au cœur froid et
égoïste. La pire chose qu'il connut en revenant chez lui
fut de trouver une maison inondée avec l'eau du Congo,
des parquets boursouflés qui, pour une fois, ne cra-
quèrent pas lorsqu'il marcha dans l'eau qui les couvrait et
qu'il monta l'escalier. Je suis certaine qu'il n'a pas saisi le

sens de ce petit détail : cette eau froide avait déjà été chaude.

Je n'irai pas jusqu'à dire qu'il était un imposteur. Mais le fait de vivre avec une telle contradiction entre l'intellect et la passion physique indique un manque d'intégrité. J'étais censée être un secret non seulement pour les autres, mais pour Roger lui-même. Je ne pouvais être vue par sa famille, par les professeurs et par les étudiants ; plus encore, je ne pouvais être vue par Joseph Conrad. J'étais quelque chose de clairement et de commodément expurgé de l'esprit de Roger. Pour lui, je ne représentais rien d'autre qu'une fille avec qui s'envoyer en l'air. La passion restait en bas de la ceinture, elle n'atteignait certainement pas son cœur — et c'est ce qu'il voulait cacher, cet abîme entre la froide indifférence et le fol abandon, cette absence de communication entre ce qu'il ressentait et ce qu'il faisait. Conrad n'aurait sûrement pas approuvé, lui qui avait décrit en détail les tourments que l'humanité s'inflige à elle-même tandis qu'il restait amarré en toute sécurité à sa Jessie. Quand Roger s'habillait, il se rendait présentable non seulement pour le monde, mais aussi pour lui-même. Il endossait un habit de civilité et d'introspection délicieusement taillé pour refléter la folie de la condition humaine telle que vécue dans les comptoirs d'échange et sur les bateaux du lointain Archipelago malais, mais pas à Roetown. À Roetown, tout serait en ordre et selon ses conditions. Ainsi, nous baisions en fonction de son horaire et comme cela lui convenait. Non seulement il ne voyait pas l'intérêt qu'il pouvait y avoir à visiter, disons, l'Amérique du Sud, dont la seule évocation propulsait mon esprit dans le monde du rêve, mais il ne voyait pas pourquoi il dévierait d'un centimètre du chemin qu'il avait choisi de suivre. Si Roger était sorti pour acheter du lait, que je m'étais trouvée de l'autre côté de la rue et que je lui avais dit que s'il ne traversait pas tout serait fini entre nous, il m'aurait crié sans s'arrêter : « Non, je vais acheter du lait », et il aurait poursuivi sa route.

Entre-temps, comme je ne me rendais pas compte que j'étais aussi remplaçable qu'un litre de lait deux pour cent, je me suis investie en lui. Je n'ai jamais eu le sentiment de faire des compromis, parce que c'était toujours un plaisir d'être avec lui. L'étudiante indisciplinée que j'étais trouvait toujours du temps libre pour lui. C'est seulement lorsque j'ai compris quelle piètre attirance magnétique j'exerçais sur lui — aucune — que j'ai vu toute la situation comme un compromis, que j'ai vu qu'il n'y avait jamais aucun équilibre, qu'il n'y avait qu'un maître avec son animal de compagnie, qu'un point entouré d'un cercle. Nous baisions d'une façon magique, je ne peux le nier. Les souvenirs que j'en ai pétillent toujours dans mon esprit comme un feu de bois sec. Mais il me fallut à peine un instant pour passer de « Et maintenant quoi ? » à « Plus jamais ». Entre la dernière séance d'insouciant plaisir charnel et la fois où j'ai presque détruit sa maison, il n'y eut pas plus que quelques jours et une conversation ayant commencé quand, au lit, après, tandis que nous lisions, je me tournai vers Roger et lui demandai pour la première fois : « Roger, qu'est-ce que nous sommes ? Je veux dire toi et moi, qu'est-ce que nous sommes ? Quelle est notre relation ? » Il n'avait pas envie d'avoir ce genre de conversation. Les mots, avec leur sens précis, même s'ils étaient couverts et retenus, le piégeraient. C'est ce qu'ils firent. Lorsque je retournai silencieusement à mon livre et regardai la page, deux sentiments produisirent des remous en moi : l'étonnement et la confirmation de ce que j'avais pensé. Mon esprit était occupé à revoir des événements, à réévaluer des échanges, à comprendre des choses.

Après cela, je ne fus plus capable de le faire. Son sexe était le même, mais en moi quelque chose avait changé.

C'était un homme vulgaire — comment peut-on baiser avec la vulgarité ?

Je dois m'empresser de préciser que je n'étais pas amoureuse de lui. Malgré tout ce qu'en disent les romans sentimentaux, l'amour, comme toute chose vivante, s'installe lorsqu'il y a un avenir. Je n'ai jamais pensé que nous en avions un, Roger et moi. Je n'ai jamais envisagé de m'établir à Roetown avec lui dans un quelconque arrangement domestique. Il y avait trop de différences, qui concernaient moins nous-mêmes que nos vies. Il avait cinquante ans, j'en avais vingt-deux ; il était établi, moi, pas ; et ainsi de suite. Nos plaisirs étaient donc des plaisirs du moment. Je commis l'erreur de croire qu'il croyait dans ce moment. Il n'y croyait pas. Sa vasectomie, cette petite cicatrice sur son scrotum, ne reflétait pas seulement le rendement de son pénis, mais aussi celui de son cœur. Si je n'avais plus été là, si je m'étais noyée dans la rivière Wade, il se serait trouvé une autre poule. Je ne crois cependant pas qu'il lui aurait donné la clé de sa maison.

Je quittai Roetown d'un seul élan, d'un seul souffle. Je marchai de chez Roger à chez moi, chargée de livres, ne m'arrêtant que pour jeter sa clé dans la rivière (a-t-il pensé que je l'avais gardée ? a-t-il fait changer les serrures, craignant mon retour ?). J'emballai mes affaires, rédigeai en vitesse quelques lettres d'adieu, donnai quelques coups de fil, dis au revoir à Sarah, payai ma part du loyer pour le reste de l'été, fis don de mon futon à un futur locataire de la maison, vendis pour une bouchée de pain mon bureau et ma chaise à Martin, laissai quelques vieux vêtements se débrouiller tout seuls, je chargeai un taxi comme un mulet — comme le chauffeur refusa de prendre mon vélo, je pédalai jusqu'à la gare d'autobus pendant que la voiture roulait sans moi — et je partis pour Montréal.

C'est seulement lorsqu'on est jeune, ou lorsqu'on vit près d'un volcan, que l'on peut se déraciner en l'espace de trois heures. J'arrivai chez ma tante, à Montréal, non pas en catastrophe mais à l'improviste et très fatiguée. Mais je ne m'arrêtai pas là. Le temps de reprendre mon souffle et de réfléchir, je me trouvais au Mexique, la destination exotique la moins chère que j'avais trouvée à quelques jours d'avis.

(Certains peuvent s'étonner du peu de cas que je fais de ma seule parente vivante. Ma tante, qui n'avait pas d'enfant — et cette absence transpirait d'elle, comme de son mari —, était une femme conventionnelle. Sa vie ressemblait à du ciment, qui ne change plus une fois qu'il a séché ; lorsque, comme sa vie, il avait pris, elle aussi avait pris. Pour elle, la vie était un moule plutôt qu'une mue. Je me souviens que, en descendant un matin, je la trouvai en train de repasser quelques-uns de mes vêtements. Elle avait repassé les manteaux d'hiver de son chien, me dit-elle, et avait pensé profiter de l'occasion pour passer un coup de fer sur mes affaires. À côté de deux manteaux de chien en tartan (c'était un terrier écossais), il y avait un ou deux chemisiers soigneusement pliés, une jupe, un pantalon et une chemise d'homme. Elle les avait disposés en deux piles : les blouses et la jupe dans l'une, le pantalon et la chemise dans l'autre. Lorsqu'elle eut fini de repasser la dernière blouse, je la remerciai, je rassemblai d'une manière éloquente ses deux piles et je m'éloignai avec mes vêtements. C'est le plus loin que nous sommes allées pour ce qui est d'aborder le sujet personnel du sexe. Nos sourires étaient de la colle à laquelle adhéraient nos masques : derrière le sien, il y avait une femme plus âgée qui était choquée et scandalisée ; derrière le mien, une jeune femme tout à fait satisfaite de ce qu'elle était. Le mari de ma tante, un ingénieur à la retraite, se tenait la plupart du temps occupé dans une autre partie de la maison.)

À l'aéroport de Cancún, la question «Mais qu'est-ce que je fais ici?» me frappa durement. J'envisageai de retourner en vitesse à Roetown pour tenter d'arranger les choses avec Roger, mais je me retins. Je passai deux mois et demi au pays des Mayas. Je rencontrai Françoise, une Française, et ensemble nous explorâmes tous les sites mayas dont nous entendîmes parler, ce qui, vu le manque de moyens de transport et l'éloignement de plusieurs des ruines de moindre importance, moins connues, nous obligea à marcher beaucoup, agitant parfois une main insistante vers le camion, la voiture ou la mule qui passait à l'occasion, et nous fit vivre quelques nuits à la belle étoile dans notre sac de couchage. Une fois, nous montâmes à l'arrière d'un camion en compagnie de travailleurs agricoles que l'on conduisait aux champs. Notre présence suscita des sourires et des rires timides chez ces hommes chaleureux et sans prétention. Je les idéalise en disant cela, mais j'avais l'impression qu'ils vivaient une vie simple, entière. Ils avaient les pieds sur terre, leurs orteils étaient comme des racines, et lorsqu'ils levaient leurs mains au-dessus de leur tête avec leur houe, ils touchaient le ciel bleu.

Mon souvenir le plus tenace de la civilisation maya est celui d'un site isolé dont j'ai oublié le nom, juste quelques ruines luttant pour survivre dans la jungle. Françoise et moi, nous avions le site pour nous toutes seules. Au sommet d'une petite colline, on trouvait les vestiges d'un temple carré. Les hasards de la déchéance avaient fait que les quatre murs du rez-de-chaussée s'étaient écroulés, ne laissant que les coins pour retenir ce qui restait, et que l'étage au-dessus, sauf un pan de mur, s'était complètement effondré. Le résultat donnait une structure ressemblant étonnamment à une chaise gigantesque, à un siège pour les dieux. Je songeai à la toile de Joe. Dans ce décor, cependant, toute seule sur une colline à regarder vers le ciel, entourée par une jungle qui l'étranglait, cette chaise, vide depuis des siècles, me frappa comme un symbole non pas d'attente mais de mort. Dans les autres sites mayas que nous visitâmes, je ne parvins jamais à vraiment imaginer les gens qui y étaient entrés et qui en étaient sortis, qui avaient couru autour. Mais en regardant cette ruine, transformée en quelque chose de nouveau, d'imprévu et de démesuré, je sentis d'une façon puissante l'incessant passage du temps et le silence de ceux qu'il laisse derrière lui.

Nous fûmes témoins d'une atrocité dans un village, au nord de Mérida. Ayant quelques heures à tuer avant de reprendre notre autobus vers la ville, nous eûmes la chance, c'est du moins ce que nous pensions, de tomber sur une *fiesta taurina*, un festival de corridas. Françoise et moi étions enchantées. Voilà qui complétait parfaitement l'austère silence des ruines. Nous discutâmes avec animation avec les gens qui nous entouraient. *Oh! non, notre espagnol n'est pas parfait, mais merci!... Un mois... À Mérida, puis au Quintana Roo... oh! c'est ravissant, nous adorons!* Le mot Kah-nah-dah se répandit autour de nous. Mon pays avait toujours plus de succès que celui de Françoise. Un air de trompette mal joué déchira l'air.

En fait, cette *fiesta taurina* n'était ni un festival — c'était un événement unique qui débuta peu après notre arrivée, au moment où le soleil se couchait — ni une corrida, puisqu'il n'y avait ni matador ni *toro bravo*. Ici, il n'y avait pas de bête terrifiante aux cornes assassines qui galopait furieusement dans l'arène de fortune, mais seulement un bœuf domestique éberlué, un bovin mangeur d'herbe portant comme un chameau une bosse de graisse sur son cou; il fit son entrée en trottinant, agitant ses oreilles molles de basset, puis il s'arrêta, étonné par le nombre de personnes rassemblées et le vacarme qu'elles faisaient. Ses yeux noirs et humides, que j'imaginai

myopes, firent le tour de la place. Il baissa la tête, cherchant probablement de l'herbe à brouter. En ce qui
concerne le toréador putatif, il n'y en avait pas un mais
plusieurs qui affrontaient l'animal solitaire, et ils n'étaient
pas habillés en matadors mais en femmes. Ces persécuteurs de vaches moustachus s'étaient exagérément
maquillés, ils portaient des robes longues; des vêtements
roulés en boule leur faisaient des hanches, et d'énormes
ballons qui bougeaient continuellement leur servaient de
seins, ce qui provoquait l'incessante hilarité de l'auditoire
surtout composé d'hommes. Ils poussèrent le bœuf, lui
donnèrent des coups de pied, lui tirèrent la queue,
crachèrent dans ses yeux, firent tout ce qu'ils pouvaient
imaginer pour l'amener à charger. Mais il se contenta de
meugler, de trembler et de faire quelques sauts — les
limites de ses aptitudes de combattant —, et le spectacle
fut donc transformé en rodéo: puisqu'il ne voulait pas
charger, qui pourrait rester le plus longtemps sur son dos?
Lorsqu'il devint manifeste que la bête n'était pas davantage un cheval sauvage qu'elle n'était un *toro bravo*, la
question du jour se transforma en «Combien?». À trois,
le bœuf tituba, puis quatre et cinq hommes grimpèrent
sur lui. Comme un sixième faisait une tentative, l'animal
s'effondra, et la foule éclata de rire. La lame d'un couteau
apparut dans un éclair, et un homme travesti poignarda le
bœuf dans le cou. Du sang rouge coula au rythme d'un
cœur qui bat. Voilà qui allait l'aiguillonner. *Olé! olé! olé!*
cria la foule. En effet: le ruminant mugit et trembla
comme jamais il ne l'avait fait. Il parvint même à exécuter
quelques charges hésitantes, ce qui suscita toute une
pagaille. Des robes tourbillonnèrent. Une épée apparut.
La brute serait mise à mort comme un vrai *toro*, la lame
plongeant entre ses épaules, jusqu'à son cœur. *Olé! olé!
olé!* Des mouchoirs blancs furent agités. Sauf qu'il y avait
cette encombrante bosse de graisse juste à l'endroit où

l'épée devait passer. Aucune importance, l'homme allait essayer de toute façon ; il se plaça devant le bœuf, adoptant la pose d'un matador, et chargea. Mais cet imbécile ne réussit qu'à coincer son épée dans la bosse. Le bœuf poussa un cri perçant. Les yeux fous, bavant, il se rua contre un camion qui formait une partie du mur de l'arène, espérant repousser le véhicule et s'enfuir, tandis que les hommes et les garçons lui donnaient des coups de pied en riant joyeusement. C'est à ce moment que nous nous levâmes et que nous quittâmes les lieux.

J'étais glacée d'horreur — vraiment, une chute de plusieurs degrés Celsius dans ma poitrine. Nous nous mîmes à pleurer de rage et de douleur dans une rue déserte. Une femme sur le seuil de sa porte nous remarqua et parut inquiète. Nous nous tournâmes et poursuivîmes notre route vers l'arrêt d'autobus.

À temps perdu, pendant le voyage, je commençai à travailler à une autre nouvelle. Ma vie manquait de structure, de modèle, elle semblait tituber d'un battement de cœur à l'autre. Mais cela allait la stabiliser. Je me souviens d'avoir travaillé à ma nouvelle sur une petite table de bois, en face d'un mur blanchi à la chaux, dans une chambre d'hôtel de la charmante ville de Mérida. Du papier, un stylo, quelques idées… et moi, de nouveau seule.

J'aurais pu continuer à voyager, mais septembre approchait et mon esprit fonctionnait encore comme celui d'une étudiante : septembre était le mois où commençaient l'ordre et la discipline, même si j'avais renoncé à poursuivre mes études de maîtrise à Ellis.

Je rentrai à Montréal et, pour aucune raison plus importante que parce que c'était là que mon avion avait atterri, je décidai de m'y installer. Je dénichai un bouge douillet sur le Plateau Mont-Royal, le meublai avec des trucs hétéroclites achetés rue Ontario et des accessoires de cuisine que je trouvai dans un magasin juif pas loin, et je rapportai chez moi, en le portant sur mon dos, un futon mince acheté rue Saint-Denis. C'était la première fois que je vivais toute seule et, même si, objectivement, l'endroit était un taudis, j'étais ravie. C'était *chez moi*; ce n'était que pour moi que s'allumait la pittoresque cuisinière à gaz, que la baignoire se remplissait d'eau chaude, et la boîte aux lettres, de courrier.

Mes voisins constituaient un mélange typiquement canadien. Une vieille Polonaise, pâle, ridée et voûtée, qui ne parlait ni le français ni l'anglais, vivait en face de chez moi. Elle était alcoolique et atteinte de sénilité. De ma salle de bains, je l'entendais parfois marmonner et se parler à elle-même. Je montais son chariot à épicerie chez elle chaque fois que je tombais sur elle au pied de l'escalier. Je me demandais toujours depuis combien de temps elle attendait que quelqu'un passe par là. À intervalles réguliers, rares, un homme d'âge moyen, son fils, venait lui rendre visite. Il était timide ou revêche, je ne sais pas vraiment; lorsque par hasard je le croisais dans les corridors vert vomissure, il m'ignorait, ne me regardant même pas. La seule fois où je lui ai dit bonjour, je n'ai pas reçu de réponse. Il était plombier.

J'ai appris ces quelques faits à leur sujet de la bouche du concierge, un volubile chauffeur de taxi haïtien qui avait toujours des accidents de circulation mineurs.

Directement au-dessus de moi vivait un couple avec un bébé, venant de l'Inde ou du Sri Lanka. Au bout du couloir, en face, il y avait un jeune couple gai anglophone; nous avons établi de bonnes relations de voisinage, nous saluant et échangeant de petits propos. Un jeune homme originaire de quelque part dans les Antilles, anglophone lui aussi, cuisinier dans un casse-croûte, habitait juste passé le coin du corridor.

Et il y avait les autres que je saluais avec des hochements de tête. Un homme avec une moustache en guidon de vélo. Une Portugaise d'âge moyen, sérieuse, qui avait toujours l'air pressée. Un couple de retraités, des Grecs, je pense, dont le mari était toujours occupé à une chose ou à une autre chaque fois que je les voyais. Quelques quidams dans la vingtaine ou dans la trentaine.

Autour de nous, le Plateau ; c'est-à-dire un quartier où les enseignes étaient en français, mais où, dans les magasins, on pouvait entendre parler grec, portugais, yiddish, espagnol, arabe et d'autres langues, en plus du français, et où le volapuk était souvent un anglais fonctionnel, massacré, assaisonné d'une myriade d'accents. Le mélange semblait facile entre les groupes ethniques diversement intégrés, les étudiants d'université anglophones, ceux qui étaient des Artistes avec un grand A, ceux qui étaient cools et ceux qui voulaient être l'un ou l'autre, et les Québécois francophones. C'est du moins ainsi que la situation m'apparaissait. Je pouvais m'identifier à au moins trois de ces groupes, ce qui faisait de moi plus un caméléon qu'un hybride. En fonction de mon interlocuteur, je pouvais changer mon personnage, bien que mon accent québécois n'ait malheureusement jamais été très bon à cause de mes années d'enfance passées en France ; alors parfois, loin de cadrer dans le décor, je me situais complètement en dehors. À l'occasion, lorsque je commettais le *faux pas** de m'adresser à un Québécois nationaliste en anglais et qu'il me répondait en français, ce qui faisait sortir mon français de France, la *maudite Anglaise** que j'étais devenait une *maudite Française**. Lorsque je bavardais en espagnol, comme je le fis quelques fois dans un *dépanneur** à proximité de chez moi, je faisais plaisir à ceux de la vieille génération, mais cela provoquait les plus jeunes, qui pensaient peut-être que je doutais de leur capacité de parler le français. Telles sont les souffrances et les joies de vivre près des frontières.

Un corollaire de ma crise existentielle à combustion lente (que je n'ai mentionnée qu'en passant — ce singe, rappelez-vous) fut l'évaporation de toute orientation de carrière particulière. J'aurais été parfaitement heureuse de me consacrer à un ensemble de connaissances, de me former en ethnomusicologie, disons, ou en littérature comparée, ou en histoire des sciences, de Rome et de la Grèce — n'importe quoi à l'exception de l'art dentaire. Au cours des quelques années suivantes, je consultai périodiquement, d'une façon compulsive, des annuaires d'université, ces Pages jaunes de civilisation, et devins une lectrice qui se laissait prendre par leurs capsules de savoir soigneusement numérotées, hautement synthétisées. « Histoire classique 205 : Relations internationales dans le monde grec *c.* 500-146 av. J.-C. », « Études culturelles 260 : La confection du corps moderne », « Économie 361 : Une histoire économique de la révolution industrielle », « Histoire 472 : Une histoire sociale de la médecine », « Mathématiques 225 : Introduction à la géométrie », « Sociologie 230 : Soi et la société »... elles semblaient toutes plus intéressantes les unes que les autres. Je fréquenterais l'Université de Toronto et je deviendrais anthropologue. Non, McGill, où je me spécialiserais en littérature russe. Cambridge, où je me tremperais dans l'histoire grecque. Ou peut-être allais-je recommencer en philosophie, mais à Oxford, cette fois, et je ferais ma thèse de doctorat sur Hobbes. Non. En mathématiques à Canterbury, en Nouvelle-Zélande. Ou en écriture dramatique à Tufts. Mais ces intérêts ne duraient jamais plus d'un jour ou deux. Mes bons jours, j'avais l'impression que cette approche éparpillée était vaste, presque de style Renaissance ; mes mauvais jours, je la trouvais superficielle. Concrètement parlant, il s'ensuivit que je ne retournai jamais à l'université et que je n'appris jamais à faire quoi que ce soit.

Je suis restée avec l'écriture, non pas le premier choix sur ma liste mais le tout dernier. C'est la seule chose qui ne m'ait jamais fait défaut.

La nouvelle que j'avais commencée au Mexique et terminée à Montréal était une brève biographie romancée d'un prince de la couronne de Norvège. À la mort de ses parents dans un écrasement d'avion, il est saisi d'une sorte de vertige de souffrance. Toute douloureuse qu'elle soit, la mort de ses parents lui fait voir avec une clarté absolue combien celle de ses enfants serait plus douloureuse encore. Il jure de ne jamais en avoir. Mais un roi doit avoir un héritier. Il décide que, puisqu'il lui faut avoir une descendance, il aura beaucoup d'enfants, ce qui, espère-t-il, diminuera la charge émotionnelle que chacun d'eux aura à porter. Le roi se met donc à avoir des enfants, par le biais de l'insémination artificielle, avec les femmes de Norvège. Au cours de son règne, il devient le père de quelque neuf mille enfants, tous des étrangers, vu qu'un tel nombre rend toute intimité impossible. Puis, un jour, on lui annonce qu'un de ses fils est mort en tombant de cheval. Tel que prévu, il n'éprouve aucune douleur, et cela l'horrifie.

Ma nouvelle avait la même structure que celle que j'avais écrite sur les dentiers : de courts chapitres dont chacun avait son propre titre. Elle fut publiée dans une revue littéraire des Prairies.

Je commençai à travailler à un roman. Pendant plusieurs mois, je collectionnai des bouts de phrase de Shakespeare, Dante, Platon, Aristote, Goethe, Swift, Cicéron, Lucrèce, Horace, Dostoïevski, Galsworthy, Virgile, Chaucer, Gogol, Ovide, Byron, Aristophane, Salluste, Gibbons, Épicure, Eschyle, César, Euripide, Owen, Érasme, Sénèque, Boccace, Pétrarque, Pindar, Bacon, saint Thomas d'Aquin, Pirandello, Tourgueniev,

Ésope, Zénon (d'Élée), Thalès, Anaximène, Anaxi-
mandre, Descartes, Proust, Blok, Milton, Hamsun,
Heine, Henry James, Pouchkine, Madox Ford, London,
Emerson, Thoreau, Pascal, Hérodote, Tzara, Ball,
Hulsenbeck, Schwitters, Gurney, Mann, Hawthorne,
Hardy, Conrad, Spencer, la Bible, Hesse, Camoens,
Sassoon, Ibsen, Tolstoï, Melville, Shopenhauer, Dickens,
Chesterton, Quiller-Couch, Artaud, Kafka, Locke,
Berkeley, Hume, Shelley, Leibniz, saint Augustin,
Hobbes, Nietzsche, Abélard, Hopkins et Averroès, tous
morts et la plupart faisant partie du domaine public. Je
recherchais délibérément des expressions et des phrases
qui n'avaient rien de remarquable. Non pas les mots
célèbres de la littérature — « *Is this a dagger that I see* »,
« *Call me Ishmael* », « Longtemps, je me suis couché de
bonne heure... » —, mais les humbles compagnons de
route, qui nous soutiennent sans jamais chercher à briller.
Ces petits morceaux — parfois tellement banals que deux
auteurs les avaient écrits (plagiat!), d'autres fois uniques
mais néanmoins rebattus —, j'allais les assembler, en faire
une courtepointe, un roman qui apparaîtrait aussi lisse et
uniforme qu'une couverture de laine.

L'histoire que je voulais raconter était simple et
domestique. Durant l'été de 1914, le fils adulte d'une
femme est très malade, et celle-ci l'amène dans une villa
près de la mer pour prendre soin de lui. Il meurt. « Aujourd'hui, il y a quelques minutes, mon John est mort. »
Elle passe en revue sa maladie, ses dernières semaines de
vie et, à partir de là, elle recule dans le temps, année après
année. Le fils adulte devient un adolescent maussade et
rebelle, un enfant difficile, un bébé avide, un ravissant
nourrisson. Le roman se terminerait avec sa naissance.
« Aujourd'hui, mon petit John est né. »

J'étais entraînée par un sentiment de colère contre
l'histoire. Je voulais intégrer l'universel dans le personnel

et le laisser ensuite mourir, c'est-à-dire effacer l'ardoise. Par conséquent, seuls les mots de la mère étaient originaux, entièrement de moi. Toutes les bribes que j'avais recueillies allaient au fils — dans ses pensées, ses paroles, ce qu'il faisait, ce qu'il voyait, ce qu'il mangeait. À l'époque, je découvrais les auteurs dadaïstes, et beaucoup de ce que je lisais, particulièrement Tzara et Ball, touchait l'une de mes cordes sensibles. Il n'y a rien de dadaïste dans mon roman — autrement que dans la construction schwitters-sienne du fils —, mais j'étais, en l'écrivant, animée par quelque chose du turbulent désespoir dada. Je me demande maintenant pourquoi je me suis donné tout ce mal pour intégrer un modèle que personne ne verrait.

Je travaillai à mon roman de façon régulière. Je ne connus aucune paralysie. Jour après jour, il apparaissait sur la page.

Enfin Tito, Tito Imilac. Avant même de parler de la cuisson des carottes, de la liturgie réconfortante de la lessive, de la nourriture des poissons des yeux, je voulais me précipiter en avant et arriver à Tito.

Je fis sa connaissance dans un restaurant où je travaillais comme serveuse. C'était mon premier jour, mon premier quart de travail, et mon *dernier*, avais-je alors décidé.

J'étais tombée sur Daniela, Danny pour les intimes. Elle avait elle aussi étudié à Ellis, la même année que moi, sur le même campus, mais nous n'étions pas alors amies. Je crois que c'est parce que nous ne nous étions pas encore vraiment rencontrées. Absorbées comme nous l'étions par les préoccupations illusoires de la vie étudiante, nous n'avions jamais eu une seule minute pour constater comme nous nous entendions bien. Il avait fallu attendre cette rencontre inopinée boulevard Saint-Laurent, ce curieux happening psychologique, proche d'une explosion, ce qui se passe lorsqu'on reconnaît un visage dans la foule. «Danny!» avais-je pratiquement crié. Elle parut surprise et me sourit à son tour. Nous parlâmes pendant une minute capitale, et lorsque nous partîmes chacune de notre côté, moi à mon cours d'allemand, elle à son travail, le bout de papier que je tenais à la main avec son numéro de téléphone n'était pas une formule de politesse mais quelque chose de chaud et de précieux, aussitôt mémorisé, un poème de sept syllabes. Danny a été la première amie que je me suis faite à Montréal; c'est le genre d'amitié où la séparation dans le temps et l'espace n'est rien de plus qu'une pause dans une conversation qui se poursuit.

Elle travaillait dans une gargote élégante où l'on servait de somptueux petits-déjeuners et des hamburgers sophistiqués flanqués de frites *haute couture**. Les hamburgers étaient ouverts et chacun avait un nom différent — le Californie, garni d'avocat et de germes de luzerne, le Romanov, avec une sauce au vin rouge et aux champignons, et ainsi de suite. Au-dessus de chaque portion de frites, accompagnées de ketchup, de mayonnaise ou de sauce aux quatre poivres, il y avait un minuscule drapeau belge que les serveuses surmenées plantaient avec une fébrilité égale à celle des soldats américains hissant le drapeau à Iwo Jima. L'endroit était baigné de lumière, et le décor avait un *je-ne-sais-quoi** qui donnait aux clients l'envie de s'attarder un peu puis de revenir. C'était un endroit formidable pour manger, infernal pour travailler. Le propriétaire, Alain, était un type grassouillet et affable qui était conscient d'avoir une mine d'or et qui savait comment continuer de la faire fructifier. Avec ses serveuses, il se montrait souple et respectueux.

Un jour, vers le milieu de la matinée, Danny m'appela et me dit qu'ils avaient un pépin et me demanda pourquoi je ne tenterais pas ma chance comme serveuse plutôt que de passer mes journées cloîtrée à écrire. Moi ? répondis-je. *Serveuse* ? Mais je ne sais rien faire de plus dans ce domaine que de me servir moi-même dans le frigo.

Peu importe, décréta Danny. Tu feras une bonne serveuse.

Et c'est ainsi que, pour rigoler — me disant que le prix du sang de mes parents n'allait pas durer éternellement, ravie d'avoir un solide prétexte pour quitter mon appartement et mon roman, vêtue d'une jupe noire qui appartenait à Danny et d'une chemise blanche qui appartenait à Alain —, complètement énervée, je me retrouvai dans un restaurant bondé, à demander aux clients de répéter leur commande, à tout noter en écriture courante, à tout comprendre de travers, à servir les plats du mauvais côté. Et puis je demandai à ce client — portant des vêtements de sport, parlant anglais — à quelle cuisson il voulait son burger au poulet, pardon, son Louisiane. Il leva les yeux vers moi qui avais les miens baissés vers lui, mon stylo sur mon bloc. Il sourit. Un joli sourire, remarquai-je mécaniquement, au bord de la crise d'angoisse. « Bleu », répondit-il.

Je répliquai : « Merci. Ouache », et je me hâtai d'aller porter le bout de papier et de remplir le verre vide de quelqu'un. Je pense que, pendant que je me tournais, il agita la main pour attirer mon attention, mais je me dis que je retournerais le voir dans une minute. C'est incroyable comme il est difficile non pas d'être une *bonne* serveuse — juste ciel, je n'ai jamais eu d'aspiration aussi élevée —, mais d'être simplement une serveuse compétente. Que faire avec l'homme qui vous demande de vérifier dans quelle huile on fait frire les pommes de terre, avec l'enfant qui veut du *miel* sur son hamburger, avec la dame qui désire son Romanov sans viande (« Ça fait *tellement* engraisser », dit-elle avant de commander du gâteau au chocolat), avec les deux types qui pensent davantage à vous regarder qu'à commander, avec le cadre tout-puissant et imbu de sa personne qui veut sa facture tout de suite, le couple qui pianote sur la table en attendant de commander et qui, une fois qu'on est à sa table, hésite puis change d'idée après qu'on a tout écrit, le gars qui le voulait *sans* tomates et non avec un supplément de tomates ? C'est une activité chaotique, pleine de vexations, de rage, d'anxiété et de brutalité, comme la guerre.

Pourtant, ma première impression, pendant que Danny servait nonchalamment quelques clients qui sirotaient leur café en lisant le journal, et qu'elle me montrait les lieux, m'expliquant où se trouvaient les choses et comment préparer le cappuccino, cette première impression fut favorable. Je pensai : quelle façon fantastique et facile de gagner de l'argent !

Puis l'aiguille des minutes sauta de quelques millimètres seulement et voilà qu'il était midi et que tout à coup, en un clin d'œil, une centaine de travailleurs étaient là qui réclamaient des hamburgers. Où est Danny ? me demandais-je, de plus en plus prise de panique. Mais elle était allée faire son propre travail de fou dans sa section. Elle n'avait pas de baguette magique de serveuse expérimentée capable de ralentir le temps ou de faire partir ces gens. C'était moi contre Eux. Je crus que j'allais fondre en larmes.

Un instant plus tard, dans la cuisine, alors que je plantais des drapeaux belges, l'homme en blanc me dit : « Hé ! ho ! Mary-Lou, c'est quoi, ça ? Ce type veut son Louisiane *cru* ? »

Je jetai un coup d'œil à la commande. « Dis donc, Luigi, on mange le poulet cru en Italie ? demandai-je.

— Non, on le fait cuire. Et je ne m'appelle pas Luigi.

— Et moi, je ne m'appelle pas Mary-Lou. Et, *bien entendu*, ce gars veut son burger de poulet cuit, *mais il veut aussi une bière*, une Bleue.

— Ahh!... Tu es censée mettre l'alcool de l'autre côté », dit-il en regardant de nouveau la commande.

« Se tromper est canadien, pardonner est italien », rétorquai-je en m'éloignant, tenant en équilibre deux Canadien et deux Rome sur mes bras.

Comme je sortais de la cuisine, mon regard croisa celui de mon futur vrai amour à travers le restaurant et nous sourîmes tous les deux. Je remarquai de nouveau, moins mécaniquement cette fois, qu'il avait un beau sourire. Une fois à sa table, je dis : « Je suis désolée.

— C'est moi qui suis désolé. C'était une blague stupide. »

J'essayai de le regarder de nouveau pendant que je servais d'autres tables, mais nos yeux se croisèrent chaque fois.

Quand je lui apportai son Louisiane, je dis : « Calciné sur les braises. » Il rit.

Après ça, pas grand-chose. L'inévitable timidité des humains. Des regards et des sourires. Un café qu'il a fait traîner. Un pourboire de quinze pour cent calculé avec une précision mathématique. Une lente, hésitante mais irrévocable sortie au milieu du brouhaha.

Mais tout n'était pas perdu. Je demandai à Danny si elle le connaissait. « Le gars qui a les cheveux un peu fous ? Je l'ai déjà vu. Il vient assez régulièrement, mais habituellement pas le midi. D'habitude, il vient à la fin de l'après-midi, ou au début de la soirée. Est-ce qu'il a commandé un Louisiane ?

— Oui.

— Avec de la moutarde forte à côté ?

— Non.

— Oh ! je pense que c'est celui qui demande toujours de la moutarde forte ! »

Une excentricité qui se grava dans ma mémoire.

Alain me demanda comment je me sentais. À ce moment-là, je me sentais à quatre-vingt-dix-neuf pour

cent crevée et à un pour cent transportée de joie. « Ça
va », répondis-je, envoyant promener du revers de la main
près de deux heures de guerre éclair.

« Bien. Tu as eu de la chance. L'heure de lunch a été
plutôt tranquille. Les fonctionnaires avaient congé aujourd'hui.

— Tu veux rire ? dis-je en le regardant.

— Non. Tu aurais dû voir ça hier. C'était complètement dingue. »

Mon niveau d'épuisement grimpa à quatre-vingt-dix-
neuf virgule cinq pour cent. Si ce n'avait été de Tito, ma
carrière de serveuse se serait terminée à cet instant précis.
Mais à cause de lui, lorsque Alain m'offrit un horaire
régulier, j'acceptai. J'effaçai les centaines de clients difficiles, plaignards, grivois, pressés, mesquins, grossiers, et je
m'arrêtai sur un qui avait un sourire chaleureux.

Pendant les quelques jours qui suivirent, je pensai à cet
étranger, je caressai cette pensée. Pendant que je travaillais à mon roman, immergée dans la maladie et la perte, il
émergeait de mon esprit comme une baleine faisant
surface avec son jet d'eau, et ma tête devenait pleine
d'océan bleu et de poissons brillants. Jusqu'au moment où
je m'obligeais à me remettre à l'œuvre. « Tu ne connais
même pas son nom », me disais-je en me réprimandant.

Quand je le revis, mon cœur bondit dans ma poitrine
et je faillis laisser tomber trois assiettes par terre. Il paraissait si bien ! Je ne parle pas seulement de son apparence
physique, mais aussi de ce que je *ressentais* en le voyant.
C'était comme si je me trouvais dans un avant-poste
éloigné d'un corps, un gros orteil frontalier, disons, et que
l'arrivée de Tito constituait l'accomplissement soudain,
presque incroyable d'une promesse de la métropole, le
cœur, une chose attendue depuis si longtemps qu'elle
n'était désormais plus qu'une rumeur tenace ; c'est-à-dire
que du sang frais était en route. La simple vision de lui

lorsqu'il entra — avec son gros paletot d'hiver, ses coups de pied au sol pour faire tomber la neige, son regard circulaire, son visage rouge — me revigora, rechargea mes piles. Aussitôt, pendant que je servais de la charogne aux petits asticots pressés — quand je déposais la nourriture sur les tables, les mangeurs m'apparaissaient comme des larves aveugles, sans jambes, au corps mou, leur forme définie par leur fonction, rien de plus que des tubes digestifs avec un orifice qui flottait au-dessus de la table, attendant d'ingérer, et l'autre, au-dessous, attendant d'excréter —, servir de la merde aux asticots devint donc faisable et je fis preuve d'une grâce sous pression qui aurait ébloui Ernest Hemingway. Sans le regarder, parce que j'étais nerveuse, je le laissai s'asseoir à une table, espérant, priant pour qu'il prenne place dans ma section.

Mais il ne le fit pas. J'eus envie de lui hurler à travers le restaurant : « PARDON, MONSIEUR, MAIS VOUS NE POUVEZ VOUS ASSEOIR LÀ SI VOUS VOU-LEZ QUE NOUS FASSIONS CONNAISSANCE. » Mais il n'était qu'à une table en dehors de ma section. Je dis à Danny : « Je vais m'occuper de Cheveux fous, tu veux ? Sa table est au tout début de ta section. » Elle jeta un coup d'œil. « Pas de problème. » Quand il fut installé, je m'approchai, mais sans le regarder, feignant d'être occupée à une autre table ; puis je me retournai, je le regardai droit dans les yeux, je souris et dis : « Bonjour ! » en lui tendant un menu et un verre d'eau claire avec des perles de fraîcheur. Puis je m'éclipsai, son « bonjour » traînant derrière moi, mon sourire se déversant sur un autre client étonné (ce qui me valut un gros pourboire). À cet instant, le monde me rendait heureuse, avec son vacarme et son agitation.

« C'est encore un Louisiane cru ? demandai-je quand je me retrouvai de nouveau devant lui.

— Évidemment », répondit-il. Il me refit son sourire.

Comme nous étions à tout jamais devenus Mary-Lou et Luigi l'un pour l'autre, je dis à Luigi : « Apporte un soin particulier à ce Louisiane, Luigi, d'accord ? C'est pour un ami.

— Compte sur moi, Mary-Lou », répondit-il.

Quand j'eus devant moi un Louisiane super-suprême, je fus contente de moi en me rappelant un petit détail : « Luigi, tu veux bien me donner un godet de moutarde forte ?

— Voilà, Mary-Lou.

— Merci. »

Je m'assurai que son drapeau belge était posé bien droit. C'est absurde, me dis-je, tu ne connais même pas ce type. Si ça se trouve, il est marié et père de famille depuis dix ans.

Après cela, encore une fois, pas grand-chose. Mais je ne m'en faisais pas. Nos salutations et nos sourires étaient comme des diplomates affairés dans des missions aller-retour, et ce qu'ils rapportaient de leurs négociations était de bon augure.

Je dus attendre peut-être quatre jours, ce qui me parut long, avant de le revoir. C'était au milieu de l'après-midi. J'avais travaillé plusieurs heures — le vrai travail, mon roman — et j'étais sortie marcher un peu. Le ciel était d'un bleu fracassant, l'air était limpide et glacé. Il me restait une heure et demie avant d'aller travailler — le travail lucratif, un esclavage —, et je marchais rue Rachel, me dirigeant vers le mont Royal pour ma promenade habituelle jusqu'au belvédère. Je me sentais d'humeur optimiste. Peut-être viendrait-il au restaurant pendant mon quart de travail.

À l'instant même où cette idée me traversait l'esprit, voilà que l'objet de mes pensées en chair et en os apparut à l'intersection, une rue plus loin. Nous nous aperçûmes de loin. Tandis que nous nous rapprochions, les regards

que nous nous décochions et les demi-sourires qui flottaient sur nos lèvres signalaient que nous allions nous
rencontrer. Nous nous arrêtâmes.

«Bonjour, dit-il.

— Salut.»

Un silence. Quel moment insolite, délicieux. Mais il
fallait trouver quelque chose à dire. Je pensai au temps. Il
me devança.

«Quelle belle journée, n'est-ce pas? dit-il.

— Mmmmmm, oui, fantastique, répondis-je en
regardant autour de moi. J'en profite en me promenant
avant d'aller travailler.

— Tu vas à la montagne?

— Oui.» Devais-je l'inviter? Ce n'était pas l'envie qui
m'en manquait, mais est-ce que ce ne serait pas trop tôt?
C'était un étranger, après tout. Je ne savais même pas son
nom. C'était préférable que lui le propose, mais je savais
que c'était trop merveilleux, qu'il n'oserait pas le faire.
Mais s'il le faisait, nous pourrions parler encore et encore
sur le chemin de la montagne. J'aimais sa voix. Il avait un
accent, un timbre de voix inhabituel dérivant de je ne
savais quelle langue maternelle, même s'il parlait un
anglais impeccable et le parlait d'une manière posée. Les
mots ne sortaient pas de sa bouche en se bousculant
comme dans mon cas, mais un à la fois, tel un cortège de
nobles, dignes, portant chacun son blason. J'enregistrais
chacune de ses paroles, chaque mot vassal, les «les» et les
«et». En l'écoutant, j'étais consciente non seulement de
ce qu'il disait, mais de la langue que nous parlions,
comme si j'observais de l'extérieur, comme si c'était la
première fois que j'entendais parler anglais. Son manteau
n'était pas boutonné correctement. Tous les boutons
étaient trop hauts d'une boutonnière. C'était bizarre.
J'avais envie de tendre les mains et d'arranger les choses.
Pardon, monsieur, mais votre manteau ressemble à une

faille géologique. Vous devez être un drôle de monsieur distrait. Tout cela en l'espace d'un quart de seconde. « Je monte tous les jours au belvédère. C'est ma façon de préparer mon esprit pour l'infernal travail de serveuse. »

Il regardait vers le mont Royal, mais il se tourna vers moi et rit quand je parlai du travail de serveuse.

« C'est la pagaille un peu, non ?

— Tu ne croirais pas si bien dire.

— Eh bien, comme ça, je te verrai plus tard. Je pensais aller prendre un café ce soir.

— Formidable. » Aïe ! Trop audacieux.

Nous commençâmes à nous éloigner chacun de notre côté. C'était fini. Puis :

« Comment t'appelles-tu ? » me demanda-t-il.

C'est à ce moment-là que j'ai appris qu'il s'appelait Tito. Pendant que je me hâtais de traverser le parc Jeanne-Mance en direction de la montagne, j'étais presque étourdie de plaisir simplement parce que je connaissais maintenant son nom. Tito, Tito, Tito, Tito, Tito. Quel drôle de nom ! Comme le maréchal Tito de Yougoslavie, mais, dans son cas, c'était un prénom. Le pays est aussitôt devenu fascinant pour moi, calé comme il l'était entre l'hégémonie soviétique et l'étalement occidental. J'essayai de me rappeler les républiques qui le constituaient. Tito, Tito, Tito, Tito, Tito. On disait que Dubrovnik et Split étaient des joyaux. J'avais déjà lu un petit bouquin guilleret de Lawrence Durrell dont l'intrigue se situait à Zagreb, dans les cercles diplomatiques. Et j'avais entendu parler d'un roman supposément formidable intitulé *Le pont sur le...* eh bien, le nom d'un fleuve quelconque... par Ivo Andric. Tito, Tito, Tito, Tito, Tito.

Mais Tito était d'origine hongroise et non pas yougoslave. Il disait qu'il était un Magyar.

Il est effectivement venu boire un café. Vers dix-neuf heures. L'endroit était raisonnablement calme, les clients moins pressés qu'à midi. Plein d'occasions pour de courtes conversations, surtout qu'il avait pris place au comptoir où je devais retourner tout le temps pour chercher les desserts et préparer les cafés, les thés et les chocolats chauds. Je lui offris une pointe de tarte aux pacanes, la meilleure des tartes, et je ne la comptai pas sur la facture, ce qui est un des grands pouvoirs illégaux des serveuses. Nous échangeâmes des bribes de biographie. Je ne cessais de répéter son nom ; c'était déjà devenu mon mot préféré en hongrois, un bonbon que je faisais rouler sur ma langue. Plusieurs fois, lorsqu'il prononça mon nom, je réagis comme un chien : je faillis laisser tomber ce que j'avais à la main et je levai les yeux, comme si l'on m'avait appelée.

Il était d'origine hongroise, mais il n'était pas né en Hongrie. Il faisait partie de la minorité hongroise vivant en Tchécoslovaquie, au sud-ouest, en Slovaquie. Lui et sa mère avaient émigré en 1968, tout de suite après l'invasion soviétique, alors qu'il avait quinze ans. Ils s'étaient installés à Toronto. (Le père n'était pas mentionné. J'ai appris par la suite qu'il était resté derrière, qu'il était un apparatchik libéral, qu'il avait espéré durer jusqu'à des jours meilleurs, qu'il avait connu un sort misérable, qu'il était mort du cancer. Des souvenirs, quelques lettres, quelques photos, c'est tout ce que Tito avait gardé de lui.) Un calcul rapide m'apprit qu'il avait trente-trois ans, onze ans de plus que moi.

Étant fille de diplomates, je portais mes racines dans une valise, mais celle-ci avait à l'origine été faite au Québec, même si je n'éprouvais pas un sentiment très fort d'appartenance à ce coin de pays. J'avais étudié la philosophie à l'Université Ellis à Roetown (il hocha la tête, il savait où ça se trouvait), et j'avais ensuite déménagé à Montréal. Je... — j'hésitai longuement, mais je voulais me montrer sous mon meilleur jour — j'écrivais ; une longue nouvelle de moi avait été publiée dans *Les meilleures nouvelles canadiennes* (je ne savais pas encore si ma nouvelle norvégienne serait publiée).

« De quoi traite ta nouvelle ? demanda-t-il.

— Des dentiers et de l'amour.

— Des dentiers ?

— Oui. Des dents artificielles, tu sais bien.

— Les dents artificielles et l'amour ?

— Oui. Il faudra que tu la lises. Et toi, qu'est-ce que tu fais ? »

Il y avait en lui un côté rêveur, introspectif. J'étais curieuse de savoir comment il passait ses journées. Je dus servir plusieurs clients entre ma question et sa réponse.

« Je gagne ma vie », dit-il de ses mots choisis soigneusement, son débit évoquant légèrement le rythme d'un métronome, « en étant un homme invisible.

— Mais, en ce moment, je te vois, Tito », dis-je en le regardant d'un air perplexe, amusée.

« Merci. » Il sourit et leva les bras, comme s'il venait de faire un tour de magie.

Quel clown! pensai-je en servant des cappuccinos et autres diverses denrées.

« Je me lève toujours tôt », dit-il alors que j'étais revenue derrière le comptoir. « Je ne sais pas pourquoi. Je dois avoir un réveille-matin dans mon système. Je me souviens d'une fois, à peu près un mois après notre arrivée au Canada. J'étais sorti un matin pour marcher un peu. Il devait être environ six heures, six heures et demie. Je n'étais pas encore capable de me faire à l'idée qu'un pays pouvait être si riche. Il y avait davantage de choses dans un seul magasin Sears que dans tout Bratislava. Quoi qu'il en soit, je me promenais et j'ai vu ce garçon canadien… » mais quelqu'un assis à une table regardait dans ma direction, essayant de capter mon regard.

« Je suis désolé, je te dérange », dit Tito lorsque je revins vers lui.

«Ne dis pas de bêtises, Tito. Tu ne me déranges pas du tout. Continue.

— Ce garçon faisait quelque chose de très étrange. Je l'ai suivi. Je voulais savoir ce qu'il faisait, mais je ne voulais pas le lui demander. Tu connais toutes ces histoires d'immigrants qui arrivent en Amérique avec vingt dollars en poche. Eh bien, ma mère et moi nous avions davantage d'argent que ça, mais, à nous deux, nous possédions peut-être vingt mots d'anglais. À Bratislava, je parlais hongrois à la maison et slovaque à l'école, et les seules langues étrangères qu'on m'a enseignées ont été le russe et, plus tard, parce que mon père travaillait pour le Parti, l'allemand. Mais j'ai fini par interpeller ce garçon et j'ai réussi à lui demander ce qu'il faisait. Il m'a regardé d'un drôle d'air et il m'a expliqué ce qui crevait les yeux : il livrait les journaux. Cela n'existait pas en Tchécoslovaquie. Je me suis dit: "Ça, je peux le faire. On n'a pas besoin de parler anglais pour livrer les journaux." Le garçon m'a donné un numéro de téléphone, et mon oncle István a téléphoné pour moi. On m'a donné un itinéraire. J'ai commencé à livrer le *Toronto Star*. Ç'a été mon premier emploi comme homme invisible.»

J'avais plein de choses à faire.

«Oui, continue.

— Mon oncle István était chauffeur de taxi. À dix-huit ans, j'ai commencé à faire ça après l'école. Légalement, je n'en avais pas le droit, mais je conduisais prudemment. Mon anglais était alors pas mal. Conduire un taxi a été mon deuxième emploi comme homme invisible.»

Lorsque Tito partit ce soir-là, je ne savais toujours pas en quoi consistait son invisibilité actuelle. Il me raconta des anecdotes à propos du temps où il était chauffeur de taxi, les fois où des passagers se confiaient à lui et qu'il sortait de son invisibilité. Certaines personnes entraient dans son taxi comme elles seraient entrées dans un confessionnal. Un homme qui avait essayé de se justifier des ennuis qu'il avait avec sa femme. Un garçon qui se rendait chez le dentiste, qui était terrifié et n'avait cessé de parler de cela. Un homme d'âge mûr qui avait été terrassé, dès l'instant où il s'était trouvé dans le taxi de Tito, par un sentiment d'échec concernant son travail, sa famille, sa vie, et qui avait sangloté tout le temps, le visage dans ses mains. Une vieille femme qui avait dit à Tito : « Vous êtes si jeune » avec un mélange d'envie et de mépris et qui, lorsqu'il lui avait demandé quel était, selon elle, le sens de la vie, lui avait répondu : « Le sens de la vie ? La vie, c'est acheter de la nourriture au supermarché. » Mais ce genre de rencontre était rare. La plupart du temps, on parlait très peu et Tito n'était qu'un fantôme dans un engin, *egy szellem egy géphen* en hongrois, avec des yeux qui regardaient à l'occasion ses passagers dans le rétroviseur, se demandant ce qu'ils étaient, eux et leurs vies.

J'appris à connaître Tito pendant les semaines suivantes de cet hiver froid, béni. Il se mit à venir au restaurant presque chaque jour, parfois pour manger, parfois pour prendre un café, habituellement au milieu de l'après-midi quand il n'y avait pas beaucoup de monde. Nous n'hésitions plus du tout à nous parler. « Ne t'assieds pas là, lui disais-je, assieds-toi ici. »

« J'ai conduit le taxi d'István pendant quelques années. Après l'école secondaire, je suis allé à l'Université de Toronto. J'ai fait un bac en études hongroises. C'était un tout petit département. En fait, il tenait à l'avant de mon taxi à côté de moi, le professeur Arpád Ferenczi. Je l'aimais bien. Il venait souvent dîner à la maison. »

Je m'aperçus que je ne savais pas grand-chose sur la Hongrie. Quelques événements relatés dans les journaux, Bartók, Kodály, Liszt… c'était à peu près tout. Et je savais aussi que le hongrois était une langue bizarre, liée à aucune autre de la région, seulement au finnois. Je consultai l'encyclopédie : le hongrois fait partie de la branche ougrienne de la sous-famille finno-ougrienne des langues ouraliennes. Les seules autres langues de la branche ougrienne sont l'ostiak et le vogoule, toutes deux parlées exclusivement dans la vallée de l'Ob du nord-ouest de la Sibérie. L'article sur la Hongrie énumérait des noms et relatait des événements qui m'étaient aussi familiers que l'ostiak et le vogoule.

« Comme un baccalauréat en études hongroises n'est pas d'une grande utilité au Canada, après ça je me suis installé dans mon taxi pour lire. »

À présent que je le connaissais, je pensais à lui tout le temps. Lorsque je me souvenais de lui, en d'autres mots lorsque je pensais de nouveau à lui pendant que je travaillais à mon roman, que je servais aux tables, que je faisais mon épicerie ou que je prenais un bain, j'étais stupéfaite d'avoir pu l'oublier même l'espace d'un instant — et ça ne pouvait être que momentané, car la seule idée de lui, le seul mot « Tito » déclenchait en moi une poussée de bonheur, une vague ondulante qui submergeait mon métabolisme. J'allais, rêvassant, dans une sorte de brouillard où rien ne me troublait, ni un client grossier au restaurant, ni une file d'attente à la banque, ni un bibliothécaire impatient, ni une grève des transports, ni de laisser tomber et de casser un pot de cornichons au supermarché, rien. Les prostituées frissonnantes qui faisaient le pied de grue dans une rue laide me faisaient penser à la sensualité des rapports humains. Un mendiant mal rasé, enveloppé dans une couverture avec des sacs de plastique aux pieds en guise de bottes d'hiver, me rappelait la légèreté de l'être. Un ivrogne titubant devenait Bacchus dans toute sa splendeur. Dans toute chose, je voyais le bonheur, ou le bonheur imminent. C'était la condition naturelle, immanente du monde. Une pure tragédie — le décès de ma voisine, la vieille Polonaise, qui glissa, se cassa la hanche et mourut dans sa salle de bains environ trois jours plus tard ; la mort d'une fillette de sept ans, en Saskatchewan, qui s'était perdue en voulant prendre un raccourci pour rentrer chez elle, et morte malgré les efforts résolus, frénétiques, d'éléments de l'armée canadienne et de centaines de volontaires pour la retrouver, et qui ne renoncèrent pas avant que son corps en décomposition ait émergé d'un marécage ; des images de la famine en Afrique, personnifiée par un enfant squelettique, asexué, dans les bras sans force de sa mère, tous deux aussi desséchés que le paysage qui les entourait ; l'écrasement d'un avion, quelque chose qui aurait dû tomber au plus profond de moi —, tout cela me laissait perplexe puis s'effaçait de ma mémoire. Je faisais état de la souffrance et de la misère seulement dans mon roman, souffrance et misère contenues dans des limites précises. Car, étant d'une humeur aussi joyeuse, stable et confiante, je n'y avais jamais mieux travaillé.

« Un jour, j'ai vu un accident, me raconta Tito. Aucun blessé, seulement des dommages matériels. Un camion en avait frappé un autre. C'était un camion postal. Des sacs de lettres se sont déversés dans la rue. Il ventait fort. Je me suis soudain retrouvé en train de conduire au milieu d'une tornade de lettres. Je ne me suis pas arrêté — j'avais un passager. Quelques heures plus tard, il s'est mis à pleuvoir. J'ai fait fonctionner les essuie-glaces. Et voilà qu'une lettre est apparue devant moi, prise dans un des essuie-glaces. Je l'ai regardée aller et venir. L'adresse écrite à la main commençait à s'effacer à cause de la pluie. J'ai arrêté la voiture et pris la lettre. Je l'ai fait sécher sur les ventilateurs L'adresse était encore lisible, mais à peine. Je l'ai soigneusement réécrite. Puis je suis allé à un bureau de poste expliquer ce qui s'était passé. L'homme au comptoir a pris la lettre et l'a lancée dans une boîte.

Pendant quelques jours, j'ai pensé à cette lettre, à l'étrange chemin qu'elle avait suivi pour arriver à destination. Peu de temps après, je me suis informé des emplois au bureau de poste.

— Tu travailles à la poste.

— Oui.

— Tu es facteur.

— Oui. C'est mon troisième emploi comme homme invisible.

— Ça te plaît?

— Oh! oui! Un peu moins en hiver, mais j'aime bien être dehors et c'est très tranquille, tôt le matin. Et, habituellement j'ai fini à deux heures de l'après-midi. »

Tito était costaud et il avait une curieuse façon de marcher, penché en avant, toujours en train d'affronter un vent contraire imaginaire, et il se déplaçait d'une démarche ferme, comme si à chaque pas il était Christophe Colomb conquérant un nouveau territoire. Il avait un nez fort et arrondi, une chevelure génétiquement ébouriffée, des yeux d'un marron riche et lumineux, une peau claire peu douée pour les barbes ou les moustaches, des dents parfaites et blanches; et un esprit qui animait ces traits et qui faisait qu'une intelligence énergique, une vivacité chaude, engagée, vivante lui sortaient par tous les pores. Et pourtant, il était réservé, mon Tito. Il n'était pas du genre sociable. C'est là un trait de sa personnalité que je ne suis pas certaine de pouvoir exprimer en mots, cette façon qu'il avait d'être si peu fait pour être avec les autres. Non pas qu'il ait été gauche en société. Pas du tout. Mais son débit prudent ne se prêtait pas au crépitement de mitraillette d'une conversation collective. Ce n'était pas seulement sa façon de parler; c'était sa personnalité même, son aura, une grâce qui avait besoin d'un contact individuel. Même ses gestes ne semblaient destinés qu'à vous seul. Mon Tito était un théâtre à un seul siège (et ma circonscription d'un seul électeur). C'est uniquement au milieu de Hongrois que son attitude devenait quelque peu grégaire.

« As-tu entendu parler de cette pièce qu'on présente demain soir, intitulée *Handlet*?

— Tu veux dire *Hamlet*? Par le célèbre dramaturge hongrois Witgom Szakespori?

— Oui, par le célèbre dramaturge hongrois Witgom Szakespori, mais adaptée. C'est un spectacle de marionnettes. Ç'a l'air intéressant. Tu aimerais y aller?

— Oui. »

Si je devais choisir un seul mot pour décrire le temps que j'ai passé avec Tito, ce serait celui-là : *oui*.

Le soir de *Handlet*, notre premier rendez-vous, j'ai découvert le plaisir et l'angoisse de m'habiller pour un homme.

Marchant dans les rues enneigées, nous ne cessions de nous tamponner. Si des scientifiques nous avaient observés avec un équipement thermographique, chaque contact leur aurait permis d'enregistrer comme un éclair lumineux, multicolore, un signal d'énergie intense.

Handlet était merveilleux : *Hamlet* adapté par deux marionnettistes britanniques qui se servaient de leurs quatre mains pour jouer tous les personnages et toute l'action sur une scène de la taille d'un téléviseur. Quand Ophélie alla se noyer, une main couverte d'une robe plongea de la scène avec un petit cri et nous entendîmes un *plouf* évoquant un éléphant tombant dans une piscine. Le public se tordit de rire. À d'autres moments, la pièce était cependant absolument sérieuse et nous restions silencieux, captivés ; les marionnettistes avaient des voix extraordinairement expressives. Handlet, un prince micro-nain du Danemark, était aussi émouvant que tous les autres Hamlet qu'il m'avait été donné de voir. Yorick avait un dé à coudre en guise de crâne, et pourtant personne ne riait.

Une neige épaisse avait recouvert la ville ce jour-là. Il neigeait encore, mais doucement, sans un souffle de vent. De gros paquets de flocons s'écrasaient sur notre visage ou dessinaient de la dentelle sur le tapis de neige. Nous marchions dans une rue qui n'avait pas encore été déblayée. La neige nous arrivait aux genoux, mais elle était légère et virevoltait en scintillant à chacun de nos pas. En dehors de nos voix, tous les sons étaient assourdis. J'avais conscience d'un émoi croissant à l'intérieur de mon être. Pour moi, la neige n'était pas de la neige mais de la poussière d'or. Et les lampadaires n'étaient pas des lampadaires mais des tiares incrustées de diamants qui étincelaient dans la nuit. Et toutes les autres couleurs n'étaient pas des couleurs mais des gemmes. Tito proposa que nous allions prendre un café. Encore des pierres précieuses. L'amour est une forme d'enfance nous permettant d'être de nouveau capables de nous laisser complètement captiver, de croire en quelque chose tellement, si facilement et si intensément. Nous avons passé des heures, Tito et moi, à parler devant nos chocolats chauds. Ensuite, nous avons marché. Lorsque nous sommes finalement arrivés devant chez moi, tard, très tard dans la nuit, nous nous sommes attardés dehors. Nous allions attendre, nous le sentions tous les deux. Nous avons échangé nos numéros de téléphone et nos adresses. Nous nous sommes éloignés l'un de l'autre. « Au revoir, Tito. À demain. » Cela ne m'est arrivé que deux fois dans ma vie : je pouvais à peine le voir tellement j'avais de poissons dans les yeux. Des bancs d'anges de mer, de poissons-clowns, de poissons rouges, de poissons-perroquets, d'étoiles de mer, une suspension d'algues, une douce cavalcade d'hippocampes.

J'ai refermé la porte de mon appartement et je m'y suis adossée. « Aujourd'hui, j'ai trouvé quelqu'un à aimer. Aujourd'hui, j'ai trouvé quelqu'un à aimer. Aujourd'hui, j'ai trouvé quelqu'un à aimer.» Cette constatation m'ouvrait des perspectives infinies. Ce n'était pas une promesse, un espoir, une illusion. C'était une simple certitude.

Cette certitude n'a jamais failli. Ne me parlez pas de l'effet d'usure de l'habitude, ne me dites pas qu'il est possible de se réveiller un beau matin avec un cœur froid pour l'homme qui dort dans votre lit. Cela ne m'est jamais arrivé. J'ai été avec Tito pendant à peu près trois ans. Par la suite, j'ai une fois compté les jours et je suis arrivée à mille un, après quoi j'ai pris plutôt les nuits comme unité de mesure, puis, étant donné que les jours étaient aussi importants que les nuits, j'ai additionné les deux pour arriver à un total de deux mille deux jours et nuits. Mais le matin, très tôt, avait aussi quelque chose de spécial, et l'après-midi aussi, après le travail, et ainsi le total a grimpé à quatre mille quatre jours et nuits et aurores et après-midi. Je me suis appliquée à raffiner les unités et à augmenter la somme d'une chose indivisible et illimitée, qui ne s'est jamais arrêtée et qui n'a jamais diminué depuis la nuit où j'ai appuyé ma tête contre la porte de l'appartement en me répétant: «Aujourd'hui, j'ai trouvé quelqu'un à aimer.»

«Pourquoi as-tu déménagé à Montréal?

— À cause de ma mère. Elle s'est remariée et il habitait à Montréal. Zoltán Radnoti, un entrepreneur en électricité à la retraite. Il est très gentil, tu verras. Je venais régulièrement la voir. J'aimais la ville, son atmosphère européenne. Mais c'était fou. Après avoir passé des années à étudier et à lire en anglais, je le parlais enfin couramment, et voilà que je décide de m'installer au Québec. C'était en 1980, l'année du référendum, et tous les anglophones avaient l'air de vouloir quitter la province. J'ai parfois l'impression d'avoir passé ma vie à suivre des cours de langue.»

Tito parlait un français plus que fonctionnel. Il pouvait se débrouiller dans n'importe quelle situation concernant la livraison du courrier, il s'en tirait dans les restaurants et dans les magasins et il comprenait presque tout dans les films français non sous-titrés. Mais il se perdait dans les échanges rapides en français québécois. S'il maniait le hongrois comme s'il avait les mains nues, l'anglais comme s'il portait des gants de cuir bien usés, le slovaque comme s'il portait des mitaines, l'allemand et le russe comme s'il se servait d'un couteau et d'une fourchette, le français, il le maniait comme il aurait manié des baguettes.

La première fois, ça s'est passé chez moi. Il a déboutonné mon chemisier. Il a procédé avec gravité et délicatesse, commençant par le tirer de mon pantalon, puis s'occupant des boutons du nord vers le sud et ouvrant de l'est à l'ouest chaque fois qu'un bouton était poussé à travers la boutonnière. J'éprouvais une sensation d'immobilité, comme si j'étais dans un état d'équilibre parfait, tous mes sens en attente. Il m'a retiré de la même façon mon soutien-gorge, mes chaussettes, mon pantalon et ma culotte. Chaque toucher, chaque petit baiser, chaque souffle sur ma peau, je les sentais deux fois : la première fois au point de contact, puis une simple réverbération, un chatouillement dans ma vulve. Quelle douce déliquescence. Ma main a atteint sa poitrine avec un peu moins de délicatesse. Nous sommes tombés sur mon lit. Sa tête entre mes cuisses, la sensation était si puissante que c'était presque insupportable. Je l'ai fait remonter, s'allonger sur le dos et je me suis agenouillée sur lui, le prenant lentement à l'intérieur de moi, aussi loin qu'il pouvait aller, jusqu'au centre même de mon être, d'où je ne voulais plus qu'il parte, jamais, même lorsqu'il a joui et qu'il a marmonné quelque chose en hongrois. Nous nous sommes endormis. La lumière était celle d'une journée d'hiver au ciel couvert, un blanc clair.

De nouveau, je n'ai pas accordé une pensée à la fertilité. J'avais eu mes règles quelques jours auparavant. Tito était désolé de ne pas m'avoir parlé de protection, mais j'ai seulement agité la main en haussant les sourcils, l'air de dire : ces choses-là arrivent ailleurs, pas ici. Et pourtant, sa semence était pleine de spermatozoïdes, elle était puissante et porteuse de conséquences. Mais j'ai eu de la chance cette fois-là et les autres fois par la suite après que j'ai commencé à prendre la pilule, car je la prenais à des heures irrégulières, parfois plus tard, parfois plus tôt, sautant même parfois une journée et devant en prendre deux le lendemain. Il n'y a jamais eu d'autre résultat que la douleur et la torsion habituelles de mon utérus qui décidait que, tout compte fait, il n'y aurait pas de bébé et que le papier peint qui tapissait sa paroi pouvait s'en aller.

C'est une chance que je regrette amèrement aujourd'hui. Même si à l'époque j'éprouvais parfois une déconcertante ambivalence. Après le choc et l'angoisse, après la journée passée à me tourmenter : « Voilà. Tu vas avoir un bébé. Tu as gâché ta vie, ma fille », le sang venait comme une libération et je poussais un profond soupir de soulagement. « Je suis sauvée. » Il y avait pourtant une sorte de tristesse à l'arrière-plan. Encore une fois, tu as esquivé la fertilité, chuchotait une partie de mon être. Encore une fois, tu ne t'es pas pleinement engagée dans la vie. Et si tu osais, si tu osais ?.... Mais comme je l'ai dit, j'avais toujours de la chance. Quand la chance m'a lâchée, il était trop tard.

Pendant les semaines et les mois qui ont suivi, nous avons consacré du temps à explorer nos territoires réciproques. Son voisinage, mon voisinage. Ses amis, mes amis. Son lit, mon lit.

J'ai passé des heures innombrables en compagnie de la langue hongroise. J'ai fait la connaissance de

l'ex-Mme Imilac, à présent
Mme Radnoti, qui est vite
devenue Judit pour moi. La
mère de Tito me considé-
rait comme sa propre fille.
C'était une femme cha-
leureuse et pleine d'égards,
qui souriait facilement. Sa
chevelure était traversée par
une large mèche grise,
complétant parfaitement
son élégance naturelle. Son
anglais était idiosyncra-
tique, son français inexistant — elle se tenait toujours avec la communauté
hongroise, même au bout
de presque vingt ans au
Canada. Quand elle parlait
avec son fils, j'écoutais leurs
voix. Comme je ne pouvais
comprendre un mot de ce
qu'ils disaient, c'étaient
leurs émotions que j'entendais. Ils étaient faciles à
vivre, attentifs, respectueux.
Ils semblaient ne jamais
s'interrompre l'un l'autre.
Manifestement, la mère
faisait confiance à son fils et
le fils à sa mère. M. Radnoti
— « S'il vous plaît, appelez-
moi Zoltán. Je ne suis pas
un vieillard. J'ai seulement
soixante-quatre ans » — était

« Mégérkeztünk. Ime
lássad : ez a Kékszakállú
vára. Nem tündököl, mint
atyádé. Judit, jössz-e még
utánam ? »

« Megyek, megyek, Kéks-
zakállú. »

« Megállsz Judit ? Men-
nél vissza ? »

« Nem. A szoknyám
akadt csak fel. Felakadt
szép selyem szoknyám. »

« Nyitva van még fent az ajtó.

« Ez a Kékszakállú vára. Nincsen ablak ? Nincsen erkély ? »

« Nincsen. »

« Hiába is süt kint a nap ? »

« Hiába. »

« Hideg marad ? Sötét marad ? »

« Hideg, sötét. »

« Milyen sötét a te várad. Vizes a fal. Kékszakállú, milyen víz hull a kezemre ? Sír a várad ! »

« Ugye. Judit, jobb volna most volegényed kastéyában : fehér falon fut a rózsa, cserépteton táncol a nap. »

« Ne bánts, ne bánts, Kékszakállú. Nem kell rósza, nem kell napfény. Nem kell. Milyen sötét a te várad. Szegény, szegény, Kékszakállú. »

« Miért jöttél hozzám, Judit ? »

« Nedves falàt felszárítom, ajakammal szárítom fel. Hideg követ melegítem, a testemmel melegítem. Ugye szabad, Kékszakállú. Nem lesz sötét a te várad, megnyitjuk a falat ketten.

vraiment très gentil. C'était un homme amusant et sans prétention qui avait le talent de faire rire sa femme, ce qui lui procurait une grande satisfaction.

En ce qui concerne les autres Hongrois que j'ai rencontrés, ils étaient tous de situations et d'âges différents. Ceux de la génération plus jeune parlaient mieux le français et l'anglais, naturellement, mais chaque fois que je les ai rencontrés en groupe, il était *de rigueur** de parler magyar. Je me souviens que, dans mon propre cas, il aurait été tout à fait inconcevable de m'adresser en anglais à mes parents. Notre relation était une relation qui s'exprimait en français. Le fait de communiquer dans une autre langue l'aurait dénaturée. C'était pareil pour ces Canadiens d'origine hongroise. Tito craignait que je ne m'ennuie à mourir dans ces moments-là, mais je l'assurais que ce n'était pas le cas, et je disais la vérité. Être assise dans une pièce

Szél bejárjon, nap besüssön.
Tündököljön a te várad. »

« Nem tündököl az én
váram. »

« Gyere vezess Kéksza-
kállú, mindenhová vezess
engem. Nagy csukott ajtó-
kat látok, hét fekete csukott
ajtót. Miért vannak az ajtók
csukva ? »

« Hogy ne lásson bele
senki. »

« Nyisd ki, nyisd ki !
Minden ajtó legyen nyitva.
Szél bejárjon, nap besüs-
sön. »

« Emlékezz ra, milyen
hír jár. »

« Gyere nyissuk valem
gyere. »

« Aldott a te kezed,
Judit. »

« Jaj ! »

« Mit látsz ? Mit látsz ? »

« Láncok, kések, szöges
karók, izzó nyársak… »

« Ez a kínzókamra,
Judit. »

« Szörnyu a te kínzó-
kamrád, Kékszakállú. Szörnyu, szörnyu. »

« Félsz-e ? »

« A te várad fala véres. A
te várad vérzik. »

« Félsz-e ? »

pleine de Hongrois était
comme un voyage dans un
pays à la fois loin et proche,
une forme de déplacement
immobile. Car le magyar
est une langue spectaculai-
rement incompréhensible.
Il nous piège par la fami-
liarité de l'alphabet romain
et les habits et le comportement de ceux qui le parlent,
puis il fait éruption et l'on
se croirait en Chine. Pas
une seule syllabe que nous
puissions saisir. La pre-
mière fois que j'ai entendu
Tito parler sa langue
maternelle, avec aisance et
plaisir, j'en suis restée
bouche bée. C'était comme
si un nouveau Tito se dressait devant mes yeux. Avec
un air différent, un registre
de voix différent, avec des
expressions et des gestes
que je n'avais jamais vus
auparavant. Je n'étais pas
certaine de connaître ce
Tito. Je lui ai tapé sur
l'épaule et lui ai demandé :
« C'est toi, Tito ? » Il a ri.
« Bien sur que c'est moi. »
C'était de nouveau Tito et
j'avais un nouveau visa es-
tampillé sur mon passeport.

« Nem, nem félek. Nézd derül már. Ugye derül ? Nézt ezt a fényt, Látod ? Szép fénypatak. »

« Piros patak, véres patak. »

« Minden ajtót ki kell nyitni. Szél bejárjon, nap besüssön, minden ajtót ki kell nyitni. »

« Nem tudod ni van mögöttük. »

« Minden ajtót ki kell nyitni. Minden ajtót. »

« Judit, mért akarod ? »

« Mert szeretlek. »

« Vigyázz, vigyázz miránk, Judit. »

« Szépen, halkan fogom nyitni. Szépen, halkan. Add ide a többi kulcsot. »

« Nem tudod, mit rejt az ajtó. »

« Idejöttem, mert szeretlek. Itt vagyok, a tied vagyok. Most már vezess mindenhová. Most már nyiss ki minden ajtót. »

« Judit, Judit, hus és édes, nyitott sebbol vér ha ömlik. »

« Nyisd ki a hetedik ajtót. Jaj, igaz hír, suttogó hír ! »

« Judit ! »

Même après trois ans, j'étais capable d'être émerveillée en l'entendant parler son fluide charabia.

Quand je n'avais pas envie de voyager, quand je n'étais plus à l'écoute, le magyar devenait alors un bord de mer, un bruit de vagues réconfortant au milieu duquel mes rêveries pouvaient flotter. De toute façon, que je sois en train de voler gratuitement sur les ailes de Malev ou que je sois assise sur la grève, je n'étais jamais seule longtemps. Un Hongrois ou un autre venait invariablement interrompre ma rêverie avec des mots que je comprenais. Les plus âgés avaient beaucoup d'affection pour moi. Je me souviens d'Imre, un Mathusalem qui ne mesurait pas un mètre et demi, avec des yeux profondément enfoncés au milieu de volutes de rides, qui adorait la petite amie indo-européenne de Tito. Il se perchait à côté de moi sur une chaise, ses pieds se balançant dans le vide, il posait ses yeux heureux sur

« Kékszakállú, nem kell, nem kell. »

« Tied a legdrágább kincsem. »

« Jaj, jaj, Kékszakállú vedd le. »

« Szép vagy, szép vagy, százszor szép vagy. Te voltál a legszehb asszony. Es mindig is éjjel lesz már... éjjel... éjjel... »

mes seins indo-européens et me faisait la causette en anglais. Après quelque temps, sans que j'aie l'intention de l'imiter, je me mettais à casser mon anglais comme lui. Je crois qu'après Tito c'est lui qui m'aimait le plus.

« Nous pouvons rester aussi longtemps que tu veux, disais-je toujours à Tito. Je ne veux pas que nous partions à cause de moi. »

Et donc le magyar continuait, parlé, vociféré, ri, chuchoté.

Dès le début, nous avons passé toutes nos nuits ensemble. La question ne s'est même pas posée. Une nuit sans lui était une nuit dans un lit froid. Même nos corps endormis ne supportaient pas la distance. Nous nous endormions dans nos propres petites sphères d'espace — Morphée semble être un chasseur timoré qui ne s'attaque qu'au gibier solitaire —, mais je ne crois pas que nous ayons passé une seule nuit sans qu'un de nous deux se tende vers l'autre. Le matin, nous nous réveillions invariablement avec au moins un point de contact, une jambe, une main ou un bras, moi enveloppée dans ses bras ou pressée contre son dos. Comme si nos peaux étaient des commères fermement déterminées à poursuivre leur bavardage dans le silence de la nuit.

Celui de nous deux qui se trouvait le plus proche du point où la somnolence devient incontrôlable faisait l'effort de dire : « Bonne nuit » et s'approchait pour donner un baiser, tandis que l'autre, juste un peu plus alerte, faisait écho. C'est seulement après ces deux mots et ce baiser que nous nous laissions tomber dans le sommeil. Ils signalaient officiellement la fin de notre journée.

Comme il vivait dans le quartier Parc-Extension, un peu plus au nord, lorsque nous faisions quelque chose au centre-ville, nous préférions dormir chez moi. La fin de semaine et les nuits tranquilles, nous restions chez lui. Son appartement était plus spacieux et mieux organisé que le mien.

J'avais à présent un horaire de vie, des impératifs de temps auxquels je devais faire face. Il y avait le Temps du Travail d'esclave, le Temps pour le Roman, le Temps pour les Choses diverses et le Temps de Tito. Je devais jongler de façon à faire entrer tout cela dans ma journée. Je me suis adaptée à l'horloge intérieure de Tito. Il devait être au dépôt à six heures du matin pour trier son courrier du jour. La plupart des jours de semaine, je me réveillais en même temps que lui à cinq heures. Cela peut sembler pénible, mais c'est une question d'habitude. Je m'en félicite à cause de tous ces levers de soleil dont j'ai été le témoin. Et cela nous donnait une excuse pour faire d'heureuses siestes au milieu de l'après-midi. Je consacrais habituellement la matinée à l'écriture de mon roman, je travaillais au restaurant le midi, je retrouvais Tito vers deux heures deux heures et demie pour notre sieste, et nous passions la soirée ensemble ; selon notre humeur, je travaillais encore à mon roman ou je faisais quelque chose avec Tito. L'horaire variait selon que je travaillais au restaurant pour le petit-déjeuner ou le soir. D'habitude, nous nous couchions un peu avant onze heures.

Paradoxalement, plus j'étais pressée par le temps et moins j'y pensais, contrairement à ce qui se passe pour les autres ressources. C'est pourquoi le temps passé avec Tito semble n'avoir duré qu'un instant. Et il m'est difficile de me rappeler l'ordre des choses. Dans mon souvenir, le temps passé et le temps présent ne mesurent pas la séquence temporelle mais le poids émotionnel. Ce que je n'oublie pas se répète au temps présent.

BOUCLE DE FILM NUMÉRO 67 : Je reprends lentement conscience, sentant que, sur le rivage, quelqu'un m'appelle, cherchant à me tirer des profondeurs bleues où je flotte. Je fais surface à contrecœur et j'entrouvre un œil. Effectivement, Tito et ses deux yeux grand ouverts se trouvent à quelques centimètres de moi. Il repousse deux bandes d'algues brunes qui protègent mon visage et les rejette sur l'oreiller. « Es-tu réveillée ? » demande-t-il. Je refuse catégoriquement de répondre et mon œil-huître se referme hermétiquement. Je retourne travailler à la nacre du sommeil. Je sais que c'est samedi et qu'on n'a pas besoin de se lever.

Je suis couchée sur le côté, face à lui. Le drap se soulève, Tito me regarde. Je sens un doigt explorateur grimper la pente de ma cuisse, atteindre le sommet de ma hanche, glisser jusqu'à l'ensellement de ma taille, puis remonter le long de l'arête de mes côtes jusqu'à mes seins où quatre autres doigts le rejoignent pour le plaisir. Ensuite, le doigt solitaire s'aventure au sud, s'attarde sur mon ventre et plonge dans mon nombril avant de descendre plus bas et de gratouiller doucement mes poils. Un salaud de mamelon me trahit et se met à durcir. « Il est une heure de l'après-midi, tu te rends compte », dit Tito. Je me fais avoir. Je grogne : « Quoi ? » et je fais l'effort colossal de me tourner et de jeter un coup d'œil au réveille-matin. Je retombe sur mon oreiller. « Il est six heures et demie du matin. Tu as mis le réveil à l'envers. » « Oh ! pardon ! » dit-il. Je m'allonge sur le dos. Il se rapproche, se colle contre moi. « Grosse tempête de sable la nuit dernière», dit-il. Il frotte doucement les coins de mes yeux pour enlever les grains. Sa main, une bande de cinq doigts guillerets cette fois, recommence à se balader sur mon corps. Je le touche et je saisis son sexe en érection. Je soupire. « *Et tu, Brute ?* » Il rit. Je le regarde — mes yeux sont fatigués, larmoyants, débordant d'amour — et je m'étire. Il enfouit son visage dans mon cou et m'embrasse voracement. Il pose sa bouche contre mon oreille. Dans un chuchotement explosif, vent et souffle chaud, il me fait une proposition indécente. Je ris et je fais signe que oui. Sa tête disparaît sous les draps.

C'est ainsi que la nuit est bannie. C'est ainsi que le jour se lève.

BOUCLE DE FILM NUMÉRO 15 : Nous nous promenons sur la montagne par une radieuse journée de printemps. Un homme apparaît sur le sentier avec un chien en laisse. C'est un gros bouledogue qui grogne, avec tous les attributs de sa race, des pattes avant courtaudes et arquées, un cou inexistant, une face aplatie et une mâchoire inférieure aux crocs terrifiants. Je pouffe de rire et je me dirige tout droit vers lui. Les yeux globuleux de la créature roulent de plaisir dans leurs orbites tandis que je me penche et que je me mets à triturer les multiples replis de sa peau. Le propriétaire du chien accepte aimablement les attentions que j'accorde à son animal de compagnie ; il doit être habitué à ça. L'énorme torse du chien est contrebalancé par un arrière-train si malingre que je suis surprise qu'il ne tombe pas en avant, ses pattes de derrière battant frénétiquement l'air, pendant que je lui flatte la tête.

Lorsque nous nous éloignons, Tito me dit : « Quelle monstruosité ! Je ne peux croire que tu l'aimais. »

Je le regarde et j'éclate de rire.

« Qu'est-ce qu'il y a ?

— Eh bien, je pensais aux zizis.

— Je ne te suis pas.

— Tu vois, parviens-je à dire, riant toujours, c'est tellement disgracieux, un pénis, tu ne trouves pas ? Quand il a froid, il est tout ratatiné et il ressemble à W. H. Auden vieux ; quand il a chaud, il s'affale et pendouille d'une façon ridicule ; quand il est excité, il a l'air de tellement souffrir et d'être dans un tel état d'urgence qu'on croirait qu'il va fondre en larmes. Et le scrotum ! Quand on pense qu'une chose aussi vitale pour la survie de l'espèce, pleinement responsable de cinquante pour cent des ingrédients nécessaires — quoique d'aucun travail — puisse pendre librement hors du corps dans un sac de peau mince et sans défense ! Un coup, une morsure, un coup de griffe — et ça se trouve juste à la bonne hauteur pour l'animal de taille moyenne, un chien, un loup, un lion — et voilà, c'est la fin de l'histoire. Tu ne crois pas que cette chose devrait être mieux protégée ? Derrière un os quelconque, par exemple, comme pour nous ? Quoi de mieux que notre entrée agréablement fuselée ? C'est discret et élégant, tout est installé à sa place dans le corps d'une façon intelligente et compacte, et rien ne pend au-dehors sur quoi pourrait se refermer une porte de métro, il y a un joli triangle de poils pardessus, comme un panneau de signalisation au cas où l'on perdrait son chemin, c'est parfait. Le design du pénis, par contre, est vraiment complètement moche. C'est préscandinave, même pré-Bahaus !

« Mais, en même temps, les zizis sont tellement pathétiques et déficients qu'ils en deviennent attachants. On ne peut s'empêcher d'éprouver de la tendresse pour eux. Tu vois ce que je veux dire ? C'est à ça que j'étais en train de penser quand... — le fou rire me reprend — quand ce chien est apparu et c'était ça, c'était parfait. Un zizi ambulant. Avec un prépuce aux multiples replis. »

Je suis pliée en deux tellement je ris. Tito fait semblant d'avoir l'air offensé.

BOUCLE DE FILM NUMÉRO 193 : Joe m'apprend dans une lettre qu'Egon et lui sont séropositifs. Ils vont « bien », m'écrit-il. J'ignore s'il veut dire émotivement ou médicalement. Je mouille de mes larmes le devant de la chemise de Tito.

BOUCLE DE FILM NUMÉRO 125 : Mon cadeau de Noël.

BOUCLE DE FILM NUMÉRO 242 : Par une journée torride, nous faisons du vélo à la campagne. À l'ombre d'un arbre, dans la solitude, Tito prend mes seins dans ses paumes sous mon t-shirt et les trouve aussi frais que des yogourts, comme il dit. « C'est comment, avoir des seins ? » demande-t-il. Je réponds que c'est comme avoir deux petits compagnons tout chauds.

BOUCLE DE FILM NUMÉRO 1 : « Je suis incapable de m'imaginer au lit avec un homme. » Nous venons de voir un film dans un cinéma de répertoire. Ce n'est pas dans le film, c'est le couple assis devant nous. Lorsque l'éclairage baisse, un jeune homme se tourne et embrasse son petit ami sur la bouche. C'est rapide et passionné, avec les têtes qui bougent et les yeux fermés. Au moment où il se retourne sur son siège, nos yeux se croisent. Il est heureux. Il est amoureux. Tito dit cette réplique sans porter de jugement.

« Vraiment ? dis-je en souriant. Tu ne peux pas imaginer baiser avec un homme ? Le sucer ? Tu ne peux même pas imaginer embrasser un homme ?

— Non. Je crois que je n'ai jamais eu une seule pensée homosexuelle de ma vie. »

Je ris et je prends son bras. Nous nous éloignons.

BOUCLE DE FILM NUMÉRO 186 : Nous allons passer une journée à Ottawa dans le citron de Tito, une Lada, pour notre première visite au nouveau Musée des beaux-arts. C'est un beau musée, tant pour l'architecture de l'édifice que pour les collections qu'il abrite. Nous passons une journée merveilleuse.

BOUCLE DE FILM NUMÉRO 54 : « Comment ça, tu n'aimes pas la moutarde forte ?

— Je ne suis pas fou de ça.

— Je pensais que tu raffolais de la moutarde forte.

— Non.

— Pourquoi est-ce que tu continues à en manger ?

— Parce que tu continues à en acheter.

— Mais Danny disait que tu adorais la moutarde forte.

— Qu'est-ce qu'elle en sait ?

— Es-tu en train de me dire que tu n'aimes pas la moutarde forte ?

— Exactement. »

BOUCLE DE FILM NUMÉRO 118 : Encore une fois, cet homme a mal boutonné son pardessus. Je me demande parfois où il a la tête. Je m'approche de lui, je déboutonne le manteau et le reboutonne correctement. « Voilà, c'est mieux comme ça. »

Il me regarde, un début de sourire sur les lèvres. « Quelquefois, tu me traites comme si j'avais dix ans.

— Dix ? Tu te flattes. Je dirais plutôt sept ans. »

Il y a d'innombrables boucles de films comme celles-là dans les archives de ma mémoire. Elles me déchirent de l'intérieur.

Nous avons emménagé ensemble au cours de notre premier été, l'été de 1986. Le 1er juillet, pour être plus exact, cette date fatidique pour la majorité des baux résidentiels de Montréal, le jour où la plupart des histoires d'amour et de colocation commencent ou se terminent officiellement et où la ville entière a l'air d'être en train de déménager. J'ai quitté mon trou sordide que j'avais tant aimé pour m'installer dans le quartier de Tito, ce Parc-Extension coloré, sous-développé et vaguement teinté d'une mauvaise réputation, un quartier que j'ai appris à aimer, où les voisins étaient amicaux et s'interpellaient depuis leurs balcons, où les Grecs, les Indiens, les Sri-Lankais, les Italiens, les Africains, les Antillais et, il ne faut pas les oublier, quelques Hongrois, côtoyaient d'autres Canadiens et luttaient sans prétention pour acquérir un niveau de vie respectable.

J'ai décidé de garder une chambre dans mon ancien immeuble, qui me servirait de bureau. Je voulais un espace séparé de la maison où je pourrais travailler, où je ne pourrais rien faire d'autre que travailler. Comme l'immeuble se trouvait à la fois près du restaurant et du secteur de Tito, c'était un endroit commode pour rencontrer Tito et pour travailler avant et après mes heures au restaurant.

Léo, le concierge-chauffeur de taxi habitué aux accidents, m'a fait visiter un studio qu'il avait toujours de la difficulté à louer. Il était vide depuis un an et demi. C'était une boîte carrée avec une fenêtre donnant sur la sortie de secours, une cage, en fait, mais c'était exactement ce qu'il me fallait pour laisser mon imagination vagabonder librement. Il se trouvait à l'étage au-dessus de mon ancien appartement, mais à l'autre extrémité de l'immeuble. La cuisine était davantage un concept qu'une réalité et il n'y avait pas de réfrigérateur, mais il y avait une cuisinière à gaz, et la salle de bains avait une petite baignoire. Après avoir marchandé, j'ai signé le bail pour cent vingt-cinq dollars par mois, et Tito et moi avons repeint l'endroit avec de la peinture payée par le propriétaire. J'ai décidé de ne pas faire installer le téléphone, afin d'avoir la paix absolue, et de chauffer avec le four à gaz plutôt qu'avec les radiateurs électriques qui coûtaient plus cher. Comme bureau, seul un banc de parc aurait coûté moins cher. Et c'était une chambre à moi, où j'entrais, après l'effort symbolique d'un petit périple, dans le seul but d'écrire.

Pour commencer, puriste dans mon éthique de travail, j'ai décidé de ne pas mettre mon futon dans la chambre, mais faire l'amour sur mon pupitre n'était pas très confortable, en plus de créer un fouillis dans mes papiers, et puis il est impossible de dormir sur un plancher. Je suis donc revenue sur ma décision, et la pièce est devenue mon bureau et notre chambre pour la sieste.

L'hiver, je faisais souvent chauffer le four à plein, car il n'y a rien de moins favorable à la créativité que le froid. Nous avions repeint les murs et le plafond d'un jaune doré chatoyant. Peu importe le froid qu'il pouvait faire dehors, dans mon bureau j'avais toujours l'impression d'être à l'intérieur du soleil.

J'ai terminé mon roman. C'était un mauvais roman. Il ne tenait pas. Je l'ai quand même envoyé à une petite maison d'édition, petite, par conséquent d'élite, non « commerciale », espérant qu'on trouverait du génie là où moi je n'en trouvais pas. On ne m'a jamais répondu. J'ai tenté ma chance auprès d'une autre maison d'édition, également petite. Cinq semaines plus tard, mon roman m'est revenu accompagné d'une lettre dans laquelle quelqu'un me remerciait de lui avoir permis de me lire, ce qu'il avait fait « avec plaisir », et ajoutait que le programme de romans à publier était complet pour les deux prochaines années. Le gros élastique qui retenait les pages de mon manuscrit ensemble couvrait encore la même ligne de texte qu'au moment où je l'avais mis à la poste, et le petit bout de papier rose que j'avais placé entre les pages 20 et 21, comme un pétale de rose dans une lettre d'amour, était toujours là.

Je l'ai abandonné progressivement, me promettant pour commencer de m'y remettre; ensuite, je me suis dit que j'allais en sauver des parties et les incorporer à mon prochain roman ; puis j'ai pensé à en transformer des passages en nouvelles. Finalement, je me suis dit qu'il appartenait au proverbial fond de tiroir.

Tito furetait prudemment dans mon roman, comme un poisson rouge qui aurait jeté un coup d'œil vers les profondeurs, là où j'accomplissais une tâche de requin. Pendant que j'y travaillais, je ne lui avais pas dit de quoi traitait mon roman, et quand j'ai eu terminé, je ne l'ai pas laissé le lire. J'avais peur de ne plus avoir aucun secret une fois qu'il l'aurait lu ; je ne deviendrais que trop transparente à ses yeux ; pis encore, c'est ma médiocrité qui lui serait révélée et il ne m'aimerait plus. J'ai fini par le lui laisser lire et il m'a fait des commentaires justes : qu'en vérité, le roman était moins bon que ma nouvelle sur les dentiers ou ma nouvelle norvégienne, même si certains passages étaient excellents ; que l'idée était audacieuse et brillante ; que j'étais jeune, vingt-trois ans, ce qui ne voulait pas dire immature, s'est-il hâté d'ajouter, mais simplement que j'étais dans l'enfance de mon art — quels auteurs avaient débuté aussi jeunes ? Rimbaud, Mailer et quelques autres, oui, mais ils avaient décliné rapidement ou complètement ; que ce roman n'était pas ma seule idée, que j'étais libre de commencer quelque chose de neuf ; et que, mais oui, bien sûr, il m'aimait toujours, quelle question.

Une fois, j'ai fondu en larmes dans ses bras ; d'autres fois toute seule. Puis ce fut terminé.

Comme c'est le cas pour n'importe quelle relation, nous vivions des moments de repli, un imperceptible éloignement. Mais c'était là le cours normal des choses. Cela n'indiquait ni doute ni lassitude. C'était comme un peintre qui recule un peu pour avoir une vue d'ensemble de sa toile, puis qui se rapproche de nouveau et reprend son travail.

Parfois, j'allais me coucher fatiguée, vidée et contente qu'il ne me touche pas. Nous nous disions «bonne nuit», puis Tito restait tranquille, il s'endormait même peut-être. J'absorbais la solitude autour de moi. Quand j'en avais assez, quand j'étais gonflée de solitude, je me glissais parfois un peu plus bas dans le lit et je prenais doucement dans ma main le pénis chaud et assoupi de Tito. Il grossissait un peu tandis que, le visage impassible, Tito continuait à respirer régulièrement et profondément. Je m'endormais avec son sexe dans ma main, comme si j'avais tenu un pinceau et que je retouchais un détail entre ses jambes.

J'ai reçu mon cadeau de Noël dans une boîte percée de trous. Un grognement est sorti de la boîte. Un bébé bouledogue. Tacheté brun et blanc, et hideux dans sa beauté. J'ai lancé un cri perçant. «Je l'ai pris chez un éleveur à Sherbrooke, m'a dit Tito. Le plus laid de la portée, je t'assure. Plus laid que lui et on est dans le royaume de la science-fiction.» L'extraterrestre a sautillé vers moi, grognant comme un cochon à la voix de mezzo-soprano. Je ne pouvais m'arrêter de sourire. Son nom m'est venu tout de suite. «Feuille de figuier… Non! Feuille de figue. On va l'appeler Feuille de figue.

— *Feuille de figue*?

— Oui, Feuille de figue. Viens ici, Feuille de figue.» Feuille de figue a fait pipi sur le plancher.

La première fois que nous avons promené Feuille de figue, un couple s'est arrêté près de nous. «Quel chien adorable!» s'est écriée la femme. Elle s'est penchée. Moi aussi. Feuille de figue en est devenu gaga. L'homme n'avait pas l'air impressionné. «En réalité, c'est un chien très attachant, a dit Tito. Vous seriez surpris de voir quel plaisir vous en tirez, surtout quand il est grand.

— Oh! j'en suis sûr!» a poliment répondu l'homme.

Feuille de figue a aussi connu un grand succès auprès de la communauté hongroise. Une explosion de charabia. Il a même détourné lmre de son centre d'intérêt habituel.

Feuille de figue était si inarticulé, je veux dire par là qu'il paraissait avoir si peu d'articulations, que j'avais l'impression que son squelette était composé d'un seul os. J'étais inquiète quand il descendait un escalier. Il descendait rarement en posant, comme la plupart des chiens, deux pattes sur une marche, puis deux pattes sur la suivante. Non, lui, quand les marches étaient assez larges, il avait l'habitude de se placer parallèlement à la première, avec un sens de l'orientation semblable à celui d'un crabe, puis de faire un bond de côté, un mouvement qui avait la légère amplitude et l'aisance spectaculaire d'un saut-suicide. Après avoir atterri en sécurité sur ses quatre pattes sur la marche inférieure, il sautait sans attendre sur la suivante, effectuant jusqu'au bas de l'escalier ses sauts-suicides. Il faisait cela à une vitesse incroyable, même avec des escaliers en colimaçon. Il n'a jamais eu d'accident, mais j'avais toujours peur qu'il calcule mal son saut ou qu'il bondisse avec trop d'assurance, et de le voir perdre le contrôle, pirouetter et casser en trois ou quatre morceaux son squelette à un os.

Il descendait les escaliers comme Evel Knievel, le cascadeur à moto. Malheureusement, son style de descente n'avait pas d'équivalent en ce qui concerne la montée. Feuille de figue ne montait pas. Cela exigeait manifestement de lui un effort, mais l'univers compte des escaliers et on ne peut toujours les descendre, c'est la vie. Le problème, c'est que Tito et moi avions commis l'erreur, quand Feuille de figue était petit et mignon, de le porter dans nos bras chaque fois qu'il devait affronter ne serait-ce qu'une seule marche. Ce premier conditionnement l'a marqué pour la vie, peu importe le contre-conditionnement que nous avons essayé de lui inculquer quand il est devenu gros et mignon : encouragement verbal, alléchantes petites bouchées de nourriture juste trois marches plus haut, menaces, n'importe quoi. Plus d'une fois, je me suis mise en colère et j'ai hurlé : « EH BIEN, RESTE LÀ ET CRÈVE DE FAIM, ESPÈCE DE PORC ! » en me jurant qu'en aucun cas je n'irais le chercher. Ce qui déclenchait chez lui le mécanisme du grognement de guérilla. Il ne grognait pas fort ni furieusement, mais continuellement : un seul grognement porcin émis toutes les six secondes — j'ai chronométré, une fois — et qu'on pouvait entendre dans tout l'appartement, même dans la penderie. Plus le son était faible, plus il rendait fou. Je marmonnais : « Nous allons manger ce chien pour dîner ce soir, avec de la compote de pommes. » Et je me concentrais, avec une détermination encore plus sourde, sur ce que j'étais en train de faire.

Mais comme dans toute guérilla qui se respecte, Feuille de figue m'avait à l'usure. Je pensais à feu ma voisine polonaise qui avait elle aussi coutume d'attendre au bas de l'escalier. Et qu'est-ce qu'on peut faire quand on est né sans articulations ? Je jetais un coup d'œil en bas. Il était là, les yeux levés vers moi, immobile et calme, probablement transi de froid, probablement affamé. Un sentiment de culpabilité me submergeait. Je descendais, je le prenais dans mes bras et je le portais jusqu'en haut. Il mangeait bruyamment, dans le seul but de me faire sentir encore plus coupable, j'en suis sûre, puis il se couchait à mes pieds, heureux de m'avoir retrouvée. Et c'était réciproque.

Malgré toutes ses excentricités à propos du mouvement vertical, Feuille de figue n'avait aucun problème en ce qui concernait le mouvement horizontal. C'était un marcheur émérite. Les Montréalais qui vivaient à l'époque sur le Plateau Mont-Royal, à l'ouest de la rue Saint-Denis, entre les rues Roy et Rachel, se souviennent peut-être d'un facteur qui est sorti de l'invisibilité en livrant toujours le courrier en compagnie d'un boule-dogue. Lorsqu'un chien avait l'effronterie d'aboyer en direction de son maître, Feuille de figue se mettait à pousser des grognements d'indignation et de rage dignes du dieu-cochon dans *Sa Majesté des Mouches*.

J'ai commencé à travailler sur un nouveau roman. Un jour, j'ai renversé une tasse de thé sur mon dictionnaire des synonymes, mon « *Nouveau Thésaurus de Roget des mots et des expressions en anglais*, sous forme de diction-naire, dans une édition révisée, plus de six millions d'exemplaires vendus », une édition de poche bon marché que j'avais achetée au début de ma première année à Ellis et qui était déjà complètement déglinguée avant même que je l'inonde d'Irish Breakfast. Ce bouquin tombait en morceaux de toute façon, ai-je pensé. C'était l'occasion d'en acheter un nouveau.

Quelques jours plus tard, je me trouvais dans une librairie de livres d'occasion en train d'examiner deux thésaurus. Le premier, au prix de soixante-quinze cents, était la réplique exacte que celui que j'avais. L'autre était un gros volume relié. Je l'ai feuilleté. C'était un dic-tionnaire d'un genre différent, d'un genre que je ne connaissais pas. Au lieu d'énumérer les mots et leurs synonymes par ordre alphabétique, comme cela paraît logique, ceux-ci étaient divisés en catégories numérotées, terminées chacune par une liste de renvois numériques. Les catégories ne suivaient pas non plus un ordre alpha-bétique, mais il y avait bien un ordre d'un genre quel-conque ; curieusement, pour un livre de synonymes, il s'agissait d'un ordre antonymique : « élévation » était suivie par « dépression », « ouïe » par « surdité », « espoir » par « désespoir ». Mais il n'y avait pas d'ordre perceptible à une échelle plus grande, du moins pas un que j'aurais pu saisir du premier coup d'œil. À la fin du livre, il y avait un index qui comptait près de quatre cents pages, manifestement la porte d'entrée du labyrinthe.

J'ai demandé au libraire des renseignements à propos de ce dictionnaire. « Il s'agit d'une édition plus ancienne. La formule originale. Les mots y sont regroupés par catégories ; il faut chercher dans l'index la catégorie qu'on désire. C'est un peu embêtant à consulter, mais c'est plus complet. »

Je l'ai acheté, ainsi je peux affirmer que la genèse de mon roman m'a coûté huit dollars.

J'ai lu l'introduction de mon nouveau vieux thésaurus de Roget, dans une forme embêtante, une édition ancienne, dont sûrement peu d'exemplaires avaient été vendus. Il s'agissait d'une réimpression de l'introduction de l'édition originale de 1852, écrite par un certain Peter Mark Roget dans un anglais guilleret, exquis et ô combien victorien ! avec des phrases comme des rivières, s'étirant en longueur, avec des méandres, avec des virgules comme des portes d'écluse, des points-virgules comme des digues, et une confiance semblable à celle d'une rivière, sûre d'irriguer un monde assoiffé — eh bien, voici venir un pêcheur dans sa yole, là-bas, quelques laboureurs labourent un champ, l'avenir n'est-il pas lumineux ? Roget terminait son introduction en formulant l'espoir que ses efforts contribueraient à entraîner ce plus grand bien de l'humanité : une langue universelle — et, par conséquent, la paix dans le monde, un « âge d'or d'union et d'harmonie au sein des nombreuses nations et races », comme il le dit dans sa conclusion.

Jusque-là, je n'avais jamais beaucoup pensé au thésaurus de Roget. C'était un livre de référence devant lequel certains fronçaient les sourcils, ne jurant que par leurs propres dictionnaires, mais qu'il m'arrivait de trouver utile. Dans l'ensemble, c'était un instrument mineur du métier, une liste de synonymes, rien d'autre. Je trouvais absolument donquichottesque, même selon les normes du jour, roses à indice d'octane élevé, l'espoir qu'il puisse contribuer au rapprochement de l'humanité.

Je lus la notice biographique de Peter Mark Roget, pour voir qui avait été ce pédant fantastique.

C'était l'un de ces hommes de l'époque victorienne à la vie invraisemblablement remplie. Il était né en 1779, mort en 1869. Docteur en médecine. Fondateur d'une clinique de charité à Londres où il avait gratuitement dispensé ses services pendant dix-huit ans. L'un des fondateurs de l'Université de Londres où il avait été professeur de physiologie. Éminent maître de conférences sur des sujets médicaux et autres. Chef d'une commission sur les réserves d'eau de Londres ayant dénoncé l'utilisation simultanée de la Tamise comme égout et source d'eau potable. Membre de la Société royale, dont il avait été le secrétaire pendant plus de vingt ans, et de la Société médicale et chirurgicale. Collaborateur des encyclopédies *Britannica*, *Metropolitana*, de Ree et de médecine populaire. Cofondateur de la Société pour la diffusion des connaissances utiles. Auteur d'un essai intitulé *Sur la physiologie animale et végétale considérée par rapport à la théologie naturelle* (qui a fait autorité en la matière), d'un traité en deux volumes sur la phrénologie, d'articles publiés ici, là, partout. Inventeur d'un type particulier de règle à calcul. Fervent joueur d'échecs ayant publié des problèmes d'échecs dans *The Illustrated London News* et ayant conçu le premier échiquier de poche.

Et, comme si cela ne suffisait pas, auteur de ce thésaurus, un mot qui, jusqu'alors, ne signifiait rien d'autre qu'un trésor ou un entrepôt de connaissances, et dont le sens comprenait donc les dictionnaires et les encyclopédies, mais auquel Roget a solidement lié son propre nom, assurant ainsi son immortalité dans le monde de la langue anglaise. Il a entrepris cette tâche à l'âge mûr de soixante et onze ans et il est mort à quatre-vingt-onze ans. John Lewis Roget a pris en charge les éditions ultérieures du thésaurus de son père, comme l'a fait à son heure le petit-fils de Peter, Samuel Romilly Roget.

Roget & Famille, Petits saints inc.

J'ai dévoré le volume, rigolant doucement.

Une semaine plus tard, Peter Mark Roget — même son nom est gai et dénué de sens tragique — hantait toujours mon esprit. Sa Société pour la diffusion des connaissances utiles me rappelait, de façon antonymique, Kurtz et son graffiti : « Exterminez les brutes ! »

J'ai repris le thésaurus et l'ai examiné attentivement. Bien que Roget l'eût affirmé clairement dans son introduction, c'est seulement alors que j'ai été frappée par cette évidence : ce livre était une liste de mots et d'expressions groupés non selon leur orthographe, comme dans un dictionnaire, mais selon les idées qu'ils exprimaient. Pour classer en ordre alphabétique, on a simplement besoin de l'alphabet, mais pour classer selon le sens, il faut créer l'équivalent d'un alphabet des idées, ce que le défunt Roget avait brillamment réussi à faire. En seulement un peu plus de mille catégories, à partir de (1) Existence jusqu'à (1042) Édifices religieux, il avait dessiné la carte de l'univers verbal, la totalité des concepts pouvant être exprimés par l'esprit humain. Peu importe l'entité, qu'elle soit solide ou intangible, qu'il s'agisse de Saucisse ou de Tristesse, elle entrait dans l'une de ses catégories. La langue était un village comprenant mille familles élargies dont chacune était peuplée de frères et de sœurs, les vrais synonymes, et de cousins et de membres à un degré ou à un autre de la belle-famille.

J'étais stupéfaite. Ce livre, que je trouvais auparavant si terne, soudain, a commencé à m'émerveiller. Je considérais que Roget avait accompli une chose équivalente à ce que Dieu avait fait à Babel, mais à l'envers. Là où *Il* avait

divisé et semé la confusion, *il* avait, lui, classifié et
harmonisé. Ses efforts ne s'étaient pas non plus limités à
une seule langue. Dans le « Lexique polyglotte » qu'il
proposait, un super-thésaurus multilingue (avec l'anglais
et le français comme deux premières langues, « les
colonnes de chacune des deux étant placées en juxtapo-
sition parallèle »), il voulait montrer comment chaque
langue n'était pas seulement un tissage de mots amis et
parents, mais une jumelle, un synonyme, de la langue à
côté d'elle. De ce jumelage des langues pourrait émerger
la langue internationale qui mènerait l'humanité,
espérait-il, à la paix mentionnée plus haut.

Cet optimisme sans limite, ethnocentrique, allait faire
naufrage sur les rives du fleuve Congo, contre le cri
rauque de Kurtz : « L'horreur ! L'horreur ! » J'ai néanmoins
été séduite par sa vision des choses. Quelle noblesse
séculaire elle avait !

J'imaginais Roget dans la rue en train d'observer un
couple, de se tourner vers une rangée de maisons, de jeter
un coup d'œil à la vitrine d'une librairie, de lever les yeux
vers le soleil et le ciel, de courir, de regarder ses pieds et
d'éclater de rire, de dire bonjour à sa femme et à ses
enfants, de s'installer pour écrire et de penser tout le
temps, à chaque instant : « Synonymes ! »

J'allais écrire un roman sur Peter Mark Roget. Cela
s'intitulerait *Thesaurus* et l'intrigue se déroulerait à bord
du même bateau sur la Tamise que dans *Au cœur des
ténèbres*, le yawl de croisière *Nellie*. Ce serait un court
roman. Une soirée dans la vie d'un homme optimiste,
d'un homme convaincu de l'unité de la vie.

Nous avons fait des voyages. Nous avons visité
l'Équateur, le Pérou et la Bolivie. L'Inde et le Pakistan.
L'Égypte. New York. Nous avons voyagé en avion, en
train, en bateau, en autobus, en voiture, à pied. Pendant

six mois, trois mois, un mois, une semaine. Feuille de figue était chaque fois envoyé au pensionnat hongrois.

Quelles histoires je pourrais raconter ! La piste inca et la lente montée vers l'épiphanie du Machu Picchu. L'ardue et céleste randonnée autour du Nanga Parbat. Une promenade à l'aube autour de l'immensité de la pyramide de Khéops. Matisse au MOMA. Les vaches des villes indiennes, ces bovins urbains aussi blasés et futés que les revendeurs de drogue de la Grosse Pomme. Les tortues géantes des îles Galapagos, leur carapace évoquant le dôme de Saint-Pierre de Rome, leur visage hautain comme celui des cardinaux. La vie dans un train en Inde. La vie dans un autobus en Amérique du Sud. La vie sur une felouque sur le Nil. Les petits matins à Vāranāsi, à La Paz. La pourriture organique qu'est Calcutta, qu'est l'Amazone. Les murs de Sacsayhuaman. Les champs de stupas du Ladakh. Le temple de Karnak. La voix de Tito et son expression lorsqu'il m'a dit : « Es-tu sérieusement en train de me suggérer de suivre un autre cours de langue ? » après que j'eus mentionné un des bons moyens de se préparer pour l'Amérique latine. Son espagnol presque comparable au mien à la fin de notre voyage.

Et ces histoires, rien de plus qu'une poignée de souvenirs, un quart de tour du kaléidoscope, un simple regard vers les richesses inépuisables, comme la réponse de Howard Carter à Lord Carnarvon lorsqu'ils découvrirent le temple de Toutankhamon : « Oui, des choses merveilleuses. »

Si je devais me rappeler un seul endroit, chérir une seule vision, ce serait cette chambre éclairée par une ampoule nue suspendue au plafond, ou ce bout de chemin épouvantable avec une toile de fond spectaculaire, ou ce village vert fugitivement aperçu de la fenêtre d'un train, ou ce méandre de rivière où se vautrait un buffle, ou ce restaurant délabré où le thé chaud a été le bienvenu... si vous me demandiez de vous nommer une seule destination dont je pourrais dire : « Allez là et vous aurez voyagé », si vous vouliez savoir où se trouve l'Eldorado, je vous répondrais que c'est cet endroit omniprésent parmi les voyageurs : le milieu de nulle part.

J'y retournerais n'importe quand. Avec mon vieux sac à dos bleu et avec Tito, Tito mes yeux, ma peau, Tito ma soif.

Nous avons pris l'habitude de nous présenter comme mari et femme, de revêtir cet habit traditionnel pour faciliter les choses dans des endroits où les concepts de petite amie et de petit ami n'étaient peut-être pas facilement acceptés. Au début, je trouvais tout à fait bizarre de parler de Tito comme de « mon mari ». Cela me semblait si démodé. Je disais aux autres voyageurs : « Ce n'est pas vraiment mon mari », et ils hochaient la tête. Puis ça a commencé à me venir facilement. J'aimais que notre relation nous donne des titres. Je la sentais mûre, durable. Après avoir été je ne sais plus combien de fois appelée « Señora Imilac », je me suis même mise à jouer avec cette pratique, la plus répréhensible des pratiques conjugales. Je me suis mise à y voir une identité, une partie importante de qui j'étais.

Nous rêvions d'aller ensuite en Chine, de voyager dans l'Empire céleste.

Au début de 1989, le 18 janvier, pour être plus précise, dans l'avion de sept heures quarante, Tito s'est envolé vers Banff, en Alberta, pour une assemblée. Gestionnaires, commis, trieurs, facteurs, chauffeurs ; toute une tranche verticale de la hiérarchie de Postes Canada de l'ensemble du pays allait y participer, et Tito faisait partie des facteurs ayant eu la chance d'être choisis. Il y allait davantage pour les montagnes que pour le blablabla officiel. Il n'avait jamais vu les Rocheuses.

Il serait absent une semaine.

J'avais un secret, mais je n'ai rien dit. J'attendrais son retour.

Je ne l'ai jamais revu.

J'avais travaillé au res-
taurant à l'heure du lunch
et j'étais allée faire des
courses à l'épicerie. J'étais
devant la porte de mon
bureau en train de chercher
les clés dans la poche de
mon manteau, deux sacs de
plastique pleins de nour-
riture à mes pieds. La première grosse tempête de
neige de l'année était tombée et le temps était froid,
clair et ensoleillé (une journée très semblable à celle
où nous nous étions pour la
première fois rapprochés,   Tito
Tito et moi, trois ans plus
tôt, même si cette fois-là
c'était la nuit et que là
c'était en plein jour, un peu
avant trois heures de
l'après-midi). Je parle du
temps uniquement parce
qu'il reflétait mon état
d'esprit : clair et ensoleillé.   bébé
Il n'avait rien à voir avec
l'endroit où je me trouvais :
au bout d'un corridor sans
fenêtre de couleur vert vomissure, éclairé uniquement

par un néon qui agonisait
en clignotant. Je ne me rappelle pas à quoi je pensais à
ce moment-là. Mon esprit
n'avait aucune raison en-
core d'être aussi attentif
qu'un sténographe à la
cour. Tito me manquait   Tito
déjà, mais sept jours sans
Tito voulaient dire beau-   Tito Tito Tito Tito Tito
coup de temps à consacrer à   Tito
mon roman et le plaisir de
le revoir après m'être en-   Tito
nuyée de lui. J'étais presque   Tito
certaine d'être enceinte. Ce   bébé
mois-là, j'avais pris la pilule
de façon négligente. Je
pense que j'essayais de faire
passer pour un accident ce
que de fait je souhaitais.   bébé
J'avais déjà trois jours de
retard, du jamais vu dans   bébé
mon cycle réglé comme une
horloge au césium ato-
mique. J'avais une intuition.   bébé
Tito absent, je pourrais   Tito
avoir une certitude. La
perspective m'horrifiait et   bébé
me transportait — comme
un cadeau merveilleux en-   bébé
veloppé dans un horrible
papier d'emballage. Je ne
portais pas de tampon sur
moi. Si je n'étais pas enceinte, je voulais me venger

en saignant de la façon la
plus gênante possible, au
milieu de la rue ou pendant
mes heures de travail au
restaurant. Dans un recoin
de mon esprit, tout au fond
d'un classeur, il y avait une
police d'assurance signée
Henry Morgentaler. Le fait
que Tito et moi n'avions
pas payé les primes donnait
lieu à des blagues et à des
remarques sur les « petits
bébés Tito ».

Tito

bébé Tito

« Salut », a-t-il dit. Il
marchait vers moi dans le
corridor.

« Salut », ai-je répondu
en enfonçant ma clé dans la
serrure et en déverrouillant
la porte.

C'était un voisin.
L'homme à la moustache en
guidon de vélo. Trois ans de
signes de tête, de salutations
et de brefs échanges occasionnels. Je ne savais même
pas son nom,

« C'est ici que tu ha-
bites ? » a-t-il demandé.

Il était à côté de moi,
regardant à l'intérieur.

« Non, je m'en sers seu-
lement comme bureau.

— On peut voir ?

— Bien sûr. » Je suppose que c'était présomptueux de sa part, mais je n'y ai pas pensé sur le coup. Il songeait à déménager, il était négligemment curieux, il se montrait amical — quelque chose comme ça. Je n'ai pas non plus tiqué sur le fait qu'il avait attendu que je sois entrée pour entrer à son tour. « C'est tout petit », ai-je ajouté.

Il a jeté un coup d'œil.

« Bon, je dois travailler », ai-je dit après environ une minute. Il n'a pas bougé.

« Maintenant, tu t'en vas », ai-je repris d'une voix légère, en agitant la main, le traitant comme s'il était un enfant têtu.

Il m'a regardée.

« Déshabille-toi », a-t-il dit en refermant la porte.

Je n'ai pas saisi. J'étais abasourdie. C'est comme si j'étais immédiatement devenue paralysée.

« Quoi ?

— J'ai dit : déshabille-toi. On va examiner la marchandise. »

Il n'y avait eu aucun avertissement. En l'espace

d'une fraction de seconde, les choses ont basculé du normal à l'épouvantable. Je ne pouvais absolument rien faire. Je n'avais pas le temps de penser, de réagir, de prendre des mesures. Non. J'avais même enlevé mes bottes, les ayant retirées en rentrant.

L'assaut a été long. J'ai eu l'impression qu'il a duré des heures. Comment autrement puis-je expliquer tant de peur ? La peur peut-elle être concentrée ? Peut-elle pénétrer dans votre vie comme quelques gouttes de colorant alimentaire, quelques gouttes de rouge qui tombent en faisant floc, se diluent et teintent votre vie entière ? Le problème avec le viol, c'est qu'il gâche votre vie, tout le reste de votre vie, à cause de la peur qui se répand. Quand j'y repense, je me dis qu'il est peut-être resté vingt minutes.

Il n'avait ni couteau ni revolver. Il n'en avait pas besoin. Il n'a rien fait de plus menaçant que de me tirer les cheveux de toutes

..........terreur.....terreur.....
terreur.............................

.....terreur.................terreur

.............................terreur

douleur...........................

ses forces, de me gifler, de me donner des coups de poing et des coups de pied.

Son poing s'est levé et il m'a frappée directement sur la joue. J'ai titubé sur un côté et je me suis effondrée.

« Debout. »

Je me suis levée, mécaniquement.

« Maintenant, ôte ton maudit chandail. »

J'ai commencé à protester, à supplier, je ne me rappelle plus les mots exacts. Il m'a empoignée la gorge et m'a violemment frappée contre le mur.

« Écoute, espèce de chienne, tu vas commencer à te déshabiller maintenant ou je te tue. Pour qui tu te prends ? »

Il m'étranglait avec sa main. Je devais lutter pour faire entrer l'air dans mes poumons. J'étais terrifiée. Je pensais que j'allais mourir. « D'accord, d'accord », ai-je dit d'une voix rauque.

J'ai enlevé mon chandail.

« Enlève ta blouse. »

Mes mains tremblaient tant que j'avais de la difficulté à défaire les boutons.

...........................douleur..
...........................douleur...
...................douleur...........
....
.......douleur ....
....
....
....
....
....
....
....
....
....
....
............................terreur
douleur terreur douleur
terreur douleur terreur
douleur terreur douleur
terreur douleur terreur
douleur terreur douleur
terreur douleur terreur
douleur terreur douleur
terreur douleur terreur
douleur terreur douleur
terreur douleur terreur
douleur terreur douleur
terreur douleur terreur
douleur terreur douleur
terreur douleur...................
....
....
.......................terreur........
....
....

« Maintenant, le reste. »
....

Je l'ai regardé. Il a avancé
.................................terreur

vers moi.
terreur..................................

« Ça va, ça va. »
....

J'ai enlevé mon t-shirt.
....

Puis mon soutien-gorge.
....

Il me regardait fixement.
....

Il se frottait l'entrejambe.
....

« Enlève le reste. »
....

« Je vous en prie ! » Je
....

n'étais pas capable. Tout
....

simplement pas capable. Sa
....

main s'est de nouveau diri-
terreur   terreur   terreur

gée vers ma gorge.
terreur terreur ....

« D'accord, d'accord. Je
....

vais le faire. »
....

J'ai enlevé ma jupe et
....

mes bas de laine.
....

Il s'est approché, a at-
.................terreur..............

trapé ma culotte et l'a bais-
....

sée d'un coup sec. En fai-
....

sant cela, il m'a griffée avec
......................douleur.....

ses ongles. Deux lignes
....

rouges sur mon bas-ventre.
douleur...............................

La première douleur aiguë
....................douleur..........

que j'ai enregistrée.
....

J'étais complètement
....

nue. Je gardais les yeux au
....

sol. J'avais l'estomac si
terreur...............................

tordu que ça me faisait mal.
terreur....................douleur

Je ne cessais de penser : « Je
................................terreur

vais mourir, je ne veux pas
terreur   terreur   terreur

mourir, je vais mourir, je ne
terreur   terreur   terreur

veux pas mourir, je vais
terreur   terreur   terreur

mourir, je ne veux pas
terreur   terreur   terreur

mourir, je vais mourir, je ne veux pas mourir. »

Il m'a frappée en plein visage. Je ne comprenais pas. Je faisais pourtant ce qu'il voulait. Il m'a encore giflée. Quand j'ai levé les mains pour me protéger, il s'est mis à me frapper à coups de poing dans le visage et sur le corps. Je suis tombée sur le sol. Il m'a saisie à la gorge et il a commencé à m'étrangler tout en me cognant la tête contre le mur. Je ne pouvais plus respirer. Je pensais que j'allais mourir. Mais il s'est arrêté.

Il s'est redressé et il a retiré ses vêtements. Je ne regardais pas. J'avais un goût de sang dans la bouche. Il m'a attrapée par les cheveux et il a tiré pour me faire lever. La douleur était atroce. Il m'a tirée jusqu'au futon et m'a jetée dessus.

« Ça t'a fait mal ? »

Il a eu l'air content quand j'ai répondu oui. Il s'est agenouillé à côté de moi et a repris mes cheveux. Il les a enroulés

terreur terreur terreur terreur terreur ....
...............douleur...............
....
....
....
douleur...............................
....
...............................douleur
douleur douleur douleur
douleur douleur...................
...............................douleur
terreur douleur terreur
douleur terreur douleur
terreur douleur terreur
douleur terreur douleur
terreur douleur terreur
douleur terreur...................
....
....
....
....
....
...................douleur douleur
douleur douleur douleur
douleur douleur douleur
douleur douleur douleur
douleur douleur douleur
douleur...............................
....
....
...............................douleur
....
....
....

autour de son poing en serrant fort.

....

douleur...............................

« Je ferai tout ce que vous voulez, tout. Mais je vous en prie, ne me tuez pas. »

.... terreur terreur terreur terreur terreur terreur terreur terreur terreur..........

Il a malmené mes seins.

..........douleur ....

Il m'a fourré son pénis en demi-érection dans la bouche et il a commencé un mouvement de va-et-vient. C'était indescriptiblement dégoûtant. J'ai mis le plus de sang et de salive possible entre lui et moi. J'avais envie de vomir. Mais plutôt le sucer que de me faire baiser par lui. Je voulais protéger mon bébé, je ne voulais pas la pollution de sa queue dans mon vagin.

....
....
....
....
....
....
....
....
....
........................bébé...........
....
....

Il ne cessait de pousser trop loin, ce qui me donnait des haut-le-cœur.

....
....
......douleur............................

J'ai repoussé son ventre blanc et mou et j'ai vomi sur le futon. Mes hoquets étaient très douloureux et je suffoquais.

....
.............................douleur
....
...................douleur douleur
terreur ....

« C'est écœurant », a-t-il dit, mais il a éclaté de rire. « Ha, ha, ha, ha, ha ! » a-t-il fait.

....
....
....

Nos yeux se sont croisés. J'ai aussitôt détourné les miens.

....
terreur terreur terreur terreur...............................

Il s'est placé entre mes jambes. J'ai essayé de résister.

....
...............................bébé
....

Il s'est mis à me frapper à coups de poing dans le visage. Il fallait juste que je survive. La mort était l'unique perte. J'ai écarté les jambes.

..............................douleur
terreur douleur terreur
douleur terreur douleur
terreur douleur terreur
douleur terreur douleur
terreur..............................

« Fais attention à ce que tu fais, salope », a-t-il dit.

....terreur terreur terreur
terreur terreur ....

Il a craché deux fois entre mes cuisses pour lubrifier. Mais il était à peine bandé et n'a réussi qu'à faire pénétrer la tête de son pénis en moi. Il allait et venait avec précaution. Il se tenait sur ses bras et gardait les yeux fixés entre nos cuisses. À chaque endroit où sa peau moite touchait la mienne, quelque chose en moi se recroquevillait de répulsion.

J'ai entendu un grondement. Le métro ? C'était mon cœur. Il battait incroyablement fort.

Son pénis est sorti de moi. Il s'est redressé sur ses genoux.

terreur   terreur   terreur
terreur   terreur   terreur

Il ne disait rien. Je voulais parler, mais je n'arrivais pas à articuler un seul mot.

terreur   terreur   terreur
terreur   terreur   terreur
terreur   terreur   terreur
terreur   terreur   terreur

Il s'est levé et il s'est mis à me traîner par les cheveux dans la pièce, me tirant sur mon bureau et me projetant contre les murs. Chaque fois que j'essayais de me relever, il donnait un coup sec pour me faire perdre l'équilibre. Quand j'avais si mal que je criais, il me donnait un coup de pied au visage en disant : « Je t'ai dit de ne pas crier. »

Il m'a rejetée sur le futon et s'est agenouillé entre mes jambes. À présent, il était bandé. Il m'a pénétrée de nouveau. Cette fois, il allait et venait furieusement. Il avait la tête levée, mais il gardait les yeux fermés. J'ai regardé ailleurs. Après le sexe oral, après avoir été traînée par les cheveux, cela était un soulagement.

J'ai remarqué des choses bizarres. Tandis que j'étais couchée là, que je vivais cette boucherie, un chatouillement dans mes oreilles me dérangeait. Mes larmes coulaient dedans.

J'ai essayé de cogner le plancher pour que quelqu'un sache qu'il se passait quelque chose de terrible. Mais

terreur   terreur   terreur
douleur douleur douleur
douleur douleur douleur
douleur douleur douleur
douleur douleur douleur
douleur douleur douleur
douleur douleur douleur
douleur douleur douleur
douleur douleur douleur
douleur douleur douleur
douleur douleur douleur
douleur douleur douleur

....
....
....
.......................douleur ......
....
....
....
....
....
....
....
....
....
....
....
....
terreur douleur....................

personne n'a entendu, je
suppose. Je suppose que je
n'ai pas cogné très fort,
j'avais trop peur qu'il s'en ....terreur............
aperçoive. Je suppose que j'ai
à peine tapoté un peu le sol.

Il a éjaculé en moi et il a
éclaté de rire. ....terreur.................

Il s'est levé et a marché
dans la pièce. Je suis restée
immobile, absolument im-   terreur ....terreur
mobile, sans le regarder, ou
seulement du coin de l'œil.
Il est allé à la salle de bains.
Il a pissé sans tirer la chasse
d'eau. Il s'est lavé. Il est
sorti en s'essuyant avec ma
serviette.

Il a fouillé dans mes sacs
d'épicerie et a trouvé le jus
d'orange et les biscuits. Je
me suis redressée lentement
mais seulement sur mes
coudes. Je détournais les ....terreur............
yeux. Je saignais du nez, ...douleur..............
floc, floc, foc.

«Ou est ton sac?»

«Je n'en ai pas. Je garde
tout dans mes poches.»

Il a fouillé dans les
poches de mon manteau. Il
en a sorti une poignée de
billets chiffonnés et de
pièces de monnaie, mes
gains de la journée, environ

cinquante dollars. Il a exa- ....
miné le tout. Il a pris les ....
coupures de cinq sans hési- ....
ter, mais il semblait vouloir ....
laisser le reste. Puis il a ....
changé d'idée et a pris aussi ....
les billets de deux dollars. ....
Puis les pièces de un dollar. ....
Il allait laisser la monnaie, ...
mais il a décidé de prendre ....
les pièces de vingt-cinq ....
cents. ....

    Tout en mangeant mes ....
biscuits, il a jeté un coup ....
d'œil sur les papiers épar- ....
pillés dans la pièce. « T'es ....
étudiante ? ....

    — Non. ....

    — C'est quoi, toutes ces ....
paperasses ? ....

    — J'écris un livre. ....

    — Merde. Un écrivain. ....
Et de quoi ça parle, ton ....
livre ? ....

    — C'est un roman sur ....
un homme qui a écrit un ....
nouveau genre de diction- ....
naire. » Il venait vers moi. .... terreur terreur
« C'est un d... d... d... dic- terreur terreur terreur
tionnaire de s... s... s... terreur terreur terreur
s... synonymes. C'est juste terreur terreur terreur
une histoire ennuyeuse. Ça terreur terreur terreur
ne sera pas un best-seller ni terreur terreur terreur
rien. Je n'ai pas beaucoup terreur terreur terreur
de talent. Je... terreur terreur terreur

— Eh bien, si c'est toi qui le dis, j'imagine que je ne vais pas l'acheter. »

Il était à genoux à côté de moi. Son pénis pendait mollement entre ses jambes. J'ai détourné les yeux.

« Oh ! je vous en prie, ne me tuez pas, s'il vous plaît, ne me tuez pas ! Je ne vous ai rien fait. Ne me tuez pas s'il vous plaît. Nous sommes des voisins. Ne me tuez pas. ».

Il a ri. « Pourquoi je voudrais te tuer ? »

Un bruit râpeux est sorti de sa bouche. Il m'a craché au visage.

Je n'arrive pas encore à comprendre. Après la façon dont il m'avait traitée, qu'il puisse encore faire ça, me cracher au visage !

Il a paru commencer à s'ennuyer.

Il s'est rhabillé. Il s'est coiffé devant la glace, prenant son temps pour faire sa raie. Puis il a pris mes deux sacs d'épicerie, il a dit : « On se reverra », et il est parti, refermant la porte derrière lui.

J'ai rampé jusqu'à la porte, j'ai levé la main, je l'ai verrouillée.

terreur terreur terreur
terreur terreur terreur
terreur terreur terreur
terreur terreur terreur
terreur terreur terreur
terreur terreur terreur
terreur terreur terreur
terreur terreur terreur
terreur terreur terreur
terreur terreur terreur
terreur terreur terreur
terreur terreur terreur
terreur terreur terreur
terreur terreur terreur
terreur terreur terreur
terreur terreur terreur
terreur ....
....
....
....
....
....
....
....
....
....
....
....
....
....terreur terreur terreur
terreur terreur terreur
terreur terreur ....

Je suis restée allongée sur le sol. Je ne pensais à rien. Je suis juste restée allongée là.

Je me suis levée. Je pouvais à peine me tenir debout. Je suis allée à la salle de bains. Mon visage n'avait pas l'air d'avoir été battu, il avait l'air d'avoir été écorché. Je ne me suis pas reconnue.

Je bougeais comme une automate. Je n'étais pas là. J'étais ailleurs. J'ai passé de l'eau sur un visage, je ne sais pas le visage de qui. Avec une serviette propre, j'ai essuyé un corps, je ne sais pas le corps de qui. Son sperme puait.

Soudain, j'ai été terrifiée à l'idée qu'il était encore dans les alentours, à l'intérieur de l'immeuble. Dans le miroir, mes yeux se sont agrandis. Mon estomac s'est noué.

....terreur terreur terreur terreur terreur terreur terreur terreur terreur terreur terreur terreur terreur terreur terreur terreur terreur terreur terreur.................................

Je me suis habillée, j'ai enveloppé mon visage dans mon écharpe et j'ai mis mon manteau, le capuchon relevé. J'ai rassemblé les feuilles de mon roman et je les ai fourrées dans la poche

de mon manteau. Il y avait
des mèches de mes cheveux
partout sur le plancher. Je
suis sortie par la fenêtre et
je suis descendue par l'escalier de secours.

Le trajet m'a paru inter-
minable. J'ai trébuché plusieurs fois. Je ne cessais de
penser qu'il me suivait,
mais j'avais trop peur pour
me tourner et vérifier. J'ai
fait des détours pour rentrer
chez moi ; dès que je pouvais tourner dans une rue,
je courais puis je m'esqui-
vais dans une ruelle.

Je suis parvenue chez
moi. Feuille de figue m'a
accueillie en manifestant
comme d'habitude une joie
bourrue. Il s'est tu dès que
j'ai retiré mon écharpe.

Je suis allée à la salle de
bains et je me suis fait couler un bain.

...........................terreur...

...........................terreur....

....terreur..................terreur

....
....
....
....
....
....
....
....
....
....
....
....
....
....
....
....
....
....
....
....
....
....
....
....
....
....
....
....
....
....
....
....
....
....
....
....
....
....

Je suis restée des heures dans mon bain. Frissonnant dans l'eau chaude. L'esprit vide. Me lavant de façon obsessive.

J'étais couverte d'ecchymoses. J'avais mal à la tête. Mon visage me faisait mal. Mon cou était raide et douloureux. Chaque fois que j'avalais, je recevais un violent coup de griffe à l'arrière de la gorge. La seule chose qui ne me faisait pas mal, c'était cligner les yeux. Je ne pouvais même pas parler à Feuille de figue, assis dans un coin de la salle de bains, et qui a essayé à quelques reprises d'amorcer une conversation. J'étais si endolorie et enflée que ça me faisait mal de me toucher ; pas seulement mon vagin, mais partout. Le savon me piquait,

....
....
....
....
....
....
....
....
....
....
....
....
....
....
....................................douleur
douleur...........douleur........
....................................douleur
..................douleur douleur
....
....
........douleur........................
....
....
....
....
....
....
....
....
....
......................douleur........
douleur....................douleur
....
....
....

mais il fallait que je me
lave, il le fallait.

Je pouvais à peine mar- ....douleur
cher quand je suis sortie. Je
suis allée dans la cuisine
préparer du thé.

J'ai pensé à Feuille de
figue. Je ne l'avais pas fait
sortir. J'ai mis le peignoir de
bain de Tito par-dessus le
mien. J'ai bien regardé ....terreur
partout avant d'ouvrir la terreur.........................
porte en bas. Je l'ai ouverte ....terreur

juste assez pour permettre à
Feuille de figue de se faufiler. Il s'est arrêté sur le per-
ron, mais j'ai secoué la tête
et il a compris qu'il devait y
aller tout seul. J'ai fermé et
verrouillé la porte, et j'ai
attendu.

Quand il a été à l'inté-
rieur, j'ai monté l'escalier.
Arrivée en haut, je me suis
retournée et je l'ai regardé
qui levait les yeux vers moi.
« Viens », ai-je chuchoté
d'une voix enrouée. Il a
grimpé l'escalier.

...........................douleur......

Le téléphone a sonné.
« Tito ! » Je ne reconnais-
sais pas le son de ma voix.

Il y a eu un silence, puis on a raccroché.

Ce n'était pas Tito. Il aurait parlé. Peut-être un faux numéro.

Mais c'était peut-être *lui*. ....terreur

J'ai laissé tomber le téléphone. Les portes étaient verrouillées, les fenêtres étaient fermées, les rideaux étaient tirés... mais Alexandre Graham Bell le laisserait entrer. J'ai été saisie de panique. ....terreur

terreur terreur terreur
terreur terreur terreur
terreur.................................

J'ai arraché le téléphone du mur.

....
....
....
....
....
....
....
....
....
....
....
....
....

Je sentais encore la puanteur de son sperme sur moi. J'ai fait couler un autre bain et je me suis relavée.

Je me suis habillée pour me coucher. J'ai mis un pantalon de jogging de Tito, un t-shirt et un chandail. Je me suis couchée en laissant les lumières allumées, même si la noirceur n'avait aucun rapport avec ce qui s'était passé.

J'ai placé une chaise contre chaque poignée de porte verrouillée. Je me suis levée pour m'assurer encore et encore que toutes les fenêtres étaient bien fermées. J'avais un couteau à côté de mon lit.

....
....
....
....
....
....
....
....
....
....
....
....
...............terreur...........
....
terreur...............................
....
...............terreur ....
....
....
...............terreur ....
....

....
....
....
....
....
....
....
....
....
....
....
....
....
....

Mais il apparaît dans mes rêves. Je suis debout à l'extrémité d'un long corridor. Il s'avance vers moi. Pas lui, son visage. Son visage est énorme, il occupe tout le corridor, il est le quatrième mur. Je sens l'espace, la lumière, l'air se comprimer. Son visage continue d'approcher, d'approcher à l'infini. Je me réveille en hurlant, mon cœur battant la chamade.

..........terreur   terreur
terreur   terreur   terreur
terreur   terreur   terreur
terreur   terreur   terreur
terreur   terreur   terreur
terreur   terreur   terreur
terreur   terreur   terreur
terreur   terreur   terreur
terreur   terreur   terreur
terreur   terreur   terreur
terreur   terreur   terreur
terreur   terreur   terreur
terreur ....
....
....
....
....
....
....
....

....
....
....
....
....

Je n'ai rien mangé.   ....
....
....
....
....
....
....
....
....
....
....

Il y a eu un écoulement.   ....
Ce n'était pas du sang, ...
c'était jaunâtre. J'avais sauvé ....
mon bébé. La douleur et   ....bébé ....douleur .....
l'enflure avaient empiré. Ça douleur ....douleur.....
faisait mal quand j'urinais. douleur..............................

....
....
....
....
....
....
....
....
....
....
....
....

Feuille de figue avait
cessé d'aboyer, je l'ai quand
même frappé. Un coup sur

le côté de sa tête et de son
cou, un seul endroit, en
vérité. Il est tombé à la
renverse. Il s'est relevé et il
s'est sauvé à toute vitesse.
Son expression habituellement si jolie, si laide, était
vide. Il était terrifié. Il a
disparu, ses griffes clique-
tant sur le parquet. J'ai pris
conscience que je ne l'avais
pas nourri depuis deux
jours. Il avait attendu tout
ce temps pour protester.

Après quelques secon-
des, je me suis mise à pleurer. Je me suis laissée glisser
sur le sol.

Oh! Oh!

Pourquoi je ne me suis
pas défendue ? J'ai lu qu'il
ne faut que quelques livres
de pression pour détacher
les oreilles humaines. Pourquoi n'ai-je pas fait ça ?
J'aurais pu profiter de sa
douleur et de sa surprise
pour contourner le qua-
trième mur.

Ne plus jamais être aussi
vulnérable. Jamais.

Cette fois, ça a commencé par un terrible mal de tête. J'avais si mal que je pensais que mon crâne allait éclater. Je voulais crier, mais je suis juste restée couchée là toute la nuit, tenant ma tête dans mes mains, consciente de chaque minute qui passait. Au matin, le duvet entre mes seins était plus foncé.

Autrement, je ne pouvais localiser la source de la douleur. Mes seins se sont aplatis, ma vulve s'est refermée, puis elle a poussé vers l'extérieur, chaque détail subtil de mon apparence a changé, mais sans que je ressente un inconfort précis, j'avais seulement une nausée qui me donnait envie de mourir. J'ai vomi plusieurs fois. Mon poil poussait en me donnant des démangeaisons et je me suis gratté la poitrine et les jambes jusqu'au sang, mais c'était une douleur que je m'infligeais moi-même, tout comme le dégoût que je ressentais à voir émerger mon pénis en était une autre.

J'ai perdu mon bébé, mon enfant, mon avenir. Là résidait peut-être la source de la nausée. Lorsqu'il a découvert que sa sortie naturelle vers le monde extérieur se refermait, mon bébé, pris de panique, a émigré vers le nord. Il a nagé autour de mes intestins, il s'est faufilé jusqu'à mon estomac, il est arrivé à mon cœur, il a glissé vers ma trachée. Il est venu se loger dans ma tête. Je le sais avec certitude : le jour où l'on me trouvera morte et qu'on pratiquera une autopsie, on découvrira à l'intérieur de ma tête, juste à côté de ma mémoire, un fœtus pâle et malheureux, que son cordon ombilical ne reliera plus à un placenta, depuis longtemps consumé, mais à mon cerveau même, s'alimentant d'un flot de sang, d'oxygène et de mots, et ce fœtus aura vécu là pendant toute la durée de ma vie, s'adaptant à son environnement comme nous devons tous le faire, un environnement sombre, étriqué et solitaire, séparé du monde ensoleillé par une simple cloison lisse d'os et de peau, mais irrémédiablement séparé. Je ne puis dire que je communique avec ce bébé — je ne connais même pas son sexe —, mais il est là, il est là, en haut d'un côté de ma tête, le côté gauche, bien que je le sente parfois bouger pour se placer devant mes lobes frontaux.

L'ouragan hormonal à l'intérieur de mon corps a favorisé la cicatrisation rapide de mes blessures, de mes blessures extérieures.

Avec ma force nouvelle, dans un mouvement de rage et de douleur, j'ai stupidement cassé quelques assiettes de mon pauvre Tito. Feuille de figue se terrait dans un coin. En larmes, j'ai ramassé les débris.

J'étais aussi agitée lorsque je dormais que lorsque j'étais éveillée. Certains de mes cauchemars étaient peut-être des rêves éveillés. Cette semaine-là, je n'ai pas dormi plus de dix heures. J'ai mangé tout ce qui restait dans le frigo jusqu'à ce que je me retrouve en train de manger du pain rassis avec de la mayonnaise.

J'ai songé au suicide.

J'ai coupé mes cheveux. Ma main tremblait, même si mes pensées étaient mortes et calmes.

À ses yeux à lui, je n'étais digne d'aucun respect. J'étais réduite à rien, mon être, mes sentiments étaient volontairement méprisés. On ne peut imaginer combien il est difficile de remonter la pente après un tel avilissement. On glisse constamment vers le bas. On ne doute plus seulement des autres mais de soi-même, de son propre corps. On vit dans la peur, une peur qui ne nous quitte jamais, jamais. Jamais. On est souvent la proie de sentiments de panique. Notre corps nous devient quelque chose d'étranger, qu'on ne peut plus contrôler ; il vomit souvent, attrape des rhumes sans arrêt. On a des migraines. Le sommeil devient un territoire ennemi, peuplé par nos peurs les plus horribles.

Je ne sais pas pourquoi on appelle ça un viol. Pour moi, ça a été un meurtre. J'ai été tuée ce jour-là et, depuis, je dois traîner la mort en moi, une grisaille qui vagabonde dans mon intérieur coloré ; parfois, c'est mon estomac qui est mort, parfois, c'est ma tête, parfois, ce sont mes intestins, souvent, c'est mon cœur.

J'ai quitté Montréal — quitté ma vie — de façon brutale et désordonnée. J'ai mis mon roman et quelques vêtements dans mon sac à dos (et, sans y penser, des tampons), et je suis partie. Sans rien dire au restaurant, ni à la communauté hongroise, ni à Danny, ni à personne. Pour mon cher Tito, j'ai griffonné quelques mots, les plus durs que j'aie jamais eu à écrire. Il n'y avait qu'un Feuille de figue rempli d'angoisse pour me dire adieu. Je l'ai promené pour la dernière fois, lui ai laissé plein de nourriture, je l'ai caressé — mais il savait que quelque chose n'allait pas. Comme je refermais la porte en bas, je l'ai entendu grogner plus fort que jamais auparavant et ça m'a brisé le cœur. J'ai jeté la clé à l'intérieur par la fente dans la porte qui sert de boîte aux lettres, et ça m'a laissé une image : son museau plat visible par la fente, qui reniflait follement ma main, m'implorant par ses narines de ne pas m'en aller. Mais le soir tombait. Cela me terrifiait. Je devais quitter la ville avant qu'il fasse noir. Et une tempête commençait — encore de la neige. Feuille de figue n'avait qu'un jour à attendre. Tito serait de retour le lendemain. Je suis parti.

Cette chose a gâché quatre années de ma vie. Quatre années d'errance et de confusion. Et ce n'est pas fini.

Il m'arrivait d'oublier. C'était le plus souvent tout de suite après avoir dormi, quand j'arrivais à dormir. J'ouvrais les yeux, je regardais les formes géométriques que le soleil dessinait sur le mur et, pendant quelques secondes, j'étais disposée à accueillir le jour. Puis mes émotions se réveillaient, le livre de ma mémoire s'ouvrait à *cette* page-là parmi les milliers de pages et *ça* (la peur, l'anxiété, les cauchemars, les nuits d'insomnie, la panique, la dépression, la perte, la tristesse) revenait, et le jour devenait un supplice, un piège de cinq sens et une voix dans ma tête, une voix qui ne se taisait jamais mais qui changeait seulement parfois de langue.

J'ai pris un autobus pour Toronto où je suis arrivé tôt le matin, mais ce dont je me souviens tout de suite après, c'est que je me trouvais dans un dix-huit roues roulant vers l'ouest. Je crois que j'ai dû monter à bord quelque part le long du lac Supérieur, le long de ce gigantesque réservoir de larmes dont la forme ressemble à un poisson arqué dans les airs, un marlin attrapé. Je me rappelle ce voyage uniquement à cause d'un panneau de signalisation qui est resté imprimé dans ma mémoire. La cabine du camion est un grand espace bien équipé qui paraît si haut au-dessus de l'autoroute que j'ai l'impression d'être dans un avion volant bas. Il fait chaud. Je me sens engourdi. Je suis appuyé en partie contre le dossier et en partie contre la portière, je ne regarde pas droit devant moi, mais de biais, gardant ainsi le conducteur à la périphérie de mon champ de vision. Il ne parle pas beaucoup ; les derniers mots qu'il a marmonnés ont été : « On va bientôt arriver au Manitoba. » Il se concentre sur la tempête de neige dehors, les grosses bourrasques d'engourdissement blanc qui balaient et oblitèrent toute chose avec des hurlements de rage. Il garde les deux mains sur le volant, aussi gros et rond que le globe. Je ne vois pas grand-chose dehors. Puis un panneau de signalisation surgit du néant : « Lake of the Woods ». Je m'en vais loin, loin dans le froid. Je suis engourdi, si engourdi, mon Dieu, si engourdi ! Je m'en vais loin, loin. Je m'endors tandis que nous passons bruyamment à travers la colère de Déméter.

Regardant une carte un jour dans un magasin d'articles de pêche — je me trouvais là parce que j'avais vu la carte de l'extérieur et que j'étais entré pour l'examiner de plus près —, j'ai été surpris du nombre de lacs qu'il y a dans les Prairies. Des centaines de lacs sont éparpillés dans le paysage ; plusieurs n'ont même pas de nom, et la plupart ne sont accessibles que par avion.

Une terre si loin de la mer, un air si sec, et pourtant tous ces lacs.

Plus tard, quand j'ai été si déshydraté que mes lèvres étaient craquelées et que ma peau ressemblait à de la boue séchée, j'ai vu des humidificateurs en solde dans la vitrine d'une pharmacie. Ils étaient « ultrasoniques ». Le mot semblait être une promesse de confort. J'ai acheté le modèle géant de dix litres et je me suis hâté de rentrer à la chambre que j'avais louée dans une pension. J'ai lu avec attention le mode d'emploi, j'ai rempli d'eau les deux contenants et j'ai réglé au plus fort le bouton de contrôle d'intensité. Une brume fraîche et évanescente est sortie du bec de l'appareil. J'ai inspiré cet air humide, j'en ai gonflé mes poumons, hydratant mon intérieur parcheminé. J'imaginais que je me sentais déjà mieux, beaucoup mieux. C'était la solution à mes problèmes. Trois jours plus tard, quand, manquant d'eau, l'appareil s'est éteint en faisant entendre un clic, je ne l'ai plus jamais rempli. Je l'ai abandonné derrière moi, même s'il m'avait coûté plus de cent vingt dollars.

J'ai fait la même chose avec tous les objets achetés avec dans la tête l'idée de rédemption.

Je suis resté dans les Prairies. J'y suis toujours. Un singe existentiel itinérant. J'ai acheté un tacot et je suis allé de Winnipeg à Banff et vice-versa en m'arrêtant dans toutes les villes, même les petites.

J'ai donné des cours du soir de français. J'ai été concierge dans des immeubles commerciaux. J'ai surtout lavé de la vaisselle. J'aimais le travail de plongeur. Habituellement, je ne parlais à personne dans les restaurants où je travaillais, et j'essayais de comprendre mon sort seulement en termes de détergent, d'eau chaude et de piles de vaisselle sale. J'aimais la transformation du sale et du glissant en propre et en crissant. J'aimais la vapeur et l'humidité et les quantités infinies d'eau chaude. J'étais un bon plongeur. Jamais eu de reproche, jamais laissé une seule cuiller graisseuse.

Il m'a transmis l'herpès B. Ça revient brusquement à chaque anniversaire.

Vous ne pouvez imaginer tout ce qu'un viol anéantit. Vos papilles gustatives. Votre voix : vous ne parlez plus qu'avec un chuchotement faible et râpeux (tandis que votre cerveau continue d'agoniser). Votre libido : il ne vous reste plus un seul tressaillement, un seul pincement de désir. Votre imagination : votre réalité s'émousse, le monde du rêve devient un cimetière (sauf en ce qui concerne les cauchemars qui hurlent à travers vous). Votre capacité de dormir, pratiquement. Votre vitalité : laver la vaisselle consume toute l'énergie mentale et physique que vous avez.

Imaginez cette pièce de théâtre :

PERSONNAGES :

    une FEMME ÂGÉE *avec un sac d'épicerie*

    un BON SAMARITAIN

    un PANTIN *avec un visage peint, à l'expression malheureuse.*

DÉCOR : *un banc sur un trottoir*

(*Le rideau se lève. Le* PANTIN *est assis sur le banc, la* FEMME ÂGÉE *apparaît, marchant lentement sur le trottoir.*)

FEMME ÂGÉE (*adressant un signe de tête au* PANTIN) : Bonjour.

PANTIN : (*rien*)

(*Environ cinq mètres après le banc, la* FEMME ÂGÉE *glisse. Elle s'affale lourdement, comme un dictionnaire blessé. Le contenu de son sac d'épicerie se disperse. Un pamplemousse roule… roule… roule… jusqu'entre les pieds du* PANTIN.)

FEMME ÂGÉE : Oh ! oh !

(*Le* BON SAMARITAIN *apparaît.*)

BON SAMARITAIN : Oh ! mon Dieu ! Est-ce que ça va ? Puis-je vous aider ? Êtes-vous blessée ?

(*Le* BON SAMARITAIN *aide la* FEMME ÂGÉE. *Il ramasse les provisions ici et là. Ne voit pas le pamplemousse. Le* PANTIN *se penche et regarde fixement le pamplemousse. Sortie de la* FEMME ÂGÉE *au bras du* BON SAMARITAIN. *Une longue pause. Le* PANTIN *pose un pied sur le pamplemousse. Teste sa résistance élastique. Le* PANTIN *écrase le pamplemousse. Le bruit de l'écrasement est amplifié par un haut-parleur On l'entend pendant trente secondes après que l'action est achevée. Après une pause, on l'entend de nouveau. Puis de nouveau. Sortie du* PANTIN *côté cour, traînant les pieds. Le* BON SAMARITAIN *réapparaît côté jardin. Jette un coup d'œil circulaire. Aperçoit le pamplemousse écrasé. Regarde côté cour. Sort côté jardin.*)

BON SAMARITAIN (*derrière la scène*) : Je ne l'ai pas trouvé.

FEMME ÂGÉE (*derrière la scène, d'une voix chevrotante*) : Le jeune homme a dû le prendre, j'imagine.

RIDEAU

À certains moments, je croyais être descendu au dernier niveau de la désintégration psychique. J'étais parfois si égaré que tout mouvement, ne fût-ce que pour maintenir mon équilibre, devenait une source d'angoisse. Je devais m'allonger. Là, à l'occasion, j'essayais de compter jusqu'à dix, un symbole désespéré de normalité psychologique que j'avais choisi au hasard. Mais j'avais beau essayer — et j'ai essayé, vous pouvez me croire —, je n'étais pas capable. Je m'entendais chuchoter un... deux... ttrois... quququatre... Cinq, peut-être, mais jamais six. J'oubliais le chiffre suivant, ou bien c'était mon esprit qui perdait simplement le nord et qui se mettait à vagabonder ailleurs. C'était comme si je n'avais plus aucune volonté. Je restais couché là, conscient mais inanimé, respirant seulement. Je suis incapable d'exprimer la souffrance que m'infligeaient ces moments, sauf en répétant que je ne pouvais plus compter jusqu'à dix.

Le vieillard tira sur son cigare. Un point rouge luit dans le noir. Il se leva. «Une histoire poignante, capitaine Marlow», dit-il en s'éloignant.

«Qui est-ce? demanda Marlow, qui n'avait pas remarqué le vieillard.

— C'est le Dr Roget, répondit le directeur des Compagnies. Un homme bon, Marlow. Il a beaucoup fait pour notre Tamise. Et pour beaucoup de malades et d'indigents de la ville. Vous avez sans doute entendu parler de son thésaurus?

— C'est lui?

— Oui. Et c'est un excellent joueur d'échecs, possiblement un adversaire capable de se mesurer à vous.»

La partie d'échecs sur le *Nellie* entre le vieux Dr Roget et le maigre et dur Marlow venait à peine de commencer

— le cavalier du roi de Marlow était en difficulté —
quand mon roman s'est tu.

Il est devenu une liasse de feuilles en lambeaux
étrangères à mon esprit paralysé. Je les regardais, je les
prenais délicatement, je les gardais dans mes poches, mais
mon esprit n'était plus capable du moindre élan créatif.

Je ne cessais de penser à Tito, aux huit mille huit précieux
moments que nous avions vécus ensemble. J'amplifiais la
réalité dont je me souvenais en imaginant des promenades avec lui, des conversations, des sorties au restaurant, des visites de musées, des heures à faire l'amour.
Dans le faible royaume de mon imagination, tout se
passait comme avant, l'avenir continuait d'exister.

Ce sont souvent de petites choses qui font surgir la
douleur. J'écarte les bras et les jambes pour faire des anges
dans la neige. Mais j'arrête aussitôt. Tito me manque
lorsque j'écarte les jambes.

J'ai commencé à rêver de mes parents. Je les voyais, je
les entendais, exactement comme s'ils s'étaient trouvés en
face de moi. Je me mettais à pleurer dans mon sommeil et
je me réveillais en larmes.

Je le voyais tous les jours, dans la rue, au restaurant, dans
les autobus, aux stations-service. Je voyais son visage dans
tous les hommes. Je tournais le coin d'une rue et j'avais un
sursaut de terreur à la vue d'un étranger, qui me regardait,
interdit, et s'éloignait rapidement.

Il y avait les cauchemars. Les reconstitutions exactes
de tout l'événement — je suis à la porte de mon bureau, il
s'approche —, avec seulement mes cris pour rompre l'en-
voûtement du sommeil. Ou des variations sur le thème : il
me poursuit, il est de l'autre côté de ma porte verrouillée,
mais c'est une porte japonaise en papier. Ou des variations sur le thème de l'angoisse : je suis tombée tête la

première dans un tonneau plein d'eau, je ne peux sortir, je me noie jusqu'au moment où je me réveille. Ou bien je suis dans mon lit, je me réveille parce qu'une fumée rouge pénètre dans la chambre par la fenêtre, je me mets à suffoquer, je donne des coups de poing sur le mur à côté de moi pour appeler à l'aide, je m'aperçois que ce n'est pas un mur mais l'énorme paume de sa main, je suffoque jusqu'au moment où je me réveille.

Une fois, j'ai entendu mon nom à la radio. « Femme de vingt-six ans. Cinq pieds sept pouces et demi... » On a tourné le bouton à la recherche de musique. Je me trouvais dans un dépanneur. On a tourné le bouton dans l'autre sens et le poste est revenu. « Bilingue. Vue pour la dernière fois à... » On a tourné le bouton jusqu'au bout de la bande, mais comme on n'a rien trouvé d'intéressant, on est revenu au poste qui passait le message d'intérêt public. « Toute personne ayant vu cette femme ou possédant des renseignements à son sujet est priée de s'adresser à la GRC au numéro... »

À une seule occasion, j'ai eu un cauchemar où c'était moi qui étais violente. Une flèche tirée d'une arbalète vole dans l'air sombre et limpide d'une rue la nuit et l'atteint à l'endroit précis où j'ai visé : dans la moelle épinière. En le frappant, la flèche fait entendre un bruit sec, un craquement. Je me demande où je vais envoyer la deuxième flèche. À travers ses mains jointes ou dans sa bouche suppliante ? Ou vais-je lui faire exploser un globe oculaire ? Je vais épargner son cœur, pompe de vie, symbole d'amour. Pour finir, ce sont mes mains désincarnées qui l'étranglent. Je me rappelle distinctement comment je me sentais en le tuant, particulièrement l'horreur que je lisais sur son visage vernissé par la peur qui le submergeait. Il était si terrifié que ses traits ont commencé à fondre. Je me suis retrouvée en train d'étrangler une tête en peau lisse, vide. Je l'étranglais encore quand je me suis réveillée.

La plupart du temps, j'ai trop peur pour exprimer ma colère, même en rêve. Le monde est une boîte de Pandore dont mes paupières sont le couvercle : chaque fois que je cligne les yeux, le mal et l'horreur s'échappent du monde et sautent dans mes yeux.

La vérité pure et simple, c'est que j'ai peur des hommes.

Un soir, très tard, je marchais dans une rue de Regina, une petite rue commerciale désertée après l'animation de la journée. Je marchais vite. Je suis tombé sur un homme qui avançait en titubant devant moi, un Indien tellement ivre que chaque pas en avant était une victoire contre la gravité. Il avait l'air d'un enfant qui apprend à marcher. Il était dans un état d'intoxication si avancé que j'ai senti qu'il ne pouvait me faire de mal. Il aurait des réflexes lents, une mauvaise coordination. Je me sentais plus fort, plus dur. Si quelque chose devait arriver, ce serait à lui, non pas à moi. J'ai ralenti et lui ai emboîté le pas. À une intersection, il a tourné. Je l'ai suivi. Curieusement, aucun son n'émanait de lui : ni chanson, ni cri, ni marmonnement ; on entendait seulement sa respiration laborieuse. Il s'est arrêté le long d'un mur de brique, il a levé une main et l'a posée sur le mur pour retrouver son équilibre. Puis il s'est ensuite mis le dos au mur, à demi appuyé, à demi affalé. Je me suis arrêté moi aussi. J'ai examiné sa silhouette à six ou sept mètres de distance.

Ce que je pensais, c'est : « J'aimerais tuer toute la race humaine. » Ma bouche s'est mise à saliver. J'avais une irrésistible envie de dégueuler, ce que j'ai fait. Une explosion brève et soudaine de vomi blanchâtre. Mon cœur battait comme un fou.

Je me suis avancé. Je lui ai donné un coup aux pieds. Il est tombé sur le sol.

« Euh ? » a-t-il dit. Il avait un visage rond et gras aux traits épais. Il me regardait d'un air stupide, sans comprendre. J'étais enragé.

Je l'ai frappé à coups de pied encore et encore. Pendant tout ce temps, il n'a rien dit de cohérent, seulement quelques syllabes.

« Oh ! Oh ! »

Je me sentais invincible. J'aurais pu soulever cet Indien du sol et le lancer à travers la rue.

Après lui avoir donné un dernier coup de pied de toutes mes forces à la tête, je me suis enfui. J'aurais presque souhaité qu'il se relève et qu'il me poursuive, car ainsi j'aurais pu courir, courir, courir. Mais il est juste resté allongé là.

Il a dit : « Tu es jeune. Laisse-moi sucer ta queue. Tu vas voir, ça va être bon, très bon. Oh ! t'as une belle queue ! Laisse-moi la mettre dans ma bouche… »

J'étais adossé à l'arbre. Mes genoux tremblaient. C'était une journée d'un froid mordant, et pourtant je n'avais pas froid malgré mon manteau ouvert et mon pantalon défait. C'était un gros homme à la barbe blanche, avec une voix aiguë et une bouche humide et suceuse. Il ressemblait au père Noël. Il était d'une telle corpulence qu'il a dû s'appuyer contre un arbre pour s'agenouiller. J'ai balancé mes hanches jusqu'à ce qu'il desserre les lèvres et me dise : « Ne bouge pas. C'est moi qui suce. » Je suis donc resté immobile et sa tête a commencé à avancer et à reculer. Mon érection a grossi dans sa bouche chaude.

Après mon orgasme, il a dit en se remettant péniblement debout : « Merci. J'ai beaucoup aimé ça. » J'ai rajusté mes vêtements et je suis parti.

Il a été le premier d'une série. Certains désiraient m'avoir dans leur bouche. Pour d'autres, je m'agenouillais et je les prenais dans la mienne. En le faisant, je me perdais et je ne me réveillais que lorsqu'ils éjaculaient et que l'illusion était rompue. Certains me baisaient et, dans le plaisir ardu de la sodomie, j'essayais de retrouver le plaisir que j'avais éprouvé avec Tito.

Une fois, une seule fois, j'ai passé la nuit entière avec un homme. Ses yeux et sa façon de marcher ressemblaient tant à ceux de Tito. Il a dirigé les opérations, pris son plaisir avec un contrôle total, m'enculant si fort que j'ai saigné, et je suis parvenu à m'oublier moi-même dans une passivité extasiée sans terreur. Jusqu'au matin.

Je ne mangeais jamais avant ces rencontres, j'étais trop nerveux et, pendant un certain temps, j'ai refusé d'aller chez qui que ce soit. À l'intérieur, je me sentais piégé ; j'étais pris de peur, comme on est pris de nausées, comme on suffoque. Une voiture ou un parc était un espace suffisamment fermé pour moi. J'allais habituellement avec des hommes d'âge mûr, me figurant que, si les choses se gâtaient, j'avais davantage de chance de survivre qu'avec un jeune homme.

Je me souviens d'un homme doux et mélancolique qui caressait mon cul en me suçant avec application. C'était un homme tranquille d'environ cinquante-cinq ans, aux cheveux poivre et sel. Je l'avais rencontré dans un parc et il m'avait invité chez lui. Mais comme j'avais été épouvanté et que je n'avais pas voulu aller plus loin que l'entrée, nous avons pris l'habitude — la dizaine de fois où j'y suis allé — de le faire là, au milieu des manteaux d'hiver et des bottes. Quand il avait terminé, il s'asseyait sur le sol, il me disait un peu plus que simplement merci et s'allumait une cigarette, comme si nous venions de faire l'amour. Je sentais qu'il ne me ferait jamais de mal. Longtemps, il est resté dans ma mémoire comme la seule personne avec qui j'avais établi une relation pendant cette période infernale. J'éprouvais une tendresse triste à son égard. Ce sentiment connut son apogée un soir lorsqu'il m'a gentiment fait tourner et qu'il a léché mon trou du cul en me masturbant. Quand j'ai joui contre la porte, ce paroxysme n'était pas seulement sexuel, il était aussi émotionnel. J'avais l'impression que mon corps était rempli de larmes. Le moindre mot, le moindre mouvement les feraient déborder de mes yeux. Il fumait en silence, contemplant l'espace vide devant lui. Avec précaution, je me suis assis par terre et je l'ai embrassé sur la bouche.

Ces émotions étaient si difficiles ! La solitude, le désir, le plaisir, la béatitude… puis le silence, le sentiment d'étrangeté, la peur, la solitude, avec une convulsion au moment où l'illusion volait en éclats. Je me retrouvais chaque fois avec rien d'autre que cette terrible boucle dans ma tête : « Tu n'es pas Tito. Tu n'es pas Tito. Tu n'es pas Tito. » Je pensais que quelque chose devait casser, que ça ne pouvait continuer comme ça. Mais rien ne cassait et ça continuait.

J'avais abandonné ma voiture et je marchais le long d'une route au milieu d'un océan de champs de blé. Au cas où vous n'y seriez jamais allé, je précise que le sud de la Saskatchewan est si plat que l'horizon a l'air rond. Devant vous, pendant la journée, trône un immense dôme de ciel si vide qu'il donne une impression de plénitude, avec des nuages de la taille d'une montagne, un soleil semblable à un tout petit disque, et dont la couleur est souvent un bleu craie profond. La nuit, ce rassurant rideau de bleu est tiré et l'on comprend où l'on se trouve réellement : au seuil de l'infini. Une plaine, c'est ce qu'une montagne aspire à être : être le plus haut possible dans l'espace extra-terrestre tout en ayant les pieds sur terre.

Le vent est le langage de la plaine. Il porte la douceur et le parfum, la richesse de la terre. Il est devin, le héraut de la tempête et des changements de saison. Et le vent parle. Quand on marche dans la plaine, des rafales de mots soufflent à travers notre tête, des mots ayant voyagé sur toute la surface de la planète. Ce soir-là, le vent me chuchotait des mots de ruine.

Le soleil s'était couché. L'horizon était une explosion de rouge et d'orangé qui s'effondrait lentement. Les champs de blé ne reflétaient plus la lumière du soleil, mais prenaient plutôt une teinte menaçante ; on aurait dit que des requins y nageaient. Les champs s'évanouirent bientôt dans les ténèbres. Sans les étoiles et l'éclat de la lune, même la ligne nue de la route aurait disparu et j'aurais été aveugle.

J'étais étendu de tout mon long sur le gravier qui bordait la route. De temps en temps, une voiture passait à grand bruit. Les phares divisaient chaque voiture en deux. La partie avant, la plus grande, était une lumière pure et d'un blanc aveuglant ; la partie arrière était un volume de métal plus humble et plus compact. Le bruit était divisé également entre les deux parties. Chaque voiture me poussait vers la question. Je me soulevais de quelques centimètres sur le gravier, et je restais suspendu, les muscles tendus. Être ou ne pas être ? Je vacillais à l'extrême bord de la vie, victime d'une simple fluctuation chimique dans mon cerveau. Je pouvais voir comment ça se passerait : le départ comme celui d'un coureur… une embardée au seuil illuminé de la mort… un entrechoquement de lumière, de métal et de chair… l'esprit et la mémoire bousculés… un peu de douleur… et puis toute la douleur disparue, toute disparue.

J'étais étendu là, voiture après voiture, picoté par le gravier et transi de froid. Maintenant ? Celle-ci ?

Non.

Non.

Non.

Non.

Non.

Non.

Non.

Puis, je me suis laissé tomber dans l'abîme. Tout désir de vivre m'avait soudain quitté.

Je me suis levé, j'ai avancé brusquement et j'ai été aveuglé par la lumière. J'ai fermé les yeux. Un crissement a transpercé la nuit. J'attendais à tout moment maintenant! maintenant! maintenant! maintenant! maintenant! un soulagement par la violence. Mais le crissement s'est tu et il y a eu un silence. J'ai entendu le bruit, si universellement familier, d'une portière de voiture qu'on ouvre. J'ai ouvert les yeux. Tout en moi était tordu. Je tremblais. Il y avait une voiture en travers de la route. Un homme à la corpulence de taureau émergeait de l'autre côté de la voiture. Il avait le visage rouge et convulsé. Une femme était assise sur le siège du passager, les mains sur le tableau de bord et les yeux grand ouverts. « ES-TU FOU? J'AI FAILLI T'ÉCRASER! » vociféra l'homme. Il était en train de contourner la voiture. J'ai éprouvé soudain la peur terrible qu'il fasse exactement ce que je souhaitais : me tuer. Même si je pouvais à peine contrôler mes jambes, j'ai commencé à courir. Il m'a crié après. J'ai continué à courir.

J'ai entendu sa voiture. Il me poursuivait. J'étais certain qu'il voulait m'écraser. J'ai plongé vers les champs de blé.

Je me suis arrêté seulement lorsque le silence noir, le silence mort, m'a convaincu que j'étais seul. Il était toujours là, au loin, sous la forme d'une auto éclairée. Criait-il encore? Qu'est-ce qu'il voulait? Qu'est-ce que je lui avais fait?

J'ai passé toute la nuit dans le champ, conscient du moindre bruissement de vie. Le vent soufflait au-dessus de moi, au-dessus du blé, comme un esprit hantant le ciel. Au petit matin, je suis retourné vers ma voiture, épuisé, complètement à bout. Jamais je n'oublierai le bruit qu'a fait ma voiture en démarrant.

J'étais assis dans un cimetière, la tête dans les mains. La tristesse coulait en moi, touchant toutes les parties de mon être. Mes pieds étaient tristes. Mes paumes étaient tristes. Mes paupières étaient tristes.

J'ai entendu une voix féminine traverser mes oreilles. Elle semblait venir de loin, à des kilomètres de distance. Elle était en face de moi.

« Vous aussi, vous aimez les cimetières ? »

J'ai levé les yeux.

« Oh ! je suis désolée ! a-t-elle continué. Vous avez de la peine. Je ne voulais pas vous déranger.

— Non, non. Pas du tout. C'est-à-dire, oui. Mais ça ne fait rien. »

Je parlais d'une voix râpeuse, enrouée. Je me suis raclé la gorge plusieurs fois. « J'aime beaucoup les cimetières.

— Moi aussi. Des endroits si paisibles, si beaux, et certaines épitaphes sont charmantes. Avez-vous vu que, là-bas, il y en a en français ?

— Oui. »

C'est arrivé comme ça. Quelques paroles ont conduit à d'autres paroles, un peu gauchement au début, puis avec de plus en plus de facilité à mesure que la conversation commençait à avoir sa vie propre. C'était si étrange de parler. Un tel effort. Un tel plaisir. Elle s'est assise à côté de moi. Je lui ai dit que je pleurais ma sœur jumelle. Mais elle n'était pas morte ici. Ça s'était passé dans l'Est. Un accident de voiture.

Nous avons fait le tour du cimetière. Je lui ai traduit certaines des épitaphes en français. Elle s'appelait Cathy.

La première fois que nous nous sommes déshabillés, j'étais timide. Elle a interprété mon impuissance comme une conséquence du deuil. Elle a patiemment caressé mon pénis. J'étais une lesbienne tiède. Mais une satisfaction plus profonde m'a entraînée. Une chaleur après une longue période de froid. Le réconfort de mon propre sexe. L'absence de peur. Nos manières douces, pacifiques.

« Tu es le gars le plus triste que j'aie jamais rencontré », me dit un jour Cathy.

Je ne lui ai jamais parlé de Tito ou de *lui*. Nous nous sommes rencontrés au présent et nous nous sommes dirigés vers l'avenir. De toute façon, comment expliquer l'horreur ? Et pourquoi ? La révélation n'atténuerait pas l'engourdissement, elle ne ferait qu'ajouter à la douleur celle de Cathy. Mon âme ressemble au château de Barbe-Bleue : elle contient quelques chambres fermées à clé.

Elle était plus âgée que moi, trente-sept ans comparativement à mes vingt-neuf. Son âge ne la préoccupait pas, sauf en ce qui concerne les enfants. Elle était consciente que si elle voulait avoir des enfants, ce devrait être bientôt.

Cathy et moi sommes allés en Thaïlande. C'est elle qui a choisi le pays, pour la chaleur du soleil. Bob et Ben, deux Australiens qui portaient des t-shirts *The Bob and Ben Fuckorama Tour* lorsque nous les avons rencontrés, avaient une libido complètement déchaînée. Les seins, les ventres, les culs et les jambes des corps féminins à louer parlaient une langue qu'ils avaient envie d'entendre.

Dans un bar, nous avons vu un film sur Jack l'Éventreur. La seule émotion qu'il suscita en moi fut la terreur. Je ne pouvais m'empêcher de m'identifier aux femmes qui marchaient dans le brouillard des rues londoniennes, inconscientes de leur mort imminente. J'imaginais que toutes les femmes avaient la même réaction. Mais celles qui se trouvaient dans le bar se contentaient de regarder le film, aussi passives et amusées que les hommes.

Nous sommes restés sur une île isolée, pratiquement seuls. L'endroit me plaisait. Le soleil. De merveilleux moments de plongée sous-marine. Nous avons joué aux cartes et fait des mots croisés.

Elle était allongée sur le côté, les yeux fermés. Je l'ai regardée, j'ai regardé ses seins. Je n'ai pas de seins, ai-je pensé. Je me suis étendu. Une main s'est levée derrière moi et m'a doucement touché la hanche ; je me suis rapproché d'elle. Je sentais ses seins dans mon dos. Je me suis collé encore davantage et ses seins m'ont traversé j'avais des seins. Pour un garçon, elle aimait le nom Adam… elle voulait un garçon. Je me suis endormi.

Chapitre deux

J'ai trente ans. Je pèse soixante-trois kilos. Je mesure un mètre soixante et onze. J'ai les cheveux bruns et bouclés. Mes yeux sont gris-bleu. Mon groupe sanguin est O positif. Je suis d'origine canadienne. Je parle le français et l'anglais.

Extraits du catalogue

Jocelyne Saucier, *Les héritiers de la mine*.
Denis Thériault, *Le facteur émotif*.
Denis Thériault, *L'iguane*.
Adrien Thério, *Conteurs canadiens-français (1936-1967)*.
Pierre Tourangeau, *Larry Volt*.
France Vézina, *Osther, le chat criblé d'étoiles*.

Collection « Romanichels plus »

Noël Audet, *L'ombre de l'épervier*, tome 1,
    dossier présenté par Josée Bonneville.
Jean-Paul Daoust, *L'Amérique*,
    dossier présenté par Claude Gonthier.
Bertrand Gervais, *Gazole*,
    dossier présenté par Claude Gonthier et Bernard Meney.
Louis Hamelin, *Betsi Larousse ou l'ineffable eccéité de la loutre*,
    dossier présenté par Julie Roberge.
Sergio Kokis, *L'art du maquillage*,
    dossier présenté par Frédérique Izaute.
Micheline La France, *Le don d'Auguste*,
    dossier présenté par Raymond Paul.
Hélène Rioux, *Le cimetière des éléphants*,
    dossier présenté par Alexandra Jarque.
Treize contes fantastiques québécois,
    dossier présenté par Claude Gonthier et Bernard Meney.

Collection « Documents poche »

Bernard Andrès, *Écrire le Québec : de la contrainte à la contrariété*.
Marc Angenot, *Les idéologies du ressentiment*.
Noël Audet, *Écrire de la fiction au Québec*.
Robert Baillie, *Le Survenant. Lecture d'une passion*.
Yves Boisvert, *Oui égale non. Pour en finir avec son double*.
Gaëtan Brulotte, *Les cahiers de Limentinus. Lectures fin de siècle*.
Lisa Carducci, *Correspondance de Beijing 1991-1997*.
Claude Duchet et Stéphane Vachon (dir.), *La recherche littéraire.
    Objets et méthodes*.
Simon Harel, *Le voleur de parcours. Identité et cosmopolitisme dans
    la littérature québécoise contemporaine*.
Nycole Paquin (dir.), *Kaléidoscope. Les cadrages du corps socialisé*.

Nycole Paquin (dir.), *Réseau. Les ancrages du corps propre.*

Jacques Pelletier, *Au delà du ressentiment. Réplique à Marc Angenot.*

Bruno Roy, *Journal dérivé. I. La lecture 1974-2000.*

Bruno Roy, *Journal dérivé. II. L'écriture, 1972-2000.*

Bruno Roy, *Journal dérivé. III. L'espace public, 1970-2000.*

Bruno Roy, *Les mots conjoints.*

Lucille Roy, *Anne Hébert. Entre la lumière et l'ombre.*

Max Roy, *La littérature québécoise au collège (1990-1996).*

Michel Saint-Denis, *L'amour, l'argent, la guerre… Anthologie des meilleures citations sur la condition humaine.*

Catherine Saouter, *Le langage visuel. Éléments pour une approche sémiotique et diachronique des expressions visuelles.*

Patricia Smart, *Écrire dans la maison du père. L'émergence du féminin dans la tradition littéraire du Québec.*

Adrien Thério, *Un siècle de collusion entre le clergé et le gouvernement britannique. Mandements et lettres pastorales des évêques de Québec et de Montréal. Anthologie 1760-1867.*

DANGER

LE
PHOTOCOPILLAGE
TUE LE LIVRE

PROTÉGEONS
NOS FORÊTS

*Cet ouvrage
composé en Caslon corps 11,5
a été achevé d'imprimer
en mars deux mille sept
sur les presses de*

IMPRIMERIE
GAUVIN

Gatineau (Québec), Canada.